길을
걸으며

길_을
걸으며

자크 라카리에르 지음
문신원 옮김

연암서가

옮긴이 **문신원**

1971년 서울에서 태어났다. 이화여자대학교 불어교육과를 졸업하고 프랑스 파리 소르본 대학교 가톨릭 대학에서 DEC(현대문학과 예술 연구) 과정을 수료했다. 현재 프랑스어와 영어 전문 번역가로 활동 중이다. 옮긴 책으로는 『완벽하지 않아서 더 완벽한 집』, 『죽음의 행군』, 『퀸의 리드 싱어, 프레디 머큐리』, 『파리카페』, 『우리가 못할 것은 아무것도 없다』, 『화려함의 역사 베르사유』, 『철학자들의 동물원』, 『빠 삐용』, 『느리게 걷는 즐거움』, 『마음의 힘』 등이 있다.

길을 걸으며

2016년 6월 10일 초판 1쇄 인쇄
2016년 6월 15일 초판 1쇄 발행

지은이 | 자크 라카리에르
옮긴이 | 문신원
펴낸이 | 권오상
펴낸곳 | 연암서가

등 록 | 2007년 10월 8일(제396-2007-00107호)
주 소 | 경기도 고양시 일산서구 호수로 896, 402-1101
전 화 | 031-907-3010
팩 스 | 031-912-3012
이메일 | yeonamseoga@naver.com
ISBN 978-89-94054-91-9 03800

값 15,000원

"나는 더도 덜도 아닌, 한낱 보행자일 뿐입니다."

아르튀르 랭보
1871년 8월 28일
폴 드므니에게 보낸 편지

옮긴이의 말

1954년에 『성스러운 산, 아토스 *Mont Athos, montagne sainte*』를 출간하며 문단에 등단한 자크 라카리에르는 알베르 카뮈, 레몽 크노, 롤랑 바르트, 앙투안 비테즈와 교우하며 문인이자 비평가로 한 시대를 풍미한 프랑스 작가다. 그는 『길을 걸으며』에 이어 고대 그리스와 신화에 대한 사랑을 담은 에세이 『그리스에서의 여름 *L'été grec*』(1976)으로 대중의 큰 사랑을 받았고, 평단은 "라카리에르는 에세이이자 여행기, 발걸음에 맞추어 즉흥적으로 떠올린 시와 산문이 한데 버무려진, 모든 형식의 규약으로부터 자유로운 이야기라는 새로운 장르를 만들어냈다"라고 호평했다. 자크 라카리에르는 1991년에 아카데미 프랑세즈 문학상을 수상했다.

1971년 8월초 어느 일요일, 걷기를 좋아하고 스스로를 바다의 아들이라고 생각했을 만큼 그리스에 대한 사랑이 남달랐던(실제로 2005년에 세상을 떠난 후 그의 유해는 그리스 바다에 뿌려졌다) 자크 라카리에르는 바다가 보이는 곳에서 멈춘다는 다짐을 하고 무작정 사베른에서 남쪽으로 길을 나선다. 그리고 넉 달 만인 11월에 지중해를 머금은 남부 마을 뢰카트에 도착한다. 길을 걸으며 마주치는 일들, 이방인들과의 만남과 대화 그리고 그 순간에 떠올랐던 사색과 명상들을 가지고 다니던 수첩에 끼적였다가 여행이 끝난 뒤 메모들을 보면서 종이 위에 옮긴 이 여정은 1973년에 『길을 걸으며: 걸어서 프랑스 횡단 1,000킬로미터』라는 제목으로 소개됐다. 그리고 책을 읽은 열성적인 독자들이 작가에게 보낸 편지 일부와 그들의 질문, 질책에 대한 대답을 담은 후기 「길에 대한 기억」과 함께 1997년에 지금과 같은 판본으로 재출간됐다.

이 책은 여행기보다는 시간을 자유로이 누비며 '길들의 거대한 필연'을 들려주는 생각의 흐름에 더 가깝기 때문에 실제로 그가 거친 여정을 따라가기란 사실 쉽지 않다. 그래서 자크 라카리에르는 각 장을 시작하기 전에 짧은 메모를 곁들인 간략한 지도와 함께 자신이 지나온 길의 흐름을 보여준다. 1부는 동부 로렌주의 보주 산지 남쪽에서 시작해 카이사르가 이끄는 로마 대군에 맞서서 베르긴게토릭스를 주축으로 연합한 갈리아 부족이 최후의 공방전을 벌였던 알레시아 유적지를 지난 이야기를 담고 있다. 그리고 2부는 작가의 고향이기도 한 부르고뉴 지역의 작은 마을 사시와 이웃 마을 니트리에 얽힌 이야기, 3부는 중부 파리 분지의 남동쪽 가장자리를 이루는 모르방 산맥에서부터 한때 괴수가 출몰했던 지역으로 유명한 제보당 고원까지의 이야기를 풀어

내고 있다. 그리고 3부와 4부 사이의 여정에는 한 달 가량의 공백이 있다. 어머니가 편찮으시다는 소식을 듣고 병간호를 위해 잠시 사시로 돌아갔다가 한 달 후에 다시 생 플루르에 도착해서 마저 여정을 이어간다. 그렇게 해서 4부, 남서부의 석회암 고원인 코스에서 랑그독 지방의 남쪽 코르비에르 산지까지 아리아드네의 실이 이어진다.

자크 라카리에르가 쓴 '1,000킬로미터의 특별한 여정'을 읽은 많은 이들이 여행을 꿈꾸었고, 실제로 여행을 떠났다. 그의 작품에서 영향을 받은 프랑스 사회학자 다비드 르 브르통은 '걷기'의 바이블로 통하는 『걷기 예찬』과 『느리게 걷는 즐거움』을 썼다. 『나는 걷는다』를 쓴 베르나르 올리비에는 은퇴 후 우울증에 시달리다가 문득 몇 해 전에 재미있게 읽었던 이 책을 떠올리고 직접 길을 떠나서 세계 최초의 실크로드 도보여행자가 되었다.

"내 길을 따라가지 말고, 다른 이들의 길을 따라가지 말고, 당신 자신만의 길을 만드십시오. 그렇게 하면 그 길은 그대의 발견이 되고, 자신의 선택에 따른 풍미와 행복을 지니게 됩니다."

작가의 이런 바람대로 지금도 많은 이들이 자신의 길을 만들어가고 있다.

자크 라카리에르는 1998년 봄에 한 어느 인터뷰에서 이 책에 대해 이렇게 회상했다.

"이 책은 그저 매일의 발견과 만남 앞에서 매일 새롭게 느꼈던 놀라

움을, 때에 따라 짜증도 감탄도 섞인 그 놀라움을 기록하고 싶은 생각
에서 만들었습니다. 한 계절이 시작되어 끝날 때까지 그렇게 오랫동안
걸었던 목적은 무엇보다도 진정한 방랑자가 되고 싶다는 한 가지 바람
뿐이었기에, 이 책을 읽는 독자들도 그 방랑길에서 살아 있는 풀잎의
향기를 느껴주시길 바랍니다."

처음 책이 출간된 지 40년이 훌쩍 지나서야 비로소 국내에 소개되지
만, 시대와 공간을 뛰어넘어 이 책을 접하는 독자들도 이 여정에서 살
아 있는 풀잎의 향기를 느낄 수 있기를!

2016년 5월
문신원

두 번째 판본에 앞서 여는 글

　걷기에 대해 쓴다는 건 터무니없는 일이려나? 글쓰기와 걷기는 서로 다른 활동일 뿐 아니라 대단히 낯설어서, 오래오래 행복하게 어울리는 경우가 드물다. 내 생각에 그 이유는 간단하다. 누구든 아무 때고 즉흥적으로 걸을 수 있지만, 갑자기 작가가 될 수는 없기 때문이다. 정상적인 육체를 가진 인간에게 걷기는 선천적으로 자연스러운 활동인 반면 글쓰기는 후천적으로 습득한 활동으로, 언어를 세련되게 구사하는 능력과 세상을 보는 사적인 시선을 전제로 한다는 점을 새삼 일깨울 필요는 없을 것 같다.

　『길을 걸으며』가 초판이 발간된 후 25년 동안 꾸준하게 독자들의 사랑을 받아온 이유는 분명 내가 글을 쓰는 보행자라서가 아니라 길을 걷는 작가라서 일 것이다. 길은 종이 위에 기록으로 모여 이야기로 들리고 회상되며, 작가의 재능에 따라 가뭇없이 시들어버린 기억들로 이루어지거나 생생하게 되살아나 새로운 삶을 얻기도 한다. 그래서 이 어려운 일에 몰두한 드문 작가들은—예를 들면 루소, 플로베르, 스티븐슨, 소로, 세갈렌, 루가 떠오른다—결코 자신의 두 다리는 언급하지 않고 내면의 여정과 정신의 지평을 이야기한다. 문학은 실제 지나온 먼 거리를 고스란히 되밟지 않기에, 걷는 이야기를 들려주는 작가의 (잠재적) 재능은 장딴지의 두께나 지구력으로 평가되지 않는다.

빤한 이야기는 할 만큼 했으니 이제 본질로 들어가자. 익히 알다시피 문학에 걸맞은 주제가 따로 있는 건 아니다. 이야기하는 내용이 걷기든 꼼짝거리지 않기든, 지평선이든 방 안의 네 벽이든, 인도양이든 작은 새우 한 마리든 글을 쓰는 사람은 작가가 되어야 한다. 다시 말해서 자신에게 특별한 세계를 특별한 문체로 드러내는 사람이 되어야 한다. 글쓰기는 본능을 발산하고, 베일을 벗고, 정체를 드러내는 일이 아니라 단어들을 통해 경험이나 꾸며낸 일, 상상이나 생각, 확인된 사실이나 이상향을 나누는 일이다. 말 또는 들려주는 이야기는 방금 언급한 것들을 공유할 수 있는 청중이 있다고 전제한다. 책은 알지 못하는 혹은 존재하지 않는 독자를 전제로 한다. 독자는 책을 저자의 집에서 아주 가까운 곳에서 혹은 지구의 반대편에서 읽을 수도 있으며, 지금 읽을 수도 혹은 20년 후에 읽을 수도 있다. 그리고 무엇보다도 책은 시간의 지배, 포착, 강렬한 감동, 매력을 함축해서 책장을 넘길수록 간결하게 표현하거나 부풀린다.

당연하게도 독자의 시간은 실제로 흐르는 시간이 아니다. 글로 쓴 길은 실제로 지나온 길과 거의 관련이 없다. 내가 읽었던 걷기에 관한 작품들 대부분이 지루했던 이유는 무엇보다도 작가에게 시간의 속성에 관한 성찰이 부족해서다. 책은—소설이나 특히 이야기는—어디에서든 시작될 수 있다. 저자는 충분히 넓은 시간의 자판, 시간의 무한한 단계에서 인물들이나 생각을 전개시킬 수 있을 만큼 충분히 많은 언어로 표현된 시간을 갖고 있다. 바로 이 단계에서 작품에 생생한 깊이와 글쓰기의 밀도가 더해진다.

길에 관한 글을 쓸 때는 어떻게 해야 할까? 우선은 아주 단순하게—늘 단순한 건 아니지만—길이에 따른 시간을 책의 시간으로 바꿔야 한다. 자세한 사례를 들어 보자. 1971년 8월에 나는 보주 지역의 사베른을 떠나 코르비에르를 들러 스페인 국경까지 갔다. 그때만 해도 그 여행이 어떤 모험이 될지, 시간은 얼마나 걸릴지, 심지어 내가 끝까지 여행하게 될지 전혀 알 수 없었다. 하루하루 느낌을 기록하는 수첩으로는 내일 일어날 일을 미리 알아내기가 쉽지 않았다. 그리고 2년 후 『길을 걸으며』가 될 책을 쓰기로 마음먹었을 때는 더 이상 전과 같지 않았다. 글을 시작한 순간, 나는 당연하게도 이미 나날이 마주했던 모든 일과 여행의 끝에 무사히 도착했다는 사실을 알고 있었다. 그 점을 모르는 척하기란 불가능했다. 진솔함이나 솔직담백한 진실 때문이 아니라 시간을 가지고 놀 수 있다는 이점을 빼앗겼기 때문이다.

흐름이 있는 책에서 나는 수첩과 달리 이야기 속 시간의 주인이 되어 도로 위에서 멈출지 말지를 두고 자유로웠다. 그렇게 내 앞에 펼쳐진 거대한 시간의 장은 내가 실제로 했을지도 모를 접근과 비교의 이야기를 풍성하게 해줄 수 있었다. 시간에 대한 새롭고 독창적인 시선은 현실에 충실하면서도 시간을 암묵적으로 뒤틀어 더욱 풍성한 이야기를 구성할 수 있게 해준다. 이런 시선 덕분에 상당히 다른 시간에 겪었던 순간을 접근시키고, 중첩시키고, 시간 속에 흩어진 만남들을 현재형으로 바꿔서 주장할 수 있었다.

지나온 길이라는 멜로디에 기억과 다른 길이라는 화음을 덧붙일 수 있게 해주고, 오로지 시간뿐인 기적에 전 세계를 덧붙일 수 있게 해주는 무한한 음계와 건반은 작가에게 없어서는 안 될 필수 도구다. 이를 통해 작가의 글과 개인적인 통사론은 현실의 두께와 복잡함 속에 섞일 수 있고, 현실은 단순히 이야기될 뿐 아니라 재창조될 수 있으며, 작품은 문학적인 풍미와 역량을 지닐 수 있다.

시간. 도로나 길 위에서의 시간만 생각하지 말고 종이 위에서의 시간도 생각해야 한다. 시간이라는 새를 잡는 사람이 되어야 한다. 작가 로버트 루이스 스티븐슨은 당나귀 모데스틴을 데리고 세벤 산맥을 지나면서 진정한 여행자는 "진정한 내면의 자유를 얻지 못하면 여행을 하면서도 배울 수 없다. 진정한 여행자는 주변의 모든 것에 융통성이 있어야 하고, 모든 바람에 내맡겨진 갈대가 되어야 한다."고 말했다. 바람이 스며들 수 있는 갈대. 이것이 작가의 진정한 모습이다. 스티븐슨이 없었다면 나 또한 온갖 바람에 내맡겨진 갈대가 된다는 생각은 결코 못 했을 것이다(파스칼이 있었지만). 그렇게 해서 나는 오래전에 사베른 운하의 비탈에서 만났던 첫 번째 풀잎부터 포르 뢰카트 바닷가의 마지막 풀잎에 이르는 즉흥적인 노정에 서 있었다. 4개월 정도 이 풀잎에서 저 풀잎으로 옮겨 다녔다. 그리고 길 끝에서 나는 완전히 다른 사람이 되었고, 새로운 확신으로 차올랐다. 몇 날, 몇 주, 몇 달씩 걸으면서도 결국 내면에 틀어박힌 채 지평선의 관대함에 누그러지지 않고 바람의 선물을 보지 못하고 계절의 욕망을 듣지 못한다면 그렇게 걷는 게 다 무슨 소용이겠는가? 내일을 위한 일이 아니라면 그토록 오래 걷는 게 무슨 의미겠는가? 그리고 기적을 간직하고 나누기 위한 것이 아니라면 그렇게 잘 쓸 필요도 없지 않을까?

1997년 4월, 사시

사시에서 구두를 수선하는 언제나 소중한 벗 마르셀 샹포
그리고
베르망통의 농부이자 내 옛 추억의 이야기꾼인 뤼시앙 모랭,
뿌리 깊은 두 정착민에게
길에 관해 쓴 이 책을 바칩니다.

여는 글

우선 발을 노래하련다. 절로 미소가 지어질 만큼 뮤즈가 내게 영감을 불어 넣어주는 주제이기 때문이다. 발. 우리의 발. 우리를 지탱해주는 몸의 일부인 발. 천 년의 진화를 통해 고등한 영장류의 발은 더욱 섬세하게, 열등한 영장류의 발은 덜 매력적이게, 척행동물(인간이나 곰처럼 걸을 때 발바닥 전체가 바닥에 닿는 동물―옮긴이)의 발은 직립에 더욱 적합하게 만들어졌다. 이 기나긴 도보 여행 초기에는 종종 저녁에 놀라서 내 발을 가만히 들여다보았다. 그러고는 낮은 목소리로 혼잣말했다. "이것으로 우리는 영장류 시대의 초창기부터 땅을 활보했구나." '이것'은 발목, 발바닥, 발가락을 말한다(발목은 일명 아킬레스건이라고 하는데, 호메로스 이전에도 이름은 있었겠지?). 몸을 지탱하는 부위로, 복사뼈와 발꿈치뼈, 발목뼈, 발허리뼈, 발가락뼈로 이루어진다. 여기에 발목뼈 앞부분의 입방뼈, 발배뼈, 쐐기뼈가 더해진다. 이렇게 생긴 발로 몸을 지탱하며 우리는 세상을 발견해간다. 어원학적으로 정확하지 않다고 해도, 나는 복사뼈astragale에는 별astre보다 갈리아gale가 담겨 있다고 생각한다. 또한 발가락뼈는 갈리아를 행진하는 로마 군대의 먼지를 상기시키고(발가락 뼈를 뜻하는 팔랑주phalanges에는 로마의 보병 부대라는 뜻도 있다—옮긴이), 쐐기뼈cunéiformes는 중동의 모래에서 발굴된 서판이 떠오르며, 발목뼈tarse는 성 바오로가 태어난 동아시아의 마을(길리기아의 수도, 다르소Tarsus—옮긴이) 외에도 여우원숭이와 비슷한 동양의 작은 동물이자 언제나 눈을 휘둥그레 뜨고 세상을 바라보는 안경원숭이tarsier가 떠오른다고 말하고 싶다.

우리는 걷기를 두고 흔히 독특한 생각을 품는다. ('걸어서'를 완벽하게 표현하듯이) 그저 이곳에서 저곳으로 옮겨가는 수단이라고 생각하거나, 스트라스부르에서 파리까지 걷는 대회처럼 강요된 운동이자 말도 안 되는 기진맥진한 스포츠라고 여긴다. 습관적인 걷기와 도로 위 걷기 사이에는 커다란 공간이 존재한다. 그 공간에 자리한 것이 바로 수풀 속 걷기다. 보주에서 코르비에르에 이르는 4개월간의 프랑스 도보 횡단에서 내가 했던 것이 바로 수풀 속 걷기다. 나는 오직 시간의 흐름과 길을 따라 사실상 잘 모르는 지역과 사람들을 만나는 기쁨을 얻기 위해 걸었다. 오랫동안 나에게 프랑스는 그리스에서 보낸 두 여름 사이에 잠깐 방문한 겨울 숙소와도 같았다. 사춘기 시절에 이미 단체로 솔로뉴의 도로와 발 드 루아르의 길들을 횡단했다. 하지만 단체 도보 여행은 오히려 내게 굶주림만 남겼다. 그때 이미 나는 단체 도보에서 일주여행자randonneur가 파생했다는 사실을 간파했다. 호기심에 일주여행자의 어원을 찾아보았지만 '두루 돌아다니다randonner'의 어근인 '랑동randon'

이 피로, 기진맥진을 뜻하는 옛날 프랑스어라는 사실 외에는 도무지 찾을 수 없었다. 지칠 때까지 달리다, 열정적으로 격렬하게 이동하다. 그 모든 말들 속에는 '걷기의 다급함', 산책이나 한가로이 거닐기와는 반대로 조급한 걸음이 담겨 있다.

*

여정 자체만으로는 특별히 문제될 건 전혀 없었다. 걸어서 어디든, 더 울창한 숲도 지날 수 있다. 나는 욕망에 부합하는 단 한 가지 명령어만 목표로 삼았다. '남쪽으로 가자. 그리고 걷는 동안 끊임없이 지중해를 떠올리자.' 출발은 어디가 좋을까? 코탕탱과 아르덴 그리고 보주를 두고 잠시 머뭇거렸다. 그런데 코탕탱이라는 단어만 나를 자극했다. 단조롭게 굽이치는 석회질의 땅, 푸른 전원의 기나긴 권태가 연상되었다(어느 젊은 독자는 기나긴 권태라는 말에 발끈할지도 모른다. '감히 나의『투슈 기사단』(헨리 제임스와 프루스트와 같은 작가들에게 영향을 미친, 코탕탱 출신의 19세기 작가 쥘 바르베 도르비이의 소설 제목―옮긴이)과『디아볼릭(쥘 바르베 도르비이의 단편집―옮긴이)』의 고장에 망발을 하다니'). 아르덴은 거대한 숲으로 나를 더욱 유혹했다. 하지만 남쪽 지역에는 슬픈 역사가 너무 많았다. 아르곤, 베르됭, 발미. 나는 행군할 마음이 없었다. 그래서 보주와 사베른Saverne을 선택했다. 사베른이라는 이름은 '트레스 타베르네tres tavernae', 즉 세 개의 선술집이라는 말에서 파생되었다. 이 말을 들으면 파이프 연기와 맥주 컵들로 가득한 장소들이 연상된다. 내가 발을 딛자 사베른은 바로 그런 모습으로 반겼다. 금발 소녀들, 맥주 집, 돼지고기 요리를 파는 노점. 게르마니아에서의 걷기, 즉 스페인 도보 여행은 내 목적지와 정확히 대위법을 이루었다.

*

　꼭 필요한 몇 가지가 아니었다면 대략 1,000킬로미터를 걷는 일은 허사가 되었을지도 모른다. 호텔은 8월이면 늘 만원이지만 10월이면 문을 닫기 때문에 을씨년스런 샌드위치와 울적한 커피마저 포기하고 해질녘에 아무 숙소에서라도 잠을 청하려면 가을이어야 했다. 하지만 그 정도로 자립적인 여행을 하려면 등짐의 무게라는 비싼 대가를 치러야 했다. 나는 길을 걸으며 쓸모없다고 여겨지는 것들을 모조리 배낭에서 덜어냈다. 그래서 지고 다니기에 너무 무거운 텐트와 매트는 버리고, 비가 오지 않는 밤이나 농가의 헛간에서 쓰기에 적당한 침낭만 남겨두었다. 나머지 짐은? 갈아입을 옷 몇 벌, 약 몇 가지, 손전등, 칼, 소량의 비상식량, 두꺼운 메모장, 지형도, 양심적으로 럼주를 채워 넣은 납작한 위스키 병 하나. 그리고 잘 해지지 않는 파토가스 신발. 가장 충실한 길동무였던 그 신발은 1,000킬로미터를 함께하고도 발바닥 부분에 선명하고 동그스름한 구멍 두 개와 쥐들 때문에 찢긴 듯한 몇몇 부분 말고는 마모된 곳이 없었다.

　준비를 마친 나는 달랑 지도만 들고, 정말 부득이한 경우에만 큰 도시를 경유하며 프랑스를 횡단하기로 결심하고 사베른으로 갔다. 그리고 대출발의 아침에 내 항해일지에 이렇게 기록했다.

장소 : 사베른 / 요일 : 일요일 / 날짜 : 8월 8일 / 시간 : 아침 9시 / 바람 : 강도 2 / 하늘 : 구름 약간 / 땅 : 양털 같고 나무가 우거짐 / 소리 : 일요일의 교회 종소리, 행렬 소리, 거룻배의 경적 소리 / 고양이들 : 벌써 양지바른 곳에서 잠이 듬 / 사베른 사람들 : 상냥하지만, 오랫동안 길을 걷는 사람들에게 무관심함.

차례

보주에서 알레시아까지

보주에서
알레시아까지

나는 모험의 문간에 서서 첫 번째 출발지를 바라본다. 이제부터 보고 겪는 모든 것과 마찬가지로 이곳 또한 영원히 뇌리에 남으리라는 걸 알기 때문이다. 마른 강과 라인 강이 만나는 운하 가장자리에 있는 둥그스름한 낡은 탁자들이 가지런한 카페, 수문, 예인로曳引路, 왼쪽에는 앞마당에 고양이 두 마리가 잠들어 있는 거대한 저택 한 채가 있다. 예전에는 거룻배를 끄는 말들이 지나가도 거뜬했을 만큼 넓은 비포장도로의 끄트머리, 나란히 늘어서서 생기발랄하게 반짝이는 너도밤나무와 전나무들 끄트머리에서 벌써부터 프랑스의 풍성함 너머로 원초적인 그림 같은 무수한 풍경들이 점점이 늘어선 모습이 보인다. 초원, 산맥, 들판으로 돌아가는 가축 무리, 말똥가리들이 지저귀는 어둑한 강 유역.

처음 몇 발을 딛다 말고 발길을 멈추어 수문을 바라본다. 구경꾼 한 무리가 거룻배가 느릿느릿 지나가는 모습을 눈으로 좇는다. 대체 수문의 무엇이 이토록 우리를 매혹시키는 걸까? 이 운하에만 스트라스부르와 낭시 사이를 잇는 수문이 수십 개 있다. 거룻배 여행을 그토록 길고 느릿하게 만든 건 바로 수문들이다. 140킬로미터를 지나는데 12일이나 걸리다니! 나는 '수문'이라는 단어가 흡사 다른 시대의 말이라도 되는 양 하염없이 읊조리며 수문 세 개를 지나 숲으로 들어선다. 프랑스어에서는 수문écluse처럼 '-use'라는 접미사가 나오면 머릿속에 이런 이미지들만 떠오른다. 미끄러지듯 움직이거나 퍼지거나 휙휙 소리를 내는 것, 말똥가리의 날갯짓 소리, 수문의 개폐문에서 솟구치는 물. 그리고 수문은 그 자체로 개폐문과 사슬, 톱니바퀴와 함께 오래된 매력 혹은 어쩌면 오래된 두려움을 일깨우는 것 같다. 방앗간과 댐처럼 수문도 고인 물과 끌어온 에너지를 붙들어 저장하기 때문이다.

나는 그 길의 청량한 그늘에서 이번에는 '예인'이라는 말을 읊조린다. 석탄을 실은 묵중한 거룻배를 끄는 말이 이런 오솔길을 따라 스트라스부르에서 파리로 간 지 무척 오래되었다. 사실 요즘에는 몇몇 어부들 말고 아무도 지나지 않는다. 어쩌면 프랑스 전역에 산재되어 있는 모든 잊힌 길을 제일 먼저 지나는 사람들이 바로 어부들일 것이다. 오솔길을 벗어나 숲으로 들어서기 전에 마주치는 마지막 지표는 수문 관리인의 집이다. 온통 새하얀 집에 딸린 채소밭에서 개가 시끄럽게 짖어대며 집을 지킨다. 요란하게 짖는 개들은 이번 도보 여행에서 숱하게 만났다. 하지만 출발의 기쁨을 망치지 않도록 그 얘기는 한참 후에나 할 작정이다. 집에서 풍겨오는 음식 냄새에 타르 냄새, 보트 냄새 그리고 운하에 고인 물 냄새가 섞인다. 그리고 나흘 뒤 에피날에 이를 때까지 숲과 가시덤불, 고사리의 메마른 냄새만 이어진다.

*

보주 지역에서는 특히 푸른 사람들을 많이 보았다. 그러니까 푸른 눈동자, 게르만 족과 보주 지역민들의 우성적 특징인 투명한 쪽빛 눈동자를 가진 사람들 말이다. 그리고 실제로 남쪽으로 가다 딱히 규정하기 힘든 경계를 지나면 가을 흙빛처럼 짙은 밤색, 황토색 눈동자보다 푸른 눈동자가 더 많이 보인다(그 경계는 한 번도 분명하게 규정된 적 없지만, 대충 오시타니아(고대 프랑스의 프로방스 남부 지방 지명—옮긴이)의 경계와 일치한다). 정말로 푸른 눈동자를 많이도 보았다. 도보 여행의 첫 번째 날, 땅거미 질 무렵에 도착한 다보의 카페에서 내게 말을 건 남자 역시 생각에 잠긴 듯한 짙은 푸른빛 눈동자를 가졌다.

다보는 시골 마을이다. 나는 그날 석양에 정신이 팔린 채 숙소를 찾아 마을에 하나뿐인 거리를 누비고 다닌다. 마을 초입에 들어서자 온종일 쉬지도 않고 헤치고 다녔던 너도밤나무 숲과 고사리들 너머 오른쪽으로 길게 늘어선 호텔들 중 첫 번째 호텔이 눈에 들어온다. 물론 8월 중순에는 제대로 된 방을 찾는 게 부질없는 짓이다. 싹싹함이라고는 찾아볼 수 없는 무뚝뚝한 여종업원이 일찌감치 그 사실을 알려주었다('싹싹하다'는 '상냥하고 활달하다'는 뜻이다). 내가 헛것을 본 건지 아니면 정말로 여종업원의 눈빛에서 심술과 기쁨이 뒤섞인 섬광이 번뜩인 건지 모르겠지만, 그녀는 이렇게 말했다. "다보에서는 백날 방을 찾아봐도 허사예요. 절대 못 찾을 걸요." 짧은 말 한마디 때문에 나는 다보에서 묵기로 결심한다. 하긴 뜨개질하는 엄마들과 옆에서 요란하게 떠드는 애들 틈바구니에서 할 일은 딱히 없다. 조금 떨어진 호텔 정원에서는 연로한 부부 두 쌍이 흔히 대서양 의자라고 부르는 기다란 의자에 몸을 파묻고 눈을 게슴츠레하게 뜬 채 '생각에 잠겨' 있다. 노인들은 대관절

어떤 이름의 권태라는 대서양을 건너고 있을까? 나는 뉘엿뉘엿 지는
태양에 홀린 듯 첫날 25킬로미터를 걷느라 노곤해진 두 다리를 움직여
다보를 누빈다. 왼쪽의 황량한 저택 벽면에 팻말이 하나 붙어 있다. 유
스호스텔. 중년 여자는 시장에게 허락을 받아야만 그곳에서 잘 수 있다
고 귀띔해준다. 시장은 멀리 떨어진 아래쪽 광장에서 카페를 운영하고
있다. 나는 카페에 들른다. 시장은 푸른 눈동자로 나를 뚫어지게 바라
볼 뿐 아무것도 묻지 않는다. "그곳에는 탁자와 의자밖에 없습니다. 뭐
그래도 괜찮다면 이 열쇠를 가지고 가요."

　건물은 정말로 황량하고, 다목적실로 쓰임직한 큰 방은 오래된 교실
이다. 탁자 몇 개, 의자 몇 개, 칠판 하나, '테이블 축구' 경기대 하나. 온
통 먼지 범벅에다 특정 장소들에서 나는 시큼한 밀랍 냄새와 마른 나무
냄새, 분필 냄새로 절어 있다. 칠판 위에는 '환상적인 수렵'이라는 제목
이 붙은 소박한 기법의 그림 한 점이 걸려 있다. 나는 의자 두 개를 나란
히 붙이고 그 위에 침낭을 펼친다. 어느새 어둠이 방 안을 뒤덮는다. 옆
식당에서 다급히 식사를 마친 후, 다시 돌아와서 '환상적인 수렵'을 마
주하고 몸을 빈다. 오래된 주제인 '숲 속 사람들의 전설'을 다루고 있
다. 유령 사냥꾼에게 쫓기는 암사슴들, 수사슴들이 점점 흐릿해지는 모
습으로 하늘로 솟구치듯 뛰어오른다. 땅에서는 두 명의 나무꾼이 연장
을 내팽개친 채 혼비백산해서 달아난다. 유령 사냥꾼을 만난 사람은 그
해를 넘기지 못하고 죽는다고 하니 혼비백산할밖에! 달은 강렬한 빛으
로 그 장면을 감싼다. 유스호스텔에 그런 주제로 그림을 그릴 생각을
했다니, 신기한 발상이다. 요정들, 유령 사냥꾼들은 '유랑' 시대처럼 아

직도 그 지방을 떠도는 걸까? 이 마을, 저 마을을 떠돌며 식기를 수선하고 냄비에 주석 도금을 하고, 야회에 참석해서는 야수와 유령으로 가득한 기괴한 이야기들을 들려주던 땜장이와 대장장이들처럼?

*

다시 숲 속. 전나무, 독일가문비나무, 너도밤나무 혹은 너도밤나무, 전나무, 독일가문비나무. 어제보다 더 생동감 넘치고 더 풍성한 숲. 나무들과 우거진 나뭇잎들 아래, 고사리와 오디 한가운데에 무수한 벌레들이 윙윙거린다(더 멀리 떨어진 곳에는 월귤나무들도 있어서, 그 후로 며칠 동안 수풀 속에 자리 잡고 어린아이처럼 손과 얼굴을 온통 보라색 먹물로 칠갑할 만큼 실컷 맛보았다). 두 다리는 통증으로 무디다. 나는 여정을 세밀하게 짜지 않는 편이라 도중에 길을 잃지만 않으면 다음 휴식처는 아브르슈비에르가 될 것이다. 지형도를 펼쳐놓고 구불구불하고 굴곡이 심하지만 산장으로 이어지는 길 하나를 아무렇게나 고른다. 그곳에 가면 물도 있고, 관리인들을 만나 길을 물을 수도 있겠지.

그렇게 발길 닿는 대로 걷다보면 마주하게 되는 사실이 있다. 다른 길을 골랐더라도 끝까지 그 길을 따라가는 일이 드물다는 점이다. 항상 뭔가 혹은 누군가로 인해 목적지를 우회하게 된다. 다보에서 몇 킬로미터만 가면 오솔길 끝에 거대한 빈터가 나오는데, 거기서 길은 여러 갈래로 나뉜다. 그중 한 갈래 근처에 십자가가 하나 세워져 있다. 바임바흐 십자가다. 팻말에는 거리 이름 없이 검은색 화살표 그리고 달랑 이렇게만 적혀 있다. 알트도르프코프, 다른 말로 하면 '구시가'의 갈로 로망 풍 묘지다. 나는 무턱대고 그 길을 따라 너도밤나무들이 장관을 이루는 우거진 숲으로 걸어간다. 나는 너도밤나무 숲의 빛이 좋다. 특히 보주 지역에는 너도밤나무가 많다. 하지만 너도밤나무는 조금씩 사라지고, 소나무와 독일가문비나무처럼 성장이 빠른 수종들이 차츰차츰 그 자리를 대체하고 있다. 숲 한가운데에 자리한 나무들조차 시대의 괴롭힘을 받고 있는 셈이다. 정말이지, 나는 전나무 숲보다 조금 성기지만 명암이 더욱 짙은 너도밤나무 숲의 빛이 좋다. 거대한 줄기들은 하늘을 향해 치솟고, 매끈한 잿빛 껍질에는 햇빛이 가볍게 스친다. 그러면 머릿속에 난쟁이 지신地神들과 정령들, 신관들의 장소인 고대의 숲이 펼쳐진다. 마침 조금 떨어진 곳에, 막 폭이 넓어지는 길모퉁이에 갈로로망 풍 묘지가 흡사 음산한 나무들에 붙들리기라도 한 듯 둘러싸여 있다. 장밋빛 사암으로 지은 무덤들은 집 모양으로 다듬어져 있고, 몇몇 무덤에는 망자의 초상이나 켈트 족의 십자가 같은 부조물의 흔적이 여전히 남아 있다. 묵직하고 차분한 빛. 묘지 말고는 아무런 흔적도 남아 있지 않은 구시가는 과연 어떤 곳이었을까? 그곳에는 온전한 모습, 무구한 과거가 깃들었으리라. 기독교는 미처 이곳까지 오지 못했다. 잊힌 역사의 나뭇잎 덤불에 묻힌 은밀한 이교 문명이다. 커다란 너도밤나무들 발치, 그 짙은 빛 속에서 무덤들은 난파선의 잔해, 망자들의 도시를 연상시킨다. 무덤의 사암 위로 그려진 망자들의 얼굴은 뜻밖의 난파로 수장되자 놀라서 눈을 커다랗게 뜨고 있는 듯하다. 나는 구시가의 작은 빈터에서 한참을 머무르다 돌과 이끼와 나무들의 신기루에서 차마 떨어지지 않는 발걸음을 뗀다.

그날 밤, 구시가 묘지를 지나자마자 마주친 숲 관리인이 안내해준 그 랑 솔다의 카페로 들어선다. 그랑 솔다는 작가 알렉상드르 샤트리앙(19 세기 프랑스 최초의 지방주의 소설가―옮긴이)의 고향이자 그의 친구 에르 크만(샤트리앙과 함께 활동한 지방주의 소설가―옮긴이)에게도 고향이나 다 름없는 아브르슈비에르에서 몇 킬로미터 떨어진 작은 마을이다. 나는 커다란 보리수 아래 배낭을 내려놓고 근처 야외 탁자에 앉아 마을에 대 해 설명하는 관리인의 아내와 처남의 목소리에 귀 기울인다. 단박에 그 곳이 마음에 든다. 숲으로 둘러싸여 있고, 굴뚝에서 모락모락 피어오르 는 연기가 작은 마을을 감싸고 있다(많은 집들이 장작으로 요리를 해서, 마을 에는 겨울 장작을 톱질하는 기계톱 소리가 저녁까지 울려 퍼진다). 작은 마을과 보리수 아래에 큼직한 나무 탁자를 둔 마을의 하나뿐인 카페도 마음에 든다. 이곳엔 방이 없지만 잠은 잘 수 있을 것 같다. 그러려면 이곳에 머 물면서 사람들과 얼굴을 익히고 신뢰를 얻기만 하면 된다. 그래서 나는 커다란 보리수 아래에 배낭을 내려놓고 맥주 한 잔을 시킨 다음 함께 대화를 나눈다. 구시가에서 이곳까지는 8킬로미터 밖에 안 되고, 5킬로 미터 정도는 바임바흐 숲 관리인과 함께 걸었다. 관리인은 밀렵 감시단 보다는 임업수자원 공무원 양성 대학에서 교육을 더 많이 받은 젊은이 다('에콜 데 자르브르 제 뤼소'라고 일전에 어느 책에서 읽은 적 있는 학교다). 그 는 너도밤나무를 더 이상 옮겨 심지 않아 이곳에서도 차츰 명맥이 끊 겨간다고 말한다. 젊은 관리인에게 숲이란 한결같이 살펴주고, 청결하게 해주고, 추려내고 심고 베고, 가지치고 돌봐줘야 할 나무들의 거대한 무리다. 그리고 그는 숲 곳곳의 젊은 나무와 늙은 나무, 건강한 나무와 병약한 나무를 샅샅이 알고 있다. 며칠 전만 해도 늙은 전나무 한 그루를, 그의 말로는 200년도 넘은 나무를 쓰러뜨려야만 했다. 저절로 쓰러질 위험이 다분했기 때문이다. 그는 초저녁 무렵에 나를 그랑 솔다에 데려다주고 갔다.

나는 정말로 단박에 그곳이 마음에 든다. 옛날 초등학교에서 받아쓰기 하던 때가 생각나는 작은 마을은 에르크만과 샤트리앙이 『침략』의 도입부에서 묘사한 것과 영락없는 모습이다. "짙은 초록색의 돌나무 잡초들과 지붕널로 덮인 30여 채의 작은 집들이 줄지어 늘어서 있다. 그곳에서는 담쟁이덩굴과 인동덩굴로 뒤덮인 합각머리, 밀짚 뭉치로 막아놓은 벌통, 작은 정원, 말뚝 울타리도 볼 수 있다……." 단지 옛날과 달라진 점이 있다면 돌나무 과의 노란 꽃이 비집고 피어나던 지붕널이다. 예전에는 서까래 위로 직접 못을 박던 널빤지 지붕이 이제는 기와와 청석돌로 바뀌었다.

카페의 희미한 불빛 속에 푸른 눈동자의 남자가 앉아 있다. 그와 꼭 닮은 또 다른 남자가 다가온다. 금발에 푸른 눈동자 그리고 얼굴도 똑같이 생겼고, 걸걸한 목소리에 노래하는 듯한 억양이며 느릿한 몸짓까지 똑같다. 나는 그들이 자신들의 탁자에 합석하자고 청할 거라곤 눈곱만큼도 기대하지 않고 묻는다. "어디서 밥을 먹으면 좋을까요?" 마을에는 식료품점 하나 없다. 마침 문간에서 대화를 듣고 있던 여자가 내게 아들의 자전거를 빌려줄 테니 그걸 타고 아브르슈비에르로 가면 된다고 말한다. 아들은 썩 내키지 않는 눈치지만, 감히 어떤 대꾸도 못한다. 나는 자전거에 올라 양지바른 계곡을 향해 달린다. 그날 저녁 서늘한 시각, 그들이 내 옆에 와서 앉는다. 보리수와 장작불 냄새, 바로 옆에서 나는 닭장 냄새. 이곳은 전쟁 이후로 모든 게 달라졌다. 살기 좋아졌다. 겨울나기는 덜 힘들어지고, 마을은 전만큼 고립되지 않는다. 아이들이 통학 차량을 타고 아브르슈비에르의 학교에 다닐 수 있도록 매일 아침 제설차량이 지나간다. 텔레비전도 어느 집에나 다 있다. 하지만 아직도 상당수가 자급자족을 하며 살아간다. 집집마다 채소밭, 과실수, 닭장이 있고, 때로는 돼지도 한두 마리씩 키워서 성탄절에 잡아먹는다. 목소리가 차츰차츰 높아지자 아무래도 잠자기 영 글렀다는 생각이 든다. 남자들의 목소리는 낮고 느릿하며, 이따금씩 훨씬 빠르고 분명한 여자들의 목소리를 이리저리 재면서 말 한마디 한마디에 힘을 주듯 뱉는다 (겨울나기며 제설차량, 텔레비전에 대해 이야기하는 목소리는 마치 어둠 속 잘 보이지 않는 곳에서 책을 읽어주는 것 같다). 남자가 내내 잠자코 앉아 있던 12세 아들에게 몸짓을 한다. 나는 짐을 꾸려서 아이를 따라간다. 아이는 마을에서 조금 떨어진 보주 마을회관에 딸린 인적 없는 작은 목조 건물로 나를 안내한다. 문 앞에는 대충 네모지게 자른 커다란 그루터기가 있다. 예전에는 '트롱스'라고 부르며 성탄절 전날에 밤새 장작을 피우던 곳이다. 나는 그루터기에 걸터앉아 커다란 달무리에 에워싸인 달을 바라본다. 환상적인 수렵과 유령 사냥꾼의 달. 텅 빈 집 문간에 앉아, 지척에 숲과 친근한 달을 두고 있자니 낯선 곳인데도 불쑥 내 집에 있는 듯한 편안함이 깃든다. 과연 코르비에르에 도착할 때까지 계속 그럴 수 있을까?

*

처음에는 지형도가 조금 못 미더웠다. 그래서 깐깐하지만 곁에 없어서 안 될 동행을 대하듯 지형도를 뚫어져라 보았다. 모든 곡선과 직선, 기복을 나타내는 가는 선, 바둑판 모양들은 아무리 쳐다봐도 추상적으로만, 그림으로 그려진 방정식처럼 풀거나 해독해야 할 수학적인 풍경으로만 보였다. 그나마 색깔들은 조금 더 구체적인 주석 같았다. 지도에서 숲은 초록색이고 강은 푸른색으로 표시되는데, 이는 사물의 속성과 일치한다. 주州도로는 흰색으로, 이 역시 흔히 도로를 뒤덮는 먼지와 유사하다. 그런데 지방도로는 노란색이고, 국도는 붉은색이다. 일종의 관례가 재등장한 셈이다. 국도의 경우, 차에 치어 으스러진 무수한 동물들이나 가끔은 그렇게 된 사람들도 마주칠 수 있다는 예감이 든다. 나머지는 직선, 꺾인 선, 곡선, 똬리를 튼 선들이 누비는 하얀 사막이다. 내가 알기로 사막은 다양한 선들로 점철되어 있다. 그 선들은 지형도를 보면 알 수 있듯이 보병이나 기병 또는 첩보원들의 암호가 아니라, 풍경에 포함되는 온갖 돌발적인 자연적 구조물들을 나타내는 표시들이다. 골짜기와 계곡, 언덕과 산, 절벽, 깊은 구렁, 채석장, 늪지, 밀물에 뒤덮인 모래와 암석들(빠지거나 파묻히고 싶지 않다면 위치를 표시해두는 게 좋다). 그리고 인간의 정교한 손으로 만들어진 인공적 구조물들도 포함된다. 다리, 댐, 수문, 저수지, 저수탑, 탑, 폐허, 풍차, 풍력 터빈, 등대, 철탑, 요새, 교회, 예배당, 예수 수난상, 고인돌, 선돌, 외딴 혹은 모여 있

는 집들, 역, 항구, 터널, 광산, 라디오 방송국, 비행장과 수상비행장 등
등. 그렇다, 2차원 세상에서는 모든 것이 신호다. 그리고 3차원 세상에
서 표시들은 기복을 나타내는 가는 선과 곡선들로 촘촘히 이루어진 그
물 속에 결박된 포로 같다. 침엽수들을 나타내는 검은 곡절 부호, 활엽
수의 초록색 원, 포도밭을 나타내는 세밀한 포도나무 그림, 늪지의 푸
른 타래, 가시덤불의 사선 줄무늬, 과수원의 쭉 뻗은 점들. 여기에 덧붙
여 고립된 예배당들의 십자가, 등대의 별들, 지하 채석장의 궁륭형 오
메가, 공간과 바람과 땅과 물을 가리키는 알파벳 등등. 지도에 적힌 철
자만 안다면 혼자 풍경을 찾아갈 수 있다.

*

  다시 숲 속. 그 어느 때보다 환하다. 그랑 솔다와 그곳의 보리수, 한
밤의 대화조차 어느새 아득하다. 아브르슈비에르와 사르 루주 강을 따
라 달리는 작은 기차도 아득하다. 숲 한가운데에 또 다른 작은 마을 레
텐바흐가 있다. 길은 공원을 따라 이어진다. 어느 거대한 나무 아래에
서 한 여성이 커다란 모자를 쓰고 편하게 기대어 앉아 햇볕을 받으며
책을 읽는다. 초원의 빛을 등진 여인은 원피스의 하얀 점 때문에 어딘
가 인상파적인 실루엣을 연상시킨다. 이를테면 피사로의 그림《어느 여
름 아침》말이다. 오른쪽에는 나무껍질이 벗겨진 둥근 종탑이 달린 교
회가 있다. 독일가문비나무 숲 기슭에서는 초원이 반짝인다. 실개천 가
에 있던 뱀은 내가 나타나는 바람에 방해라도 받았는지 푸른빛을 번득
이며 초록색 풀밭을 지나 덤불숲을 향해 미끄러지듯 소리 없이 기어간

다. 나는 두크루아 입구 방면의 제법 가파른 언덕으로 들어선다. 그런데 이내 길이 확연히 두 갈래로 나뉜다. 헌데 지도에는 길이 하나만 나와 있다. 어느 길로 가야 하지? 레텐바흐를 떠나기 전, 나는 어느 집 앞에서 새의 깃털을 뽑고 있던 두 부녀자에게 길을 물었다. 그때 한 명이 이렇게 말했다. "쭉 가세요. 곧장 가요." 아뿔싸, 이토록 치명적인 한마디라니! 곧장이라. 그 말 한마디에는 보행을 이해하는 완전히 상반된 두 가지 방법, 전진에 대한 양립할 수 없는 두 가지 시각이 숨겨져 있다. 하나는 '방향상 곧장', 어떤 길이든 선택한 길에서 최대한 벗어나지 말고 가라는 의미다. 또 하나는 '같은 길로 계속 곧장', 어떤 방향이든 상관없이 길을 돌고 돌아 다시 이 자리로 돌아오더라도 그 길을 따라가라는 의미다. 길을 알려준 사람이 어떤 '유형'인지 아는 것이야말로 보행의 기술이다. 가장 논리적인 것 같은 첫 번째 관점을 나는 지향적 관점이라 부른다. 이것은 사실 도시인의 추상적 관점으로, 새들은 언제나 곧장 앞으로 날아간다는 터무니없는 명제를 기반으로 한 '새의 비행' 개념만큼이나 비현실적이다. 대개는 자연적인 장애물들 때문에 곧장 앞으로 나아가는 게 쉽지 않기 때문이다. 이러한 유형은 풍경을 거부하고, 산과 계곡을 없애고, 우리를 유클리드의 원칙에 따라 이쪽 나무에서 저쪽 나무까지 최단 거리로 비행하는 가상의 새로 만드는 경향이 있다. 반면에 시골 사람들은 두 번째 '유형'에 속한다. 단순하게 생각해 보자. 어떤 길이 우리가 가고자 하는 길로 곧장 이어지면 방향과 전환점 따위는 거의 중요치 않다. 아무리 다른 길이 더 빨리 갈 수 있을 것처럼 보이더라도 절대 그 길에서 벗어나지 말고, 마치 아리아드네(크레타의 왕 미노스의 딸로 테세우스에게 반해 미궁 라비린토스에서 길을 찾을 수 있도록 노끈을 준다―옮긴이)의 실처럼 두 발로 길을 느끼면서, 무턱대고 그 길을 따라가야 한다. 단, 이때는 눈을 크게 떠야 한다. 그게 바로 '곧장' 가는 것이다. 물론 나는 이 모든 걸 쓰라린 경험을 통해서 차츰차츰 터득했다. 하지만 당시에는 새 털을 뽑고 있던 두 부녀자가 어떤 '유형'인지 전혀 알 길이 없었다. 그리고 이런 경우에는 얼마 지나지 않아 뭔가 혹은 누군가가 나타나 궁지에서 꺼내주기 마련이다. 그래서 나는 잠자코 기다린다. 15분쯤 지났을까, 숲 속 200미터 쯤 더 높은 곳에서 나무가 부딪치며 나무줄기 구르는 소리와 함께 발 구르는 소리가 들린다. 푸른 눈동자의 벌목부가 말을 풀고 있다. 겉보기에는 병들어 보이는 말이다. 남자가 내게 말한다. "당연하죠. 나이를 한번 맞춰 봐요. 이 말은 스물세 살이나 먹었어요. 아직 두크루아까지 갈 시간은 충분해요. 잠깐 앉아서 잡담이나 나눕시다."

*

이름들의 야릇한 운명이여! 처음 사흘 동안 내가 무엇보다도 주목했던 건 바로 이름들이다. 산봉우리, 계곡, 특별한 명칭이 있는 곳들의 이름. 사베른에서 셋째 날 저녁에 도착할 라옹 레타프까지, 모든 이름들이 독일식이다. 분명 프랑스 지방을 돌아다니고 있지만, 그곳에는 또 다른 역사가 담겨 있다. 숲과 나무 이름인 바세르발트, 반발트, 산림 감시소 슈바이체르코프, 샤에테르플라츠 그리고 앞서 언급했던 알트도르프코프, 쿠베르코프. 그러다 독일식 이름들은 라옹 라 플렌 위쪽에 있는 튀르케슈타인 숲을 경계로 갑자기 사라진다. 몇 미터 더 가면 랑쉬에스에서 라르주 피에르로, 로멜슈타인에서 테트 드 라 비에르주로 바뀐다. 이 언어학적 경계는 사르 강으로 흘러드는, 제재소가 즐비한 사르 블랑슈 강의 흐름을 거의 정확하게 따라간다. 기껏해야 조금 큰 개울이라 할 만한 강을 건너면 일본 알프스(일본 혼슈 중앙부를 차지하는 히다 산맥, 기소 산맥, 아카이시 산맥의 총칭—옮긴이)의 식물원 혹은 수목원처럼 불과 몇 미터 만에 풍경이 급변한다.

그리고 다보, 아브르슈비에르, 생 퀴랭, 알트도르프코프 같은 이름들은 별 수 없이 에르크만과 샤트리앙을 떠올리게 한다. 이곳은 분명 『침략』, 『러시아인들의 횡단』, 『민담』의 지방이다. 푸른 눈동자에 금발을 지닌 켈트 족이 끊임없이 적갈색 머리의 게르만 족과 대결하던 프랑스 국경 지대의 역사적 지역. 게르만 풍을 강요당했지만 결코 게르만 풍을 좋아하지 않았으며, 어디에서나 들려오는 알자스 특유의 방언과 특정 장소의 명칭들, 몇 가지 풍습만 봐서는 독일을 지나고 있으며 프랑스는 푸른 숲 너머에서나 시작된다고 절로 생각하게 만들던 프랑스 지역의 서사시. 지역 정서는 흡사 『침략』의 주인공 장 클로드 윌랭과 그의 벌목부 군대가 프러시아인들과 러시아인들의 진격에 맞서 저항하던 시대만큼이나 활발해 보인다. 숲과 두터운 구름이 지평선에 드리운 동쪽 지역에는 차가운 바람과 폭풍우 속에 나폴레옹 실각 후 그곳에 주둔했던 오스트리아인, 프러시아인, 러시아 군대의 기병과 칼마키아인들이 종종 찾아왔다.

에르크만-샤트리앙은 내가 초등학교에 다닐 적만 해도 아나톨 프랑스, 피에르 로티와 함께 매일 하던 받아쓰기 주제로 심심찮게 쓰였던 소설가들이다(형제 작가인 '제롬과 장 타로'처럼 늘 붙어 다니는 두 이름은 보기만 해도 어떻게 둘이서 같이 글을 썼을까 참 신기하다. 실은 자동차 상표나 비행기 모터, 사실주의 작가들처럼 흔히 둘씩 이름을 짝지어 부르던 다른 시대의 징표다). 그들의 보주 지역은 언제나 닭장의 꼬꼬댁 소리, 우거진 숲 속 새들의 지저귐 소리 속 봄날 아침처럼 화창한 푸른빛에 잠겼다. 그러니까 이 지역들, '쪽빛 작은 골짜기에 잠긴 거대한 숲', '커다란 떡갈나무 숲의 궁륭과 전나무 숲의 어두운 나뭇가지'에는 티티새, 개똥지빠귀, 방울새들이 '둥지를 치며 즐거워했다'. 그렇지만 보주 지역에서 한 걸음 한 걸음, 하루하루 지나다보면 살짝 슬퍼진다. 침식 작용으로 거칠게 휩쓸린 포동포동한 산맥, 기진맥진한 공동과 둥근 돌기가 어딘가 노쇠해 보이는 풍경 때문이다. 경사가 그다지 가파르지 않아서 보행자에게는 더없이 고마울 만큼 태평스럽지만, 그로 인해 산맥의 굴곡이 쇠잔한 지평선은 생기 없이 완만하다.

　　말이 조금 떨어진 곳에서 가쁜 숨을 몰아쉬며 휴식을 취하는 동안, 벌목부는 손으로 침엽수의 짙푸른 색이 마치 하늘이라는 수채화를 시나브로 물들이는 것처럼 나무들로 그윽하게 짙어진 엷은 쪽빛의 쇠잔한 지평선을 가리키며 말한다. "난 이 숲 전부를 다 외웁니다. 14세부터 여기서 일했거든요. 트랙터는 여기까지 절대 못 올라와요. 그래서 나무를 베고 껍질을 벗기는 일까지 전부 직접 해야 하지요. 나머지는 말이 합니다. 말은 어디든지 올라가고 내려갈 수 있거든요. 시간이야 널리고 널렸으니까요. 나는 나무들이 좋아요. 나무 때문에 먹고 살긴 하지만 나무 베는 일은 좋아하지 않습니다." 사위, 두 아들과 함께 가업으로 벌목을 하는 인부는 나무를 벤 뒤 껍질을 벗겨서 쌓아뒀다가 주문이 들어오면 어디로든 배달한다. 20년 된 전나무는 말뚝용으로, 독일가문비나무는 건축물의 뼈대로, 너도밤나무는 굴뚝과 요리용 화덕으로 쓰인다. 벌목부는 딱 한 번 파리에 갔었는데, 그때 말고는 단 한 번도 이 지역을 벗어난 적 없다. 그는 파리에서 돌아오는 길에 오를리에 들렀다고, 황홀한 눈빛으로 감탄을 쏟아낸다. 하지만 이내 숲 이야기로 돌아온다. 그리고 저 멀리 보이는 검붉은 장과들을 가리킨다. "봐요, 이걸로 우린 세계에서 제일 훌륭한 증류주를 만들고 있습니다."

나무들을 베어낸 자리와 발자취로 만들어진 오솔길 때문에 길은 두 갈래로 나뉘지만, 곤경에 처한 내 옆에서 잠시나마 함께 있어준 푸른 눈동자의 벌목부 덕분에 '곧장' 가는 길을 찾는다. 두크루아 입구를 한참 지나 오후의 나른함에 젖은 상태로 생 퀴랭 숲의 멧돼지 보호지역을 지난다. 이곳에서는 멧돼지 700마리가 자유로운 상태로 풀을 뜯어 먹으며 살고 있다. 물론 장차 사냥꾼들의 손에 죽게 되리라는 생각은 전혀 하지 못한 채. 게다가 지금은 관례처럼 닥치는 대로 살육하는 습관 때문에 사냥꾼들은 아예 사냥감 보호지역을 만들었다. 달리 말하자면, 오로지 나중에 사냥하려는 목적으로 야생동물들을 먹이며 키우는 구역이다. 사람들은 아마 사육동물들을 사냥한 건 신석기 시대부터라고 대꾸할 것이다. 맞는 말이긴 하다. 그리고 사냥은 점점 더 정육점 사업과 비슷해지고 있다. 인간이 주는 먹이를 받아먹고 자라 반쯤 길들여진 야생동물들, 특히 멧돼지들은 더는 사냥꾼을 경계하지 않게 되고, 결국 대개는 지근거리에서 죽고 만다. 인간들은 무책임하고 어리석게도 스스로를 사냥꾼이라고 믿으면서 효율적으로 사냥을 규제하지 못한다(자동차 운전자도 여기서는 훌륭한 연구와 사색의 주제다. 왜 정신적으로 멀쩡한 인간이 무기를 들거나 운전대만 잡으면 공격적인 야만인으로 변할까?). 그래서 여러 해에 걸쳐 몇몇 종이 제대로 번식하지 못해 멸종해가는 모습을 두 손 놓고 볼 수밖에 없었다. 사냥꾼들은 언뜻 어수선하고 소란스럽기만 할 뿐 전혀 조직적이지 않은 것 같아 보이지만, 사실 행정부를 송두리째 뒤흔들 정도로 국가 속의 또 다른 국가를 이루는 굉장한 '견제 세력'이기 때문이다. 이는 프랑스가 동물 보호에 있어서 왜 가장 뒤쳐졌는지를 설명해준다. 환경학자들과 막강한 사냥꾼 계급이 끊임없이 충돌하기 때문이다. '보호'는 부득이한 수단에 지나지 않는 반면, '살육'은 침해할 수 없는 성스러운 권리인 듯하다. 게다가 '보호'는 생 쿼랭의 도살 보호지역처럼 오로지 나중에 더 잘 죽이기 위해서일 뿐이다.

고요한 숲을 지나면서 머릿속에 맴돌던 생각은 복수다. 하루 중 그 무렵이면 멧돼지들은 움푹한 곳이나 진흙탕 우리 혹은 계곡의 서늘한 곳에 웅크리고 잠을 잔다. 그래서 보호지역이 끝나 길을 가로지르는 커다란 나무 울타리가 나타날 때까지 멧돼지는 한 마리도 보이지 않는다. 울타리 바로 옆에서 한 벌목부가 송진이 흘러내리는 거대한 나무줄기를 베고 있다. 나는 그에게 혹시 말코트 산림 감시소로 가는 길을 아느냐고 묻는다. 또 골치 아픈 대답이 돌아온다. "그야 아주 쉽죠. 이리로 가서 전나무 두 그루 사이로 들어간 다음, 곧장 가면 돼요."

지방의 작은 호텔들이 얼마나 따분한지 말하고 노래하고 읊조린 사람이 누구 하나라도 있었던가? 방탕한 고양이들, 먼지, 쉬어터진 밀랍, 열 번은 데운 듯한 수프, 고릿적 닭찜 냄새가 버무려진 작은 호텔들. 조금만 움직여도 낡아서 해진 용수철이 음산하게 삐걱대는 철제 침대, 뜨거운 물은 절대 나오지 않는데다 찬물도 도저히 손 쓸 수 없는 동맥경화증에 걸린 배관을 통해 시름시름 앓는 소리를 내며 나오는 세면대. 구멍이 늘 막혀 있는 소금 용기, 흡사 중신세(신생대 3기, 약 2000만 년 전―옮긴이)의 늪 바닥처럼 굳고 쩍쩍 갈라진 겨자 단지가 식탁에 놓여 있는 앙리 2세 식당. 하긴 그럴 만도 하다. 하물며 비까지 내리는데 누가 이런 곳에서 휴가를 보내는 기쁨, 흥분, 황홀경을 말하고 노래하고 읊조릴까? 양지바른 숲을 사흘간 걷다가 만난 라옹 레타프는 음산하고 우중충한, 두통을 유발하는 곳이다. 내가 너무 빨리 숲 사람이 되어서 더는 도시의 감금 생활을 견디지 못하는 걸까? 어제 해질 무렵 말코트 산림 감시소에 도착한 나는 벌목 작업을 하다 불쑥 나타난 산림 감시원 때문에 소스라치게 놀랐고, 결국 함께 그의 집으로 향했다. 그의 집 바로 옆에 흐르는 샘물로 갈증을 풀고 앙투아네트를 바라보았다(이번에 도보 여행을 하면서 랑그르 고원에서, 부르고뉴에서, 모르방 지역에서 자주 발견한 꽃이 있다. 흔히 '성 앙투안의 월계수'나 '앙투아네트' 혹은 조금 더 유식하게 '분홍바늘꽃'이라고 부르는 큼직한 자색 야생화다). 그러다 내가 주 도로변에 있다는 사실을 깨달았다. 동시에 자동차 한 대가 멈췄다. 운전자가 주임 신부인 걸 보고 나는 안도의 말 한마디 없이 냉큼 그 옆에 앉았다. "어디 가십니까?" 신부가 물었다. "신부님은요?" "라옹 레타프요." "그럼 저도요." 그렇게 해서 어젯밤 나는 방을 찾아 사방을 헤매게 되었다. 연로한 아주머니 두 분이 운영하는, 방이라고는 달랑 하나밖에 없는 작은 호텔 말고는 당연히 만원이었다.

*

  그래서 나는 권태, 단조로움, 무미건조함을 노래할 테다. 또한 차갑게 지속되는 동안에는 무겁고 조밀한 핵으로 응축되는 중수重水처럼 무겁게 짓누르는 듯한 시간, 지방 어디에 가도 늘 똑같이 풍기는 수만 가지가 혼합된 듯한 냄새, 그 권태, 그 무거운 시간, 그 냄새들을 나는 노래할 테다(혹시라도 누군가 지방 호텔들의 권태로운 퀴퀴한 요소들을 재구성하고 싶어 할지 몰라서 한 번 더 나열한다. 냄새가 역한 거자, 딱딱해진 밀랍, 고양이 오줌, 그릇과 쓰레기통과 표백제 삼총사, 다시 데운 수프. 여기에 임의로 싸늘하게 꺼져버린 담배꽁초들을 덧붙여도 좋다). 숲과 신선한 샘물, 독일가문비나무 가장자리에서 본 뱀의 소리 없는 미끄러짐, 껍질 벗긴 나무줄기와 마른 가시덤불과 딱총나무 냄새처럼 그 냄새들도 프랑스 도보 여행의 일부니까. 물론 건물 합각(지붕 위 양 옆에 박공으로 'ㅅ' 자 모양을 이루고 있는 각―옮긴이)에 별들이 총총 박힌 유명한 호텔을 군이 피하고 싶다면 말이다.

*

  라옹 레타프의 호텔은 합각에 별이 하나도 없다. 아예 합각이 없다.

나는 지붕 아래쪽 방에 묵기로 한다. 벽면에 규칙, 금지, 독촉 그리고 그 밖의 경고들이 표시되어 있어서 확실히 호텔 방 같은 느낌을 자아내는 갓 정비된 고미 다락방이다. 그곳을 운영하는 나이 든 아주머니 두 분은 상냥하고 활달하다. 호텔에는 여행객 한두 명을 빼고 8월에도 연로한 피서객들만 있는 것 같다. 그런 노인들은 이미 오래전에 은퇴한 뒤, 남은 삶의 죽은 시간을 그렇게 쌓고 있는 셈이다. '은퇴+휴가=남아도는 시간', 지나친 무기력. 새하얀 물이 계속 겹쳐지면 초록색으로 보이다 파란색, 검은색으로 보인다는 사실은 익히 알려져 있다. 그런 의식 때문에 노인들의 삶이 가진 투명성의 중첩, 축적된 시간의 공백이 어둠과 짙고 심오한 권태로 다가오는 모양이다.

그날 아침, 점심 식사하기 훨씬 전부터 투숙객들은 식당에서 식사 시간을 기다린다. 간밤에 비가 오기 시작했다. 나는 그 핑계로 라옹에 머물기로 결심한다. 사베른에서 여기까지 사흘 동안 60킬로미터를 걸었으니, 따지고 보면 하루 평균 20킬로미터를 걸은 셈이다. 하긴, 뭐 그리 대단한 건 아니지만 더 빨리 가서 무엇 하겠는가? 다리에 다시 근육통이 슬쩍 느껴지기도 해서, 추적추적 내리는 가랑비를 핑계로 출발을 보류했다. 나 말고 연로한 부부 두 쌍이 식당에 더 있다. 그중 쪼글쪼글하게 주름지긴 했지만 겉보기에 정정한 한쪽 남편은 95세다. 몸이 뻣뻣하게 경직된 노인은 두 발을 질질 끌며 걷는다. 흡사 무덤에서 벌떡 일어났지만 온몸에 붕대를 감고 있어서 거동이 불편한 미라 같았다. 팔순이다 되어가지만 자그마한 노인 옆에 있어서 거인처럼 보이는 또 다른 은퇴자는 건강 상태가 큰 시름인 듯한 미라 노인을 안심시킨다. 식사하기 전에 나누는 두 사람의 대화가 내게는 식전주처럼 느껴져서 한번 적어 본다. 거구 노인이 미라 노인에게 말한다.

"소변만 정상적으로 보면 걱정할 건 하나도 없데요."

"소변이, 소변이 다가 아니라니까."

미라 노인이 말을 더듬으며 대꾸한다.

"알죠, 다른 것도 있지만 그래도 소변을 잘 보는 게 제일 중요하다니 까요. 오늘 아침에 소변은 잘 봤어요?"

"아무렴, 아주 잘 봤지."

"그럼 다리에 힘 있고 눈 멀쩡한 거니, 오늘 하루는 정정하신 거예 요."

"눈이야 아직 멀쩡한데, 다리 힘까지 멀쩡하다는 건 과언이지."

미라 노인은 앙리 2세 식당에 가려고 힘겹게 발을 끌면서 중얼거린다.

나는 어르신들의 대화를 듣고 생각에 잠긴다. 연로해서도 원기 왕성한 노인들을 비롯해 어르신들이 자신의 건강에 대해 불평을 늘어놓는 소리를 어릴 때부터 많이 들었다(논리적으로는 당연히 나이 들수록 기뻐해야 옳다. 몸이 건강하고 신체 기관이 정상이라는 신호로, 100세가 되었을 때는 이렇게 소리쳐야 마땅하다. '아직도 살날이 창창하다!'). 건강과 질병에 대해 나누는 어르신들의 대화에서 제일 신기한 것은 신체 기관의 기능에 대해 저마다 나름의 소신과 생각, 다소 이상한 이론을 갖고 있다는 점이다. 마치 의학은 애초부터 없었던 것처럼 말이다. 평범한 보통의 프랑스인들을 상대로 신체 기능, 혈액과 산소의 역할에 대해서 어떻게 생각하는지, 몸과 신체 기관에 대해서 어떻게 생각을 하는지 설문조사를 해본다면 재미있을 것이다. 대답은 분명히 아주 놀라울 테니까. 책이나 라디오, 텔레비전에서 자못 진지하게 이야기하는데도 사람들은 대부분 저마다 과학적 견해와는 아무 상관없는 '들은풍월'로 얻은 몸에 대한 나름의 시각, 민간요법, 여기저기서 주워들은 의견들을 갖고 있는 게 분명해 보이기 때문이다. 어머니만 해도 평생 병원을 다니셨지만, 전혀 의학적이지 않은 중세시대 마녀들의 치료법 같은 민간요법을 고수하셨다. 그런데 굳이 전문적으로 공부하지 않아도 누군가에게 신체 기능을 대략적으로 이해시키기란 어렵지 않다. 그리고 운전자 대부분이 자동차의 기계 장치에 관심을 갖는 대신 차체에 공을 들이는 것과 마찬가지로, 동굴 시대 이후로 우리 정신에 남아 있는 '들은풍월'과 미신 대신 신체 기능에 대해 제대로 알려고 애쓰는 사람은 드물다. 사실 정통 의학은 문외한들에게 철두철미한 지식의 장벽을 쌓고는 금기들을 없애려는 노력조차 전혀 하지 않는다. 그래서 문외한들은 정보를 얻고 싶거나 이해하고 싶을 때 더 쉬운 쪽, 즉 대개는 약장수 같은 소위 민간요법으로 가는 경향이 있다.

*

　고요한 숲 속, 벌목부의 존재를 알리는 나무에 도끼 찍는 소리가 더는 들리지 않는다. 대신 절단기 소리가 들린다. 절단기의 요란한 소리에는 확실한 장점이 담겨 있다. 멀리서도 소리가 들려서 길 잃은 여행자가 쉽게 방향을 구분할 수 있게 해준다. 하지만 흥분한 말벌 떼처럼 집요하게 윙윙거리는 소리에는 절단공의 손아귀 안에서 분노로 안달하며 나무를 끝장내려는 기계의 조급한 외침이 담겨 있다. 나무를 움켜 잡고 조금씩 갉고 뜯으며 정당한 싸움 끝에 쓰러뜨리는 도끼의 끈기 있고 리드미컬한 움직임과는 사뭇 다르다. 때로는 흡사 황소가 투우사를 들이받듯 나무들이 벌목꾼을 짓누르는 일도 있다. 오늘날 나무들은 싸움 한번 해보지 못하고 몇 분 만에 말끔히 쓰러진다. 무너지듯 쓰러지는 나무들의 소리를 나는 이번 도보 여행 동안 수도 없이 들었다. 점점 더 희귀해져가는 새들의 노랫소리보다 더 자주.

나는 라옹 레타프에서 몇 킬로미터 떨어진 곳, 트라스와 로셰 데 페어귀를 막 지난 너도밤나무 숲 한가운데서 길을 잃는다. 이곳의 오솔길 중에는 지역 회관에서 이정표를 설치해 어쩔 수 없이 출발점으로 되돌아가게 만드는 길들도 있다. 길들의 혼돈 앞에서 나는 잠시 기다리다 멀리서 들리는 절단기의 굉음에 귀를 쫑긋 세운다. 벌목부 한 명과 알제리인 조수 두 명이 벌목 작업을 하고 있다. 바로 옆에는 간이침대 세 개와 작은 취사실 하나, 목재 난로 하나로 대충 꾸민 나무 객차가 있다. 그들은 여름 내내 숲 속에 고립된 채 그곳에서 생활하며 일주일에 한 번꼴로 물품을 구하러 계곡으로 내려간다. 벌목부는 나에게 한 번도 이렇게 말하지 않는다. "곧장 가세요." 그는 숲과 숲 사이의 널찍한 비포장 길이 나올 때까지 몇 십 미터를 나와 동행하고 이렇게 말한다. "저기 개울 보이죠? 개울을 따라 생 브누아 도로까지 내려가면 다시 길이 나올 겁니다." 혹시라도 헷갈릴까봐 실개천 같은 개울을 따라가다 보니 다른 개울이 나타난다. 나는 개울물을 마신다. 물 위에 떠 있는 낙엽 때문에 부식토 맛이 난다. 이번 도보 여행 동안 나는 샘물과 실개천의 물을 마시는 법을 배웠다. 그 물에서는 도시의 살균된 물 때문에 잊고 지내던 맛이 난다. 이곳 샘물에서는 흙냄새, 식료품점 이곳저곳에서 산 형편없는 럼주 맛을 가시게 해주는 여전히 순수한 그늘 맛이 난다. 그리고 소리만 듣고 물줄기를 알아차리는 방법도 터득했다. 실개천이 졸졸 흐르는 소리는 간신히 들을 수 있기 때문이다. 실개천은 거의 경사 없는 토지 위로 흘러서, 속삭임처럼 졸졸거리며 잔잔히 흐른다. 도보 여행을 장시간 하다가 더위에 갈증이 날 때면 청각을 예민하게 곤두세워야 들판의 풀밭 너머 바람 소리, 풀벌레들의 울음소리 사이로 가냘픈 물소리를 들을 수 있다. 시냇물 혹은 그 형뻘인 개울은 콸콸 흐른다. 달리 말하면 훨씬 가파른 경사 위로 흐르며 콸콸 소리를 낸다. 물살은 보다 조급하고, 훨씬 일렁거린다. 나뭇가지들을 돌아 바위에 부딪치며 가늘고 섬세한 폭포로 부서진다. 내가 참을성 있게 따라간 시냇물은 두 시간이 다 되어서야 예의 그 도로로 이어진다. 자동차 한 대가 옆을 지나간다. 제법 멀리 떨어져 있지만 도착하기도 전에 알아차릴 수 있다. 그 소리만 듣는데도 벌써 자동차, 도로, 타르의 이미지들이 떠오르며 짜증이 난다. 숲을 떠나고 싶지 않다. 하지만 도로 반대편에 난 길은 뜻밖의 방향들로 아무렇게나 구불거린다. 서쪽으로 살짝 돌아가는가 싶더니 마침내 '생 브누아 라 시포트'라는 팻말이 서 있는 아스팔트 도로가 나타난다.

*

정오가 갓 지난 오후의 땡볕 아래, 이름 없는 아스팔트 도로를 걷고 있다. 벌써부터 이 도로가 싫다. 나를 숲에서 떼어놓았기 때문이다. 하지만 우스라스 마을까지 적어도 6킬로미터는 계속 이 길을 따라가야 숲의 그늘로 들어갈 수 있다. 길 가장자리 여기저기로 사치스런 별장들이 불쑥 솟아 있다. 규석으로 된 집합체, 콘크리트 층계와 안전유리 차양, 쥐똥나무 수풀, 정원에 세워진 도기로 만든 개 형상들. 그 혐오스러운 것들로 프랑스인들의 꿈을 구현하는 게 가능할까? 글쎄, 답은 '그렇다'이다. 벽면에 이렇게 적혀 있기 때문이다. "나의 꿈" 혹은 "나의 기쁨". 그리고 언제나 앞뒤로 이런 팻말이 따라 붙는다. "개 조심, 사나움." 여기서는 사나운 개가 없으면 '꿈'을 간직할 수 없거나 악몽으로 바뀌는 모양이다. 거칠게 짖어대는 꿈의 문지기인 발바리들의 경호를 받으며 철책과 대문 앞을 지나던 나는 케르베로스(세 개의 머리와 뱀의 꼬리를 가진, 지옥문을 지키는 개―옮긴이)들은 천국이 아닌 지옥의 입구를 지키고 있다고 중얼거린다. 하긴, 그게 바로 그 개들의 역할 아닌가. 다행스럽게도 숲 가장자리 소나무들 사이로 우스라스 마을의 집들이 보인다. 이제는 완전히 인적 없는 마을. 교회 앞에서 자전거에 올라타려다가 마치 갑작스럽게 정지된 영화의 한 장면처럼 한 발은 땅에 대고 다른 한 발은 허공에 둔 채 동작을 멈춘 작은 소녀. 덧문이 닫힌 야트막한 집들. 인적 없는 앞마당에 핀 제라늄과 글라디올러스 꽃들. 나는 카페를 발견하고 안으로 들어간다. 실내는 서늘하고 황량하다. 대리석으로 만든 낡은 탁자들. 자그마한 카운터. 나는 가방을 내려놓고 의자 두 개를 붙여서 자리를 잡는다. 아무도 오지 않는다. 소리쳐 부르면 적막과 파리들의 휴식을 방해할 테니 나는 잠자코 기다리기로 한다. 등에 한 마리만이 내가 들어온 것을 알아차린다. 잠시 나와 대치하던 등에도 결국엔 나가버린다. 다시 침묵이 찾아온다.

길고 긴 낮잠 시간. 어떤 시에서 읽은 베를렌스러운 말이다. 그렇다, 시간 자체가 졸고 있다. 자는 듯 잔잔한 물처럼 잠에 취해 미동 없는 카페. 겉으로는 보이지 않는 세상이 요동친다. 내가 진작 간파했듯이, 이곳에는 시대의 균열로 생긴 예전의 역사가 잠들어 있다. 벽에는 1870년 전쟁의 한 장면과 강베타(프랑스의 공화파 정치가—옮긴이)의 장례식 장면이 담긴 판화 두 점이 세월 앞에 녹슬어버린 압정에 매달려 있다(판화 바로 밑에 있는 글을 보면 1883년 1월에 있었던 일이다). 마침내 안색이 발그레하고 강인해 보이는 여자가 문틈으로 머리를 내밀고 뭐 필요한 거 있냐고 무심히 묻는다(카페에 들어온 후 아무 소리도 내지 않았는데 어떻게 내가 있다는 걸 알아차린 걸까?). 만일 내가 '아니오, 아무것도 필요 없어요.'라고 대답하면 저녁까지 그곳에서 머물 수 있을 것 같다. 하지만 갈증이 나서 맥주 한 병을 주문한다. 여자는 맥주를 가져다주고는 소리 없이 사라진다. 파리들과 강베타의 장례식, 길고 긴 낮잠 시간 그리고 달랑 혼자인 나를 남겨두고.

*

결국 우스라스에서는 자지 않는다. 하루는 너무 더디게 흐르지만, 간절한 마음과 달리 방을 찾을 수 없다. 나는 결국 우락부락한 카페 안주인에게 호텔은 못 찾겠으니 그저 하룻밤 자고 갈 만한 장소가 없느냐고 묻는다. 누군가의 집도 좋다고, 버려진 방이라도 좋다고. 여자는 불안한 시선으로 나를 바라본다. 뭐랄까, 기억의 밑바닥을 몽땅 헤집고 유년시절로 거슬러 올라가 마을에 있는 집이란 집들은 모조리 훑어보는 모습이다. 잠시 후 여자가 말한다. "정말 없어요. 아무리 생각해봐도 댁이 잘 만한 곳이 떠오르지 않네요. 여기 들러서 하룻밤 머물고 가는 사람은 절대 없거든요. 하지만 브루블리외르에 가면 찾을 수 있을 거예요. 별로 멀지 않아요."

그날 밤 나는 브루블리외르의 하나뿐인 카페 겸 식당에서 일을 돕고 있는 은발이 희끗희끗한 여자의 부모 집에서 묵는다. 그 방은 여자가 젊은 신혼부부들을 위해 가구점 진열대 못지않게 꾸며놓은 방이다. 프랑스에서는 숱하게 찾아봄직한 모습이다. 깔끔하고 정결하면서도 별 특징 없이 무난하다. 이런 곳에서 사랑의 행복을 찾을 수 있을까? 찬장 위에 놓인 유리 섬유로 만든 물고기, 가짜 뿔로 만든 일명 풍요의 뿔, 코르시카의 석양을 묘사한 착색 석판화 앞에서 절망으로 울부짖는 도자기로 된 사슴. 이런 물건들이 그저 공간을 차지하는 역할만 하는 밋밋한 실내에서 과연 사랑의 행복을 찾을 수 있을까? 가구는 안목이 어찌나 형편없던지, 소목장이가 인간이기를 포기하고 뜬눈으로 밤을 지새우며 만들었을 거란 상상이 들 정도다. 하지만 그런들 어떠랴! 당연하게도 프랑스를 여행하는 사람은 자주 프랑스의 추함과도 마주치게 된다.

*

드디어 보주 지역의 끝이다. 햇빛 따사로운 아침, 마냥 거칠고 어둑하던 숲은 서서히 사라지고 넓은 계곡과 볼로뉴, 모르타뉴, 아랑텔처럼 노래하는 듯한 이름을 지닌 강들로 풍경이 바뀐다. 이제 보주 산맥은 사라지고 억척스런 숲과 군데군데 끊긴 포동포동한 동산, 통통한 언덕들이 등장한다. 그렇다, 보주 산맥은 서서히 죽어간다. 죽는다는 말 외에 달리 어떻게 표현할 수 있을까? 몇 번의 드문 예외가 있었지만 이번 프랑스 여행에서는 탄생, 성숙, 대지 한가운데에서 맞는 온화한 죽음을 목격했다. 나는 햇빛을 받아 따사로운 골짜기를 따라 내려가 독일가문비나무가 무성한 길을 걸어 에피날로 향한다. 가장자리에 실개천이 졸졸 흐르는 오솔길 위로 뱀이 조심스레 지나가며 수놓은 듯한 흔적을 따라가다 보니 저 멀리 좌우로 뿌옇게 안개가 서린 비탈에 프레미퐁텐, 포콩피에르, 크자몽타뤼트 마을들이 어렴풋이 보인다. 곳곳에 보이는 제재소와 송진, 톱밥 냄새 그리고 잠자리들이 살랑거리는 풍경 속에 물이 고인 작은 늪이 있다. 걸핏하면 한쪽 발이 토탄 속에 빠지는 질퍽한 목초지 또는 그루터기를 이곳에서는 작은 늪이라는 뜻의 '파뉴fagnes' 대신에 '페뉴feignes'라고 부른다. 게다가 그 근방에 유독 '페뉴'의 '펭faing'이라는 단어가 들어간 장소나 마을이 많은 것만 보아도 지역 전체가 작은 늪지인 게 분명하다. 펭방Faing-Vent, 펭뇌프Faing-Neuf, 메루펭Méroufaing, 몰펭Molfaing, 마유펭Mailleufaing.

'펭'과 '페뉴'의 신기한 음조를 발음하며 생각해보고, '페뉴'와 '펭트'와 '펭'을 생각하며 걷다 보면 다른 지명들도 떠오른다(나는 부정확한 어원을 몹시 좋아해서 '페뉴'나 '파뉴'나 진흙탕을 뜻하는 '팡주'에서 비롯되었다고 해도 페뉴가 진짜 목초지인 척하는 늪지일 거라 생각하기를 좋아한다). 랑주포스, 바스 뒤 루, 콜린 데 루조. 플렌구트 숲 너머 위쪽 길에 자동차 한

대가 멈추더니 운전자가 타라고 손짓한다. 나는 좋아서 일부러 걷고 있는데 왜 운전자들은 어떻게든 태우지 못해 안달일까? 운전자에게 설명을 하자 그는 잠시 당황한 기색을 보인다. 하지만 그래도 고집을 부린다. 자기가 사는 곳이라며, 조금 떨어진 포콩피에르까지 데려다주겠다고 한다. 내가 마지못해 차에 타니, 운전자는 출발하기가 무섭게 재빨리 자신의 인생사를 털어놓는다. 신기하게도 사람들은 걸핏하면 내게 넋두리를 늘어놓거나 골치 아픈 문제들, 딱한 사정들을 하소연하고 싶어 한다. 내 얼굴이 고해신부처럼 생긴 걸까? 그래도 이 운전자는 친절하다. 남자는 짙푸른 눈동자가 돋보이는 초췌한 얼굴을 내게 돌리고 소리치듯 말한다. "발길 닿는 대로 자유로이 거닐 수 있다니 운도 좋으십니다! 저도 숲 속 걷기를 무척 좋아하죠. 여기는 제가 사는 마을 입구까지 사방이 숲이랍니다. 그래도 숲에 가는 일은 일 년에 한 번 있을까 말까죠. 정신없이 바쁘거든요." "무슨 일을 하십니까?" "자동차 정비 공장을 합니다. 아시다시피 자동차한테는 일요일이 없지요. 차는 밤낮으로, 여름이건, 겨울이건, 일 년 내내 구르죠. 우리 같은 사람들에겐 은퇴도 없어요. 그런데 땅이며, 집이며, 물건이며 온통 사야할 것들 천지예요. 그 돈을 다 벌려면 한참 멀었고요. 집사람도 이럽디다. '벌 수 있을 때 벌고, 살만 하면 그때 가서 관두고 큰소리 치고 살아요.' 그러니 이 모양이지요. 벌써 다 왔네요. 자, 여행 잘 하십시오!"

*

에피날에 도착하기 전까지 숲은 제재소로 넘쳐났다. 뢱세유, 푸주롤,

생 루 쉬르 스무즈의 주도主都인 에피날을 지나자 여기서부터는 골짜기마다 물레방아로 넘쳐난다. 물살은 격렬할 정도로 넘실댄다. 옛 개척지에는 간간이 대형 농장들이 들어서 있다. 대개는 온통 숲으로 둘러싸여 있고, 드문드문 과일나무들과 과수원이 전나무들과 독일가문비나무들 사이에 섞여 있다. 보뫙이라는 작은 마을의 농가들 중 하나는 지역 박물관으로 개조되었다. 길가에 세워진 팻말에 그렇게 적혀 있어서 나는 발길을 박물관으로 돌린다. 그곳에는 집이 네 채 있는데, 한 채에는 사람이 살고, 또 한 채는 버려지고, 나머지 두 채는 박물관과 부속 건물로 쓰인다. 마을 어귀에 도착하자 별안간 태양이 구름을 뚫고 과수원을 환히 비춘다. 오후가 시작되었을 때만 해도 가랑비가 쉴 새 없이 내려서 놀라게 하더니 이제는 사방의 들판이 빛나고 풀잎이 반짝인다. 얼마 안 가서 전나무들이 흡사 구름 끝에서 보초를 서는 골판지 병사들처럼 안개를 뚫고 불쑥 형체를 드러내는 바람에 깜짝 놀라며 발길을 멈추기도 한다. 보뫙 농가 박물관 입구에서 웬 시골 노파가 강낭콩 깍지를 까고 있다. 할머니는 마을에 살면서 오후마다 문지기 역할을 하신다. 박물관이라고 하지만, 실내를 지방 특유의 양식으로 개조해 큰 방 두 개에서는 가내수공업을 하는 전형적인 농가다. 무엇보다도 농가 전체가 내가 방금 지나온 지역, 그러니까 발 다졸과 푸주롤, 생 루와 지리적으로 가깝고, 이곳에서 콩보테 골짜기라고 부르는 지역과 관련이 깊다. 시냇물의 중요성은 물레방아 수와 제분업자, 맷돌 제조자, 맷돌 수선공 등 그곳에서 살아가는 모든 이들의 수로 설명된다. 푸주롤에만 금세기 초에 34명의 시계수리공이 있었다. 즉, 장인들이 보름에 한 번 꼴로 맷돌을 재정비하고 광택을 냈을 거라는 이야기다. 또한 나무딸기와 개암나무 껍질을 활용해서 큰 통과 나막신, 바구니 그리고 광주리용 갖가지 물품도 제작했다(나막신은 신기하게도 돼지털을 던져 넣은 지저깨비 불로 훈제해서 나무를 채색했다). 쐐기풀 섬유 등으로 방직도 해서 방직 공예품을 전시하는 아주 아름다운 방도 따로 있다. 한쪽 구석에는 넓게 안쪽으로 휘어진 큼직한 나무 벤치가 있는데, 누워서 잠도 잘 수 있어서 부랑자 벤치라고 부른다.

바깥에 있는 곡물 창고 두 채는 훨씬 부피가 큰 물건들, 맷돌, 제분기의 나사 같은 것들을 보관하는 부속 건물로 사용된다. 그리고 위쪽 풀밭에는 거의 새 것이나 다름없는 '샬로chalot'라고 부르는 오두막이 하나 있다(판자 하나씩 일일이 복원해야 했기에 거의 새것이라 불러도 괜찮을 것이다). 요즘은 쓰지 않는 지역 용어인 샬로는 오두막을 뜻하는 '샬레chalet'에서 온 것이 분명하다. 오늘날 산이든 다른 곳이든 직공들이 일하다 지치면 쉴 수 있게 만든 니스 칠한 화려한 목재 건물을 연상시키기 때문이다. 원래는 오베르뉴 지방의 돌로 지은 오두막처럼 간이 바람막이 시설로 사용하는 소박한 목조 건축물을 일컫지만, 요즘은 시립공원의 '공중화장실'을 가리킬 때나 쓰직하다. 오늘날에는 모두 사라진 샬로는 쉽게 분해했다가 다른 곳에서 재조립할 수 있도록 볼트와 장붓구멍만으로 이루어진, 물매가 가파른 지붕을 얹은 아담한 목조 건축물이다. 그리고 곡물 창고로 사용되는 까닭에 높이 올려서 바닥의 습기를 피할 수 있도록 짓는다. 신기한 건 단순하면서도 논리적인 이런 유형의 건축물이 프랑스에서는 유일하게 이 지역에만 존재하고, 그 외에는 오직 노르웨이와 히말라야에만 있었다는 점이다!

요컨대 이처럼 불타는 정열의 박물관은 한 번도 본 적 없다. 대체로 나는 잡다하게 수집한 물건들로 난잡한 가운데 이따금 희귀품이나 뛰어난 표본들이 눈에 띄는 작은 지방 박물관들이 마음에 든다. 이런 박물관들은 18세기부터 부쩍 많아졌는데, 이상하거나 색다르거나 기괴하거나 별난 것들을 모조리 모아둔 이른바 '호기심의 방'이다. 주로 지역 역사 박물관과 민속 박물관들이 따분한 이유는 전시된 물건들에서 자연스러운 주변 환경을 찾아볼 수 없기 때문이다. 그림들, 조각들, 보석류들, 태피스트리들은 원래 감상하기 위해서 만들어진 미학적 기능을 갖는 작품들이라 전시되는 게 당연하다. 그러나 삶을 에워싼 무수한 물건들은 인간이 살아가는데 필요하거나 꿈을 꾸게 해주지만, 감상하기 위한 것은 아니라고 여겨진다. 물건들의 형태, 재료, 마무리는 본래의 용도에 따라 결정된다. 그래서 이미 죽은, 즉 사용하지 않는 물건들이 제 의미를 되찾으려면 무엇이 되었든 주변 환경이 필요하다. 또 그렇기 때문에 에피날의 보주 박물관보다 작은 보몽 농가에서 지난 세기 농가의 일상생활을 더 많이 볼 수 있다. 게다가 밖으로 나오면 촉촉이 젖은 풀 향기, 더 진해진 꽃내음, 박물관을 떠나간 삶의 냄새가 난다.

*

마르셀 세르는 방앗간 주인이다. 마르셀은 푸주롤 르 샤토 근처에 있는 방앗간에서 산다. 의사 친구와 함께 농가를 복원해서 주택 박물관으로 꾸밀 생각을 해낸 사람이 바로 마르셀이다(보몽 입구에서 강낭콩을 다

듣던 시골 노파한테 들은 바에 의하면 그렇다). 눈빛이 맑은 그는 과거를 분별력 있게 숭배할 줄 아는 남자다. 내가 분별력이 있다고 말하는 건 과거를 맹목적으로 숭배하지 않고, 무엇보다도 사라져가는 것을 지키고 이전 세기의 유물들을 보존하려는 소신에서 우러나온 행동이기 때문이다. 그는 지역을 두루 돌아다니며 곡물 창고와 곳간들을 뒤지고, 엉망으로 망가진 물건들까지도 옛 것이거나 쓸 만하면 모조리 수거한다. 그러고는 몇몇 친구들과 함께 직접 나서서 물건들을 수리하거나 복원한다. 그런데 그의 방앗간은 의외로 활기찬 현대식이다. 그래서 500년 전 사람들처럼 밀을 빻지 않는다. 방앗간은 정원에 흐르는 콩보테 강을 이용해 모터 하나 없이 오로지 수력만으로 전체를 움직인다. 그 힘은 벨트와 톱니바퀴 그리고 도르래의 세계를 통해 모아지고 전달되며 증폭된다. 그 세계는 물소리마저 들리지 않을 만큼 귀가 멍멍할 정도로 시끄럽다. 들리는 소리라고는 흡사 움직이지 않는 괴물이 무수히 알을 까는 흰개미 여왕처럼 열광적으로 밀가루 포대를 터뜨리며 내는 마찰음, 미끄러지는 소리, 떨리는 소리, 숨차게 할딱이는 소리뿐이다.

　마르셀 세르에게는 스피넷(17-18세기에 보급된 소형 피아노의 일종―옮긴이) 수집이 큰 낙이다. 발 다쥴은 보주 지역에서 스피넷으로 유서 깊은 도시다. 무릎이나 탁자 위에 올려놓고 손가락으로 현을 퉁기면서 연주해서 키타라(고대 그리스의 현악기―옮긴이)의 원리를 떠올리게 만드는 이 작은 악기는 희한하게도 생김새가 동양의 칠현금, 특히 흑해 연안 폰트 지역의 리라와 닮았다. 하지만 엄밀히 말하자면, 유사한 생김새로 추측할 수 있는 건 전혀 없다. 흑해의 그리스인들이 보주 지역까지 왔을 리도, 이곳의 벌목꾼들이 폰트 유신 기슭까지 갔을 리도 만무하다. 그래도 여전히 이 지역에서 스피넷을 연주하고 계속 제작하는 모습을 보면 놀랍다. 솔직히 말하면 스피넷은 기능이 매우 한정된 반주악기에 불과하기 때문이다. 총 다섯 개의 현으로 이루어져서 음이라고는 각각 한 줄 씩 도와 미를, 나머지 세 줄은 솔을 낸다. 몇 해 전까지만 해도 그 지역을 통틀어 스피넷 연주를 가장 잘하는 노파가 푸주롤에 살았다. 마르셀 세르는 말한다. "우리 아이들도 그 할머니에게 배웠죠. 집에 한번 오십시오. 아이들이 연주를 들려드릴 겁니다." 마르셀의 아이들, 십대의 아들과 딸은 그런 식의 즉흥 연주회가 익숙한 모양이다. 각자 조심스럽게 덮개를 벗기고 악기를 탁자 위에 올리고는 음을 조율한다. 아이들의 몸짓은 정확하면서도 세심하다. 그러고는 서로 상의하지도 않고 스피넷의 고전이자 유명한 소곡인 '도로테의 노래'를 연주한다. 도로테는 오래전 그 노래를 만들었다는 귀여운 소녀의 이름인데, 나폴레옹 3세가 그 노래를 몹시 좋아했다고 한다. 곡조는 유쾌한데 소리는 조금 가냘프다. 더운 풀밭에서 벌레들이 날아오르며 앞날개로 내는 소리 같다. 맑고 투명한 세계가 연상되는 소리다. 혹시 아이들의 연주를 듣다가 그런 마음이 든 걸까? 잠시 후, 나는 스피넷의 가늘고 날카로운 음색과 터빈의 둔탁한 속삭임이 공존하던 방앗간을 떠나 발 다쫄 중심지에 있는 이웃 마을로 마지막 스피넷 제조자를 만나러 간다. 스피넷 장인은 작은 도로 가장자리, 초록색 덧문이 달린 집에서 아내와 함께 살고 있다. 장인이 작업하는 주방에는 제작을 마쳤거나 한창 제작 중인 악기가 10여 대 있다. 야생벚나무로 만든 것도 있지만, 나머지는 전나무로 만든 것들이다. 장인이 꽃을 소재로 조각한 것도 있고, 삿갓조개를 상감해 넣은 것도 있다. 한때는 소목장이이자 고급가구 세공인이었던 노인은 오래전에 은퇴했지만 여전히 주문을 받아 스피넷을 제조하고 있다. 노인은 이렇게 말한다. "요즘은 그저 소일거리지요. 예전에는 축제나 결혼식 그리고 기념일마다 스피넷을 연주했답니다. 저녁마다 야회에서도 연주했고요. 아직도 스피넷을 사용하는 민속 단체들이 있긴 한데, 스피넷을 주문하는 사람들 대부분은 벽에 걸거나 가구 위에 올려두는 용도로 써요. 연주할 줄도 모르면서요." 노인은 스피넷을 하나 집어 들더니 재빠르게 음을 맞추고는 화음 몇 개를 연주한다. 마치 우박이 쏟아지듯 우렁찬 소리가 난다. 주방에서는 비계 냄새와 톱밥 냄새, 나무 유약 냄새가 난다. 열린 창틈을 통해 비에 젖은 나무 냄새, 반짝이는 도로에 누워 있는 잎사귀가 두툼한 풀잎 냄새, 빗물에 휘저어진 흙냄새, 살짝 썩어가는 건초 냄새가 들어온다. 아, 프랑스를 걷는다는 건 바로 이런 거로구나! 브루블리외르의 영혼도 냄새도 없는 방을 겪었던 나는 그곳 창가에서, 일상의 향기가 밴 구시대적인 집에서 두 손을 가지런히 앞으로 모으고 나를 바라보는 여인과 자신만의 세계에 흠뻑 빠져 스피넷을 연주하는 노인과 함께 있다.

*

뢱세유를 지나자 풍경이 바뀐다. 여기저기 부풀어 오른 땅의 기복들과 함께 지평선도 길어지고 넓어진다. 너도밤나무, 단풍나무, 소사나무, 밤나무들은 침엽수들로 바뀌었다. 뢱세유에서 랑그르까지 이어진 고원에는 농가가 좀처럼 보이지 않고, 대신 숲 이곳저곳에 서로 옹기종기 붙어 있는 마을이 눈에 띤다. 마을들은 나무숲이나 작은 잡목 숲으로 나뉘어 있다. 곳곳에 종탑들이 뾰족하게 솟아 있다. 마을들의 이름에 보주 지역의 지질학적 재치와 같은 풍미 따윈 없다. '펭'이나 '콩브', '륍트'로 끝나지도 않는다. 그저 무미건조한 이름들, 별 특징 없는 이름들이다. 폴랭쿠르Polaincourt, 사퐁쿠르Saponcourt, 랭쿠르Raincourt, 리슈쿠르Richecourt, 오슈농쿠르Auchenoncourt 등 숲과 경작지 사이에 일련의 '쿠르-court'들이 하나씩 떨어진 낟알처럼 나타난다.

나는 빌라르 르 포텔 마을을 지나자마자 있는 어느 예배당 앞 촉촉한 풀밭에 앉아 이 글을 쓴다. 뼛속까지 스며드는 가냘픈 이슬비가 내린다. 비를 피해 예배당 앞에 잠시 멈추고, 아름다운 보리수 세 그루 중 한 그루 발치에 배낭을 내려놓았다. 예배당 문의 낡은 철제 격자 위에 '면죄 40일'이라는 게시문이 붙어 있다. 안에는 성 베드로와 성 요셉의 초석 두 개와 꽃병에 담긴 마른 꽃들, 기와 한 조각이 있다. 이런 예배당들과 임시 제단祭壇들이 항상 닫혀 있다니, 어찌나 애석한 일인지! 이런 곳들은 밤의 안식처로 적격일 텐데. 나는 제법 굵은 빗줄기를 피해 수첩을 적시지 않고 글을 쓸 만한 도피처로 보리수 아래 말고는 찾지 못한다. 빌라르의 종소리가 들린다. 온종일 걷다보면 연이은 마을 종소리와 길벗이 되어주는 말똥가리들의 울음소리를 듣게 된다.

*

코르 카페에 있던 두 남자는 처음엔 내 존재를 알아채지 못한다. 두 사람은 카운터에 팔꿈치를 올린 채 각자 몽상에 빠져 있다. 거대한 붉은 태양이 뉘엿뉘엿 지고 있는, 얼핏 보기에도 활력이라고는 좀처럼 찾아볼 수 없는 작은 마을에서 보내는 조금 쓸쓸한 8월의 저녁이 지루하기만 하다. 그때 여종업원이 살짝 난처한 어조로 내게 말한다. "죄송합니다. 빈 방이 하나도 없어요. 하지만 오르무아에 가시면 분명히 찾을 수 있을 거예요. 여기서 멀지도 않아요." "얼마나요?" "3킬로미터요." 나는 아마도 절망에 가까운 낙담스러운 표정을 지었으리라. 그날 밤은 정말 피곤했다. 뤽세유부터 35킬로미터를 때로는 힘겨운 상황에서 걸었으니까. 우선은 세트 슈보라는 이름의 아무 재미도 없는 숲을, 그 다음에는 브리앙쿠르 마을까지 어떤 도로를 걸었다(쉬지 않고 그 도로를 걷다 고개를 돌려보니 웬 노인이 대문 앞에 앉아 인사를 건네기에 나도 상냥하게 인사했다). 바리니 마을까지 밭을 가로지르다 검둥개 한 마리가 내 장딴지를 노리는 통에 쾌활한 기분을 망쳐버린 길을, 그리고 당피에르 레 콩플랑까지 오르막길을 걸었다(당피에르는 독보적인 유형의 마을이다. 마을에 카페 하나 없다!). 마침내는 간밤에 몹시 격렬했던 폭풍우에 자두나무들이 부러지고 송두리째 뽑힌 에탕 숲 속으로 난 샛길을 걸었다. 자두나무들이 휘늘어져 있어서 몸을 숙이거나 배낭을 내려놓지 않은 채 열매들을 하나씩 따먹으며 걸었다. 마을에서는 포도 덩굴 아래를 따라가며 잠시 쉬었다가 다시 폴랭쿠르까지 오르막길을 걸었다(마을에 도착하기 직전에 오솔길이 넓어지면서 둘로 나뉘는데, 갈림길에는 살무사 한 마리가 잠을 자고 있었다. 다행히도 살무사는 단꿈에 빠져 깨지 않는 터라 몸을 숙이고 아주 가까운 거리에서 편하게 관찰할 수 있었다). 다시 지친 다리를 끌고 페름 루주와 코르 마을을 향해 여전히 경사가 심한 오르막길을 걸었다. 비탈길은 황소들이 풀을 뜯어먹는 울타리 친 땅을 연달아 가로질렀다. 기껏해야 한 살 쯤 된 어린 황소들은 혈기왕성하고 공격적이었다. 다행스레 울타리들은 단단히 닫힌 것처럼 보였다. 바로 그 순간, 역광을 받으며 먼지구름 속에서 황소 떼가 고삐 풀린 듯 불쑥 튀어나왔다. 필경 제대로 둘러놓지 못한 울타리로 빠져나온 모양이었다. 길도 좁은데다 배낭 때문에 전속력으로 달아날 수도 없는 상황이었다. 운 좋게도 몇 미터 떨어진 오른쪽으로 느릅나무 한 그루가 있는 오솔길이 보였다. 나는 그리로 돌진해서 배낭을 벗어버리고 나무 뒤에 숨었다. 소 떼는 나를 못보고 지나쳤다. 딱 한 마리만 잠시 멈추고 우유부단한 눈빛으로 나를 바라볼 뿐이었다. 하지만 나머지 소들이 달려 나가자 그 소는 폴랭쿠르 방향 먼지구름 속으로 다시 사라졌다.

그랬다. 여종업원이 "빈 방이 하나도 없어요"라고 말했을 때 고단한 표정을 짓는 내 모습이 두 남자에게는 딱해 보였던 모양이다. 밖으로 나와 드문드문 구름이 뒤덮인 하늘을 올려다보며 야외에 잘 만한 곳이 없나 고민하고 있으려니 두 남자가 나를 찾아 밖으로 나온 걸 보면 말이다. 한 사람은 체격이 좋고 혈색이 좋으며 다소 수다스러운 반면, 다른 한 사람은 키가 더 큰데 근엄하고 신중해 보인다. 둘 중 몸집이 좋은 남자가 말한다. "괜찮으시면 차로 오르무아까지 태워다 드리죠. 그 정도는 괜찮습니다. 마침 휴가 중이어서 딱히 할 일도 없으니까요." 그런데 오르무아에도 방이 없다. "그럼 보제쿠르로 갑시다. 그곳 식당 주인을 알거든요. 거긴 방이 있어요." 그런데 보제쿠르에도 방이 없다. 분명 호텔은 있는데 공사 중이라 휴업 상태다. 나는 편안한 방이 아니라 그저 잘 수만 있으면 된다고, 침대가 없더라도 돈은 지불하겠다고 말한다. 하지만 지배인은 무슨 뚱딴지같은 소리냐는 듯 나를 쳐다본다. "방이 없다니까요." 이렇게 대꾸한 뒤 그는 고객들에게 등을 보인다. 나를 데리고 온 두 남자가 초조해하는 게 느껴진다. 우리는 다시 차에 오른다. "그래도 너무하는구먼! 방이 없다니! 우리한테 그 정도는 해줘야지. 그동안 알고 지낸 세월이 얼만데. 기가 막혀서!" 정말 기막힌 일이다. 무관심. 이기주의. 지배인이 융통성이라고는 눈곱만큼도 찾아볼 수 없는 머릿속으로 무어라 중얼거렸을지 짐작이 간다. '침대에서 자고 싶으면 길거리 쏘다니지 말고 집에나 가만히 있을 일이지.' 나는 그날 밤 프랑스 사람들의 무관심과 이기주의, 관광객이나 피서객도 아닌데 여행하거나 떠도는 모든 이들에 대한 불신과 적대감마저 간파한다(그리고 이어지는 몇 주 동안, 그렇다는 점을 분명하게 확인한다). 그런 이들에게 관광객과 피서객은 어떤 이름으로 불리든, 지금이든 나중이든 언제나 손님이다. 그래서 소중히 다루고 신중하게 준비하며 애지중지한다. 게다가 손님들이 어디서 오고 어디로 가는지도 안다. 집에서 와서 집으로 가는 사람들이니까. 하지만 손님과 마찬가지로 아무리 돈을 낸다 하더라도 집도 절도 없이 이 마을 저 마을을 전전하는 주제에 감히 온기와 의탁할 곳을 요구하는 외국인, 도보 여행자, 방랑자는 어디로 가는지 모를 사람들이다(정착민들이 유목민 부류를 일컫기 위해 갖다 붙인 온갖 이름들은 나중에 다시 이야기하겠다).

내가 그토록 오랜 세월 경험했고 횡단했던 모든 나라들, 즉 이탈리아, 튀니지, 그리스, 터키, 이집트, 유고슬라비아에서는 절대 이방인이 마을에서 혼자 한뎃잠을 자도록 놔두지 않는다. 호텔이 없으면 어디에서든 방을 찾아준다. 학교나 신부님의 사저, 시청 또는 마을 회관. 주민의 집이면 더 좋다. 그런데 프랑스에서는 어째서 관광객도, 휴가 여행객도, 피서객도, 행락객도 아닌 이방인에게 이렇게 못되게 구는 걸까? 나는 지배인의 완고한 얼굴과 고집스런 거절을 통해서 편협하고 국수주의적이고 이기적인 프랑스인의 모습을 엿본다(사실 2층에 빈 방이 몇 개나 있었다). 씁쓸하게도 이런 모습은 이번 여행 동안 적어도 초반에 도로나 마을에서 자주 마주쳤다.

가장 재미있는 건 나를 거둬준 두 사람이 거절에 격분해서 직접 책임지고 무슨 수를 써서든 방을 구해주기로 작심했다는 점이다. 그리고 나는 그간 이런저런 만남과 예기치 못한 자잘한 일들을 겪으면서 남들의 느낌, 심지어 길이 이끄는 편견 없는 우연성까지도 꿰뚫어본 뒤 더 빠르고 확실하게 상황을 간파할 수 있는 일종의 육감 같은 걸 얻은 터라 이미 일이 어떻게 돌아갈지 대충 짐작이 갔다. 결국은 두 친구가—그때부터 우리는 친구가 되었다—해마다 휴가를 보내는 에제 에 리슈쿠르로 돌아간다. 처남-매부지간인 두 사람은 사는 곳도, 일하는 곳도 퐁트네 수 부아다. 하지만 에제 에 리슈쿠르가 고향이자 부모님이 계신 곳이어서 여름마다 온다고 한다. 말하자면 이 지역 토박이들이다. 그제야 보제쿠르에서 거절당했을 때 보인 반응이 한결 이해된다. 둘 중 수다스런 쪽이 말한다. "걷는 건 정말 좋죠. 차 사고만 피한다면요. 코르지역에서만 적어도 한 달에 세 건의 차 사고로 사망자 한 명, 부상자도 다섯 명이나 발생하거든요. 우리 질녀도 지금 에피날 병원에 있는데 며칠 전부터 혼수상태랍니다. 의사가 그러더군요. '회복된다고 해도 정상적인 생활은 할 수 없을 겁니다'."

그렇다. 8월의 죽음이라, 나는 낮게 읊조린다. 야회가 끝난 밤. 술에 취했거나 지나치게 흥에 겨운 운전자. 온통 옆으로 굽은 좁은 도로. 길이 미끄러울 정도로 내리는 약간의 비. 죽음은 그렇게 도로를 따라 갖가지 함정과 올가미를 펼쳐놓는다. 나무를 들이받는다. 기름과 피로 범벅이 된 채 풀밭에서 맞게 되는 죽음 또는 빈사 상태. 바로 옆에서 귀뚜라미들이 노래한다. 때때로 자동차들이 지나가지만 마치 죽음 그 자체가 길가에서 헐떡거리기라도 하듯 감히 멈추지 않는다.

우리는 마을 입구에 있는 어느 농가 근처에 도착한다. 맞은편에는 정원이 딸린 큰 주택이 있다. 나는 두 남자를 따라 주방으로 들어간다. 모두들 이미 식탁에 앉아 있다. 장황한 이야기가 이어진다. 마을의 면장이기도 한 농장주가 자리에서 일어나 벽장 속에서 묵직한 열쇠 꾸러미를 꺼낸다. 우리는 길을 건너 잡동사니로 가득한 안뜰로 들어간다. 한쪽에 빈 방 두 개가 딸린 황량한 건물이 있다. "옛날에는 수확기에 날품팔이 농민들이 여기 묵었죠. 요즘은 닭들에게 줄 곡물을 넣어두는 창고로 써요. 하지만 여기 빈 방이 있어요. 물도 있고요." 그는 어둠속에서 창가에 설치된 묵직한 돌 개수대를 가리킨다. "열쇠는 내일 갖다 주세요. 그럼 안녕히 주무세요."

그렇게 해서 나는 먼지와 거미줄로 가득 찬 빈 공간에 홀로 남는다. 건초가 있는 곳간이 골백번 더 좋은데. 나는 한쪽 구석을 적당히 쓸고

정돈한다. 그리고 바닥에 침낭을 펼친다. 아직 자기에는 이른 시간인
데다 배가 지독히 고프다. 하지만 보기 드물 정도로 터무니없는 방에
서 저녁밥이란 꿈도 못 꿀 일이다. 그래서 비축해둔 식량을 들여다본
다. 그뤼에르 치즈 두 개, 튜브형 연유, 럼주, 말린 무화과 몇 개가 전부
다. 나는 자리에 누워 음식을 씹는다. 차츰차츰 눈이 어둠에 익는다. 그
때 한쪽 구석 천장에 매달린 채 꼼짝도 않고 있는 커다란 박쥐 한 마리
가 눈에 띈다. 쓰지 않는 창고의 쿰쿰한 냄새와 함께 버려진 이 방에 나
혼자 있는 게 아니구나. 그러자 이상하게도 위안이 된다.

*

　누군가에게 눈을 감고 '걷기'라는 말을 들으면 떠오르는 생각을 바
로 말하라고 해보자. 아마도 이런 대답이 가장 많이 나올 것이다. 오솔
길, 햇빛, 바람, 하늘, 지평선, 공간. 이런 실험은 재미있다. 그런데 이런
대답을 듣고 놀라기도 한다. 비, 폭풍우, 땀, 피로, 물집, 티눈, 겹질리기,
낙상, 진창에 빠지기, 허겁지겁 먹기. '걷기'가 이런 것들을 연상시킬
수도 있다니! 그런데 지난 세기만 해도 흔했던 후자의 연상 작용들이
요즘엔 선뜻 떠오르지 않는 듯하다. '걷기'라는 말만으로도 체험하지
못한 무언의 꿈들, 공간과 지평선에 대한 욕구 그리고 무엇보다도 자유
와 돌발성, 모험에 대한 갈망들이 발산되는 것처럼.
　나는 에제 에 리슈쿠르와 여전히 천장에 매달린 채 잠든 박쥐와 이별
하며 그 단어들을 떠올리고 있다(면장에게 열쇠를 돌려주고 그의 주방에서
여행을 시작한 후 처음으로 누군가에게서 건네받은 따뜻한 커피를 마셨다). 동이

트고 빈 방의 지붕에서 나는 졸졸거리는 소리에 잠에서 깬다. 얼음장처럼 차가운 보슬비가 내린다. 바람 한 점 없다. 나는 길가에 흥건히 젖은 채 엉겨 붙은 커다란 고사리들을 스치며 지난다. 잠시 후 몇 가지 메모도 하고 파리에서 산 여행용 비옷도 입어볼 겸 40일 면죄 기도 중인 예배당 근처에서 발길을 멈춘다. 비옷은 최신형으로, 비가 오나 우박이 오나 언제나 열정적으로 앞으로 걸어야만 하는 일주 여행자들을 위해 다각도로 고안된 제품이다(어떤 이들은 바람과 조수에도 아랑곳 않고 걷는다). 지방 도로에서의 싸움은 맹위를 떨치는 바다에서의 싸움보다 한결 소소하지만, 그래도 얼음장 같은 보슬비가 내릴 때면 적잖이 용맹스러워야 한다. 결국 잠든 마을들을 뒤로 하고 흠뻑 젖은 들판의 안개 낀 풍경 속 이름 모를 길을 이른 아침에 걷는 건 누가 시켜서 하는 일이 아니니까. 심지어 아무것도 보이지 않아 소들도 선뜻 앞으로 나서지 않을 정도다. 내가 좋아서 하는 일이라고, 스스로를 납득시켜야 한다. 다행히 문제의 비옷은 머리끝부터 발끝까지, 등에 맨 배낭까지도 완벽하게 감싼다. 이중 트임 구조로 되어 있어서 캥거루 주머니처럼 생긴 앞쪽 주름 모양의 연결 부위에 두 손을 넣을 수도 있다. 모자는 가느다란 끈을 턱밑에서 묶으면 코와 눈만 빼고 완전히 막을 수 있다. 카키색 비옷의 소재는 가볍고 잘 늘어나며, 마음대로 구길 수 있어서 돌돌 말아 주머니에 쏙 넣을 수 있다. 미사 때 사제가 입는 옷처럼 조금 우스꽝스러운 차림을 한 내 모습은 영락없이 이곳저곳을 전전하며 덕담 또는 악담을 설파하는 곱사등이 방랑 수도사 행색이다. 하지만 을씨년스러운 아침이라 몰골 따위는 걱정거리도 못 된다. 사제복 같은 비옷을 입었든 안 입었든 그런 날씨에 길을 걷는다는 사실 자체만으로도 이미 미친 짓이니까. 그러니 미친놈처럼 보여도 상관없다. 오히려 더 재미있는 것 같다. 계속 걷게 만드는 깊은 이유 중 하나는 특히 낯선 이들을 만날 수 있고, 매일 뜻밖의 색다른 관계를 맺을 수 있기 때문이다. 그리고 열정적인 동시에 불쾌감을 일으키는 일종의 시련을 겪을 수 있기 때문이다. 늘 이방인으로서 겉모습에 따라 판단되어 받아들여지거나 내쳐진다. 그래서 길이나 카페에서 혹은 농장 안뜰에서 나누는 잠깐의 대화로 자신이 어떤 존재인지 드러내려 애써야 한다. 결국 맨몸뚱이로, 강렬하면서도 초라한 지금 모습 그대로, 과거도 미래도 없이, 예나 지금이나 도시의 삶에서 늘 어중간하게 뿜어져 나오는 모호한 분위기 없이 앞으로 나아간다. 그렇게 우리는 시간에 쫓겨 껍질도 기억도 없는 소라게처럼 축축한 도로를 하염없이 나아간다.

*

최신형 비옷을 걸치고 예배당을 출발하자마자 안개가 흩어진다. 비도 조금씩 멎더니 블레에 가까워지자 풀어헤친 넝마처럼 흩어지는 구름 사이로 잠시나마 햇살이 노트르담 데 비뉴의 작은 예배당 꼭대기로 얼굴을 내민다(그리고 오늘 이 책을 다시 읽고 수정하면서 비로소 하는 말이지만, 이번 여행에서 마지막으로 걷기를 멈추고 휴식을 취한 건 4개월 뒤 햇빛 넘치는 코르비에르에서 노트르담 드 롤리브라고 부르는 실편백 숲 한가운데에서 길을 잃은 채 또 다른 예배당에 발을 디딘 때였다. 그렇게 비뉴에서 롤리브까지의 여정은 예배당 이름으로 나를 이끈 상징적이고 격정적인 여정이었다). 나는 철책 사이로 넘겨보다가 벤치와 제단, 설교단 그리고 거대한 스테인드글라스를 발견한다. 정오 무렵, 타는 듯한 태양 아래 예배당 벽에 등을 기댄다. 그리고 잠시 졸다가 깨어보니 나도 모르게 거대한 거미줄 아래에 자리를 잡고 있다. 거미줄 한가운데에는 커다란 거미 한 마리와 십자가 거미라고 부르는 거미들이 있다. 밑에서 올려다보니 여전히 물방울이 맺힌 방사상 줄이 하늘을 배경으로 얼룩 하나 없는 동그란 꽃 모양 장식으로 떠 있다. 가까이서 보지 않으면 관념적이라고 할지도 모른다. 그러나 아무리 무게가 없어도, 겉으로는 실체가 없어 보여도 분명히 존재한다. 뿐만 아니라 거미발의 부착점 사이로 떨리는 방사상 거미줄 한가운데가 미동도 없이 출렁거린다. 그렇다, 잠을 깨자마자 갑자기 맞닥뜨린 모습은 그날 아침 예배당 발치에서 나 혼자 보고 느끼고 감탄한 은밀한 환영처럼 구름에 맞서 벽에 들러붙어 있는, 연약하지만 균형 잡힌 꽃 모양 원형 장식이다. 여행하는 동안, 나는 만났던 수많은 사람들과 아주 잠깐 공유했을 뿐인 그들의 삶에 대한 기억뿐 아니라 내가 인식했던 모든 존재들, 동물들과 곤충들에 대한 기억까지 간직하게 된다(간밤에 두 갈래 길에서 만난 잠자던 살무사와 오베르비의 광활한 숲에서 마주쳤던 또다른 살무사 그리고 내가 보았던 또 다른 수많은 곤충들, 그들의 행진, 식사, 사랑까지도. 걷는다는 건 무엇보다도 멈추어 바라보고 시간을, 인간의 시간과는 사뭇 다른 그들의 시간을 존중할 줄 안다는 것이고, 거미의 인내심을 혹은 살무사들의 단잠을 지켜줄 줄 아는 것이다). 나는 그 모든 것들을 잊지 못하리라. 어린 시절 부모님 댁 마당에서 개미들의 행렬, 거미줄 치는 모습, 땅강아지의 작업을 몇 시간씩 따라가던 호기심과 열정들을 이제 되찾는다. 그렇게 예배당 벽에 기대어 거미를 놀라게 하지 않으려고 차마 움직이지도 못한 채 나는 일순간이나마 거미와 친해지면서 되찾게 된 시간으로 인해 행복을 만끽한다. 나는 거미집 아래로 살그머니 움직여서 배낭을 집어 들고 일어선다. 그리고 예배당 종탑이 가리키는 방향, 아래쪽 양지바른 계곡의 플레를 향해 다시 길을 나선다. 예배당의 종이 미사 시간을 알리며 요란하게 울리기 시작한다. 맞다, 오늘은 일요일이지. 깜박 잊고 있었다.

*

풍경은 일요일이라고 해서 별반 다르지 않다. 일상에 주어진, 또는 일상 자체가 요구한 일주일만의 휴식, 토요일과 월요일 사이에 열렸다가 다시 닫히는 괄호를 식물들, 나무들, 숲들, 동물들은 알지 못한다. 개들만이 일요일마다 사냥에 가려는 주인들이 새벽부터 부산하게 움직이는 걸 보고 느끼는 듯하다. 플레에 도착하자 광장은 사람들로 시커멓다. 나는 교회 근처 카페에서 잠시 멈춘다. 오로지 일요일의 군중에, 담배 연기에, 대화의 소음에 섞이고 싶은 이유에서다. 나는 평소에 즐기는 식전주인 쉬즈를 한 잔 주문한다. 용담 뿌리 특유의 맛과 쌉쌀한 맛이 나는 노란 쉬즈를 마시면 산의 풍미를 마시는 것 같다. 나는 휴식을 틈타 비옷을 벗는다. 이제 하늘은 완전히 트인 듯 태양은 높고, 8월 말인데도 여전히 덥다. 나는 다시 걷는다. 열린 창문 너머로 일요일의 고기 요리 냄새가 풍기는 길을 지난다. 몇 킬로미터만 더 가면 부아지 마을이 나온다. 그곳에 잠시 멈춰서 식사를 하거나 샌드위치라도 먹을 참이다. 실질적으로 24시간 동안 아무것도 먹지 않았다.

걷기를 만끽하려면 끼니를 희생할 줄 알아야 한다. 가장 간단한 방법은 가능할 때 아침을 두둑이 먹어두고 저녁에 혹시 식당을 만나면 저녁밥을 먹는 것이다. 낮 동안에는 절대 먹지 않는다. 야외나 식당이 없는 곳에서 잘 수밖에 없어서 먹을거리를 구할 수 없을 경우에는 '비상식'으로 간단히 요기한다. 그러려면 간단하면서도 영양이 풍부한 비축 식량이 필요하다. 연유 튜브, 그뤼에르 치즈, 마른 과일이 가장 이상적이다. 가끔은 거기에 마른 소시지나 파테 한 상자를 추가한다. 음료로는 샘물과 분수 물 그리고 납작한 위스키 병에 채워 다니는 럼주를 마신다(마을마다 분수는 하나씩 있다). 절대로 빵이나 포도주는 갖고 다니지 않는다. 너무 거추장스럽거나 운반에 문제가 있기 때문이다. 그러다 필요하면 식당이나 카페에서 해결하면 된다. 그런데 오늘은 배낭이 비었다. 어젯밤에 박쥐와 함께 어두운 방 안에서 마지막 비상식량을 먹어치웠기 때문이다. 부아지에서 담배 가게와 식당을 겸하는, 마을에 하나뿐인 카페에 자리를 잡는다. 샌드위치와 맥주 한 잔을 주문한다. 이어서 글 쓸 준비를 하고 몇 가지 메모를 한다. 오후 두 시. 농부들은 아직도 카운터에서 술을 마신다. 두 번째 홀에서는 젊은이들이 당구를 친다. 그들은 오후 내내 웃음 섞인 권태 속에 시간을 보내며 게임을 즐긴다. 마을에서 늘 몰려다니는 패거리는 거기 다 모인 듯하다. 이상하게도 긴 머리칼의 아가씨들이 많이 보이지 않는다. 저마다 취향대로 옷을 입었고, 이따금 멋을 부린 청년도 있다. 패거리의 뮤즈인 듯한 아가씨 두 명이 맥주잔 위 허공을 바라본다. 나는 그들의 몸짓과 말투와 차림새로 어떤 청년들인지 짐작해본다. 시간이 그리 많지 않아서 쉽지는 않다. 하지만 이내 특색들이 분명해진다. 주변의 소란에 무심한 척 거만한 자세로 상반신을 꼿꼿이 세우고 콧대 높게 앉아 있는 말없는 갈색머리 청년이 있다. 반면에 겉멋을 잔뜩 부리고 떠들썩한 금발 청년은 누가 봐도 창백한 아가씨 곁에서 잘 보이려고 애쓰는 것 같은데, 저쪽에서 하는 경운기 작업을 보는 척 딴청을 부린다. 아가씨는 스타킹을 신고 노란 구두를 신었으며, 손톱에는 초록색 매니큐어를 칠했다. 다리를 절뚝거리고 좀 모자라 보이는 또 다른 청년은 덥수룩한 머리를 한 채 카운터와 주크박스 사이를 질겁한 고슴도치처럼 왔다 갔다 한다. 푸른 눈동자에 명랑해 보이는 네 번째 청년은 앵두 같은 입술로 머리카락이 들썩일 만큼 크게 웃는 키 큰 갈색머리 아가씨 옆에 붙어 앉아 자신의 술잔을 이리 저리 흔든다. 그러다 내 시선을 알아차리고 가끔씩 나를 흘끗거린다. 잠시 후, 그 청년이 자리에서 일어나 곧장 다가오더니 내 어깨 너머로 몸을 숙이고 뭘 쓰는지 들여다본다. 탁자 위에는 지형도가 펼쳐져 있다. 그는 나더러 혹시 측량기사냐며 여기서 일하는지 묻는다. "아니, 그냥 이동 중이라네. 프랑스를 도보 횡단하면서 글을 쓰지." "프랑스를 횡단한다고요?" "그렇지." "언제부터요?" "2주 쯤 전부터." "그럼 다음에는 어디로 가는데요?" "지중해." 청년의 눈에 불신의 기색이 비친다. "대체 뭐 하시는 분인데요?" "작가라네. 관찰하고, 보고, 쓰지. 지금처럼." "혹시 선생님 책에 우리 얘기도 나오는 건가요?" 나는 바로 대답하지 않고 머뭇거린다. 그러자 청년은 내 생각을 짐작이라도 한 듯 덧붙여 말한다. "부아지에 대해서 뭐라고 쓰실지 모르겠지만, 여긴 아무것도 없어요. 다들 아무것도 안 하거든요. 일요일마다 지겨워하죠." "그럼 부아지에서 보내는 일요일의 권태로움에 대해 써야겠군." 청년은 짧게 웃음을 터뜨리고는 제자리로 돌아간다. 권태, 그의 손 안에서 연신 돌고 도는 맥주잔, 잠깐씩 자리를 비움, 조명 아래 당구치는 무리 쪽으로 합류, 다시 탁자로 합류, 다시 카운터로 합류, 시선을 마주한 채 침묵, 뭔가 우스운 것을 보았는지 환해진 얼굴과 함께 아련한 웃음소리, 맥주 추가 주문, 다시 손 안에서 이리저리 흔들리는 술잔, 주크박스, 탁자, 테라스, 카운터. 부아지에서의 어느 일요일.

*

안개가 걷히긴 할까? 나는 아침 일찍 출발한다. 오전 6시. 랑그르 변두리 지역의 영세민 단지. 연옥 같은 이곳에 낙원의 느낌을 주려한 듯 아이리스(붓꽃), 글라디올러스, 달리아, 오르탕시아(수국) 등 꽃 이름을 붙인 단지의 풍경 속 나무들 사이로 부서진 고요한 안개를 헤치고 지난다. 반쯤 열린 창문들, 꿈의 안온함이 아직도 남아 있는 방들을 스치듯 지나고, 커피 내음과 젖은 행주 냄새가 풍기는 주방들을 지나며 어두운 얼굴들, 일상적인 몸짓들을 얼핏 본다. 마치 일요일의 풍경이 담긴 벽지 속 공원을 떠다니는 느낌이다. 흡사 내 발이 잔디밭 위를 스치듯 지나는 것 같다. 깨어 있는 아이는 아직 없다. 잠시 나를 바라보느라 요리하던 몸짓을 멈춘 여인의 놀라움이 고스란히 느껴질 정도로 안개만 자욱한 짙은 정적. 도로, 처음으로 지나가는 차들(절대 잠들지 않는 차들), 커다란 조개껍질 상표가 안개 속에 불쑥 솟아오른 어느 주유소. 주유원은 침묵의 괴물들 주변에서 부산하다.

　보행자가 멈추는 곳은 따로 없다. 앞으로 언젠가, 차에 대한 염증 때문이라든가 열정 혹은 체념으로 걷기가 유행할 때쯤이면 오솔길은 한껏 공기를 들이마시는 일주여행자들로 뒤덮일 테고, 그러면 그럴 듯한 상징으로 장식된 발 치료 정류장을 상상해낼지도 모른다. 그에 어울리는 상징으로는 그곳에 오면 보살핌과 마사지를 받을 수 있다고 알리는 엄지발가락이나 커다란 발이 되지 않을까? 그러면 배낭을 내려놓고 신발을 벗을 테고, 전문적인 손놀림을 가진 여성들이 우리 몸의 엔진인 발 위로 몸을 숙이겠지. 발톱, 발바닥, 발, 발목, 장딴지, 넓적다리. 요즘은 보기 드문 '요정과 숲의 정령들'을 대신하는 '오솔길의 안주인들'에 대한 황홀한 환상이다. 나는 잭 케루악(소설 『길 위에서』로 비트 문학의 선구자로 주목 받은 미국 소설가―옮긴이)처럼 도로, 주유소, 버스 터미널, 미국의 기나긴 도로를 따라가는 기다림, 빌린 혹은 훔친 자동차들의 아찔한 취기에 대한 지루한 반복은 하지 않으련다. 사실 프랑스에서는 얼마든지 자동차를 피할 수 있다. 나는 여행 초반부터 걸어온 리듬에 맞춰 서두르지도, 피로하지도 않게 하루 평균 20킬로미터에서 25킬로미터를 걷는다. 열흘이면 200킬로미터, 한 달이면 600킬로미터인 셈이다. 하지만 가끔은 걸음을 멈추고 다리를 쉬어야 하니 이런 계산은 이론일 뿐이다. 그래도 대략 두 달이면 굳이 영웅이나 미치광이, 괴물이 아니어도 프랑스 전체를 걸어서 횡단하는 일이 완벽하게 가능하다. 알다시피 프랑스는 도보 여행에 적합한 나라다. 자신의 육신으로, 다리로, 눈으로 한 걸음씩 차근히 파악하며 걸어서 횡단할 수 있는 측량 가능한 거인이다. 썰매나 말, 자동차로 육신을 늘려야만 하는 미국이나 러시아, 중국과는 나라의 규모가 다르다. 프랑스는 감각을 통해 알 수 있는 규모로 풍경이 이어진다. 걷기 시작한 이후로 나는 흡사 여인의 몸 위에 있는 작은 벼룩처럼 프랑스의 살갗 위를 걷는 기분이다. 극과 극이라도 같은 세상에 속하는 서로 양립할 수 있는 두 극단.

*

랑그르Langres. 나는 그 이름이 마음에 들지 않는다. 음절에 식인귀(프랑스어로 '오그르ogre'―옮긴이)의 우수, 화강암(프랑스어로 '그라니granit'―옮긴이) 위로 떨어지는 비, 고원 한가운데에 뿌리내린 권태(프랑스어로 '랑뉘l'ennui'―옮긴이)를 품고 있어서다. 나는 하룻밤을 묵었던 뫼즈에서 출발해 저녁 무렵 낡은 성벽을 비추는 석양 속에 랑그르에 도착한다. 뫼즈에서는 낮 동안 내내 쉬면서 소지품을 씻고, 식당에 들어가 음식 맛을 보고 아가씨들을 구경했다. 랑그르에서 내가 잔 골방은 막힌 골목길 쪽으로 난 천창으로 빛이 들어오는, 사람이 겨우 살 만한 누추한 작은 방이다. 그게 마지막 남은 빈 '방'이다. 그럴 만도 한 게, 바퀴벌레 냄새와 장뇌 냄새 풍기는 벽장에서 누가 감히 자려고 하겠는가? 마을 입구에 있는 광장에는 노점상들이 자리를 잡는다. 나는 시장을 별로 좋아하지 않는다. 요란하게 떠들어대는 확성기 소리, 감자튀김과 와플 냄새, 미적지근한 싸구려 샴페인이나 털이 복슬복슬한 곰 인형으로 하나씩 운수를 확인하는 제비뽑기의 따르륵거리는 소리, 헐값의 기적 또는 공포, 유령의 성, 목숨이 열 개는 되는 듯한 여자들, 얼빠진 아이들. 그래서 나는 보주 지역에서 희미하게 불어오는 서늘한 바람을 맞으며 햇볕 따사로운 여름의 화창한 도심 속을 거닐며 시간을 보낸다.

하지만 저녁을 먹은 뒤 다시 두더지 굴로 돌아갈 생각을 하니 영 마음이 내키질 않아 광장까지 한 바퀴 돈다. 숱한 사람들이 낮부터 있었는데도 여전히 많다. 나는 쌓아올린 누가와 생강빵과 땅콩이 와르르 무너질 듯한 노점, 원숭이 여인과 표범 여인의 막상막하 싸움을 예고하는 대형 간판을 본다(난간 위쪽에 굵은 선으로 그려진 여자들의 모습은 마치 웰스의 『모로 박사의 섬』에서 막 튀어나온 듯하다. 물론 변변치 못한 약육강식의 세계에서 나는 고함, 시끄럽게 떠드는 소리, 아우성, 신음, 비웃음들이 난무하는 확성기 아래에서 한 무리의 남자들이 성적 충동을 채우기 위해 줄 서 있다). 거기서 조금 더 떨어진 곳에서 우연히 다른 간판과 마주친다.

ATTENTION
Pour la première fois en ville, vous pourrez voir
la PLUS PETITE FEMME DU MONDE.

LA LILLIPUTIENNE
Spectacle unique

Madame ANGELINA   60 centimètres de haut
est une vraie poupée   Son poids : 13 kg 500
vivante âgée de 38 ans

Ne manquez pas d'aller l'applaudir
dans ses danses et chants modernes
Elle n'a rien des naines que vous
avez pu voir dans les cirques ou
au théâtre
C'est une

AUTHENTIQUE LILLIPUTIENNE

Entrée continuelle et permanente

개봉박두

이 마을에서 최초로
세상에서 가장 작은 여인을 볼 수 있습니다.

소인국 여인

단 한 번뿐인 공연
마담 앙젤리나
키 : 60센티미터
나이 : 38세
몸무게 : 13.5킬로그램
살아 있는 인형

이 여인의 세련된 춤과 노래를
놓치지 말고 보러 오십시오.
이제껏 여러분이 서커스나 극장에서
보았던 다른 난쟁이 여인들과는
완전히 다릅니다.

이 여인은 진짜 소인국 여인입니다.

항시 입장 가능

그날 밤은 소인국에서 잠시 시간을 보낸다. 작고 왜소한 여인의 이름은 마담 앙젤리나다. 그녀는 우리와 완벽하게 같은 비율로 축소, 복제된 모습이다(기형이랄 것까진 없어도 머리가 조금 크고, 이목구비가 굵다). 요컨대 비행기나 배 모형처럼 진열창에 놓는 대신 시장에 전시된 호모 사피엔스의 모형인 셈이다. 하기야 우리가 소인국 사람으로 태어났다면 어떻게 먹고 살았을까? 길은 딱 두 가지다. 죽으면 포르말린 항아리 속, 살아 있으면 시장이다. 유전이라는 원형질의 비밀, 그 톱니바퀴 어디에선가 발생한 유전자들과 미립자들과 나선형 핵들의 복잡한 꼬임과 얽힘, 전달의 실수, 잘못 인식된 메시지, 어떤 오해가 변화를 유발한다. 드물게 일어나는 이 변화는 축소시키기만 할 뿐 성장시키지 않는다. 소인들은 난쟁이들보다 훨씬 드물게 태어난다. 난쟁이들은 성장이 갑자기 멈추어서 생긴 작은 유전적 괴물이다(그러다 보니 신체의 불균형이나 기형이 생긴다). 그러나 소인들은 키만 작을 뿐 정상인처럼 균형 잡힌 모습을 갖추고 있다. 그런데 왜 그런 기묘함은 커지는 게 아니라 작아지는 쪽으로만 작용하는 걸까? 왜 타고난 거인족인 골리앗 사람들은 없는 걸까? 제2의 작은 인류를 만들어 미래에 생길 공간과 인구 문제를 완벽하게 해결하려는 자연의 시도일까(살아 있는 축소 모형들이 번식해서 지속될 수만 있다면 가능하지 않을까)? 생사를 위한 공간이 매일 좁아지는 점을 감안할 때, 이 해결책은 분명 골리앗 사람들보다 더 바람직할 것 같다. 원형질과 핵소체에 능수능란한 학자들이 진지하게 생각해볼 만한 일일지도 모른다. 어느 누구도 그런 생각을 하지 않았다는 사실이 놀라울 따름이다. 인간의 축소판, 소형화야말로 해결책인지도 모른다. 미래는 중생대 공룡들의 운명을 선고받은 식인귀들이 아니라 엄지동자들의 것이다. 게다가 어떤 짓궂은 사람은 웃음기 없이 또는 쓴웃음을 지으며 같은 장소에 살아야 할 인간들이 많아질수록 인간들은 더욱 작아질 거라고 말할지도 모른다. 중국 사람들을 보라. 작아져라, 작아져라, 우리 아이들아. 땅의 지신들, 균형 잡힌 난쟁이들을 낳자. 그러면 미래는 우리의 것이 될지니!

그날 저녁 이런 잡다한 생각들이 아찔한 원을 그리며 머릿속을 스친다. 그러자 원형질의 흰 광채를 뿜는 별들, 핵들의 소용돌이, 유전적 영역들의 침묵과 조화 속에 서로 결합하고 뒤얽히고 싶어 안달이 난 분자들의 경계가 떠오른다. 그러는 동안, 미래 이브의 원형이자 우리의 억압된 욕구를 반영하는 열등한 지구의 비너스인 마담 앙젤리나는 새틴처럼 반드러운 드레스를 입고 트위스트와 룸바를 추며 격렬하게 몸을 흔든다. 나뭇잎 아래에서, 오목한 수련이나 호두 껍데기 위에서 나누는 사랑을 들려주는 대신에 트위스트와 룸바를 추는 그녀는 경직된 슬픈 미소를 띤 얼굴로 이국적인 리듬에 맞춰 춤을 추고, 몸을 흔들고, 엉덩이를 실룩거린다. 랑그르 시장에 있는 허술한 막사의 창백한 불빛 아래에서 그 모습이 갑자기 부조리하게 느껴진다.

*

길 위에서 진정 무엇을 배울 수 있을까? 걷기는 기쁨이나 고역이 될 수도 있고, 산책이나 의지와는 상관없는 이동이 될 수도 있다. 하지만 한편으로는 지식의 수단, 길에서 만나는 다른 이들에 대한 지식이 넓어지는 방편이 될 수도 있다. 예전에는 이 점에 있어서 의심의 여지가 없었다. 프랑스의 길들은 도붓장수들, 상인들, 순례자들, 방랑자들의 이동 경로였을 뿐만 아니라 섬세한 입문, 배움과 수학의 만남이 이루어지는 조직망이기도 했다. 수려한 글에 비해 프랑스에서는 비교적 알려지지 않은 편인 스위스 작가이자 시인 귀스타브 루는 내게 길의 성서와도 같은 '걷기에 대한 글'이 담긴 책을 썼다. 1932년에 출간된 『평야에서의 걷기에 대한 소론』에 실린 글이다. 귀스타브 루는 진작 알고 있었지만 이 작품은 모르고 있다가 내 책 『길을 걸으며』를 읽은 한 스위스 독자가 보내주어 알게 되었다. 그리고 『평야에서의 걷기에 대한 소론』에 몰두하자마자 이 책에서 영감을 받은 '공감', 함께 느끼고 겪는다는 말 그대로 강한 의미의 '공감'과 더불어 정신이 아득해지면서 영원의 문턱에서처럼 시간으로부터 해방되는 동시에 기억의 모든 미립자들이 살아나는 느낌이었다(제대로 살 줄 아는 사람이라면 멍해졌어도 퍼뜩 제 정신을 차렸으리라). 꽃이나 동물, 빛, 풍경, 얼굴, 미소 또는 멍하니 공간을 응시하는 공허한 눈빛과 우연히 마주쳤을 때의 느낌이었다. 귀스타브 루는 나보다 훨씬 먼저 『평야에서의 걷기에 대한 소론』을 쓰면서 나와 똑같은 것들을 느끼고 표현했다.

"걷기는 추격보다 훨씬 유익한 격발, 동의, 일탈로 짜인 예측이 불가능한 행위다. 기묘한 지식의 샘, 경이로운 현상들의 대단한 우연이다! 극심한 목마름을 통해 나뭇잎에 가려 있던 딸기를 알게 되고, 스스로에 대한 극도의 불안을 통해 교회와 그곳의 그늘을 알게 된다. 피로와 졸음의 경계에서 8월의 모래에 취해 생기 잃은 파도를 알게 된다. 극도의 유사성뿐만 아니라 극도의 차이를 통한 깨달음. 모든 것이 마음속에서 다시 무너져 내리면서 까무룩 잠에 빠져들 때, 비로소 한밤중 하늘에 재빠르게 뛰어올라 가벼이 매달려 있는 달을 알게 된다. 오랜 시간 불타오르며 그 연기에 숨이 멎을 듯한 어떤 생각에 빠져 온 영혼이 질식 상태가 되어야만, 양귀비 껍질과 똑같은 내면의 문구에 익숙해진 귀를 가져야만 나뭇잎 사이로 들리는 공기의 노래와 그 애절한 자유를 알 수 있다."

어쩌면 그만큼 강렬하게 느끼지 않고도 옛 프랑스의 도로와 길을 활보하던 직공들은 산책을 위해서가 아니라 배움을 얻기 위해서 그리 했으리라. 하지만 일명 '용감한 아비뇽 사람'[1]으로 알려진 직공 아그리콜 페르디기에의 『회상록』에서 보듯, 그 배움은 어떤 직업이나 같은 의무를 짊어진 직공들의 수련이며 동시에 길과 여정, 방황에 대한 위대하고 압축된 철학의 수련이기도 했다. 걷는다는 단순한 행위만으로도 다른 이들에 대한 새로운 인식, 정신을 풍요롭게 하는 차이의 감정과 같은 무언가가 명료해졌다(그런 느낌을 발견하거나 체험하기 위해 필요한 노력을 굳이 강조하지 않고도 말이다). 하지만 오늘날에도 그런 만남들이 정말 존재하고 예전처럼 교육적일까? 나는 걸으면서 무엇을 배웠던가?

안개 자욱한 숲 주변, 희한하게도 농가의 마당 안쪽에 세워진 자그마한 카페에서 이런 물음들을 던진다. 카페 문 위쪽에 서투른 글자체로 '친구들의 카페'라고 새겨진 간판이 단번에 마음을 사로잡는다. 걸을

---

1 *Avignonnais-la-Vertu*, 포슈 출판사Edition de Poche 10/18.

때는 온 세상 사람들이 친구 아닌가! 그래서 아무런 반감 없이 카페에 자리를 잡는다. 그렇게 나는 나무 탁자들이 놓여 있고 주방에서는 치커리 향이 풍기는, 왁스칠이 된 말끔한 카페 안에 들어와 자리를 잡는다. 손님은 나 그리고 나무로 된 카운터 앞에서 수수께끼 같은 세상의 비밀이 담겨 있는 것처럼 자신의 적포도주 잔을 유심히 들여다보는 우편배달부가 전부다. 마른 체형의 젊어 보이는 안주인이 주방에서 나온다. 젊어 보인다고 말한 건 가끔 시골 부녀자들 중에는 얼굴만으로 나이를 가늠하는 게 어려운 사람이 있기 때문이다. 나는 카페오레를 주문한다. "우리 고장은 꿀이 좋답니다. 버터하고 같이 드릴까요?" 당연한 질문이다. 그리고 안주인은 큼지막한 크림 한 대접과 버터 한 덩어리, 빵 한 덩어리와 꿀단지를 내오며 말한다. "맛있게 드세요. 여긴 뭐든지 자연산이에요." 우편배달부가 갑자기 반짝이는 눈빛으로 나를 돌아보며 말을 보탠다. "암요. 그래서 이곳에서는 효소보다 우리가 더 많이 먹어요. 우리야말로 진짜 대식가죠. 안 그래요, 안주인 양반?" 안주인은 하도 들어서 귀에 못이 박힌 농담인 듯 마지못해 웃어 보인다. 그러고는 치커리 향이 나는 주방으로 돌아간다.

안개가 걷히는 모양이다. 나는 지도를 펼친다. 내가 있는 곳은 좀 전에 떠나온 잠에 취한 랑그르의 영세민 단지에서 12킬로미터 떨어진 페로니다. 여기까지는 특이할 게 없다. 아니, 사실 있다고 하는 편이 맞겠다. 역사적인 만남이 있었으니까. 누아당 르 로슈를 막 벗어나자마자 안개로 촉촉이 젖은 들판, 모든 것들이 죽음의 침묵에 잠긴 푸석푸석한 울타리 가장자리에서 암소 한 마리와 마주쳤다. 암소는 권태와 외로움,

혼란이 뒤섞인 눈빛으로 울타리 근처에 꼼짝도 않고 서서 나를 바라보았다. 나는 발길을 멈추고 소를 가만히 관찰했다. 도무지 끝날 것 같지 않은 촉촉한 새벽. 흥미로움과 분노가 반쯤 뒤섞인 나 그리고 놀란 감정을 잘 누르고 있는 암소. 우리는 잠시 서로의 눈을 마주보며 가만히 있었다. 그래서 나는 그 순간을 새겨두기 위해 사진기를 꺼내들어 사진을 찍었다. 결과물은 피사체의 모습 그대로였다. 생기 없고 쓸모없고 부조리하고 흐릿한 사진 한 장. 그날 아침 내가 길 위에서 배운 건 바로 그런 것이다.

*

새벽녘 잠에 취한 숲의 즐거움. 한 시간째 이끼와 고사리, 부드럽고 쾌적한 부식토 한가운데를 걷고 있다. 이슬 맺힌 커다란 나뭇잎들, 새벽빛에 뿌옇게 보이는 거미줄을 따라 걸으면서 땅 위에 커다란 보랏빛 점액 속에서 끝나지 않을 포옹을 하며 들러붙어 있는 민달팽이들을 피한다. 숲을 가로지르는 오솔길을 따라 걷는 동안, 떨어지지 않게 나선형으로 서로를 돌돌 감은 채 눈멀고 귀 막은 사랑의 접착제로 얼싸안고 녹아들어 굳게 결합한 민달팽이 두 마리와 마주친다. 나는 솔직히 조금은 뻔뻔하게도 그 둘을 떼어놓으려고 한다. 얼마나 단단하게 포옹하고 있는지 궁금하다. 하지만 보랏빛 점액 위로 손가락만 미끄러질 뿐 오히려 끈적거리는 몸뚱이들은 한순간 수축한다. 마치 내 간섭이 오히려 그들을 더욱 단단하게 결속시킨 듯하다. 달팽이와 마찬가지로 민달팽이도 자웅동체 연체동물이다. 따라서 저마다 난소와 고환을 갖고 있다.

하지만 혼자서는 수정을 못 한다. 민달팽이와 달팽이들이 외로운 커플의 혼란을 겪지 않도록 제 자신과 사랑을 나눈다는 해결책에 자연이 벌을 내린 모양이다. 그래도 단 한순간 예외는 있는데, 더운 지방에서 서식하는 어떤 낯선 이름의 연체동물은 자가 수정을 하는 특권(?)을 누린다. 그들을 부러워하거나 불쌍하게 여겨야 할까? 민달팽이와 달팽이들을 위해서 자연은 또 다른 해결책을 선택했다. 수정이 되려면 각각의 민달팽이는 다른 수컷의 정자가 필요하고, 그 민달팽이 역시 수컷으로서 상대방의 질에 정자를 분출한다. 그렇게 그 연체동물들은 단 한 번의 포옹으로 두 배의 기쁨을 나눈다. 그 점은 진심으로 부러워할 만하다. 수컷이자 동시에 암컷이 되는 기쁨은 오래전부터 인간을 괴롭혀왔으니까. 그 증거로 테이레시아스에 대한 그리스 신화를 들 수 있다. 이 이야기는 민달팽이에 대한 내 경험과 무관하지 않다. 하루는 테이레시아스가 키타이론 산을 거닐다가 교미하고 있는 뱀 두 마리를 발견했다. 가엾은 테이레시아스는— 희한하게 민달팽이들을 보면서 나도 똑같은 생각을 했다—두 마리를 떼어놓으려고 했다. 마침내 두 마리를 떼어내는데 성공했는데, 그 순간 그는 여자의 몸으로 변했다. 7년 후 같은 장소를 지나다가 다시 한 번 짝짓기 중인 뱀 한 쌍을 발견했다(이는 절대 우연일 리 없다. 신인 테이레시아스는 절대 어떤 일도 되는 대로 하지 않았고, 분명 자신이 금지된 사랑을 보았기 때문에 남성성을 잃었다는 생각에 시달려왔기 때문이다). 그 순간 그는 다시 남성으로 돌아왔다. 신화는 그의 경험이 7년마다 되풀이되었는지 밝히지 않는다. 하지만 테이레시아스는 사실상 완전한 사랑을 경험하면서 여자가 된 유일한 남자가 되었다. 그래서 하루는 제우스와 헤라가 남자와 여자 중에 누가 더 사랑을 즐기는지에 대해 언쟁을 벌이다 결국 테이레시아스에게 물었다(헤라는 당연히 남자라고 주장했고, 제우스는 여자라고 주장했다). 그러자 테이레시아스는 이렇게 대답했다. "만일 사랑의 기쁨을 열 조각으로 나눈다면 여자는 그중 아홉을 갖고 남자는 하나만 가질 겁니다." 그 대답이 마음에 들지 않았던 헤라는 격분해서 테이레시아스를 장님으로 만들었다. 그때부터 테이레시아스는 키타이론 산을 얼쩡거리며 다시는 봐선 안 될 것을 보지 못하게 되었다. 어찌됐든 나는 굳이 얼싸안은 민달팽이들을 떼어놓으려다가 어떤 일을 당할 뻔했는지 그날 아침에는 알지 못했다.

그런데 민달팽이들은 또 다른 신비를 품고 있다. 암컷의, 그러니까 각 개체의 여성적 부분인 질에는 끝이 뾰족한 돌기가 달린 석회질 침이 달려 있다. 남근은 몸뚱이에 힘줄로 이어진 물렁물렁한 근육에 지나지 않는다. 이 모든 것들은 우선 짝짓기를 하고 수정을 해서 수백 개의 알을 낳는데 사용될 뿐 아니라 두 배의 감각을 경험하는데도 사용된다. 짝짓기하기 전에 서로의 배를 밀착시켜 얼싸안고 촉수끼리 서로 비비고 쓰다듬고 돌돌 감는 달팽이들의 춤은 분명 어떤 기쁨의 의례가 있음을 보여준다. 그날 아침에 나는 연체동물의 사랑에 몰두하기 위해 온통 이슬이 맺힌 숲을 거닌 게 분명하다. 오, 민달팽이들이여, 그대들의 완전한 포옹은 그대들이 겪을 색다르면서도 강렬한 감각 앞에서 고작해야 분열된 단성의 포유류들인 우리의 마음에 쓸쓸함과 실망만 남기는구나!

찬란한 포옹을 나누며 서로의 몸에 끈끈하게 달라붙은 민달팽이들이 있던 숲, 가볍고 은밀한 도피가 벌어진 숲 너머로 갑작스레 나타난 거대한 지평선(달리거나 폴짝 뛰어오르는 동물의 발에 부스러진 낙엽들이 내는 은은하고도 발작적인 소리. 분명 여우나 노루일 텐데, 얼마나 살포시 걷는지 단 한 번도 마주친 적 없다). 경쾌한 햇살이 쏟아지고 바람이 스쳐 지나간다. 오른쪽으로는 건물 한 채도 눈에 띄지 않는 드넓은 경작지, 왼쪽으로는 말들과 망아지들이 풀을 뜯는 목초지. 촉촉이 젖은 숲을 가로지르자 동물들과 식물들이 뒤섞인 지평선이 훵하니 보인다. 키 큰 풀밭 한가운데를 소리 없이 밟고 지나면 자취가 남았다가 서서히 사라진다. 마치 거대한 공간 같다. 나는 작은 숲 근처에 잠시 멈춰 나무에 등을 기대고 앉아 햇살 아래에서 눈 앞 풍경을 꼼꼼히 살핀다. 사베른을 떠난 이후로 종탑도, 집도 없이 땅과 바람뿐인 공간은 처음이다. 탁 트인 들판을 풀이 무성한 길들이 가로지른다. 밀을 수확한 자리에는 벌레들이 사각거리며 갉아먹는 짚들이 드러나 있다. 내가 서 있는 이곳, 랑그르 고원 한복판은 분명 생각과는 완전 딴판이다. 사실 비가 많이 오는 흐릿한 샹파뉴 지역처럼 우중충하고 무기력한 땅일 줄 알았다. 그런데 랑그르에 들어선 이후로는 동물들이 서식하는 깊은 숲, 푸르른 골짜기, 지의류 식물들과 연못 그리고 갈대 무성한 호수들로 고색창연한 석회질의 옛 마을들을 줄곧 지나왔다. 입구에 철책을 친 벽감 안쪽에 석고로 만든 가시면류관을 쓴 예수의 형상이 지키고 있는 상트노주 마을을 지난 뒤, 석양에 반짝이는 시냇물을 따라 풀냄새와 꽃향기가 나부끼는 길을 거닐었다. 전동싸리의 노란 꽃들 한가운데에서 바람에 흔들리는 딱총나무와 고사리의 달콤한 향기가 진동했다. 그러다 길모퉁이에서 그날 아침 오베르비 국유림에서 만났던 벌목부 두 명이 알려주었던 빌라르 몽루아예 마을을 발견했다(길 한가운데에 똬리를 틀고 잠들어 있던 살무사 곁에 잠시 쭈그리고 앉았다가 이렇게 혼잣말했다. "움직이지도 않고 비늘이나 허파에 아무 떨림도 없는데 혹시 죽은 걸까? 아니야, 잠든 살무사는 원래 죽은 듯 거의 숨을 쉬지 않는다고 했어. 그런데 왜 많은 살무사들이 길 한가운데에서 자는 걸까? 혹시 옛날처럼 혜성이 떨어지거나 개구리 비가 오려는 징조는 아닐까?"). 벌목부들은 천연 저수지가 될 그곳에서 사슴과 노루들에게 줄 사료통을 설치하느라 분주했다. 나는 그들과 잡담을 나누고 잠시 일하는 모습을 바라본 뒤 함께 새참으로 포도주도 마시려고 발길을 멈추었다. 그때 둘 중 한 사람이 말했다. "특히 오베르비에서는 자고 갈 생각은 마십쇼. 그곳엔 여인숙이 하나뿐인데 가격이 터무니없이 비쌉니다. 그러니까 빌라르 몽루아예까지 가십쇼. 거기에 식사가 가능한 작은 카페가 하나 있는데, 방도 있어요. 내가 카페 안주인을 아는데 아주 잘 대접해드릴 겁니다. 아마도 신분증을 보여 달라고 할 거예요. 호텔을 하고 있기 때문에 규칙상 꼭 필요한 절차거든요(이 말을 하면서 그의 검은 눈이 나를 강렬하게 응시했다)." 나는 이렇게 대꾸했다. "상관없습니다. 바가지를 피하고 싶은 거지, 호텔이 싫은 건 아니니까요.""그럼 제 이름을 대시면 됩니다. 일 끝날 때까지 한두 시간 기다려주시면 차로 모셔다 드리죠." 하지만 나는 계속 걸어서 고요한 숲을 가로지르고 싶었다. 그리고 양쪽으로 키 큰 이탈리아미루나무가 가지런히 늘어선 상트노주 도로를 따라

가다가 저녁 무렵 황금빛과 전동싸리, 잠자리가 넘쳐나는 풍경 속에서 빌라르 마을과 '오 봉 아쿼유' 카페를 발견하고 싶었다. 빌라르 마을을 지나는 모든 이에게 추천하는 카페다. 숲의 초입에 외떨어진 그 카페는 방이 한두 개 있는 임시 숙소인데, 꽃무늬 벽지가 누렇게 변색된 걸로 보아 1925년 이후로 벽지를 다시 바르지 않은 모양이다. 그래도 볕이 들지 않아 아직까지 침대 바로 뒤쪽은 본래 빛깔 그대로다. 근대 양식의 벽지에는 합승마차가 다니던 시절 여인숙의 모습인 '첫 숙박소'를 표현한 판화《릴뤼스트라시옹》이 걸려 있고, 한쪽에는 도자기로 된 세면대가 놓여 있다. 수돗물이 나오지 않기 때문이다. 근처 전나무들과 독일가문비나무들이 울창한 숲 쪽으로 난 창을 열고 건초 냄새와 따뜻한 흙냄새를 맡는다. 그리고 황혼녘 느릿하게 사물이 움직이는, 시간의 흐름에서 한참 벗어난 그런 장소를, 호텔이나 레스토랑보다는 민박집, 숙박소나 산장을 발견할 수 있는 걷기가 주는 강렬한 행복감이 넘실댄다. 그렇다, 랑그르 고원에서는 그런 놀라움이 나를 기다리고 있다. 화강암과 권태라는 이름을 반박하며 내게 그런 길을 벗어나 외진 장소를, 뜻밖의 휴식을 그리고 새벽에는 오늘이라는 날을, 순식간에 달아나는 동물들과 얼싸안고 있는 민달팽이들을 선사해준다.

*

끝없이 펼쳐진 랑그르 고원에서는 말들과 망아지들이 고개를 흔들며 콧바람을 내고, 소사나무 숲이 기하학적으로 쑥 불거져 나온다(자작나무가 몇 그루만 있었어도 러시아라고 착각할 뻔했다. 모스크바 동쪽에서 시작되어 블라디미르 방향으로 뻗은 벌판은 전나무와 자작나무가 뒤섞여 마치 끝을 알수 없는 흑백의 체스판처럼 보인다. 게다가 이곳 랑그르 고원은 한여름에도 겨울로 착각할 정도다). 오후가 되어 숲의 휴식이 끝나자 막 도착한 살리브 카페에도 그림자와 침묵이 드리우며 분위기가 묘해진다. 이곳 역시 8월인데도 우스라스처럼 인적 없는 버려진 장소 같다. 이곳으로는 아무도 휴가를 오지 않는 것 같지만, 뷔시에르와 베스브로트의 생기 없고 헐벗은 풍경 뒤에 만난 이 마을은 사랑스럽기만 하다. 베스브로트에서는 덧문까지 내려 닫고 낮잠에 빠진 적막한 농가 중 한 곳에 멋대로 들어가 이렇게 말하고 싶은 마음이 불쑥 솟았다. "여보세요. 잠시 함께 머물다 가도 될까요?" 하지만 나는 이번에도 조금 더 먼 곳, 마을 어귀의 도랑 근처 커다란 버드나무 아래에서 쉬면서 럼주 몇 모금과 함께 간단하게 한 끼 때우는 편을 택한다. 그날 아침 이후로, 정확하게는 빌라르 카페의 누런 꽃무늬 벽지가 있는 방과 얼싸안은 민달팽이가 있던 숲을 출발한 이후로 사람은 그림자도 못 보았다. 그리고 살리브까지 오면서도 별반 다르지 않았다. 창공에서 지저귀는 종달새들 외에 유일한 길동무라고는 타는 듯 뜨거운 마카담식 도로(자갈을 여러 번 까는 도로 포장법 ─ 옮긴이) 위에 늘어져 있는 죽은 동물들의 사체 조각뿐이었다. 국도든, 지방 도로든 혹은 시 도로든 아스팔트 깔린 길을 걸을 때마다 나는 동물들의 무덤을 밟으며 걷는 기분이다. 그렇게 조금씩 앞으로 나아갈 때마다 차에 깔려 죽은 동물들의 수가 믿을 수 없을 정도로 많다는 사실을 깨달으며 걷는다. 고슴도치, 두꺼비, 새, 달팽이, 민달팽이, 온갖 종류의 벌레들, 시골의 작은 도로까지 치자면 그 수를 헤아릴 수 없을 정도다. 우리로서는 상상도 할 수 없는, 그야말로 대학살이다. 갖가지 색깔의 반점, 둥근 얼룩, 짓이겨진 흔적들로 모자이크된 아스팔트는 땅의 역사를 읽을 수 있는 무수한 화석을 품은 청석돌 또는 편암들과 닮았다. 그런데 아스팔트에서는 어떤 역사를 읽을 수 있을까? 나는 이따금 배낭을 내려놓고 도로 위에 무릎을 꿇고는 죽은 사체들이 그림, 선, 원 또는 타르와 결합돼 꽃문양으로 보이는 전쟁터를 마치 현미경을 통해 보듯 자세히 들여다보곤 했다. 특히 달팽이들은 산산조각 난 소용돌이 모양으로 아름다운 그림을 이루고, 껍질 파편은 성운의 회색 지류 속에서 약하게 반짝이는 별들처럼 빛난다. 조금 더 떨어진 곳에서는 산 채로 화석이 된 큼직한 벌레의 얇은 날개들이 음산한 거미줄처럼 거무튀튀한 타르 위에 사방으로 퍼져 있다. 그렇다, 오늘날의 도로가 죽은 동물들의 혈관으로 결을 이룬 대리석, 학살의 띠에 지나지 않는다면, 도로에서는 어떤 역사를 읽을 수 있을까?

*

나 자신을 랭보라고 생각해본 적은 한 번도 없지만, 늘 순수함이 느껴지는 스케치와 어처구니없는 그림들을 좋아한다. 그리고 낡고 고요한 살리브 카페는 목재 벽면에 아이가 그린 스케치처럼 선으로 덕지덕지 그려놓은, 기법이 뭔가 어설픈 어른의 그림 같으면서도 느낌이 있는 그림들로 덮여 있다(사실 카페로 들어가기 전에 잠시 머뭇거렸다. 벽면에 새겨진 '카페'라는 단어가 거의 지워져서 제대로 읽기 힘든 지경이라 어슴푸레한 빛에 의지해 다른 집으로 착각하고 잘못 들어왔나 싶었기 때문이다). 그때 카페 안

주인이 막 도착해서 그림을 유심히 들여다보는 내 모습을 보고 놀란다. 그러면서 한편으로 실내장식을 자랑스러워하는 눈치다. "아름답지 않아요? 형부가 그린 그림들이에요. 형부는 상상력이 뛰어나죠. 어떻게 이런 걸 다 생각해냈을까요?" '이런 것'이란 열대우림의 나뭇가지 위에 매복해 있는 표범 한 마리와 숲에서 나오는 멧돼지, 늪지 오리 사냥 장면을 담은 그림 석 장이다. 그림들을 보고 있으려니 퍼뜩 뭔가가, 어린 시절의 뭔가가 떠오른다. 정말 그렇다. 그림들은 '생테티엔의 병기와 자전거 제작소(19세기 후반에 창립되어 권총 등의 무기와 자전거를 주력으로 생산한 프랑스의 대기업─옮긴이)'의 낡은 카탈로그에 실려 있던 다양한 유형의 권총을 소개하는 그림을 아주 단순하게 재현한 모습이다. 오래전 내가 몇 시간 동안 바라보았던 그림이다. 특히 나뭇가지 위에 엎드려서 땅 위에 있는 먹잇감을 노리고 있는 표범은 아프리카와 그곳에서의 모험을 생각하면 제일 먼저 떠오르는 이미지다. 안주인이 실망할지 몰라서 그런 이야기를 한마디도 하지 않는다. 그러는 동안 한 노인이 들어와서 적포도주 한 잔을 주문한다. 나는 실내를 둘러보다 오래된 샹피뇰 맥주 광고를 들여다본다. 노인의 따가운 시선이 느껴진다. 이제 그만 출발하려고 배낭을 집어 드는데 노인이 나를 빤히 바라보며 묻는다. "이 지역에서 일하시오?" "아니오, 이 지역 사람이 아닙니다. 조금 멀리 떨어진 라마르젤로 갑니다." 노인은 고개를 끄덕이며 호의적인 몸짓을 보낸다. "건투를 비네." 나는 노인의 인사를 뒤로 한 채 문을 나선다. 요즘엔 길 떠나는 낯선 사람을 보고 놀라지도 않고 담담히 받아들일 수 있는 건 노인들뿐이다. 그러자 그 생각에, 라마르젤에서 해야 할 일 생각에 힘이 솟아 마을의 더운 골목길을 달리듯 힘차게 내려간다. 자세한 부분은 잊었지만 카페의 유리창에는 연필로 휘갈겨 쓴 메모가 꽂혀 있었다. '이발사는 16일에 다녀갔음. 보름마다 한 번씩 들름.'

*

카페들, (아무리 작은 마을이라도) 마을들을 떠날라치면 늘 섭섭하고 아쉽다. 정말 희한하게, 천천히 즉흥적으로 여행하는데 아무것도 제대로 보지 못하고 혹은 진정으로 나누지 못한 채 그저 빠르게만 헤치고 나간다는 느낌이다. 잠시나마 낯선 사람들과 나누는 대화들, 시선들이 나를 더 멀리로 이끌어서 내가 그저 지나가는 사람이 아니라 그들과 다른 방식으로 연결되면 좋겠다. 하지만 내심 말도 안 되는 가당찮은 생각이라는 걸 안다. 나 혼자서 어떻게 모두의 삶을 살고, 필요한 시간을 경험하고, 나 자신이면서 동시에 모든 이들이 될 수 있단 말인가? 그러려면 목숨이 여러 개 있든지 아니면 몸뚱이가 여럿이어야 할 게다. 다른 이들과 그들의 삶을, 일을, 문제를 나눈다는 것, 각자와 오랫동안 가깝게 지낸다는 것, 각 마을의 시간과 계절을 느낀다는 것은 말도 안 되는 망상이다. 그렇게 프랑스를 가로지르려면 평생 해도 빠듯할 것이다. 그러니 나처럼 한가로이 거닐면서도 시간이 재촉하는 것처럼 느낄 수밖에 없고, 한 걸음을 뗄 때마다 시간이 느껴지고 끊임없이 또 다른 지평선으로 나를 부르는 것처럼 느낄 수밖에 없으리라. 물론 특별히 호의적인 어느 곳에서 친절한 사람들과 하루나 이틀 혹은 그 이상 머무는 일도 있었다. 이를 테면 오베르뉴부터 내 여정의 남쪽 반절 지역처럼. 부르보네, 포레, 코스, 미네르부아, 코르비에르는 보주 숲이나 랑그르 고원보다 훨씬 더 배울 것도 많고 만남도 풍요로웠다. 어쨌든 매번 떠날 때마다 그랬지만 특히나 이번 경우에는 씁쓸한 느낌, '갈 길 바쁜 나그네'가 된 무력한 느낌을 받았다.

특히나 오늘, 마침내 쥐니 국유림 한가운데에 햇빛이 나타난 오늘 아침, 느릅나무 아래에 쓰러져 있는 커다란 둥치에 앉아 메모를 하면서 그런 생각이 든다. 공터는 처음 눈에 띄었을 때부터 마음에 들었다. 교차로에 있는 거대한 느릅나무의 고즈넉함은 잠시 멈추어 쉬어가는 장소라고, 혹은 옛날에 길가는 나그네들을 덮치려고 매복하던 장소였다고 가리키는 듯하다(혹시 예전에 임시 제단이라도 있었던 걸까?). 확신하건대, 아주 오래전부터 라마르젤과 샹소 중간 지점인 그곳에서 많은 여행자들이 길을 멈추었을 것이다. 그리고 나뭇가지들의 일렁임으로 인해 막 깨진 침묵에 귀를 기울이며 나 역시 옛날의 무수한 유령들에 갓 합류한 그림자가 된 기분이다.

그리고 역시나 이 순간에도 지나쳤던 장소들에서 오래 머물지 않았던 일, 만남들이 주는 매력에 더 깊이 빠져들지 않았던 일을 통렬히 후회한다. 바로 그날 아침, 라마르젤에 하나뿐인 호텔을 떠나 서서히 걷히는 안개 속에서 히치하이크를 하고 있는 집시 소녀 세 명을 만났기 때문이다. 음침하면서도 가늘고 섬세한 그들의 형체는 흡사 세 명의 어린 파르카(그리스 로마 신화에서 생사를 주관하는 운명의 세 여신—옮긴이)처럼 아직 닫혀 있는 주유소 옆 안개 속에서 불쑥 나타났다. 셋 중 나이가 제일 많은 소녀가 달려와서 시간을 물었다(소녀는 16세쯤 되어 보였다). 난 이렇게 대답했다. "난 원래 시간을 안 보고 다닌단다." "그럼 아저씨는 시간을 어떻게 확인하세요?" "그냥 짐작하거나 신경 안 쓰지." "어디로 가시는데요?" "앞으로 걸어가는 중이란다. 프랑스를 도보로 일주하고 있거든." 그때 나머지 두 명이 다가왔다. 갈색 피부에 연약해 보이는 집시 소녀들은 새벽 추위에 몸을 떨었고, 엉클어진 머리에 찡그린 표정을 짓고 있었다(아무래도 자동차들 사이에서 주유소 담장에 기대 웅크린 채 한뎃잠을 잔 모양이었다). 그러나 탐색하는 듯한 눈빛은 활발하고 생기가 흘렀다. 집시 소녀들은 내가 무슨 투명 우주선에서 내린 우주 비행사라도 되는 양 무겁고 둔한 옷차림이며, 커다란 면 운동화, 최신형 비옷과 침낭을 바라보았다. 그들이 몸에 걸친 거라고는 너저분한 작은 블라우스에 구겨진 긴 치마가 고작이었다. 맏이는 거뭇한 솜털이 난 날씬한 두 다리를 드러낸 더 짧은 치마를 입고 있었다. 나는 내 앞에 꼼짝 않고 서서 호리호리하지만 다부진 몸을 덜덜 떨고 있는 소녀를 가만히 살펴보았다. 블라우스 아래 푸릇한 마르멜로 열매처럼 봉곳한 가슴이 시골 옷장에 들어 있는 한 번도 안 쓴 새 시트의 향기를 연상시켰다. 소녀는 묵묵히 내 시선을 맞받아치며 나를 뜯어보았다(사람들의 이런 시선에 익숙한 듯 남자들의 욕망이 낯설지 않은 눈빛이었다). 내가 말했다. "가자꾸나. 이 시간에는 차를 못 잡을 거야. 너희는 어디로 가니?" "디종이요." "금방 갈수 있어. 여기서 멀지 않아. 고작해야 40킬로미터 정도 될 거야. 같이 걷다 보면 몸도 따뜻해질 게다." 우리는 함께 길을 떠났다. 집시 소녀들은 맨발이었다. 아이들에 비하면 내가 신은 파토가스 운동화는 불도저 같았다. 나는 고개도 돌리지 않고 맏이의 손을 잡았다. 소녀도 손을 빼지 않았다. 살짝 오므린 얼음장 같은 손가락이 느껴졌다. 1킬로미터 쯤 가자 오른편으로 내가 접어들어야 할 길이 시작되었다. 나는 친딸이라도 되는 양 소녀를 데려가고 싶었다. 집시 소녀들도 두려워하지 않는 것 같았다. 나는 숲으로 향하는 길목에서 걸음을 멈췄다. 맏이는 여전히 내 손에 잡힌 손을 오므린 채 나를 바라보며 말했다. "아, 아저씨, 저희하고 같이 디종으로 가요!" 그때 나머지 둘 중 하나가 막 도착한 트럭을 향해 손짓했다. 트럭이 멈추었다. 운전사가 앞 창문 너머로 인심 좋아 보이는 얼굴을 불쑥 내밀었다. 나는 운전사에게 말했다. "아이들이 디종으로 갑니다. 태워주십시오." "그럽시다. 짐 싣는 곳 안쪽으로 타라고 해요. 앞에는 자리가 없거든요." 나는 잠시 머뭇거렸다. 나머지 둘은 서로 손과 어깨로 발판을 해주며 벌써 트럭에 올랐다. 나는 맏이의 허리를 잡아서 가장자리로 들어올렸다. 내가 가슴 아래쪽으로 소녀를 붙잡고 있던 바로 그 순간, 소녀가 나를 와락 끌어안더니 열정적으로 내 손목을 물었다. 그러고는 짐칸 안으로 쓰러지듯 들어갔다. 이내 트럭은 출발했다. 소녀는 자리에서 일어나 나를 보며 소리쳤다. "고마워요, 아저씨! 고마워요!" 그리고 이제 나는 느릅나무 아래 둥치에 앉아 디종으로 가는 길, 짐칸에 탄 세 명의 파르카 여신들, 다리에 난 거뭇한 솜털, 1킬로미터 남짓 잡고 있었던 차가운 손을 떠올린다. 바보 같기는! 나는 혼잣말을 한다.

*

경작지가 다시 시작되고, 들판은 지평선까지 늘어진다. 랑그르 고원

은 수확을 마쳐 평평한 그루터기 사이로 향긋한 샛길만 남은 밀밭의 풍
경에서 끝난다. 나무들이 멀어지고 밀밭이 두드러져 보이는 생경한 풍
경으로 미루어 짐작하건데 사람들이 모여 사는 거주지가, 미루나무들
에 맞추어 가지런한 주택들의 지평선에 그려진 주도로가 다가오고 있
는 게 틀림없다. 작은 까마귀들이 깃털과 울음소리를 돌풍처럼 휘날리
며 하늘을 맴도는 동안 나는 멀리서 차들이 붕붕거리는 도로를 향해 내
려간다. 세 명의 집시 소녀들은 어디쯤 있을까? 왜 그들을 따라가지 않
았을까? 나 자신이 원망스럽다. 기분이 나빠진다. 그런데 기분 나쁜 사
람이 나 말고 또 있었다. 샹소에서 땡볕을 피해 잠시 다리라도 뻗을 겸
도로변에 있는 카페에 들렀을 때 어디선가 통통한 금발 여자가 사내아
이를 데리고 불쑥 나타났다. 사내아이는 눈물범벅에 말이 없고, 여자
는 소년을 윽박지르면서 이리저리 끌고 다닌다. 나는 혼자 중얼거린다.
"오늘 아침은 유난히 비극적인 사건이 많군. 이 카페에서는 대체 무슨
일이람?" "뭐 드실 건데요?" 성질 사나운 여자가 소리친다. "폐가 안 된
다면 버터 바른 소시지 샌드위치 하나하고 로제 와인 한 잔 주십시오."
여자는 가타부타 말도 없이 아이를 데리고 사라진다. 그때 카페에서 한
노파가 나와 내 왼쪽에 앉는다. 노파는 이 빠진 잇몸 사이로 알아듣지
못할 욕설을 중얼거린다. 여자가 요란한 몸놀림으로 돌아온다. 한 손에
는 샌드위치를, 다른 한 손에는 사내아이를 붙들고 있다. 그리고 틈을
타서 노파를 매섭게 노려본다. 짧은 대화가 이어지는데 언뜻 듣기에 자
녀 교육 문제를 두고 벌이는 세대 간의 논쟁인 듯하다. 노파가 말한다.
"얘가 만날 헛간에 처박혀 있잖아. 하긴 그럴 만도 하지. 카페에 있자니

심심하겠지. 카페는 애들이 있을 곳이 못 된다고." 그러자 여자가 고함친다. "심심하긴 뭐가 심심해요. 우리하고 있는 걸 더 좋아한다고요. 헛간은 끌탕이 있어서 가는 거예요." 나는 '끌탕'을 그런 의미로 쓰는 경우를 처음 듣는다. 여자가 '끌탕'이라고 표현한 본래 단어는 '트렌느리'로, 이 단어의 사전적 의미는 '어떤 것을 오래 끌다', '지속시키다', '계속 참아내다'이다. 그런데 심술궂은 금발 여자는 어떤 것들을 끌고 다닌다, 즉 공터나 마당 또는 헛간에 늘 있는 온갖 잡동사니들을 이리저리 끌고 다닌다는 이야기를 하고 싶었던 모양이다. 나는 흡사 기괴한 꽃처럼 잔뜩 화가 난 그녀의 입에서 튀어나온 그 단어를 듣고 감탄한다. 그렇게 언어는 살아서 진화하며 새로운 단어 혹은 되살아난 단어들을 만들어낸다. 나는 표준 프랑스어에서는 절대 사용하지 않거나 만들어내지 않는 모든 단어들을 꿈꾸기 시작한다. 그러자 집시 소녀들과의 실연 이후로 우울했던 기분은 사라진다. 그리고 그날 아침에 들은 '끌탕' 덕분에 프랑스어의 '잠재적인' 어휘 사전을 이미 머릿속에 그리기 시작한다.

*

구름이 금세라도 터져서 물바다를 만들 것처럼 낮게 드리운 우중충하고 무거운 아침. 드디어 나는 알레시아 지역의 옥수아 산 정상에 서서 조상인 갈리아 족에 대해 꿈을 꾼다. 아니, 꿈꾸려고 애쓴다. 이곳에서 카이사르의 군대에 포위된 베르킨게토릭스(기원전 52년 알레시아 전투에서 로마에 맞서 싸운 갈리아 아르베니 족의 족장―옮긴이)는 무릎을 꿇었다.

갈리아 족의 독립은 이곳에서 막을 내렸다. 푸른 눈동자를 가진 사람들의 자유가 끝났다. 하지만 그들의 자유는 끝났을지언정 정신이나 감수성 혹은 문화는 그렇지 않았다. 푸른 눈동자와 금발은 제외하고도(갈리아 족의 전유물이 아니니까) 우리에게는 여전히 선조들의 뭔가가 남아 있다. 그래서 주기적으로 그 뭔가가 불쑥 솟구쳐 라틴 문화를 거부한다든가 혹은 초연한 모습으로 받아들이도록 한다. 이미 20년도 넘게 지중해를 마음에 품고 초현실적인 모험을 인생으로 선택해 누구보다도 강렬하게 체험하며 살고 있는 내 상황을 떠올리며 하는 말이다. 대리석과 화강암 사이, 돌로 지은 거대한 도시들과 나무로 만든 마을들 사이, 해시계를 통한 그림자의 활용과 밤의 자유 사이, 인간의 모습을 지닌 대리석 신들과 대충 깎아낸 목상들 사이, 기록 문화의 묘석과 구전 문화로 끊임없이 되풀이해 부르는 노래들 사이, 미케네와 알레시아 사이, 아크로폴리스와 비브락트(로마 군대에 맞서 싸운 갈리아 하이두이 족의 수도―옮긴이) 사이에는 아무런 공통점도 없어 보인다. 어느 것도 일치하지 않을 것 같다.

그런데 프랑스는 문장紋章에 새겨진 그리핀들(몸은 사자고, 머리와 날개는 독수리이며, 귀는 말이고, 볏은 물고기 지느러미인 그리스 신화의 괴물―옮긴이)처럼 맞서 싸운 두 세계, 사냥꾼의 발자취와 무역로 사이의 풍경 속에서 혹은 인간이 흔적을 남긴 방식 속에서 아직도 이따금씩 읽을 수 있는 두 세계, 그 사이에서 서서히 형성되었다. 사냥꾼의 발자취에는 사냥감이 예상치 못하고 맴돈 흔적이 들어 있으며, 거주지에서 멀리 떨어진 '산토끼의 발자국을 따라간' 오솔길 같은 풍경이 담겨 있다. 무역로는 '최단거리' 코스처럼 풍경과는 무관한 산등성이나 탁 트인 장소들을 거쳐 이 마을과 저 마을을 잇는 직선으로 이루어진다. 이처럼 오솔길을 통해 풍경을 따라가는 전진과 가로질러 가며 풍경을 부정하는 전진 사이, 존재와 장소에 따라 너무나 다른 '앞으로 곧장'의 개념에 대한 구별 사이에서 오랫동안 상반됐던 두 가지 정신 상태를 되찾지 못하는 건 아닐까, 그리고 지도 위에서 오래된 양 떼 이동로와 현대적인 도로가 서로 교차하고 뒤섞인 것처럼 역사도 뒤죽박죽 뒤섞이지 않을까 의문이 든다.

하지만 사색과 우울함은 거기서 멈춘다. 갈리아 족들에 대해 넋두리나 하려고 이곳에 온 건 아니니까. 하소연은 다른 사람들이 훨씬 전에 조금은 과장된 어조로 이미 했다. 알레시아는 장엄함도, 영혼도, 유령도 없는 장소다. 갈리아 족의 무언가를 다시 찾고 싶다면, 여러 세기가 지났는데도 여전히 풍경이 품고 있는 뭔가를 보고 싶다면 모르방 고원이 굽어보이는 뵈브레 산 위의 비브락트로 가야 한다. 조각가가 나폴레옹 3세의 미화된 특징들을 부여해서 만든 베르킨게토릭스의 기괴한 동상이 세워져 있는 알레시아에는 갈리아와 로마의 유물만 남아 있기 때문이다(전제군주의 특징을 이상화하는 것이야말로 단테가 지옥의 원에서 미처 예측하지 못했던 형벌에 어울림직한 시도다). 발굴 작업의 결과, 극장과 사원, 지하 납골당, 대성당, 장인들의 작업장과 화덕까지 갖춘 온전한 도시가 드러났다. 알레시아 고원 초입에 있는 극장 옆에서도 노선을 읽기 힘들 정도로 풀숲으로 뒤덮인, 로마에 점령당하기 이전 최초 갈리아 족 마을의 유물을 볼 수 있다. 복구되고 복원되어 거의 되살아난 장소들마다 갈리아와 로마의 유물이 하나가 되어 나타나는 것이야말로 최후의 패배이자 또 한 번의 굴욕이 아닐까? 그리고 대학살의 장소에 갈리아 족 유물이 남는 것을 거부하는 의미가 아닐까? 그렇다, 갈리아 족의 자취를 알레시아에서 찾아선 안 된다. 우리에게서, 때로는 무모한 도전과 무분별한 경험과 궁극적인 탐색에 끌리는 우리 내면에서 미루어 짐작해야 한다.

게다가 이 을씨년스러운 아침에 알리즈 생트 렌 마을을 가로질러 내려가 수도관을 보수하느라 분주한 일꾼 두 명과 잡담을 나누는 동안, 현재는 금세 과거의 저주를 떨쳐낸다. 맞은편 담장에 우연히 나란히 붙어 있는 광고 두 장이 눈에 띈다. 하나에는 이렇게 적혀 있다. '알리즈 생트 렌. 9월 5일 일요일. 성대한 미사, 순례 여행 그리고 로슈 극장에서 열리는 알레시아의 순교자 생트 렌의 수난극 공연.' 그리고 다른 광고에는 이렇게 적혀 있었다. '스뮈르 앙 옥수아. 8월 29일 일요일. 미니스커트 아가씨를 선발하는 섹시한 파티.'

프랑스는 언제나 비탈진 포도 경작지도, 절제된 대비를 보여주는 지역도 아니다. 생각은 그만하고 일요일에는 스뮈르 앙 옥수아에 가야겠다.

Part 2

사시

사시에 근접 / 어느 노인과의 만남 / 잊힌 어린 시절 / 되찾은 뿌리 / 붉은 와인의 풍미.

니트리-사시 / 레티프 드 라 브르톤 / 마을 사람들과 풍습 / 진정한 농민 작가 / 도시인과 농민의 원활한 대화를 위하여 / 선생님 / 브라다르장 노인 / 장수의 무용성에 대한 사색.

오늘날의 주민들과 친구들 / 추억 이야기꾼 뤼시앙 모랭 / 옛날에 걷던 방식 / 모르방으로 홀로 출발.

산등성이와 숲을 가로질러 베르망통에서 몇 킬로미터 떨어진 타르트르 언덕을 지나면 아래쪽으로 네 개의 계곡이 모이는 곳에 사시가 있다. 사시는 내가 지금 살고 있는 마을이다. 그리고 옛날에 아버지의 숙부인 사라쟁 할아버지 내외가 살았던 곳이기도 하다. 직공 출신으로, 프랑스 전역을 걸어서 횡단한 끝에 이 마을에 정착하신 고급 가구 세공인이었던 사라쟁 할아버지를 마을 노인들은 여태 잊지 않고 계신다. 할아버지의 아들 페르디낭은 1914년에 발발한 제1차 세계대전에서 20세의 나이로 전사했다. 나는 고미다락에서 전선에 있는 아들에게 어머니가 보낸 마지막 편지를 발견했다. 편지는 아들의 운명을 예고하듯 슬픈 농담처럼 굵은 글씨체로 겉봉에 이런 문구가 삐딱하게 적힌 채 마을로 반송되었다. '수취인이 제때 수취하지 못했음.'

*

사시는 스뮈르 앙 옥수아에서 그리 멀지 않다. 동틀 무렵 출발해서 길에서 지체하지만 않으면 족히 한나절이면 걸어서 도착할 수 있는 거리다. 그런데도 나는 프랑스 전역을 걸어서 횡단하겠다는 다짐을 처음으로 어긴다. 스뮈르에서 아발롱까지 장거리 버스를 타고 간 뒤 사시에 전화를 걸어 태우러 나와 달라고 한다. 그 지역을 워낙 오랫동안 알아온 터라 어서 집에 들러 모르방 산맥으로 출발하기 전에 며칠 쉬고 싶어서다.

사시에서 지내는 건 꼬박 6년만이다. 몇 년 동안 부모님 소유였다가 지금은 내 것이 된 연립주택에는 정기적으로 들렀다. 차가 없을 때는 기차로 와서 8킬로미터 거리에 있는 베르망통으로 간다. 그리고 날씨가 화창한 봄이나 여름에는 사시까지 걸어서 간다. 그 길은 포도밭을 따라 가파른 오르막을 이루고, 국도를 벗어나면 전나무 숲을 가로질러 산등성이로 이어진다. 샹트 메를르를 지나 타르트르 언덕에 도착한 뒤 보래냉을 가로질러 묘지로 이어지는 프레 언덕 위쪽의 자그마한 오솔길을 따라간다. 나는 숲을 벗어나면서부터 마을의 모습이 시야에 들어오길 기다린다. 그러다 마을이 보이기 시작하면, 번번이 가슴 벅찬 기쁨을 느낀다.

사시에 살게 된 첫 날부터 그곳이 마음에 들었다. 이유야 많지만, 아주 간단한 한 가지 이유는 이렇다. 작은 할머니가 부모님에게 유산으로 물려주신 집을 보러 맨 처음 들렀을 때, 나는 인근 지리도 익힐 겸 마을을 더 잘 보려고 일부러 산등성이에 난 길로 걸었다. 햇살이 화사한 6월의 어느 날이었다. 숲은 빛과 새들로 넘쳐났고, 간혹 이끼들과 뾰족한 나뭇잎들을 밟는 사람이 내가 처음인 듯한 느낌이 들 정도로 인적 없이 황량했다. 사시에 도착하자, 마을을 가로지르는 유일한 길에 놓인 네모지게 자른 늙은 나무 둥치에 한 노인이 혼자 앉아서 볕을 쬐고 있었다.

나는 노인에게 물었다. "안녕하십니까, 어르신. 앙리에트 므낭의 집을 찾고 있는데, 어딘지 아십니까?" 그러자 나를 물끄러미 쳐다보던 노인이 눈가에 장난기 어린 미소를 머금고 말했다. "너, 자크 맞지?" 나는 깜짝 놀랐다. 노인이 나를 어떻게 알지? "아마 기억 못할 게다. 아주 어릴 때였으니까. 나는 델팽 아저씨란다. 꼬마 때 네가 여기로 휴가를 오면 종종 내 무릎에 앉히곤 했지. 교회에서부터 널 알아보았단다. '저기, 자크로구나' 하고 혼잣말했지. 네 걸음걸이가 네 아버지, 할아버지와 똑같거든." 그날부터 나는 델팽 할아버지의 환영과 미소 때문에 사시를 사랑하게 되었다. 여러 해 동안 여행을 다니느라 들르지 못했는데도 할아버지는 내게 잊힌 어린 시절의 문을 활짝 열어주셨다.

*

20여 년 가까이 나는 뿌리가 없다고 느꼈다. 내가 자유롭게 선택한 관계나 장소 말고는 이 세상 무엇에도 구속 받고 싶지 않았기 때문이다. 내가 선택한 관계들, 장소들은 다름 아닌 그리스의 것들이었다. 나는 그리스에서 여러 해 동안 머물렀다. 이따금 뜨거운 바위 위나 나무 그늘 아래에 누워 태양 아래 떨고 있는 바다, 석회를 바른 눈부신 벽들을 바라보노라면, 사시가 아득히 멀고 조금은 낯선 지역인 듯 느껴졌다. 어찌 되었든 당시의 내 취향과 관심사로 보면 낯선 지방이었다. 내게 고향은 그곳, 그리스라고 생각했다. 스스로를 태양과 열기, 마르고 뜨거운 땅과 미지근한 바다의 자식이라고 생각했다. 숲의 자식이 아니라고 생각했다. 오늘, 여러 해 동안의 공백 끝에 찾은 이 마을과 땅, 네 개의 계곡 사이, 퀴르 강과 스렝 강 사이에 있는 작은 동네가 머릿속에 조금씩 포도밭과 숲, 노랗고 부드러운 돌들을 불어넣고 있다(그리스에는 8년 동안 돌아가지 않았다[2]). 마치 마비되었던 팔다리에 100년 만에 다시 피가 도는 것 같다. 조만간 나는 그리스나 다른 곳, 터키나 이집트, 예전에 갔던 나라들로 다시 떠날 것이다. 언제나 내게 없어서는 안 될 곳들이니까. 하지만 이번에는 놀다 가는 곳이 아니라 다시 찾은 땅을 떠나는 게 되리라. 게다가 이곳에 오면 내 몸 자체가, 심지어 피부마저 달라진다. 그리스에서는 바다와 태양에 피부가 거무스름하게 그을렸다. 여기서는 얼굴과 피부가 포도밭, 신선한 공기, 관능적인 조화를 이루는 지하 저장고에서 나오는 어슴푸레한 빛, 만나는 사람들의 둥그스름하고 불그스레한 모습을 조금씩 닮아간다. 입과 미각에 남아 있던 렛치나(소나무 송진을 섞어서 만든 그리스의 국민 음료인 백포도주—옮긴이)의 선명한 용연향, 마브로다프네(그리스의 펠로폰네소스 반도에서 생산되는 포도주—옮긴이)의 짙은 피는 어느새 샤블리산※ 백포도주의 노란 향기, 건조한 새콤함, 포도 묘목의 짙은 타닌으로 바뀐다(그리스의 아르카디아 지방에서 너무나 좋아했던 렛치나는 거의 응고가 될 정도로 농도가 짙고 거칠고 거뭇한 다갈색 포도주다. 포도주를 건네준 지역 농민에게 이름을 묻자 그는 짧게 대답했다. "여기서는 '헤라클레스의 피'라고 부릅니다"). 더구나 이 글을 쓰는 지금, 탁자 위에는 포도를 재배하는 친구의 집에서 최근에 발견한 1970년

---

2 마침내 그리스로 돌아간 건 1976년이지만, 에게 해를 다시 만나고도 여기에 적은 부르고뉴에 대한 느낌은 조금도 달라지지 않았다.

산産 샤블리 백포도주가 놓여 있다.[3] 글을 이어가면서 중간 중간 백포도주를 몇 잔째 가볍게 홀짝이고 있다. 그리스 백포도주의 역사와는 사뭇 다른 역사를 들려주는 끈기 있게 묵은 포도주의 맛이 난다. 그리스에서는 한 모금을 마실 때마다 소나무 향, 껍질을 벗긴 둥치의 냄새가 난다. 그리고 처음에는 깜짝 놀랄 정도로 짙은 테레빈 나무의 향이 나지만, 목으로 넘길 때는 가시덤불의 열기와 벌레들의 울음, 염소 가죽 부대에서 발효될 때 나는 수지 향이 밴 사향의 뒷맛이 느껴진다. 반면 여기서는 발효된 묵은 나무 향, 오랜 발효의 그늘 향이 조금 더 난다.

*

오래전부터 주변을 에워싼 샘, 언덕과 계곡의 움푹한 공동 바닥에 괴어 있는 물로 인해 사시는 견디기 힘든 비위생적인 마을로 여겨졌다. 반면에 바로 옆 마을인 니트리는 건조하고 이회토(점토와 석회가 혼합되어 포도 재배에 이상적인 토양―옮긴이) 없는 석회질 고원에 자리 잡고 있다. 다른 많은 이웃 마을들처럼 니트리와 사시는 역사적으로 경쟁과 갈등이 있었고, 그냥 들렀다 가는 이들은 감지 못 하지만 오늘날에도 여전히 확연하게 의식에서 차이가 존재한다. 고원의 마을과 계곡의 마을. 경작의 마을과 숲의 마을. 중앙 교회를 둘러싸고 옹기종기 모여 있는 둥근 마을과 곧게 뻗은 길 끝에 교회가 있는 마을. 사시 출신의 작가 레티프 드 라 브르통(농민과 도시 서민 그리고 파리 사회 등을 사실적으로 묘사하

---

3 이번 개정판을 기회로 글을 다시 읽으며 수정하자면 1973년산 샤블리였다.

여 발자크와 에밀 졸라의 선구가 된 18세기 프랑스 근대 문학가―옮긴이)은 두 마을에서 영감을 받아 다소 운명적인 경쟁 관계를 묘사했다(그가 태어난 고향 집은 지금도 교회와 브르타뉴식 농가 맞은편에 그대로 있다. 브르통이라는 필명은 농가의 이름을 따서 지었고, 가족은 나중에 마을 외곽의 주라빌 도로변으로 터를 옮긴다). 레티프에게 (글 쓸 당시의) 니트리는 "환히 드러난 평야 덕분에 모든 바람이 공기를 흔들 수 있는 자유를 공평하게 나누어 가져서 공기가 가볍고 맑은" 반면, 사시는 "공유지가 잘려서 늘어난 언덕들 때문에 공기가 지칠 줄 모르고 요동치며, 일 년에 여섯 달에서 여덟 달은 물이 고여 있는 들판의 작은 골짜기에서 거칠고 해로운 수증기가 뿜어져 나와 훨씬 탁하다." 레티프에 의하면 양쪽 주민들은 더욱 선명한 대조를 이룬다. 니트리 사람들은 "천성이 쾌활하고 익살스러운" 반면, 사시 사람들은 "굼뜨고 사색적이며 과묵하다."[4] 레티프는 음식도 그런 상반되는 기질을 형성하는데 일조한다고 생각했다. 공기가 맑고 가벼운 니트리에서는 "곡물, 유제품, 달걀, 동물의 살이 건강한 음식을 만들 수 있게 해주는" 반면, "사시 남자들은 어마어마한 양의 덜 익힌 흑빵도 커다란 밀기울만 남기고 먹어치워야 성이 찰 만큼 탐욕스러워서 혈관마저 짓누를 정도로 육중하고, 혈관을 타고 흐르는 둔중한 피는 여자들의 경우에 훨씬 더 느리게 흐른다." 다만 마지막 부분만큼은 11세가 넘으

---

4 어디든 그곳에 사는 사람들의 정신과 공기 속성 사이의 긴밀한 관계를 보려는 건 레티프의 편집증 중 하나다. 공기가 가벼우면 사람들이 쾌활하고 창의적이고, 공기가 무거우면 과묵하고 머리가 둔하다고 여겼다. 어쩌면 옛날에(요즘엔 훨씬 드물지만) 이웃 마을 사람들이 쓰던 '사시의 얼간이들'라는 표현이 거기서 나왔는지도 모르겠다.

면 남성처럼 활달한 '기질'을 가진 여자들이 있어서 예외로 여겼다. 심지어 레티프는 사시의 여자들에 대해 이렇게 덧붙였다. "이곳 여자들 대부분은 목소리도 남자처럼 걸걸한데다 영 호감 가지 않는 사투리를 쓰고, 보기 흉한 기괴한 옷차림으로 혐오스럽기까지 하다." 그러나 요즘은 완전히 달라졌다고 덧붙이고 싶다.

오늘 레티프의 글을 다시 읽으면서 나는 이 마을이 18세기 이후로 외관상 거의 달라진 게 없다는 사실을 깨닫는다. 단, 상식에 맞지 않을 정도로 너무 많이 설치되어 거리마다 우글거리는 전깃줄은 예외다. 그리고 오래전부터 이곳에 사는 가족들은 여전히 부자, 부르디야, 샹포, 카레, 동덴, 레티프 등 레티프가 인용했던 이름들을 가지고 있다. 옛 풍습들도 마지막 전쟁 때까지 많이 남아 있었다. 이를테면 어린 시절부터 언제나 매혹적으로 들리던 말로, 수확이 끝나면 소유주가 누구든 구분 없이 가축들을 서로의 들판에서 자유롭게 풀을 뜯어먹게 하던 '공동 방목장'. 아무것도 모르면서 자연에 대한 글을 많이도 쓰던 그 시대의 철학자들과 달리, 레티프는 당대의 유일한 농민 작가였기에 자신이 무슨 말을 하는지 정확히 알고 있었다. 그 점을 완벽하게 인지한 그는 철학자든 아니든 당시의 도시인들이 시골 생활과 얼마나 동떨어졌는지도 잘 알고 있었다. 레티프는 이렇게 썼다. "어떤 파리 사람은 이로쿼이 인디언들의 관습은 배우면서도 우리 마을에 있는 프랑스 관습들은 전혀 모른다." 이 말은 토시 하나 바꾸지 않고 오늘날 그대로 적용해도 무방할 듯하다. 사시에서 살기 전부터 나 역시 농촌의 자연과 농촌 세계에 대한 도시인들의 커져가는 무지에 충격을 받았기 때문이다. 10여

년 전부터 일부 젊은이들이 흙으로 돌아가려는 현상은 두드러졌지만, 대부분의 귀농이 농촌에 대한 무지와 자연계에 대한 고지식함 때문에 실패한다는 사실은 더욱 충격이었다. 이제는 누구도 나무나 새, 꽃, 버섯을 알아보지 못한다(내가 이야기하는 사람들은 도시에 살고 있는 이들이다). 심지어 이들의 존재에 관심도 없다. 이런 무관심과 몰이해는 인간과 농촌 한가운데로 확대되고 있다. 오늘날은 풍경을 '읽고', 마을의 생활을 '관찰하고', 도구들과 건축물을 '쳐다보고', 다른 환경의 관습들을 상세하게 관찰할 줄 아는 사람들이 드물다. 아무래도 외국 여행을 대비하듯 언젠가 『도시인과 농민 사이의 대화 지침서』를 편찬해야 할 정도다. 지침서는 '이 재킷이 마음에 드네요. 내 치수에 맞춰서 하나 만들어줄 수 있나요?'나 '내일 우리는 경마 경기를 보러 자가용을 타고 오퇴유에 간다'처럼 어처구니없고 엉뚱한 문구들이 아니라 도시인들과 농민들 사이에 공통적으로 남아 있는 최소한의 개념과 관념을 담아서, 몸짓으로만 의사소통을 하는 게 아니라 날씨에 대한 긴 대화와 농업과 시골에 대한 어휘의 기초[5]를 주고받을 수 있게 해줄지 모른다. 요컨대 위에서 언급한 레티프의 말이 그 어느 때보다 한층 현실적으로 다가와 내가 수긍하고 있다는 이야기다. 레티프는 사시에서, 부파르와 몽그레, 타르트르, 보 프랑 등 여전히 같은 이름을 지니고 있는 들판에서, 방목장에서 자랐다. 그는 그곳에서 들판의 작업을 보았고, 밤샘 모임의 이야기들과

---

5 이를 테면 많은 도시인들이 갈수록 어려워하는 '부삽pelle'과 '가래beche'의 구분, 더 섬세하게는 '도끼hache'와 '장작 패는 도끼merlin'와 '손도끼herminette'의 구분을 이해하려면 말이다!

농민이 하는 이야기를 들었다. 그리고 그의 말대로라면, 11세에 헛간의 건초 속에서 사랑의 달콤함을 처음 알았다. 레티프 덕분에 우리는 과거 구체제 시대(1789년 프랑스 혁명 이전의 절대왕정기―옮긴이)의 결혼 풍습, 음식, 사투리, 동화, 아이들의 놀이, 경작 기술, 농부의 삶에 담긴 물질적 여건 등 마을의 일상을 내밀한 부분까지 알 수 있는 다양한 내용이 담긴 환상적이고 흥미로운 글을 얻었다. 이 모든 건 당대의 다른 작품들에서는 절대 찾지 못할 내용들이다.

*

나는 여기서 레티프에 대해 장황하게 늘어놓고 싶지 않다(해가 갈수록 레티프와 더 강한 유대감, 무엇보다도 묘하게 닮은 점을 느낀다. 시골 출신이라는 유전적 특성, 여성들에 대한 열정, 정의에 대한 열광적인 욕구, 스스로 책을 출판할 정도로 밀어붙였던 책에 대한 사랑, 주변 세상에 대한 넘치는 호기심, 강제적인 모든 교리들과 정신적 인습에 대한 거부 등등. 한마디로, 같은 마을 출신이라서 그런지 혈육처럼 매우 가깝게 느껴진다). 그래서 그의 수많은 저서들 중에서 『내 아버지의 인생』과 『니콜라 씨』 두 권의 일부분을 인용할까 한다(그가 집필한 책은 200여 권 가까이 된다). 전자는 사시의 학교에 관한 내용으로, 그때에는 오늘날보다 아이들과 청소년들이 훨씬 많았기 때문에 대단히 생동감 넘친다. 선생님 이름은 자크 베로다. 그 시대에는 삶이 험난해서 많은 주민들이 여러 가지 직업을 가져야만 했다고 레티프는 설명한다. 오늘날 사시에 사는 장인들은 모두 자신들의 주업만 하며 산다(참고로 사시에는 석공 세 명, 미장이 두 명, 제철공 한 명이 있다). 하지만 레티프가 살던 시절에는 "어떤 장인도 오로지 하나의 일만 하지 않았다. 슈반 가족은 벽돌공이자 포도 재배자였고, 코른뱅 가족은 방직공이자 농부였으며, 코스톨 가족은 농부이자 구두수선공이었다." 학교 선생님도 "버드나무 쪼개는 일이나 버팀목 준비하는 일을 하면서 눈을 감고도 외울 수 있는 라틴어 음절표를 어린 학생들에게 읽어주었다." 제일 신기한 일은 아이들의 교육 단계에 따라 달라지는 수업료의 지불 방식이었다. 선생님은 "학생들이 아직 글씨를 쓰지 못하면 한 달에 3수(프랑스의 옛 화폐 단위—옮긴이)씩, 글씨를 쓰면 5수씩 받았다. 공동체는 거기에 일 년에 밀 15비셰(곡물의 분량 단위, 20-40리터—옮긴이)와 보리 15비셰씩 더 주었다. 그런데도 그 정직한 사람은 근근이 살았다."

주민들에게는 당연히 별명이나 별칭이 있었다. 그중 한 사람은 105세의 노인으로, 그 나이에도 혼자 밀단을 실어 수레에 채울 정도로 정정해서 별명이 브라다르장(Brasdargent. 팔을 뜻하는 단어 '브라bras'와 돈이나 은을 뜻하는 단어 '아르장argent'을 합친 말—옮긴이)이었다. 노인은 연로한 나이뿐만 아니라 지혜와 통찰력으로도 레티프에게 깊은 인상을 주었다. 어느 별이 총총한 밤, 12세의 레티프는 노인과 함께 사시로 돌아오고 있었다. 그때 노인이 레티프에게 말했다. "아름다운 밤이 정말 좋구나! 낮은 창조주의 작품들을 보여준단다. 하지만 밤은 그분 자체를 보여주지!" 레티프의 아버지도 브라다르장에 대해서 이렇게 말했다. "그분이 말씀을 하시면 인류를 넘어서는 어떤 존재, 이미 이 세상에 속하지 않고 불멸을 시작한 어떤 존재의 이야기를 듣는 것 같단다."

노인이 하루는 노년의 무의미함에 관한 지혜로 가득한 성찰을 했다.

레티프와 노인은 길을 걷고 있었다. "브라다르장 할아버지, 할아버지는 엄청나게 많은 것들을 보고 엄청나게 많은 추억을 갖고 계셔서 정말 좋겠어요!" 그러자 노인은 이렇게 대꾸했다. "아가, 내 운명이나 늙는 걸 부러워하지 마라. 40년 전에 마지막 남은 소꿉친구마저 잃은 뒤로는 고향에서 가족과 함께 있으면서도 이방인처럼 느껴지거든. 손주들은 나를 다른 세상 사람 보듯 하지. 이제는 나 같은 사람이나 친구, 동료처럼 서로 아껴줄 수 있는 사람이 하나도 없어. 지나치게 장수하는 벌인 셈이지. 벌써 다섯 번째 세대가 시작되는 걸 보고 있으니 말이다. 자연은 우리의 감수성이 멀리 펼쳐지기를 바라지 않는 것 같구나. 증손자들이 내게는 낯설단다. 아이들 입장에서도 나에게 별 애착이 없을 거야. 애착은커녕 오히려 무서운지 나를 피해 달아나더구나. 귀여운 아가, 이게 진실이란다. 손에 펜만 쥐었다 하면 모든 것들을 경이롭게 그리는 도시의 입담꾼들이 하는 듣기 좋은 말과는 다르지!" 레티프는 분명 이 부분에서 노인의 입을 빌어 자신의 생각을 이야기했을 것이다. 하지만 그 생각은 아이든 어른이든 다른 이의 상상력이 아닌 노인에게서 나온 것처럼 느껴진다. '홀로' 살아남았을 때 느껴지는 죽음을 이겨내고 살아남는 것의 허망함. 우리는 그렇게 대가족에 둘러싸인 온화한 노인이 아닌 괴물, 인간을 넘어선 인간이 되고 만다. 그는 불멸의 생존자가 아니고, 그럴 수도 없다. 그저 공동체의 생존자에 불과하다.

*

옛날에 사시에는 철학자들이 우후죽순처럼 많았고, 그중에는 레티프가 기억에 남는 몇몇을 꼽을 정도로 성격이 특이하거나 매력적인 사람들도 많았다. 요즘도 마찬가지다. 사시와 그 주변에는 레티프와 놀라울 정도로 비슷한 성격, 성찰, 정신, 유머 감각을 가진 장인들, 농민들, 포도 재배자들이 살고 있다. 이를 테면, 내가 이 책을 헌정한 두 사람, 마르셀 샹포와 뤼시앙 모랭을 꼽을 수 있다. 마르셀 샹포는 현재는 은퇴했지만 한때 사시의 구두 수선공이었다. 그리고 뤼시앙 모랭은 내가 사시에 갈 때마다 즐겨 찾는 지하 포도주 저장고의 주인이며 마을의 살아 있는 추억이다. 모랭은 기억력이 좋은 타고난 이야기꾼으로, 추억하는 것도 좋아하고 관찰하고 배우는 것 역시 좋아해서 역사, 노래, 일화, 추억의 보고를 내면에 품고 있다. 겉보기에는 지하 예배당처럼 깊고 웅장하지만 종교와 상관없는 파티가 종종 열리는 그의 지하 저장고에서 나는 그의 이야기, 성찰, 마을의 생생한 온갖 추억을 들으면서 몇 시간씩 보냈다(자세히 설명하자면 뤼시앙 모랭은 포도 재배자가 아니라 포도 애호가로, 구매가 목적이 아니라 친구들과 잡담이나 나누면서 함께 마시려고 따로 남겨둔 포도주로 가득한 저장고를 가지고 있다). 과거를 기억하는 일 자체는 그다지 대단할 건 없다. 하지만 경우에 따라 책이나 라디오 뉴스 또는 판에 박힌 빤한 소문을 통해 귀가 충족되기도 하고 위축되기도 하는 시대에 천성적으로 속담이든, 격언이든, 노래든 구전의 형태로 기억을 간직한다는 건 확실히 드문 일이었다(이를 테면 옛날 베르망통이 항구였을 때에는 뗏목을 이용해 모르방의 목재를 퀴르 강과 욘 강을 통해 옥세르로 보냈는데, 이때 퀴르 강의 목재 운반꾼들이 부르던 노래처럼). 훨씬 오래전부터 귀는 눈보다 기억에 충실한 기관이었다.

어느 날 뤼시앙 모랭과 함께 걷기에 대해 이야기하던 중, 그는 요즘 같으면 만용으로 치부될 만한 일들과 습관들에 대해 들려주었다. 아무리 노련한 일주여행자라도 두렵게 만들 만한 숫자들을 되풀이해서 전해주었는데, 레티프가 살던 시절에도 결코 만만찮을 이야기였다. 당시에는 급하면 사시에서 파리까지 걸어가는 일이 다반사였다. 옥세르에서 파리로 향하는 강배가 있는데, 초록색의 평평하고 긴 강배에는 여행자들과 행정 사무원들, 종군 상인, 유모들과 뱃길 안내자들을 위한 선실과 객실이 있었다(참고로 유모들은 방을 따로 예약했다). 커다란 강배는 말들의 예인을 받으며 파리까지 가는데 나흘에서 닷새 걸렸다. 그런데 레티프의 아버지는 파리까지 걸어가는데 하루에 18리외(약 70킬로미터)씩 꼬박 사흘 걸렸다. 그리고 레티프는 이렇게 부연 설명한다. "정정하셨던 아버지는 사시에서 디종까지 하루에 22리외(88킬로미터)씩 걸어서 다니셨다. 75세에 아버지는 옥세르에 갔다가 그날 돌아오셨다. 걸어서 14리외(56킬로미터) 거리를. 그런데 요즘 사람들이란! 자연이 퇴화하는 것 같다. 그러니까 도시에서만 말이다." 예전에 길에서 먹을 비상 식량과 소지품이 젖지 않도록 챙겼던 장비도 신기하다. 개인적으로 나는 어떤 악천후에도 끄떡없는 넉넉한 벨벳 바지 한 벌, 타이츠나 체크무늬 셔츠 한 벌, 스웨터 한 벌을 몸에 걸치고 프랑스 전역을 누볐다. 내 가방에는 여벌의 스웨터 한 벌, 타이츠 한 벌, 면 셔츠 한 장, 양말 두 켤레가 전부다. 그리고 '최신형' 비옷이 들었다. 다른 건 전혀 없다. 걸을 때는 멋쟁이로 보일 필요가 없다. 그러니 넥타이나 질 좋은 셔츠는 필요 없다. 조끼도 마찬가지다. 배낭의 용도는 절대 세탁물 보관도, 표백도, 다림질도 아니다. 거기에 비하면, 레티프는 나보다 훨씬 사치스럽게 짐을 꾸려서 길을 떠났다. 어느 날 그는 악천후에 내구력이 강한 염소 가죽 옷을 입고 사시에서 걸어서 파리에 도착했는데, 짐은 전부 정성껏 접어서 꾸린 도시에서 필요한 소지품들이었다. 그는 이렇게 기록했다. "우리는 동틀 무렵에 출발했다. 칙칙한 천 작업복에 긴 양말도 없이 각반 차림에 징이 박힌 삼중창 구두를 신고, 한 손에는 막대기 하나씩을 들었다. 등에 맨 배낭에는 거친 천으로 만든 셔츠 여섯 벌, 넥타이 몇 개, 손수건 몇 장 그리고 일요일에 신을 마사로 만든 긴 양말 몇 켤레가 담겨 있었다."

일요일에 신을 마사 양말이라니! 그거야말로 내 가방에는 없는 물품이다. 사시에 잠시 체류하는 동안 뤼시앙 모랭의 지하 저장고에서 나는 말한다. "한동안 여기를 뜰 거예요. 내일 다시 길을 떠나서 모르방으로 갈 예정이거든요." 그러자 그가 소리쳤다. "시간만 되면 자네와 같이 갈 텐데. 이틀이나 사흘 정도. 나도 그렇게 걸으면 좋겠구먼. 게다가 내가 이 지역에서 맺고 있는 온갖 인맥 덕분에 마실 거나 먹을 게 부족할 일도 없을 테고!"

뤼시앙 모랭과 함께 걷다니! 그러면 옛날식의 낯선 방랑자 한 쌍이 될 텐데. 넉넉한 몸집에 혈색 좋은 얼굴, 길에서도 우레 같은 목소리로 노래를 부르는 언제나 유쾌하고 개방적인 모랭. 그 옆에서 몸집은 조금 더 작을지 모르지만 그 못지않게 쾌활한 동료인 나. 이튿날 비유됭에 도착해 모르방의 푸르스름한 언덕이 보이는 뒥 숲을 걸으면서 이런 생각을 했다. 모랭이 함께 있다면 좋을 텐데. 함께 있다면 모랭은 쟁기로,

나는 글로 유일무이한 시인이 되었을 텐데.

Part 3

모르방에서 제보당까지

길의 실을 따라서 : 아리아드네의 보이지 않는 실 / 생 앙투안의 월계수 찬가 / 벽 낙서 /
간이식당, 갈증의 초가집 / 메즈기샤르의 쉼터 / 모르방 : 화강암, 디기탈리스 그리고 고사
리 / 비유됨과 하이두이 족의 추억 / 에슈노 : 하이두이 족과의 만남 / 잊힌 지역 방언들 :
바람과 바위 그리고 물의 어휘 / 현대시와 언어의 인형 / 몽소슈 / 숲 속 자동차 / 글뤽 상
글렌 / 집단 이동과 마을의 한탄 / 비브락트와 뵈브레 산 / 재미있는 방식 : 여성 악대장 /
루아르 강과의 만남 / 자동차 사고와 현대적 치명성.

아르푀유 / 유스호스텔에서 하룻밤 / 나는 괴짜 / 시골의 서사시 : 기억되는 이름, 잊힌 이
름 / 샘의 고장, 부르보네 / 에팔, 사라진 마을 / 나르스와 네르스 / 로슈 생 뱅상 / 마침
내 진정한 여행이 시작되다 / 다시 갈리아 족과 관련된 곳 / 리부안느 / 어느 어머니의 집
/ 피옹의 역사, 저항의 마을 / 경찰과 집행관에 대한 대우 방법 / 시장과 되찾은 시간에 대
한 사색 / 독서와 걷기, 디기탈리스와 붉게 물든 죽음에 관한 사색 / 검은 숲 / 행상인들의
철 십자가 / 퓌 드 몽통셀 / 바람의 찬가 / 샤브를로슈 : 여기서부터가 오시타니아입니다.

앙베르 / 주도적 조합 / 리브라두아의 낙원 / 되돌아가기 / 프랑스어를 쓰는 비스콩타 /
플랑셰와 첫 번째 방언 / 옛 성소 포불루앵 / 앙베르를 향해 / 개들과 개와 관련된 프랑스
에 관한 사색 / 피에르 쉬르 오트 / 콜히쿰 또는 들판의 사프란 / 리샤르 드 바 제지소 방
문 / 이동 목축 가족 / 양 축사에서의 하룻밤 / 농민들과 자연 / 어느 목동과의 만남 / 목
동의 기도 / 목동과 자동차 정비공.

지나온 도시들, 지루한 숙박소 / 길의 음식과 프랑스 식도락에 대한 사색 / 도로의 문장들
/ 텔레그 여행 / 권태와 좌절 / 마르삭에서 브리우드, 가스파르 데 몽타뉴의 지방 / 생 보
네 르 부르의 죽음과 부활 / 되찾은 가내수공업.

아침의 노래 : 짐승들을 향한 부름 / 바제유의 어느 여성 농부와의 만남 / 도로와 배회의
역사 / 행상인, 배회하는 사람들, 정착민과 유목민 / 걷기 : 선지자인가? / 비에르주 드 몽
메롤 / 플로레르 / 베드린 / 제보당, 플라네즈, 데베즈 그리고 그레즈 / 생 플루르 / 마르삭
의 백의白衣 순례자들.

모르방에서
제보당까지

사시

아발롱

몽소슈

스뮈르 앙 옥수아

포블루앵

샤토 쉬농

뵈브레 산

생 레제르 수 뵈브레

랑시

부르봉 랑시

루아르 강

동종

아르뢰유

마예 드 몽타뉴

라부안느

비스콩타

부아 누아르

브뤼주롱

피에르 쉬르 오트 고원

백의 순례자

앙베르

마르삭

생 보네 르 샤스텔

허수아비

샹파낙 르 비외

브리우드

리 샤펠 로랑

라 마르주리드

생 플루르

식용 버섯

풍경에 싫증이 날 수도 있을까? 언덕들, 나무들, 거의 흔들림 없는 땅, 수천 년 동안 편암질의 온순함과 석회질의 단조로움으로 평평해진 지질 구조에 싫증이 날 수도 있을까? 보주 지역에서부터 그랬듯이 프랑스 풍경을 바라보는 일은 누렇게 빛바랜 낡은 책의 책장을 넘기는 일이며, 굽은 지평선에서 옛 전투 장소이자 유서 깊은 땅의 투지가 보이는 장소를 포착하려고 애쓰는 일이다. 또한 차분하게 가라앉은 토지에 느지막이 도착하는 일이다. 보행자에게는 고마운 땅이다. 넘을 수 없는 협곡, 닿을 수 없는 산봉우리라면 어쩔 뻔했는가? 그러니 미리 간파해서 땅속에 잠겼거나 부서진 형태의 땅을 다시 찾는 수밖에 없다. 보주 지방을 걸어 부르고뉴까지 가는 일은 평평한 지평선을 학습하는 일이자 반복되는 시간을 자신의 발길로 부단히 채우며 다소 헐벗은 거대한 공간을 이해하는 일이다.

그리고 공간을 조금씩 나누어 규칙적으로 숲과 경작지가 번갈아 나타나는 이 가라앉은 땅에서—여기저기에 새들의 침묵이나 절단기들의 분노에 빠진 몇몇 거대한 숲을 제외하고—지금까지 내가 만난 이들은 싹싹하지만 살짝 음울한 사람들, 끈기는 있지만 대개는 체념한 듯한 그림자들, 마주치기에 그다지 겁나지 않는 이방인들이었다. 걷기는 이런저런 만남들을 제한하기도 하지만, 대체로 쉽게 해준다는 의외의 측면이 있다. 협소한 공간에서 미세한 길을 따라 프랑스를 가로지르다 보면 눈에 담는 것보다 더 많은 것들을 두 다리로 누비게 된다. 탁 트인 고지에 도착하면 물결치는 듯한 땅의 기복, 숲, 마구 누비고 싶은 낙원 같은 밭이나 들판이 있는 지평선을 종종 바라보곤 한다. 하지만 이내 광대한 공간은 사라지고 협소한 계곡, 바람에 쓰러져 흐트러진 나무, 다른 길로 갔더라면 마주쳤을지 모를 숱한 장소들을 포기하고 끝까지 따라가야만 하는 길이 나타난다. 이 글을 쓰면서도 평생 방 하나보다 클까말까 한 영역을 지나다니지만 날갯짓으로 세상을 질주하고 있을 수많은 새들을 떠올린다. 우리에게는 두 발이 그러하다. 제 스스로 흔적을 남기며 길의 지배를 받는 운동 수단, 두 발.

한참 후에야 비로소 나는 이 거북함을 사랑하는 방법을, 지도에 표시된 수만 갈래의 길 중에서 정확한 길을 짚어내는 방법을, 다른 지평선들을 향해 갈라지는 모든 길들을 더는 쳐다보지 않는 방법을 터득했다. 그래서 모르방의 입구에서 다짐했다. 이제부터는 전부 알겠다는, 모두 돌아다니고 모조리 만나겠다는 생각을 버리자. 내가 가려던 머나먼 코르비에르에서 자신이 있는 곳으로 나를 이끄는 눈에 보이지 않는 아리아드네의 절대적인 실을 따라가자.

*

지금 아리아드네의 실은 아발롱 남쪽의 뒥 국유림으로 나를 이끈다.

국도와 이어진 숲길에서 나는 사시에서 며칠 중단했던 여정을 다시 이어간다. 날씨는 화창하다. 숲은 새들의 노랫소리와 딱따구리들이 규칙적으로 탁탁 쪼아대는 소리로 가득하다. 벌써부터 화강암질의 땅속에서는 움트는 새싹 냄새가 풍긴다. 큰 나무 밑 작은 초목 사이에는 두툼한 고사리들로 빼곡하고, 자줏빛이나 연보랏빛의 디기탈리스 주위에는 벌레들이 윙윙댄다. 좀 떨어진 곳에서 '생 앙투안의 월계수'라 불리기도 하는 앙투아네트로 뒤덮인 수풀을 다시 발견하는데, 이번에는 솜처럼 새하얀 씨앗들로 뒤덮인 채 햇빛이 희롱하는 자개 빛깔 갓털을 둥글게 말고 있다. 나는 시인 귀스타브 루가 분홍바늘꽃이나 꽃핀 버들가지를 두고 했던 표현이 마음에 든다. "7월 말엽, 전나무 숲으로 버섯 캐러 갔다 돌아오던 채집가는 발로 파란 나비들의 재를 뒤적거리다 문득 자신 앞에서 피고 지는 분홍바늘꽃을 발견한다. 흡사 둥글게 모여 춤을 추다가 잠시 숨을 고르는 연보랏빛 놀이옷 차림의 계집아이들과도 같은 분홍바늘꽃을. 꽃들 중에는 만발한 꽃도 있고 시들한 꽃도 있다. 하지만 소박한 꽃다발로 허탕 친 채집을 감출 생각이라면 그 꽃들을 믿어선 안 된다. 꽃대를 꺾자마자 영원히 생기를 잃고 마니까." 그날 나도 직접 해본다. 연보랏빛 꽃잎들, 바람에 씨앗이 흩날리는 갓털들의 화려함에 홀려 밤까지 간직할 생각에 화사한 꽃대를 꺾는다. 그러나 코앞에서 순식간에 생기를 잃는다. 아름다움, 자줏빛, 연보랏빛, 쾌활한 갓털들은 바람의 장난감처럼 깊이 뿌리박은 상태로만 존재한다. 그러니 꺾지 말자. 죽는 바로 그 순간, 흔적도 없이 사라지는 잠자리들의 무지갯빛처럼 생생한 광채도 곧바로 죽고 말 테니.

그렇게 고사리들의 짙은 초록색과 대비를 이루며 엷은 보라색과 은빛 얼룩으로 경계를 이룬 길에서 나는 여행의 자유와 고독, 다채로운 숲의 생생한 빛 앞에서 이따금 나를 사로잡는 기쁨과 흥분이 다시금 차오르는 것을 느낀다. 빨간 두건 이야기의 숲, 그러나 지평선에 검은 늑대가 없는 숲.

*

황량한 숲을 이렇게 걷다 보면 종종 이런 생각이 든다. 산림 경비원들, 벌목부들 그리고 가을에 버섯 따러 오는 사람들 말고 누가 이곳을 오고갈까? 여행 내내, 심지어 8월에도 이 숲에서 산책하는 사람을 한 번도 만난 적 없기 때문이다. 그런데 낯선 사람들이 가끔 모험하듯 이곳을 찾아온다. 조금 더 떨어진 곳, 퀴르 강에서 쉼터를 발견한다(예전에 강을 더럽히던 무두질 공장이 사라진 이후로 퀴르 강은 노래하는 맑은 송어의 강이 되었다). 나는 잠시 앉아 굵은 전나무 판자로 만든 벽을 바라본다. 벽에는 문구 두 개가 적혀 있다. 그 문구를 틀린 철자 그대로 옮겨 본다.

문명을 타도하라, 요람에서부터 우리를 붙잡아 무덤에 이를 때까지 놓아주지 않는 그 사악한 것을.
우리의 육신과 영혼을 고문한 다음에는 출산을 방해해 우리를 절멸시키고 있다.

그리고 아래쪽에도 같은 글씨체로 이렇게 적혀 있다.

120

유대인들과 그들의 뒤를 잇는 기독교인들에게 죽음을.

퀴르 강 근처, 새들의 노랫소리로 가득한 이곳에서 웬 머저리가 피비린내 나는 심정을 토로했던 모양이다. 그나저나 이건 바보가 쓴 글이 아닐까, 대체 '방애'는 뭐람? 세상이 장차 자신 같은 얼간이들, 반反 유대인들, 반 아랍인들, 반 인디언들, 반 타인들, 반 모두들로 가득 차기를 바란 걸까? 이번 여행 동안 집, 산장, 바위, 도로, 나무줄기에서 읽었던 문구는 전부 혐오를 선동하는 문구들이었다. 프랑스에서는 어디서나 읽을 수 있는 '유대인들에게 죽음을' 이후로 남프랑스 지방의 벽을 뒤덮은 '비코(북아프리카의 구식민지 아랍인을 부르는 별칭—옮긴이) 포도주 반대' 또는 이따금 분노 섞인 문구로 뒤덮인 '시온주의자들에게 죽음을'까지(그리고 흔치 않은 격렬한 적개심을 담은 문구를 코스 고원 한가운데에 버려진 곳간의 지붕 아래 커다란 대들보에까지 새겨놓았다). '비코들은 죽어라(여러분 선택하십시오)'. 그리고 이상하게도 미네르부아 지역의 한 바위에는 '카타리 파(중세 가톨릭 이단 종파 중 하나—옮긴이)는 죽어라!'는 문구도 있었다. 하지만 벽에 일부 프랑스인들의 심정을 익명으로 전달하는 이 한심한 짓거리에 대해서는 다음 기회에 언급하겠다.

숲을 벗어나자마자 비유됭Vieux Dun의 작은 마을을 가로지른다. 옛 갈리아 족의 말인 '뒤넝dunum'은 요새화된 언덕, 보루를 뜻한다. 그래서 마을의 북쪽에는 지도에 표시된 요새 도시가 있다. 운 좋게도 1킬로미터 정도 떨어져 있다. 자그마한 메조기샤르 마을에 도착하자마자 왼편에 지극히 평범한 집 한 채가 보이는데, 문 위에 이렇게 적혀 있다. '작은 쉼터. 간이식당Buvette.' 이 한 단어가 나를 사로잡는다. 나는 커피와는 아무런 관계도 없는 카페라는 말을 싫어한다. 반면 '간이식당'은 어떤 곳인지 쉽게 알 수 있다. 술을 마실 수 있는 곳일 뿐만 아니라 고주망태가 되도록 실컷 마셔도 된다는 뜻이 포함되어 있다. 게다가 축소를 나타내는 프랑스어의 지소접미사 '에트-ette'는 그 단어만으로도 은밀하면서도 신중한 어조를 풍긴다(반면 확대접미사 '-ace'는 장미rose, 장미꽃 모양의 장식rosette, 둥근 꽃모양rosace으로 점점 커지는 것을 나타낸다. 그러면 술을 실컷 마셔도 되는 커다란 장소는 프랑스어로 '뷔바스buvace'라고 불러야 할까?) 간이식당의 주인들은 대개 절제미를 풍기는 연배 지긋한 사람들이다. 그러면 카페에서는 무엇을 할까? '음료를 마신다.' 그러나 간이식당에서는 절대 음료를 마시지 않는다. 술을 마신다. 간이식당은 바, 카페, 선술집 등 도시적이면서도 익명의 느낌이 나는 모든 용어들에 '-에트'의 매력으로 맞서며, 테이블이 없을지도 모른다는 느낌과 함께 때로는 제대로 된 설비마저 없을지 모른다는 불확실한 느낌을 준다. 도시의 시설들처럼 갈증을 해소하는 영세민 단지가 아니라 시원한 술을 마시면서 갈증을 해소하는 작은 초가집이다.

*

그렇게 그곳은 숙명적인 이름을 지닌 '작은 쉼터'다. 햇빛에 부신 눈으로 쉼터에 들어간 나는 너무도 수수한 모습에 착각인가 싶다. 연로한 분들이 앉아 있는 타원형의 탁자가 달랑 놓인 식당이다. 혹시 가족 모임을 방해한 건가. "실례합니다. 간이식당을 찾고 있는데요." 그러자 백발이 성성한 노파가 대답한다. "여기라우." 노인 한 분이 자리를 넓혀주면서 말한다. "자, 여기 앉아요." 나는 탁자 앞에 앉아서 맥주 한 잔을 주문한다. 그러자 다른 사람들은 더 이상 내게 신경 쓰지 않고 하던 대화를 마저 이어간다. 죽음에 관한 대화다. 모두들 적어도 환갑은 되어 보인다. 아내와 함께 공기 좋은 곳에 잠시 들른 그 지역의 은퇴한 노인들 같다. 모르방 지역의 억양을 쓰는 걸로 보아 적어도 두 노인은 모르방 출신이다. 대머리에 질 좋은 체크무늬 셔츠에 검은 넥타이를 맨 세 번째 노인은 오히려 유복한 도시인처럼 보인다. 대화는 순조롭게 이어지다가 이윽고 양편으로 나뉜다. 한쪽은 사후 시신의 운명에 관심이 없다(특히 노파 두 명 중 한 명은 부드러우면서도 조심스러운 말투와는 사뭇 대조적으로 이렇게 말한다. "일단 죽은 다음에 벌어지는 일은 어떻게 되든 상관없어. 자식들이 어련히 알아서 잘 하려고. 내가 평소에 애들에게 자주 얘기했거든. 나는 꽃도 필요 없다. 죽은 다음에 꽃이 무슨 대수라고!") 그리고 주로 남자 노인들 위주의 다른 쪽은 아랑곳없다는 입장과 정반대다. 죽어서도 살았을 때와 마찬가지로 사회적 지위가 꼭 필요하다는 입장이다. "난 지하 납골소도 골라놨어. 은행에 장례식 식사 비용을 포함한 장례 비용을 진작 넣어놨지. 난 애들이 돈 쓰는 게 싫어. 사람들이 뭐라겠어? 평생 일을 했으면 적어도 단정하게 묻히는 거야 기본이지. 죽고 나서 내 몸뚱이를 다른 사람들에게 맡기고 싶지 않아. 공동묘지도 싫어, 어림없지!"

그러자 첫 번째 노파가 속삭이듯 말을 잇는다. "난 공동묘지도 괜찮을 것 같아. 사실 그곳도 그렇게 나쁘지 않아. 오히려 더 깨끗하지." 몇

몇 노인들의 얼굴에 두려움이 드리운다. 관, 무덤, 지하 납골당, 대리석 십자가, 조화弔花는 이곳에서 불가피하게 죽음의 의식에 속한다.

한참 침묵이 이어진 끝에 지역 노인 중 한 분이 말한다. "아예 화장을 하지. 인도에서는 그렇게 한다더구먼. 하긴 우리는 인도 사람들이 아니지."

바깥은 아직도 해가 내리쬔다. 네 시쯤 된 모양이다. 나는 다시 됭 레플라스로 길을 떠난다. 저녁이면 몽소슈에 도착해서 별이 총총한 하늘 아래 여름 향내 그윽한 풍요로운 어둠 속에서 잠을 청할 것이다.

*

오랫동안 모르방은 내게 압지에 묻은 잉크 얼룩 같은 곳이었다. 경계선이 끊임없이 바뀌는 지방이기 때문이다. 정확히 어디서 시작되고 어디서 끝나는 걸까? 지방 국립공원 공단이 최근 출간한 지도에는 내 고향 사시에서 겨우 15킬로미터 떨어진 북쪽에서 시작된다고 나와 있다. 그래서 놀랐다. 사실 모르방의 북쪽 경계선은 아발롱 위쪽으로 사비니앙 테르 플렌, 몽레알, 뤼시 르 부아, 세르미젤 그리고 샤텔 상수아를 지나는 직선을 대충 따라간다. 그런데 뤼시 르 부아나 세르미젤 주민들에게 어디 사느냐고 물으면 대부분 부르고뉴나 욘 지역에 산다고 대답하지 절대 모르방에 산다고 하지 않는다. 다른 곳을 두루 다니다 보면 모르방은 사실 화강암이 시작되는 곳에서 시작된다는 점을 본능적으로 감지하게 된다. 실질적인 경계는 자연보다 행정이다. 모르방은 무엇보다 화강암, 고사리, 디기탈리스, 훨씬 과감하게 굴곡진 언덕과 한결 눈

124

에 두드러지는 고지로 이루어진 지역이어서 부르고뉴 저지대와는 분위기가 사뭇 다르기 때문이다. 그 점은 뒥 숲을 떠나 비유됭 언덕에 오르기 위해 다시 걷기 시작한 첫날부터 느꼈다. 벌써 고도 500미터에서 600미터는 되는 것 같았다. 기복이 선명해지고, 숲은 무성해지고, 개울과 실개천이 빠른 속도로 불어났다. 어떤 고지들은 이곳에 살던 하이두이 족(기원전 1세기 경 갈리아 족의 세력―옮긴이)이 오랫동안 은신처와 피난처로 삼았을 만큼 충분히 가팔랐다. 그래, 적당한 말을 찾았다. 어제부터 '나는 하이두이 지방에 있었다.' 그래서 나에게 모르방은 새벽에 촉촉이 젖은 들판, 거대한 독일가문비나무 숲, 만발한 형형색색 꽃들의 기억이 담긴 곳이다. 그리고 화강암, 우리의 선조 하이두이 족이 선택한 땅 그리고 맑고 쌀쌀한 공기도. 게다가 하이두이 족은 여전히 존재하고 있었다. 만난 적도 있었다. 사실대로 털어놓자면, 많이는 못 봤고 딱 한 명 만났다. 평야를 누볐던 갈리아 족과는 달리, 하이두이 족은 아르베르느 족과 마찬가지로 다른 부족들보다 훨씬 오랫동안 로마의 점령에 맞서 싸웠다. 더구나 오늘날 성 마르코 예배당으로 바뀐, 옛 하이두이 족의 성소가 세워졌던 비유됭의 요새 도시에서 알레시아가 함락된 뒤 갈리아 족의 마지막 저항 부대가 몰살당했다. 또한 비유됭에서 몽소슈까지 이어지는 하이두이 족 지역은 가장 최근에 있었던 전쟁에서도 독일군에 맞선 무장 단체의 항전이 가장 치열했던 곳이기도 하다. 뒹 레 플라스, 몽소슈 그리고 아래쪽에 있는 플랑셰가 점령군의 방화로 불탔고, 주민 27명이 교회 앞에서 총살당한 뒹 레 플라스는 오죽하면 모르방의 오라두르(나치의 학살로 사라진 프랑스 리무쟁 지방의 작은 마을—옮긴이)라고 불릴 정도였다. 그저 우연의 일치라고 봐야 할까? 나는 이런 역사의 재출현이 이 장소들, 이곳에 사는 사람들과 관계가 있다고 자꾸 생각하게 된다. 시간의 모든 혼합, 전복, 혼혈이 무언가 살아남은 구역들을 여기저기에 내팽개쳐두었다는 생각도 지울 수 없다. 그러니까 내가 하이두이 족 사람을 만난 건 공교롭게도 옛날의 비브락트 요새 바로 근처, 정확히는 뵈브레 산자락 아래 에슈노에서였다. 글뤽스 마을을 지나 뵈브레 산꼭대기로 올라가는 지름길을 찾으러 에슈노에 들른 참이었다. 나는 마지막 집의 안뜰로 들어섰다. 여자가 보였다. 그녀는 길을 묻는 내게 말했다. "잠깐 기다리세요. 남편을 불러올게요. 그런 건 남편이 나보다 더 잘 알아요." 여자가 부르자 남편이 옆에 있는 헛간에서 나왔다. 나는 그의 모습을 절대 잊지 못할 것 같다. 남자는 낫처럼 둥근 반달형 얼굴에 볼은 움푹 패고 이목구비가 뚜렷했다. 마치 살과 뼈가 강철처럼 단단할 것 같은 생김새였다. 푸른 눈동자의 테라코타 같은 농부의 얼굴도, 몸의 가장 깊은 곳에서 우러나온 듯한 음성도 절대 잊지 못할 것 같다. 내가 뵈브레 산의 지름길을 물었을 때 그가 한 말은 정확히 이랬다.

"저 길을 따라 전나무 네 그루가 있는 곳으로 간 뒤 도관을 따라 물탱크 가장자리로 가세요. 그러다 방목장 두 개 사이를 질러가면 됩니다." 이 말의 뜻은 한참 후에야 이해했다. 천 년 된 얼굴에서 나오는 말을 듣고 있노라니 길 안내자가 아닌 아주 오래된 음유 시인의 이야기를 듣는 기분이었다.

*

    잠깐 하이두이 족에 대한 이야기를 하련다. 이곳 화강암과 샘, 요새 도시 그리고 디기탈리스의 지방에서 하이두이 족은 산재해 있는 고지들에 나뉘어서 지냈다(최근 인간이 만든 침엽수림 말고는 풍경이 거의 변하지 않은 듯했다). 지역의 수도인 비브락트와 비유됭, 아래쪽으로 아름다운 너도밤나무와 떡갈나무 숲 속으로 사라진 옛 포불루엥의 성채. 모든 갈리아 족들과 마찬가지로 하이두이 족도 악착같고 고집스럽고 자부심 강하지만 한편으로는 변덕스럽기도 해서 하룻밤 사이에 동맹을 깨고 계획을 뒤집기도 했다. 이웃인 엥쉬브르 족이나 앙비바르 족과 연합해 로마의 침략에 맞서 싸우다 어느새 로마군과 연합해 알로브로주 족이나 아르베른느 족과, 더 나중에는 쉬에브 족과 엘베트 족과도 맞서 싸웠다. 갈리아 족들이 그리스 도시들처럼 얼마나 많은 시간을 서로 파멸시키고 화해하고 다시 전쟁을 시작하며 보냈는지, 그 모든 게 로마와의 복잡하면서도 늘 일시적이었던 연맹 덕분이었다는 점을 생각하면 신기하다. 이런 끝없는 대립들은 나누어 지배하는 일에 지친 로마가 모든 갈리아 족을 한꺼번에 소탕해서 지배하기로 결심한 날 멈췄다. 바로 그날 카이사르는 갈리아 족을 모조리 무찌르기로 결심했다. 갈리아 족과 하이두이 족은 다른 부족들과 한데 집결하여 하이두이 족의 성채인 비브락트에서 베르킨게토릭스를 공동 족장으로 선출했다. 결국 실질적으로 그날, 승부는 갈리아 족의 패배로 드러났다. 바로 이 부분이 아까 알레시아에 대해 이야기하면서 무모한 도전의 욕구라고 일컬었던 부분이다. 저항이 가능할 때는 부족들끼리 전쟁을 일삼다가 더는 승산이 없고 영원히 역사에서 사라질 위기에 처하자 마치 한 몸처럼 결합하는 것. 별개의 민족이 아니라, 서로 다른 문화가 아니라 공동체로 사라지는 것. 나는 여전히 갈리아 족이 완전히 죽지 않았다고, 오늘날에도 고사리와 가시덤불로 뒤덮인 요새 도시들 말고 다른 곳에서 그들을 찾아야 한다고 굳게 믿는다. 이를 테면 몇몇 얼굴들에서, 애써 찾지 않는다면 알아차리기 어려운 무수히 많은 세부적인 사항들에서 찾아야 한다. 도구를 붙잡는 방식, 걷는 방식, 앉는 방식, 심지어 말하는 방식에서 찾아야 한다. 또 누가 알겠는가? 고개를 끄덕이는 방식과 침묵을 지키는 방식에서도 찾게 될지.

*

몽소슈에서 뵈브레까지, 모르방은 끝 모를 거대한 숲이다. 나무를 다시 심으면서 숲길의 흔적이 모두 지워진데다 키 크고 날카로운 고사리와 가시덤불로 뒤얽힌 바람에 어린 독일가문비나무들이 가득한 비탈길에서 나는 두 번이나 길을 잃었다. 이렇게 침엽수들로 전부 나무를 다시 심는 방식은 어쩌면 영혼도 심장도 없는 도시화보다 더 확실히 프랑스 시골의 얼굴을 바꾸고 있다. 오늘날은 도시, 옷차림, 풍습 그리고 프랑스인들만 획일화되는 게 아니다. 숲도 마찬가지다.

숲이 없어진 바로 그 자리에 방목장으로 쓰려고 울타리를 둘러친 목초지의 풍경이 눈에 띈다. 이 근처에는 경작지가 거의 없다. 목축지가 되면서 파리의 젊은 엄마들이 애타게 찾던 지난 세기 모르방의 '특산물'인 암소들은 젖소들로 대체되었다. '생울타리bouchures'라 부르는 높고 생생한 울타리로 둘러싸여 있고, 군데군데 '이동식 울타리échalliers' 라 부르는 통로들로 풀밭이나 들판이 끊겨 있다. 이 용어들을 인용하는 이유는 박식해 보이기 위해서가 아니라 프랑스 들판을 걷는 동안 곳곳에서 농민들이 일상 속 사물들에 부여하는 이름들을 그동안 내가 하나도 모르고 지냈다는 사실을 깨달았기 때문이다. 특히 오베르뉴부터 풍경, 집, 장비, 식물과 관련된 이름들이 많이 등장한다(사투리가 아니라 지역 프랑스 단어로 된 이름들이다). 그리고 우리는 단어들의 실용적인 내용 외에도 아름다움이나 풍미에 무감할 수 없다. 단어들은 음절로 음악보다 더 많은 것을 표현한다. 우리가 풍경을, 변화시킨 땅을 바라보는 대체할 수 없는 경험과 또 다른 시선을 드러낸다. 학술 용어나 지리학자들 특유의 어휘 목록 외에도 풍경의 자잘한 일상사, 땅의 기복과 주형, 실개천과 큰 강의 변덕, 바람의 비극 또는 심연의 신비를 명명하고 분류하고 정리하는 비슷한 어휘, 예상 밖의 어휘 사전이 출현한다. 이 어휘를 나는 여러 날에 걸쳐 말하고, 듣고, 지역 소책자들을 읽으면서 발견했다. 그리고 오늘 이 책을 쓰면서 비로소 어떤 사전에서도 찾아볼 수 없으며 다른 저서에 등장하는 일도 극히 드물다는 사실을 깨닫는다. 세상에서 가장 문학적이라고 인정받는 나라인 동시에 오랫동안 농민의 나라라고 자타가 공인했던 프랑스에서 이런 일이 일어나다니, 정말로 믿을 수 없다. 나는 그 말들이 사라지기 전에 우리 땅, 우리 강, 우리산, 우리 풀, 우리 집을 묘사하는 모든 말들을 기록하는 프랑스 풍경 사전을 꿈꾼다. 목초지 몇 군데를 제외하고는 어떤 사전에서도 찾아볼 수 없게 되기 전에 말이다(구체적으로 설명하면 라루스 대백과사전에서도, 총 7권

분량의 로베르 사전에서도 찾아볼 수 없다). 새롭게 찾은 단어들이 내 입가에서 노래하기 시작한다. 베투아르, 카피텔, 부뒤몽드, 부지그, 바타르디, 셰르, 돌리네, 데베즈, 페뉴, 플뢰린, 가리사드, 그리퐁, 가틴, 그루아즈, 라바뉴, 나르스, 레스탕크, 루빈, 송브르, 살로브르, 탱둘, 티울라세, 바레뉴. 여기에 언급한 단어들은 그나마 일부 사전에서 아직까지 찾을 수 있는 단어들이다. 어떤 용어집에도 실려 있지 않은 단어들도 200개 넘게 수집했다(조금도 수고스럽지 않게, 그저 듣거나 지역 신문에서 읽은 것을 기록했다).

많은 독자들이 내게 그 단어들을 물어보려고 편지를 보냈다. 그런데 독자들을 만족시키려면 위에서 이야기한 가상의 사전 전체를 직접 복사해야 할 것 같다. 이미 언급했던 단어들에 대충 아무렇게나 자세한 뜻 설명 없이 덧붙여보겠다. 무엇보다도 내 마음을 끈 건 단어들의 음률이었으니까. 아구이유, 바르볼레(barvoller, 나부끼다voltiger를 뜻하는 말 : '눈이 흩날리다il barvoll de la neige'는 보스 지역에서 아직도 씀), 불벤, 비울라드(bioulade, 툴루즈 지역에서 '미루나무 재배'를 지칭), 바리아드, 부린, 상시브, 쇼룽(chouroun, 데볼뤼 지역에서 '천연 우물'을 지칭), 샤플리(chaplis, 바람에 꺾였거나 늙어서 쓰러진 나무를 지칭하는 부르기뇽 말 '샤블리chablis'에 해당하는 오베르뉴 말), 생글(cingle, 코스 지역에서 코니스를 형성하는 절벽), 카놀, 샬레유, 쿠데르크, 샬랑디에르, 솅트르, 데방, 드라유(draille, 한편으로 페가유, 카레르, 알슈비드라고도 하는 양 떼 이동로), 에크레뉴, 퐁디, 파이스, 프레리, 고넬, 가느리, 가틴(gâtine, 비에 잠긴 땅), 리즈(lize, 아키텐 지방의 비옥한 진흙), 마르텔, 무예르, 메글, 플라네즈, 플라니올, 플라시스트르, 살리그,

수베르그(soubergue, 랑그독 지방의 고지대 평야), 상수이르(sansouire, 카마르 그 어), 튀에흐(tuech, 코스 지역 목동의 이동식 산장), 튀르시(turcie, 발 드 루아르 지역 강가의 제방), 통볼……

 이 단어들로 시를 쓴다면 얼마나 아름다울까! 민속 문헌이 아니라 단어의 고풍스러운 살을 이용해서 진정한 시를 쓴다면 얼마나 아름다울까! 이는 풀의 어휘요, 바위와 바람의 문구요, 영어가 난무하는 프랑스어에 익숙한 우리 두 귀와는 달리 살아 숨 쉬며 노래하는 책이다. 오직 길에서, 오래된 마을 카페에서, 우리가 따라가야 할 길을 설명해주는 어느 농부의 입에서 찾을 수 있는 책이다. 그런데 왜 현대시는 이 단어의 살에 짐짓 등을 돌리는 걸까? 마치 시계를 분해하기만 해도 시간의 비밀을 발견할 수 있는 것처럼, 시의 근원으로 거슬러 올라가 텍스트들을 분해하고 나누고 잘게 부수고 가루를 내도 단어들의 살을 발견할 수 있을 듯한데! 나는 단어들을 되씹으며 아주 간단한 한 가지를 떠올린다. 단어들은 눈과 귀에 꼭 필요하거나 그저 일상적으로 존재하는 친숙한 것들의 기원을 가리키는데 사용되었지만, 존재는 끝나더라도 또는 끝날 날이 가까워졌어도 존재 밖에서 살아남을 수 있다는 사실을. 몇 백 년이 흐르는 동안 단어들을 만들어내고 중얼거리고 변형시킨 사람들, 그들이야말로 결코 이름을 알 수 없는 진정한 시인이다. 오래도록 지속되는 단어들, 그 말들이 지칭하는 사물 밖에서도 살 수 있는 단어들을 만들어냈으니까. 말에 생명을 불어넣고 우리 삶에 없어서는 안 될 말들을 만들어내는 일은 단어들을 무한히 분해하는 것 못지않게 시적인 일 같다. 또는 언어학적 지푸라기들과 밀랍으로 만든 인형이 언젠가는 소멸되는 것처럼 단순한 글자 이상으로 '유한'을 향한다고 해도 좋을 것 같다.

어쨌든 이번 여행 동안 오늘 되찾은 낯선 단어들의 출현, 옛 기억이 솟아나는 땅과 물의 시들이 길에서 만난 본질적인 발견이 되리라.

*

몽소슈를 벗어나자마자 숲으로 들어가는 우루 길이 시작되어 플랑셰에 이를 때까지 온종일 숲을 벗어나지 못한다. 너도밤나무, 떡갈나무, 소사나무에서 끊임없이 새순이 돋아난다. 그리고 고사리류의 초록색 사이에 분홍바늘꽃과 디기탈리스가 연보라색과 진홍색으로 피어 오솔길에 이정표를 만든다. 그렇다, 숲에서 좀처럼 벗어나지 못하건만 동물을 한 마리도 보지 못한다. 사실 인기척도 전혀 없다. 라 베르리 근처에서 한 농민에게 길을 묻자 이렇게 대답한다. "빌리에르 숲길이요? 이제 그 길로는 아무도 안 다녀요. 숲으로는 안 가는 걸요. 행여 다리라도 부러지면 누가 찾으러 간답니까?" 그런 생각은 걸으면서 한 번도 해본 적 없다. 혹시 발을 삐거나 접질리거나 어디가 부러질 수 있다고는 생각도 안 해봤다. 특히 날 찾으러 올 사람이 아무도 없다고는 생각도 못 했다. 실제로 여러 해 전부터 왕래가 없던 그 길은 결국 내 눈앞에서 흔적을 감춘다. 그래서 나는 고사리와 나무딸기, 당장은 이름 따위가 중요하지 않은 무수한 식물들 한가운데에서 족히 한 시간을 빙빙 돌고 만다. '노인 말이 옳았어.' 그곳으로는 아무도 다니지 않는다. 다만 도중에 한 공터에서 자동차 무덤과 맞닥뜨린다. 버려진 차들이 숲의 적막 속에 쌓이고 뒤집힌 채 철과 녹의 갖가지 색조를 띠고 그곳에 있다. 그 광경이 하도 신기해서 잠시 배낭을 내려놓고 분해된 뼈대 한가운데를 어슬렁거린다. 많은 부품들 사이로 자연이 부분적으로 기운을 회복하고 있다. 고사리, 디기탈리스, 야생 자두나무가 차 문이나 벌어진 지붕을 뚫고 모터 한가운데에서 자라고 있다. 초라한 승리다. 강철은 아무리 그래도 쇳덩인지라, 뼈대 끝에서는 어떤 식물도, 어떤 벌레도 나오지 못하니까. 굴러다닐 때는 불안정하고 한시적이던 자동차들이 쓸모가 없어지면서 갑자기 질긴 불멸의 존재가 되었다. 차들은 우리처럼 부서지기 쉬운 골격이 아닐 뿐더러 먼지로 돌아가는 유골도 아니다. 차를 이용하는 어떤 예언자도, 신도 절대 이렇게 말하지 않는다. '너희는 광석 찌꺼기에 지나지 않으니 광석 찌꺼기로 돌아가리라.' 그런데 지붕이 벌어지고 기민한 힘과 엔진이라는 본질을 빼앗긴 모습을 보고 있자니, 짐승의 썩은 적갈색 시체처럼 바람에 녹슬고 생기를 잃은 내장을 가까이서 들여다보고 있자니 묘하게도 생명체의 시체와 닮아 보인다(그리고 나는 자동차들이 죽인 무수한 동물들 위로 몸을 숙인 채 도로의 아스팔트에서 보냈던 순간을 떠올리며 이렇게 혼잣말을 한다. '영원한 화석으로 돌아간 이 괴물들을 여기서 보다니 허무한 복수로구나'). 전조등의 퀭한 두 눈, 뽑혀서 여기저기 구불구불하게 늘어진 전기 회로의 신경들, 좌석 덮개의 창자들. 그런데 모든 내장들 중에 어떤 것도 결코 부패하지 않을 테고, 죽음의 이로운 변화도 겪지 못할 터이다. 죽은 차들은 돌이나 나무의 변형을 알지 못하고, 무기력한 금속은 운명적으로 불합리하고 쓸모없는 영속성만을 겪을 뿐이다.

글뢱 상 글렌에서 제일 처음 발견한 것은 구부정한 늙은 농민들의 입에서 끊임없이 흘러나오는 불평과 커다란 탄식이었다. 보주에서 부르고뉴까지 오는 동안 나는 어떤 탄식도 들어보지 못했다(여름이라 피서객들이 몰려들어 일상의 무기력 상태에 빠진 마을에 약간이나마 활력이 생겼고, 수확하느라 생각에 잠길 틈이 없어서였을까?). 잘 알다시피 시골에서는 결코 무엇 하나 예정대로 되는 법이 없다. 청춘의 샘에 몸을 담그는 시골 남녀들의 목가적인 삶 그리고 지난 세월 동안 줄곧 그러했던 초라한 운명 사이에는 농촌의 역사를 색채로 들려주는 모든 음영이 단계적으로 담겨 있다. 그때까지만 해도 어떤 마을들이 서서히 죽어가고 있다는 느낌은 한 번도 받은 적 없었다. 그런데 남쪽으로 내려갈수록 그런 느낌이 더욱 생생해지고 선명해졌다. 샤토 쉬농에서 출발해 모르방 산맥에서 가장 화강암질 부분이자 산악지대 한가운데에 접어들면, 마을이 차츰 뜸해지고 주민들이 점점 줄어드는 것이 눈에 띈다. 농민들의 대이동은 이곳 오 폴랭 비탈에 처박힌 마을 그리고 조금 떨어진 부르보네 지방 어귀에서도 일어난다. 이 지역에서 가장 인상적인 점은 궁핍이 아니라 버려짐, 방치, 사물의 외관에 대한 무관심이다(이 지역은 정말 가난한 땅이 아니다).

그렇지만 오 폴랭 비탈 아래쪽에 위치한 글뢱 상 글렌은 죽은 마을처럼 보이지 않는다. 아이들이 길가에서 뛰어놀고, 고양이들은 양지바른 곳에서 잠을 자고, 농부들은 지나가는 나를 잠자코 바라본다. 집들을 에워싼 숲은 소박하고 키가 큰 활엽수로, 산비탈 쪽은 화려한 침엽수로 이루어진다. 전나무, 독일가문비나무, 유럽 적송들의 키가 어마어마하다. 나무들 발치에는 이끼가 너무 두껍게 자라서 마치 발이 공중에 뜬 듯 소리 없이 걷게 된다. 고요한 보행의 기묘한 부드러움, 연못을 지날 때 햇빛이 줄무늬를 넣은 그늘이 주는 기묘한 서늘함이란! 나는 해가 내리쬐는 연못 바로 앞, 금작화 한가운데에 눕는다. 가늘고 섬세한 청록색 몸체에 군청색 날개가 달린 잠자리들이 무지갯빛 비행을 하며 주위를 둘러싼다.

이끼로 뒤덮인 전나무 동굴로 들어서자마자 정적이 고유의 본질을 지닌 듯, 신비로움을 가득 품은 그윽한 나무 밑 숲 속에서 우러나오는 듯 나를 사로잡는다. 숲의 가장자리를 한 시간 정도 걷고 나면 미동도 없는 나무들 한가운데로 글뤽 상 글렌과 이어지는 내리막길이 나온다 (숲 꼭대기에는 바람 한 점 없는데, 차츰 열기가 차오를수록 소리가 미세해진다. 바싹 마른 벌레의 몸통에서 나는 소리처럼 껍질이 삐걱거리는 소리, 나뭇가지가 우지끈거리는 소리, 솔방울 떨어지는 소리). 마을 끄트머리에 나란히 붙은 낡고 자그마한 집 세 채. 저마다 바깥 계단과 낮은 층계 그리고 팻말에는 '식품점', '빵집' 그리고 '카페'라고 적혀 있다. 나는 카페 계단을 오른다. 실내에는 탁자 하나와 벤치 몇 개, 붙박이장 하나 그리고 백발의 노파가 있다. 층계에서는 바로 근처에 있는 뵈브레 산까지, 숲의 기복이 내려다보인다. 노파가 작은 물병에 담긴 로제 와인을 한 병 내온다. 나는 가져온 음식물을 꺼내서 자리를 잡는다. 노파는 가만히 내가 먹는 모습을 지켜보다가 나에게 부드러우면서도 서글픈 목소리로 푸념한다. "전나무, 전나무, 여기엔 전나무밖에 없다오. 전나무만 갖고는 살 수 없는데 말이지. 다들 조금씩 사라지더구먼. 저기, 교회가 있지. 그런데 이제는 신부님이 안 계신다오. 저 아래 성 봤소? 조만간 무너지게 생겼지, 암. 이제 농부 몇 명, 벌목부 몇 명밖에 안 남았다니까. 이런 곳에 누가 오겠냐고, 뭣 하러!" 노파의 타령은 마치 세로톱을 켜는 소리처럼 되풀이된다. '전나무, 전나무……'하고.

천장에 매달린 끈끈이에 들러붙은 파리들이 윙윙거린다. 노파가 한숨을 쉬며 말한다. "고양이가 기다리겠네. 저기 있어야 하는데. 지금쯤 밥 먹을 시간이거든. 뭐 할 게 있겠어? 난 항상 고양이가 짐수레나 자동차에 깔려 죽을까봐 무섭다오. 그래도 짐승이 곁에 있어 의지가 된다니까. 특히 겨울엔 말이야. 가끔은 몇 날 며칠 이방인 한 명 못 보고 지나기도 하거든." 어두워지기 전에 뵈브레 산을 오르고 싶은 마음에 길을 떠나려고 자리에서 일어서는 순간, 노파가 나에게 말한다. "잠깐만, 아직 가지 말아요. 포도주를 조금 더 마시고 가야지. 내가 대접할게." 나는 다시 앉는다. 노파는 내가 더 있기를 바란다. 희한하게도 노파는 내가 이곳에 온 이유나 배낭에 대해, 여행에 대해 아무것도 묻지 않는다(무관심이나 소심함 때문일까?). 우리는 함께 고양이를 기다린다. 하지만 고양이는 늦도록 오지 않는다. 결국 나는 카페를 나온다. 길을 걸으며 작별인사를 하려고 뒤를 돌아보니 노파는 창틀에 몸을 기댄 채 생각에 잠긴 표정으로 멀어지는 내 모습을 하염없이 바라본다.

　"저 길을 따라 전나무 네 그루가 있는 곳으로 간 뒤 도관을 따라 물 탱크 가장자리로 가세요. 그러다 방목장 두 개 사이를 질러가면 됩니다." 에슈노 마을에서 만난 하이두이 족 남자는 그렇게 말했다. 전나무 네 그루가 바로 저 앞, 생 레제르 수 뵈브레의 오 폴랭 도로 사거리에 보인다. 사거리에는 제재소가 하나 있다. 제재소 근처에는 숲으로 이어진 오솔길이 있고, 나는 뵈브레 산 아래 북쪽 비탈에 있다. 오솔길을 따라 낡은 수확기와 바퀴 위에 큰 가마솥을 얹은 것처럼 생긴, 흡사 증류기와 기관차가 미친 듯 사랑해서 태어났음직한 이상한 기계가 군데군데 울타리에 뒤덮인 채 녹슬고 있다. 이번에도 죽은 금속의 골격이다. 하지만 이번 골격은 이전 자동차들과 분위기가 사뭇 다르다. 바퀴며 팬벨트, 톱니바퀴 장치까지 전부 나무와 녹슨 금속인데다 중간 중간 고철과 전위적인 조각품으로 이루어진 꼴이 기괴하기 짝이 없다.

　길은 이름 모를 물체를 지난 뒤 물탱크를 따라 이어진다. 물탱크에서 떨어진 물방울이 움푹한 구덩이의 도관을 스친다. 나는 길을 따라 잡목림을 가로지른다. 비탈이 가파르다. 오솔길은 소사나무 가운데로 가파른 오르막을 이루다가 넓어지더니 방목장 두 개 사이로 비스듬히 돌아간다. 하이두이 족 남자가 이야기한 바로 그 방목장이다. 오르막을 오를수록 나무들은 커지더니 울창한 작은 초목으로 변하고, 뵈브레 산 정상에서 갑자기 끊긴다. 부르보네 지역의 모르방 산맥이 굽어보이는 탁트인 대고원이다. 바람에 뒤틀려 일부는 바닥에 끌릴 정도로 휘다시피 한 어마어마한 전나무들. 하이두이 족의 유적은 아무리 찾아도 보이지 않는다. 벽토나 돌을 맞물려 지은, 금세라도 무너질 것 같은 집들은 발굴 작업 후에 완전히 허물어지지 않도록 보존하기 위해 다시 덮어 놓았다. 고대의 비브락트 요새, 해마다 갈리아 지역의 장인들과 상인들이 모조리 몰려들던 그 시장에는 이제 요동치는 너도밤나무들로 뒤덮인 짧게 깎은 풀밭만 남았다. 어쩌면 이 공터, 이 황량함이 구불거리는 양철판으로 대충 덮어 수리해 놓은 유적보다는 이 장소에 더 어울리지 않을까? 이 장소는 유리한 고지라는 점 외에도 분명 어떤 신비와 매력을 간직하고 있기 때문이다. 정상을 수놓은 특별한 장소들의 이름을 배제하더라도 몇 백 년이 지나도록 신비함은 여전하며, 달라지지 않았다. 이를 테면, 북쪽 정상의 명칭은 퇴로 드 라 비브르다('퇴로Teureau' 역시 장담컨대 어떤 사전을 뒤져봐도 나오지 않는 단어다. 바위가 많은 고지, 천연 테라스, 여기서는 살무사의 테라스라는 뜻이다. 조금 떨어진 고원의 끝 쪽은 피에르 드 라 비브르, 서쪽은 퇴로 드 라 로슈, 그리고 생 마르탱 예배당 근처는 로슈 오 레자르라 불리며 하이두이 족이 역사 속에 잊힐수록 차츰 또 다른 역사가 솟아난다. 중세의 지역 역사지만 여전히 켈트 족의 역사여서 살무사들, 요정들, 드루이드 족의 유령들이 등장한다. 그러니 드루이드 족을 회상하기에 비브락트보다 더 적절한 장소가 또 있을까?).

나는 생 레제르 수 뵈브레의 작은 박물관에서 발견한 주의사항을 읽는다("너무 큰 기대는 하지 마세요. 여기는 작은 박물관이니까요"라고 그림 속 미니스커트 차림의 여자 담당자가 말하고 있다). '아미 뒤 뵈브레'라는 회사가 매년 7월에 같은 장소에서 옛 비브락트 장터에 대한 기억을 영속시키기 위한 축제를 개최한다. 축제는 생 마르탱 예배당에서 아침 미사를 올리면서 시작되고, 오후에는 "사냥 나팔 소리가 가미된" 민속춤과 노래 공연으로 이어지며, 전원 무도회로 막을 내린다. 나는 축제에 참석하지 않았지만 생각만으로도 즐겁다. 하지만 지역의 대다수 사람들의 생각과 달리 켈트 족과 아무 관계도 없는 음악의 리듬에 맞춰 행진하는 일은 안 했으면 좋겠다. 군악대장이라는 어처구니없고 딱한 소녀들은 도시와 마을의 상처이자 웃음거리기 때문이다. 어설픈 옷차림은 미국에서 직수입한 것으로, 시의회 의원들의 상상력 부족 혹은 순종적 성향과 취약한 유행을 적나라하게 드러낸다(짧은 조끼와 짧은 치마, 고적대장의 헝겊 모자는 예복이랄 수도, 의복이랄 수도 없다. 순진하고 어린 여학생들에게 이처럼 괴상한 옷을 입히다니, 그 모습을 딱히 일컬을 말도 없다). 어떻게든 초등학생들이나 마을의 어린 소녀들에게 퍼레이드를 시키고 싶었다면, 수고스럽더라도 그들에게 맞는 무대의상을 찾든지 지역 전통과 부합하거나 적어도 전통에서 영감을 받은 의상을 준비했어야 한다. 원래 미국에서는 큰 축제나 단체 행사에서 여자 악대장들이 퍼레이드를 하면서 줄지어 기다리는 사람들의 무료함을 달래주는 역할을 맡았다. 요즘 도시인들은 텔레비전에 늘 시선을 고정시킨 채 휴식 상태, 그러니까 공허한 상태 또는 텅 빈 상태로 있어서 금세 지루함을 느끼기 때문이다. 물론 이런 기분 전환이 해롭지 않다고 반박하는 사람도 있을 것이다. 하지만 과연 그럴까? 도시와 시골의 순진무구한 어린 초등학교 여학생들에게 원래는 성인 여자들에게 입히려고 만든 교묘한 노출 의상을 입히는 일을 어쩜 그리 쉽게 용인할 수 있는지 납득이 안 된다. 하지만 일단은 넘어가자. 제일 가슴 아픈 건 무엇보다도 시민들에게서 늘 생겨나는 지루함을 껶을 만한 지방 특유의 축제며 오락거리, 의상, 음악들을 오랜 세월 동안 그래왔듯 되살리지 못하는 시 당국의 무능함이니까.

*

나는 뵈브레 산에 서서 지평선을 가로막고 있는 눈앞의 풍경을 바라본다. 마들렌 산맥까지 가려면 광막하고 단조로운 벌판, 도로들, 마을들과 함께 평평한 지역을 지나야 한다. 버드나무나 늙은 밤나무들이 길가에 늘어선 한적한 곳이다. 그 길에서 다람쥐 몇 마리, 때까치들, 언제나 사나운 개들 그리고 온갖 종류의 시끄러운 가금류를 만난다. 이제는 옛 간이식당의 매력을 찾아볼 수 없는 카페에 잠시 들르고, 이따금 일찌감치 낙엽을 흩뿌린 옛 성의 공원을 지나고, 그다지 무성하지 않지만 길들이 뒤죽박죽 얽혀 있는 어느 숲에서 또 한 번 길을 잃고 끊임없이 제자리를 맴돈다. 그러다 간신히 숲을 벗어난 뒤 철새들이 무리 지어 날아올라 어디에 앉을까 고민이라도 하듯 맴돌고 있는 수확을 끝낸 밀밭을 만난다. 나는 뤼지, 부르봉 랑시에서 숙박을 하고 곧바로 생 토뱅 쉬르 루아르에 도착해서 강을 발견하고는 깜짝 놀란다. 넓은 국도를 피하느라 줄곧 오솔길만 보며 숲의 푸른 점들을 찾아 헤매는 동안, 어느새 강들을 잊고 있었던 모양이다. 이윽고 주유소와 매점이 있는 왕래가 많은 도로, 잊고 있었던 냄새와 소음으로 이루어진 세상을 다시 만난다.

생 토뱅을 지난 지 얼마 안 돼서 웬 남자가 자신의 집 앞에서 나를 불러 세운다(국도를 벗어나 프레 드 베른으로 이어지는 언덕길로 접어든 때다). 만

년 은퇴자들이 수공 작업할 때 즐겨 입는 작업복 차림의 나이든 대머리 남자다. "안녕하쇼! 잠깐 쉬었다 가시구려." 나는 배낭을 내려놓고, 그와 잡담을 나눈다. 걸어서 프랑스를 횡단한다는 내 생각이 꽤나 재미있게 들린 모양이다. 그는 변두리 마을에서 홀로 지루하던 터라 말할 상대가 필요한 참이다. 뜬금없이 땡볕 아래에 선 채로 자신이 살아온 이야기며, 장터 일요일 무도회에서 트롬본 연주자로 활동했던 경험들을 늘어놓기 시작한다. 그러다가 여전히 뜬금없이 자동차 사고에 대해서 말한다. 국도 근처에서 살면서 소음, 자동차 냄새, 기름 냄새에 어지간히 시달린 모양이다. 그는 자신이 목격했던 끔찍한 사고 이야기를 연달아 들려준다. 자동차 사고야말로 프랑스인들이 유독 좋아하는 주제다. 어떤 식으로든 하루도 듣지 않고 넘긴 날이 거의 없을 정도다. 그래서 처음에는 날씨 얘기하듯 판에 박힌 관습적인 주제려니 생각한다. 그런데 시시콜콜한 이야기들을 한참 늘어놓더니 심각한 내용에 도달할 무렵 갑작스레 표정과 목소리, 어조가 바뀐다(잠깐 뜸을 들이다가 목소리를 낮춰서 훨씬 더 음험하게 말한다. '그래서 말이오, 선생, 믿기지 않겠지만 글쎄, 넷 다 죽었다니까요!'). 듣다보니 요즘 삶이라는 희비극 속에서 자동차 사고는 그리스 비극에 나오는 운명의 근대화된 요소에 해당한다는 생각이 든다. 숙명이란 자고로 갑작스럽고 예측할 수 없는 치명적인 이미지로, (굳이 표현하자면) 칼에 찔려 죽어가는 옛 주인공들에 비하면 자동차 사고로 죽어가는 오늘날의 주인공들은 얼마나 끔찍한 눈요깃감인가! 여기저기 잘린 처참한 시신들이며, 귀를 찢는 브레이크의 마찰음과 강철의 충격, 깨진 유리조각에 때로는 불까지 나면서 비로소 치밀어 오르는 죽음에 대한 분노는 사고를 운명으로 바꾸어놓는 돌이킬 수 없는 이미지를 남긴다. 하지만 그런 이야기들 대부분에는 어쩌면 피할 수 있었을지 모른다는 부당함과 애초의 책임감, 악순환에 대한 생각이나 느낌이 늘 맞물려 있다. 어느 한 순간, 느닷없이 그곳으로 몰고 가는 역학을 작동시키기 때문에 운명일 수밖에 없는 그 어김없는 이미지. 그리스 비극에서는 희생자들이 대개 신탁을 통해서 금기를 어기면 자신에게 어떤 일이 닥칠지 미리 알게 된다. 오늘날 우리의 신탁은 바로 '교통안전운동'이다(주말마다 '도로 상황 예측'으로 사망자 수를 예상한다). 또한 운전자들의 경솔함, 부주의, 무의식 등의 실수, 최대한의 책임감, 통계에 대한 도전 의식이 담겨 있기도 한 그 개념은 숙명 속에 도로에서 맞는 죽음의 이유에 균열을 만든다. 잔혹한 죽음에 대한 이야기를 듣는 동안, 나는 어떤 얼굴에서도 본 적 없는 고대 가면들의 공포와 뻣뻣한 표정을 수없이 읽고 수없이 본다. 이야기를 들을수록 남자의 음성은 더욱 비탄에 빠지고, 사람 좋은 그의 얼굴은 처참했던 기억으로 더욱 찡그려진다. 그러다가 다시 만면에 웃음을 띠면서 이렇게 말한다. "적어도 선생은 걸어가니 아무런 위험도 없겠구려." 그래서 나는 이렇게 대답한다. "왜 없겠습니까? 숲 한가운데에서 다리라도 삐면 누가 절 찾으러 오겠어요?"

*

오늘 밤 아르푀유는 춥다. 동종에서 한참을 걸어 땅거미가 질 무렵에야 도착했다. 아침나절에는 반짝이는 상쾌한 햇빛이 길과 들판에 흩어져 있는 가금류, 몽테귀에 엉 포레Montaiguët-en-Forez의 입구를 알리는 무늬로 장식된 낡은 문을 비추었다(정작 숲은 훨씬 더 멀리서 시작되는데 왜 숲이라는 말이 담긴 이름 '엉 포레'는 여기서 시작될까?). 그러다 태양이 뉘엿 뉘엿 자취를 감출 무렵, 아르쾨유까지 양쪽으로 전나무가 즐비하고 꾸불꾸불 굽이진 길을 녹초가 될 정도로 걸어 어둑한 계곡에 이르러서야 간신히 걸음을 멈출 수 있었다(어느 순간 전신주 말뚝에 기대어 바닥에 배낭을 내려놓고 잠시 휴식을 취한 다음, 바람이 윙윙대는 소리를 들으려 나무에 귀를 갖다 댔던 기억이 난다. 흡사 빛과 어둠이 공존하는 어슴푸레한 해질녘, 저 멀리 고독한 길 위에서 고양이 두 마리가 대화를 나누는 듯 아주 규칙적이고 부드러운 가르랑대는 소리가 났다). 마을에 하나뿐인 호텔은 더없이 초라한 방에 터무니없는 가격을 부른다. 나는 거절한다. 그렇게 해서 어둑해진 밤에 어디서 자야 할지 정하지 못한 채 길 위에 서 있다. 9월 중순의 쌀쌀한 날씨에 한뎃잠을 잘 생각은 전혀 없기 때문이다. 나는 사람들이 일찍 잠자리에 드는 마을에서 아직까지 유일하게 문을 닫지 않은 카페를 발견한다. 남자 몇 명이 탁자를 둘러싸고 앉아 있다. 안주인이 상냥하게 다가온다. 그렇지 않아도 안주인에게 눈독을 들이던 터라 참 다행이다. 좋든 싫든 그날 밤 내가 묵을 곳을 마련해주어야 하기 때문이다. 나는 커피 한 잔을 주문하고 잠시 침묵을 틈타 얼른 말을 붙인다. "방을 찾는데요. 방이 아니어도 오늘 하룻밤만 묵을 수 있으면 어디든 상관없습니다." 나는 그곳에 오게 된 이유, 호텔에서 제시한 어처구니없는 가격을 거절한 이유를 설명한다. 사람들은 당황스러운 듯 서로를 바라본다. 그런 경우는 프랑스에서 늘 그렇듯이 그들의 능력을 넘어서는 문제인 듯하다. 그런데 한 사람이 잠시 후에 중얼거린다(술을 마시면서도 앞치마를 걸치고 있는 모습으로 보아 정육점 주인인 것 같다). "방법이 하나 있긴 있는데……." 나는 살았구나 싶다. 바깥 날씨가 쌀쌀해서 어디서든 자야겠다고 마음먹은 터라 그 다음에 나올 문제가 뭐든 간에 어떻게든 해결할 작정이다. 마침 마을 입구에 그 계절에는 비어 있는 여름학교가 있는데, 열쇠를 부시장이 갖고 있다고 한다. 부시장을 찾아가야 할 텐데 혹시나 아직 잠자리에 들지 않았으려나……. 나는 이미 일어서서 나갈 채비를 한다. 그러자 또 한 남자가 말한다. "기다려요, 내가 차로 데려다줄게요. 거기까진 제법 멀어요." 부시장의 집은 온통 어둠에 잠겨 있다. 나는 용기를 내서 안뜰로 성큼 들어선다. 불이 켜진 창문 하나와 텔레비전에서 나오는 희미하게 너울대는 빛이 보인다. 나는 문을 두드린다. 남자가 나와서 문을 연다. 나는 그에게 찾아온 이유를 설명한다. 남자는 미소를 지어보이면서 주저 없이 대답한다. "기다리세요, 차를 가져올 테니까. 열쇠가 집에 없거든요."

이유는 모르겠지만 남자는 나를 여름학교가 아닌 유스호스텔이라고 이름 붙여진 어느 버려진 낡은 건물로 데려간다. 다보에서 묵었던 곳과 그밖에 내가 묵었던 많은 곳들처럼 황량하고 폐쇄적이다. 그래도 최소한 안전할 것 같기는 하다. 그사이 카페 주인은 가게 문을 닫았다. 먹을 것을 찾는 일은 포기하는 수밖에 없다. 이제 남은 일은 오로지 취침뿐이다. 나는 축제 기간에 무대로 사용하는, 먼지 앉은 묵직한 커튼 두 개로 둘러싸인 연단에 몸을 눈다. 사방에서 스며드는 한기를 막을 요량으로 커튼을 잡아당긴다. 제법 단단한 마룻바닥 위에 임시변통으로 침

실을 만든 셈이다. 그래도 피로가 도와주어서 꿈도 꾸지 않고 편안하게
잠을 잘 수 있을 것 같다.

*

아르푀유 카페의 안주인은 나를 미심쩍어 하는 게 확실하다. 딱히 방
랑자나 탈옥수 같은 외양은 아니지만, 성실한 사람이라면 사무실에서
일하고 있어야 할 계절에 길을 걷는다고 하는데다, 돈도 많아 보이지
않고, 닥치는 대로 아무 데서나 잠을 자겠다고 하니 말이다. 이유가 뭘
까? 나는 햇살이 환하게 들어오는 홀에서 아침식사 준비를 하는 안주
인이 의구심을 품고 있다는 사실을 눈치챘다. "안녕히 주무셨어요? 춥
진 않던가요?" "마룻바닥이 제법 단단하더라고요. 하지만 아시다시피
워낙 익숙해서요." "그런데요, 선생님, 이렇게 모험을 하신다는 게 너무
무모해 보여요!" 나는 걷는 이유를 설명하고 안주인은 내 말에 귀를 기
울인다. 하지만 내가 작가라는 말은 하지 않는다. 그녀의 불신이 다시
솟을 우려가 있다는 육감 때문이다. 그래서 직접 물어봐주기를 기다린
다. 내가 떠나려고 자리에서 일어날 때에야 비로소 안주인이 그 질문을
던진다. "혹시 실례일지 모르지만, 선생님, 무슨 일을 하시나요?" 나는
안심하겠지 싶어서 교수라고 말한다. 그런데 안주인은 뜻밖의 대답을
한다. "설마설마했는데! 선생님이 괴짜인 줄 진작 알고 있었다니까요!"

*

아르푀유에서 마예 드 몽타뉴까지 환상적인 풍경이 이어진다. 부르

보네 지역은 양털처럼 보이더니, 화산 지역에 가까워지자 부풀기 시작한다(여기서 50킬로미터밖에 떨어져 있지 않으니 오베르뉴 근처가 아닌가?). 이곳은 샘과 실개천, 강이 풍부하다. 바르브낭 강, 쿠앵드르 강, 베스브르 강(강 이름의 유래가 된 비버들은 오래전에 사라졌다). 마예 드 몽타뉴 위쪽의 니체롤처럼 오크 지방의 초창기 이름들도 느껴진다. 그렇다, 가까이 있는 모르방을 잊게 만들 정도로 무언가가 바뀌면서 다른 땅, 다른 역사를 예고한다(게다가 그곳에서 불과 30킬로미터 혹은 40킬로미터 떨어진 샤브를로슈에서는 외인부대 벽보가 붙은 어느 벽에서 이런 글귀를 처음 발견한다. '여기서부터 오시타니아입니다').

걷는 리듬에 맞추어 이동하다 보면 지나온 지역들이 옛 지명과 지리적 경계를 통해 건축과 지명학, 관습 사이의 유사점이나 차이점을 알려준다는 점에서 경이로움을 느낀다. 어떤 때는 불과 몇 킬로미터의 거리까지 감지될 정도다. 여정을 시작한 이후로 보주, 랑그르 고원, 옥수아, 톤느루아, 모르방 그리고 부르보네 지역을 지났지만, 단 한 번도 데파르트망(우리나라의 광역시市, 도道에 해당하는 지방 자치 단체로, 프랑스 행정구역은 전체 22개 지역과 101개의 데파르트망으로 나뉜다—옮긴이)은 지난 적 없다. 도보 여행에서는 이런 분할이 얼마나 불합리한지, 얼마나 자의적인 절단인지 깨닫게 된다. 프랑스 대혁명과 집정정부는 중앙집권에 대한 편집증과 행정적인 격분으로 고난도 큐브 퍼즐처럼 영토를 분할해 프랑스를 만들었다(물론 당시에는 필연적이었겠지만 오늘날에는 유해하다). 자연을 경계로 나뉘었던 지역들은 정부의 방침에 따라 퍼즐 조각의 의례적인 풍경처럼 이리저리 나뉘고 찢겼다. 이 모든 것은 아주 오래전부터 알고 있던 사실이다. 한편으로는 깊이 생각해봐야 알 일이고, 또 한편으로는 두 눈과 두 다리로 느껴야 알 일이다. 넉 달 동안 여러 지방을 내 눈으로 보고 두 다리로 밟았지만 데파르트망은 아니었다. 마찬가지로, 지역 소책자를 찾아보거나 지방들의 옛 명칭을 두고 대화를 나누다 보면 다시금 그 이름들에 열중하게 된다. 일상적으로 사용하는 말에서 완전히 사라진 게 아니라, 일부는 여전히 학교에서 가르치고 있다. 익히 아는 이름으로는 노르망디, 알자스, 세벤, 코스, 아키텐, 부르고뉴가 있다. 하지만 어떤 사람들은 이미 오니스, 오브락, 리마뉴 또는 미네르부아 같은 지명은 정확한 위치를 명명하길 꺼린다. 그러니 아르탕스, 리브라두아, 세갈라, 세잘리에, 트리카스탱 같은 곳들은 언급할 필요도 없다. 뷔게, 시도브르, 크생트리, 바로니 같은 곳들은 더하다.

이름들을 적고 있자니 음절이 매혹적인 다른 이름들도 떠오른다. 샹소르, 데볼뤼, 세르다뉴, 그레지보당, 메르캉투르, 에스캉도르그, 콩브라유. 문득 이 중 어떤 곳들은 이름 자체에서 풍기는 이미지보다 훨씬 더 풍부한 이미지가 떠오르며 어렸을 때부터 줄곧 나를 꿈꾸게 했음을 깨닫는다. 예를 들자면, 강 이름을 합친 명칭인 앵드르 에 루아르나 타르 네 가론 그리고 숫자 37이나 82(각 도시에 해당하는 데파르트망 숫자— 옮긴이). 예를 들어 내 경우에는 생통주Saintonge 같은 이름은 언뜻 시골에 대한 허상, 석양이 비치는 안개 자욱한 땅, '어떤 성자가 생각에 잠긴 모습'이 한가운데에 장식된 거대한 스테인드글라스 같은 감성을 자극한다. 하지만 사실 생통주는 '생saint'이 아닌 '상톤느Santones'라는 로마 정복 시대에 살았던 갈리아 족의 이름에서 비롯되었다. 이렇듯 단어가 진화하면서 때로는 완전히 다른 단어들과—그것도 같은 어근을 가진 단어들이 아니라 다른 지역에서 탄생해 어근이 완전히 다른 단어들과—합쳐져서 급기야는 서로 혼동되기도 한다. '상톤느'와 '생'처럼. '근심souci'이라는 단어에 고통과 금잔화라는 서로 완전히 다른 뜻이 담겨 있듯이. 이 단어를 떠올리면 오를레앙에 있는 집 정원에서 꽃을 돌보며 늘 한숨짓던 어머니가 생각난다. "금잔화들은 정말 이름값을 하는구나, 어찌나 힘들게 하는지!" 그런데 사실 금잔화는 햇볕만 잘 쬐면 아무 문제가 없는 꽃이다. 고통을 뜻하는 전자는 '걱정하다, 괴롭히다'는 의미의 '솔리시타레sollicitare'에서, 금잔화를 뜻하는 후자는 '태양을 따라간다'는 의미의 '솔 세쿠이sol sequi'에서 파생되었다. 이렇듯 단어의 길도 이따금 우리를 헤매게 만든다. 단어들의 만남, 터무니없는 우연이 우리의 '생각'에까지 영향을 미친다(단어의 길 위에서 새로운 우연, 새롭고도 혼란스런 만남이 이루어진다).

그밖에도 뒤늦게 이름을 알게 되었던, 시적인 음절로 이루어진 지방이 있다. 바로 시도브르Sidobre다. '간결하고sobre' '메마른sèche' 땅의 이름, '갈증soif'과 '태양soleil'의 이름, '순수pur'하고 '치욕opprobre' 없는 이름. 그리고 또 있다. 장 지오노(Jean Giono, 『나무를 심은 사람』과 『지붕 위의 경기병』으로 유명한, 소위 지방주의 작가로 활약한 프랑스 소설가—옮긴이)의 소중한 지방이자 『우주의 노래Chant du monde』의 배경이 된 지방, 샹소르. 나는 접미사 '소르saur'에서 늙은 '도마뱀들sauriens'의 기억을 떠올리고 싶다. 그러면 샹소르라는 이름은 도마뱀들의 고장이라는 뜻이 될 것이다. 앞서도 말했듯이, 나는 엉터리 어원학에 사족을 못 쓰는 편이다.

*

지금 나는 부르보네Bourbonnais 지역에 있다. 부르('큰 마을'을 뜻하는 bourg — 옮긴이)와 부('진흙'을 뜻하는 boue — 옮긴이)라는 무거운 음절을 지닌 평범한 이름은 발에 밟히는 무겁고 물렁물렁한 흙덩어리를 떠올리게 한다. 사실 부르보네는 '샘의 고장'이라는 의미다. 실제로 이곳에는 샘이 많다. 나는 이곳의 샘물 맛을 많이 보았는데, 그중에서도 특히 에팔과 생 클레망이 만나는 산등성이 길에 있는 샘물이 단연 으뜸이다. 그 샘은 바위에서 솟아나 돌로 된 물받이에 고인다. 바로 맞은편에는 두 노부인이 함께 사는 집이 있다. 사실 그 특별한 곳에는 집 두 채, 세여자가 전부다. 첫 번째 집은 담이 온통 개머루로 덮여 있다. 바깥에는 치즈를 만드는 데 필요한 그릇들이 땡볕에 건조되고 있다. 두 노부인은 거위를 키우고 염소젖을 짠다. 두 분의 나이를 합하면 적어도 150세는 된다. 두 분은 어떻게 인적 없는 이곳에서 평생을 살게 되었을까?(도로는 없고 차가 다닐 수 있는 비포장도로만 하나 있는데, 그것도 첫눈이라도 오면 통행이 불가능할 것 같다.) 나는 둘 중 더 연로한 노파에게 묻는다. "혹시 편찮으시면 어떻게 하세요? 의사가 여기까지 오나요?" 그러자 노파가 대답한다. "안 아프게 알아서 해야죠."

조금 더 떨어진 곳, 폐허가 된 성관(15세기부터 17세기 초까지 서유럽에서 군주와 귀족이 살던 별장—옮긴이) 아래쪽에 별관이 딸린 더 넓은 집이 또 한 채 있다. 야외 느릅나무에 매달아 놓은 찬장 안에서 염소 치즈가 햇볕에 건조 중이다. 다른 노부인들보다 훨씬 젊은 50대로 보이는 부인이 햇볕을 쬐며 문간에 앉아 있다. 부인이 나에게 들어오라고 권한다. 실내는 널찍한데 숨이 막힌다. 모든 요리를 나무를 지펴서 하는 바람에 요리용 화덕이 한여름처럼 웅웅거린다. 벽과 들보는 온통 시커멓게 그을음이 앉았다. 한쪽 구석에 낡은 뒤주가 보이고, 그 안에는 족히 5킬로그램은 되어 보이는 큼직한 빵이 세 덩어리나 들어 있다. 부인이 내게 말한다. "별 수 없답니다. 우린 입이 넷이거든요, 남편하고 아들 둘까지. 그 빵을 생 클레망으로 가져가야 해요. 그러면 빵집 주인이 우리가 먹을 일주일치 빵을 주죠." 부인은 쓰라림도, 원망도 담기지 않은 낭랑한 목소리로 말한다. 그다지 고독에 짓눌리지 않는 모양이다. 내가 침착한 음성에 귀를 기울이는 동안, 부인은 태양을 향해 몸을 돌린 채 큰소리로 말을 잇는다. "여기서 산 지 오래 됐어요. 나는 야외가 무섭지 않아요. 우린 염소 4마리, 암소 30마리를 키우죠. 우리 집 남자들은 오늘 생 클레망에 갔어요. 암소들이 우리를 먹여 살린답니다. 하지만 아이들도 언젠가는 결혼할 텐데, 아내들이 이런 곳에 오려고 하겠어요? 우유도 사려면 저 아래 도로까지 내려가야 하는 걸요. 협동조합 트럭도 여기까지는 안 와요. 나야 아무래도 상관없어요. 야외를 좋아하니까요. 여기 사람들은 고사리도 안 좋아해요. 그들은 이곳을 사라진 땅이라고 부릅니다. 나는 그래도 아무렇지 않아요. 전기가 들어온 뒤로는 사는 게 훨씬 수월해졌으니까요. 내가 걱정되는 건 아이들이에요. 아이들은 언젠가 떠나겠죠. 어쩌겠어요, 그게 당연한 걸요. 사는 게 그렇지."

집을 나서며 부인에게서 치즈를 하나 산다. 부인은 찬장을 열어 손으로 더듬어 골라준다. 내가 치즈를 가방에 넣는데 부인이 말한다. "잠깐

만요. 하나 더 가져가세요. 그냥 드릴게요. 길에서 드세요. 여기서 외지인을 보는 게 얼마나 오랜만인지 몰라요."

*

　금작화, 고사리, 잠자리. 습하고 척박한 땅의 동식물들. 지도상으로는 조금만 더 가면 두 농장 사이의 언덕 '레 그랑드 나르스Les Grandes Narses'를 가로질러 생 클레망으로 이어지는 길이 있다. 나르스라, 이 말도 찾아보라. 아마 어디서도 찾을 수 없을 것이다. 나는 한참 후에야 오베르뉴의 예찬자인 앙리 푸라의 소설[6]에서 그 단어를 발견한다. 앙리 푸라가 쓴 나르스는 '물과 진흙 그리고 풀의 심연'이다. 레 그랑드 나르스는 두 발이 진창 속으로 푹푹 빠지는 거대한 습초지다. 이 경우에는 지형학적 개념이 유용하다. 그러면 그런 장소에서 밭을 가로지르다 진흙에 빠지는 일을 면할 수 있을 테니까. 그런데 이 이름은 어디에서 왔을까? 그리고 오베르뉴에만 그런 곳이 있을까? 나르시스가 습지를 좋아하니까 아마도 이 말은 나르시스에서 온 것 같다. 그런데 어쩐지 어원이 너무 밋밋하게 느껴진다. 게다가 나르시스라는 말은 그리스어다. 나르시스는 무감각 상태, 무기력을 뜻하는 '나르키narki'에서 파생된 말로 병적인 마비 상태를 뜻하는 프랑스어 '나르코즈narcose'를 만들어냈다. 꽃 이름이 아닌 신화 속 주인공 나르시스의 정확한 의미는 마비된

6　내가 제일 좋아하는 앙리 푸라의 작품으로, 1941년에 갈리마르에서 출간된 『화성의 바람 Vent de Mars』이다.

사람, 물속에 비친 자신의 모습을 보고 매료되어 꼼짝 못하게 된 사람이다. 그런데 나르시스를 나타내는 상징은 '물'에 비친 얼굴이라는 애초의 근원 '샘물'은 잊힌 채 발전되었다. 그렇다면 나르스는 고인 물이 있는 습지, 꼼짝 못하게 마비된 땅, 병적인 마비상태에 빠진 정체된 들판일까?

*

어제부터 나는 옛 앙비바르 족의 지방에 있다. 그리고 로슈 생 뱅상 언덕에서 그 지방을 내려다본다(지도상으로 언덕의 정확한 고도는 932미터다). 나는 지형도 위의 뾰족한 산봉우리와 급사면 표시들을 좋아한다. 단계별 곡선은 빙빙 도는 나선형이나 육지 한가운데에 아무렇게나 꽂아놓은 삿갓조개들 같은 빽빽한 원추형으로 돌돌 감겨 있다. 바로 위쪽은 너무 조밀한 식물군 때문에 실질적으로는 접근할 수 없는 록 데 가블루le Roc des Gabeloups[7]다. 그리고 아래쪽은 숲 기슭에 외딴 농가 세 채가 있는 푸앵 뒤 주르 마을이다. 또한 맞은편은 지평선을 통째로 가리는 광대한 숲, 부아 누아르다. 어제에 이어서 이름들이 또 노래를 부르기 시작한다. 엥시즈, 베슈노르, 세뇰, 베느티에르. 야수들의 기억을 떠올리게 만드는 이름들인 몽루Montloup, 브레슈루Brècheloup, 샹볼루Chamboloup(프랑스어로 '루loup'는 늑대를 뜻한다—옮긴이). 몇 시간 전부터

---

7 이 명칭은 아마도 예전에 소금에 부과되는 세금인 염세를 징수하던 관리를 뜻하는 염세리, 즉 가블루Gabelous를 토지대장에 기록할 때 철자를 실수해서 비롯된 것 같다.

불어오는 선선한 바람 속에서 지도 위에 적힌 이 이름들을 아무리 읽고 또 읽어도 지치지 않는다(이 언덕을 오르느라 맺힌 이마의 땀을 북풍이 말려준다). 일일이 하나씩 목록을 작성하고 그들의 역사를 되찾아주고 싶다(조급한 나그네에게는 언제나 불가능하고 당치않은 꿈이다). 오로지 역사만이 이 땅에 대해 알려 주고, 화산 지역에 다가가는 방법을 알려줄 것 같다. 아래쪽의 왼쪽 도로 사거리에 있는 태양에 반짝이는 마을이 라프뤼뉴다(그날 바위 밑에서 만났던 벌목부가 5프랑이면 어느 노부인 댁에서 방을 얻을 수 있다고 알려준 곳으로, 혹시나 그보다 더 비싸더라도 양해를 구한다고 덧붙였다). 앞쪽은 부아 누아르 숲 기슭에 자리해서 숲 그림자에 거의 삼켜지다시피 한 마을로, 결국 내가 숙박하기로 한 라부안느. 그리고 베고티에즈, 베르냐시에르, 피에르 뒤 주르, 라 리망디에르, 칼리뇽. 세상이 그곳에, 내 발밑에 있다. 선선한 바람을 맞으며 마을 하나하나, 고사리 하나하나, 로제 와인 한 잔씩을 탐색해가며 걸어가야 할 세상이다. 그리고 어딜 가나 친절한 얼굴들이 나를 맞아준다. 전날 밤 샤르게로 마을 어귀 도로에서 만났던 아르푀유의 정육점 주인은 나를 보고 기쁘다는 듯 하늘로 두 팔을 치켜들면서 손님들을 모두 그 자리에 세워둔 채 밖으로 나와서 직접 지름길을 가리켜주었다(늙은 느릅나무 찬장에서 염소 치즈를 건네주던 부인의 집을 나선 다음에 만났다). 같은 날 로슈 생 뱅상 언덕 기슭에서 만났던 벌목부들은 수목을 심기 위해 고사리 밭을 개간하던 중이었다. 고사리들이 워낙 키가 크고 빽빽해서 처음에는 인부들이 보이지 않았다. 그저 근처에서 나뭇가지들이 꺾이는 요란한 소리, 낙엽이 바스락거리는 소리만 들렸다. 나는 멧돼지 무리가 불쑥 튀어나올지 모른다는 생각에 잔뜩 경계하며 발길을 멈추었다. 벌목부들은 나를 보자마자 연장을 내려놓았다. 그리고 우리는 고사리들 한가운데에 앉았다. 그들은 그늘 속에 감춰둔 시원한 로제 와인을 꺼냈다. 우리는 함께 건배했다. "여기서는 사람 만나기가 쉽지 않거든요. 정말 길 잃은 거 아닙니까?" 벌목부 주임이 물었다. 주임이라고 해봤자 수염이 있는 30대 청년이었다. 청년은 내가 달랑 지도 한 장 들고 외진 오솔길에서 길을 찾아 자신이 사는 작은 마을까지 왔다는 사실이 믿기지 않는 듯했다. 그러고는 모두들 내가 사진을 찍을 수 있도록 자세를 취해주었다. 그리고 청년은 종잇조각에 이름과 주소, 상호를 적어주었다. 〈산림 개발, 하역, 각종 수지류 나무 식목, 가시덤불 제거 작업〉. 그는 라프뤼뉴의 방은 기대하지 말라며 이렇게 덧붙였다. "어쩌면 라부안느에 가면 주무실 수 있을지 몰라요. 거기에 카페가 하나 있는데, 빵집도 겸하거든요. 그 집 딸 방이 지금 비어 있어요. 혹시 그분들이 그 방을 빌려줄지도……"(꼭 빌려주게 하리라, 나는 곧바로 결심했다) 그렇다, 세상이 내 앞에 펼쳐져 있다. 도보 여행을 시작한 처음 며칠 이후로 이 바위 위에서만큼 강력한 느낌, 강렬한 기쁨은 느껴본 적 없다. 웅장할 것도, 특별할 것도 없지만 이 마을들, 이 특별한 장소들 그리고 저 아래 너무도 매력적인 거대한 부아 누아르 숲과 함께 내게 말을 걸어오는 이 위압적인 풍경이라니. 그 순간 여행이 이제부터 완전히 새로워질 거라고 무언가가 말하고 있다(그리고 내 생각은 틀리지 않았다). 예상하지 못했던 문들, 눈에 보이지 않던 경계들이 열리고 투명한 바람 속으로 사라진다. 이 마을들, 숲들, 산들은 이전의 풍경들과는 다르게 나를 반겨줄 것이다. 나는 새로운 세상의 입구에 서서 마치 파노라마 속에 어떤 비밀이라도 숨겨져 있는 듯, 나에게 뭔가를 가르쳐주기라도 할 듯 유심히 관찰한다. 바람 때문에 휘어진 방향 지시판의 대리석 풍경 위에 수첩을 놓고 나는 이렇게 기록한다. "로슈 생 뱅상. 9월 20일 월요일. 마침내 진정한 여행이 시작되다."

*

"생 뱅상 바위는 매우 오래된 안산암질의 분출암으로, 생성 시기는 고생대(데본기), 즉 오베르 뉴 화산의 용암과 화산암보다 훨씬 이전, 주변(몽통셀, 마들렌, 비쟁)의 석탄기 시대 화강암보다도 훨씬 이전으로 추정된다."

"시야가 탁 트인 날이면, 특히 가을철에는 부르주 오 잘프 뒤 데볼뤼 또는 길이 375킬로미터의 궁형 영지가 보인다."

나는 방향 지시판에 적힌 이 문구를 수첩에 옮겨 적는다. 안산암과 데본기, 예전에 그 지역에서 살았던 갈리아 족인 앙비바르 족이 살던 환경이다. 북쪽으로는 하이두이 족, 서쪽으로는 비튀리주 족, 남쪽으로는 아르베른느 족이 인접해서 살았다. 앙비바르 족은 들어본 적이 별로 없는 것 같다. 그들에 관해서 아는 게 거의 없다. 카이사르는 『평전』에서 딱 한 번 알레시아에서 베르킨게토릭스를 도우러 달려왔던 부족들 중 하나로 앙비바르 족을 언급한 적 있다. 그들도 잊힌 우리 조상들에 속한다. 비단 그들만 해당되는 게 아니다. 만일 과거에 그랑드 가라바뉴에 살았으며 우리에게는 생뚱맞은 이름으로 느껴지는 모든 부족들 중에서 한 조상을 뽑으라고 하면 누구나 선택하기 난감할 것이다. 올레르크, 코리오솔리트, 레모비스, 낭네트, 타뤼사트, 벨리오카스, 로라르크, 세귀사브, 페트로코리앙 등의 부족은 특정 장소의 명칭이나 실개천의 음절, 언덕이나 계곡의 이름 말고는 아무런 흔적도 남기지 않았다.[8] 바로 그 안산암, 그 장석長石 — 입상이 섬세한 암석으로, 광물학에 의하면 이 암석이 풍부한 안데스 산맥에서 유래된 이름 — 때문에 이곳 바닥이 자갈로 우툴두툴하고 숲의 털로 뒤덮여 있다. 지도로 보면 이곳은 초록색이다. 계곡의 흰색 흐름과 연못의 푸르스름한 얼룩을 제외하고는 모두 초록색이다.

부아 누아르 숲 기슭에 있는 라부안느에 도착한 건 오후, 누군가의 장례식이 시작될 무렵이다(라프뤼뉴의 벌목부들이 준 로제 와인의 풍미가 여전히 입 안에 남아 있었다. 정오의 열기 속에 그 와인을 마실 수 있어 무척 기뻤다). 카페 겸 빵집에는 외출복을 차려입은 농부들이 나직한 목소리로 대화를 나누고 있다. 사람들은 아직 도착하지 않은 망자의 가족을 기다린다. 망자는 이미 오래전부터 마을에서 살지 않았지만 고향이라 그곳에 묻히게 되었다. 모인 사람들의 수나 옷차림, 곳곳에 쉼 없이 도착하는 수많은 자동차들로 미루어 짐작컨대 마을 유지였던 모양이다. 나는 모여 있는 사람들 속에서 이틀 전에 묵었던 마예 드 몽타뉴 여인숙 주인을 알아본다. 그 역시 라부안느 출신이다. 라부안느에서 태어나지는 않았지만 이곳에 사는 농민 부부 슬하에서 자랐다. 그는 공공부조를 통해

---

8 물론 볼크, 테크토사주, 에뷔로비크, 픽통, 아트로바트, 메디오마트리크 등의 부족들도 있었다.

입양되어서 친부모는 한 번도 본 적 없다. 잠시 후 장례식이 끝나고 나는 그와 함께 그의 양어머니를 만나러 간다. 숲 가장자리의 거대한 풀밭 옆, 마을 맨 끝 집에 사는 노부인이다. 어둡고 침침한 단칸방에 요리용 화덕, 한쪽 구석에 놓아둔 장작더미, 침대와 털 이불 그리고 묵직한 옷장이 세간의 전부다. 선반 위에는 종이 필터로 커피를 걸러내는 푸른 칠보 커피 메이커와 풍경화가 그려진 향신료 단지들이 놓여 있다. 여인숙 주인이 말한다. "이분이 절 키워주신 어머니십니다. 저한테 다른 어머니는 없어요. 부모님은 절 키우느라 무척 고생하셨어요. 전 여느 사내아이들과 마찬가지로 키우기 쉬운 편이 아니었거든요. 평생 잊지 못할 겁니다. 그래서 어머니를 뵈러 자주 오죠, 그렇죠, 엄마?" 노부인이 소리 없이 눈물을 흘린다. 잠시 후, 부인은 살그머니 손수건을 꺼내 눈물을 훔친다. 그러더니 몸을 돌려 나를 바라보며 말한다. "흉보지 마시구려, 신사 양반. 남편은 6년 전에 세상을 떠났다오. 저기 보이는 풀밭에서 말이죠. 마음을 달래기가 쉽지 않아요. 이 나이가 되면 감정을 추스르기가 힘들어요. 우린 거의 50년이나 함께 살았지요. 금혼식을 축하할 예정이었어요. 남편이 이렇게 말하더군요. '토끼풀을 심어야겠어.' 그러고는 토끼풀을 심으러 갔는데, 갑자기 풀밭에서 죽었지 뭐예요." 부인이 우리에게 마실 것을 따라준다. 쌉쌀하면서 살짝 짭짤한 듯 오묘한 맛이 나는 오베르뉴산 포도주다. 이런 포도주는 난생 처음 마신다. 밖에서는 암탉들이 꼬꼬댁거린다. 어둠이 드리운 방 안에 침묵이 내려앉는다. 남자가 중얼거린다. "그렇죠! 암요! 인생이 그런 거죠!" 나는 석양이 비치는 풀밭을 바라보며 포도주를 마신다.

*

카페 안에 다시 활기가 감돈다. 외출복을 차려입은 농민들이 탁자 주위에 자리를 잡았는데, 동료를 땅에 묻고 난 지금에야 목소리가 평소의 어조를 되찾는다. 아니, 오히려 쾌활하고 쩌렁쩌렁하기까지 한다("사람은 다 가는 거야. 어쨌든 그 친구는 정직한 사람이었어. 누구한테도 피해를 준 적 없었지. 다들 참 좋아했는데." 또 다른 사람이 말한다. "술도 참 좋아했는데. 친구들의 목이 마르는 꼴을 못 봤지." 그러고는 작은 포도주 병들을 더 활기차게 비운다). 여인숙 주인은 떠날 준비를 한 뒤 빵집 안주인에게 나를 소개한다. "내가 아는 분이셔. 마예에서 우리 집에 묵으셨거든. 걸으면서 지역 관습들을 연구하신다네. 이 선생님께 내어드릴 방 하나 있지? 이곳이 마음에 드신다는군." 안주인이 나를 바라본다. 소탈한 인상에 몸짓이 따뜻해 보이는 부인이다. "아직 숙박은 안 해요. 그래도 딸아이 방이 있긴 해요. 마침 새 단장을 해놨죠. 지금 딸은 비시에서 일하고 있어서 휴가 때만 오거든요. 방이 마음에 드셨으면 좋겠네요." 부인은 빵집 위쪽에 인접한 건물로 나를 데려간다. 방에서는 여전히 갓 칠한 회반죽 냄새가 나고, 창문 너머로 광장이 보인다. 학생들에게 암기를 시키는 여선생님의 목소리가 방으로 스며든다(바로 옆에 초등학교가 붙어 있다). 라부안느는 작은 마을이지만 주변 마을과 고립된 농가의 아이들까지 더하면 학교에 다닐 연령의 아이들이 적잖다. 마을의 여선생님 외에도 선생님을 한 명 더 데리고 와야 할 정도다. 여교사는 라프뤼뉴에 살면서 매일 자동차로 출퇴근한다. 태양은 이제 나직하게 걸린다. 광장은 그림자로 뒤덮인다. 공공 계량기에서 송아지 무게 측정이 막 끝난다. 트랙터 한 대가 지나간다. 맞은편에서는 한 남자가 나무에 톱질을 한다. 장례식 때문에 온 몇몇 무리들이 아직도 이곳저곳을 다니면서 오랜만에 만난 친구들과 이야기를 나누고 있다. 나는 이곳이 마음에 든다. 생동감이 돌고, 주민들도 지난주에 이따금 마주쳤던 무기력한 상태나 무관심과는 달리 놀라울 정도로 활기차 보인다. 이를 테면, 빵집 여주인만 해도 마을의 교사 출신답게 총명한 눈빛에 말투도 소탈하다. 밤이 되자 나는 카페 안에서 지방 특산물들로 차린 훌륭한 저녁 식사를 한다(이제까지는 이 책에서 식도락에 대해 거의 언급하지 않았다. 하지만 할 말이 무척 많으니 기회가 되면 꼭 한번 다룰 생각이다). 7프랑이라는 헐값에도 내 집처럼 편안하면서 훌륭한 저녁 식사다. 그러더니 여주인은 지역의 역사와 민속이 담긴 책들을 가져다준다. 그래서 아직도 회반죽이 채 마르지 않은 방에서 잠을 청하기 전에 『부르보네 산에서』, 『부르보네 지방』을 훑어보기로 한다. 다른 책은 『부르보네 산의 이야기와 전설』이라는 제목이다. 많은 이야기들과 달리 이 책에 담긴 이야기들은 과거의 일상을 전혀 미화하지 않는다. '아름답던 옛날'이란 사실 가장 흔하게는 굶주림, 불행, 영주에 대한 견디기 힘든 복종의 의무였고, 농민이 이기는 경우는 이따금 꾀를 내었을 시절이었다. 또 한편으로는 무시무시한 늑대들의 시대, 어둑해질 무렵에 무도회에서 일을 마치고 돌아오는 '어설픈 바이올린 연주자들'이 늑대에게 잡아먹히던(또는 정반대로 바이올린 연주를 들려주어 늑대들을 진정시키던) 시절이었다. 그리고 경우에 따라 친절하거나 불안한, 은둔자거나 마법사인 외로운 노인들이 식물들의 비밀과 동물들의 언어를 알던 시절이었다. 마을 가장자리를 따라 뻗어 있는 부아 누아르 숲은 분명 과거에는 수많은 오솔길들과 헤치고 들어갈 수 없는 덤불숲으로 무성한, 온갖 야수들의 소굴이었으리라. 이튿날에는 지표들이 곳곳에 잘 세워져 있어서 지도에 크게 의존하지 않아도 뒤죽박죽인 숲에서 몇 시간 동안 길을 잃고 헤맬 것 같지 않다.

*

이 또한 나의 상상력일까? 혹은 역사의 순수한 우연의 일치일까? 아니면 반대로 됭 레 플라스와 하이두이 족 지방에서처럼 앙비바르 족의 호전적 영혼이 다시 출현한 것일까? 이 지역, 내가 있는 이곳도 몇 백 년 동안 모든 이방인들에게 맞선 완강한 저항의 장소였을 수 있다. 라 부안느 위쪽 몇 백 미터 떨어진 곳에 피옹이라는 자그마한 마을이 있다. 잠시 후면 부아 누아르 숲에 이르기 전에 그 마을을 지나게 될 것이다. 하지만 그 전에, 나는 새벽에 일어나 빵집 여주인과 어느 농부가 해주는 이상한 이야기를 들으며 커피를 마신다. 부아 누아르 숲이 인접해 있다는 점과 세상과 단절된 채 은둔 생활을 했다는 점이 오래전 피옹에 살았던 앙비바르 족의 반응과 정신 상태를 설명한다는 이야기다. 이 지역에 뿌리내리고 자급자족하며 살았던 그들은 이방인들을 싫어했다. 특히 그 이방인들이 왕의 사절들이나 군인들, 대리인 혹은 집행관들인 경우에는 더 싫어했다. 젊은 농부들은 마치 역병이라도 되는 듯 군대를 피해 달아났고, 피옹 사람들이 기억하는 한은 누구도 왕의 군대에 들어가지 않았다. 징집하사관만 보여도 부아 누아르 숲의 신비 속으로 달아났다. 그렇게 해서 아주 오랫동안 이 마을은 징집 기피자들의 온상, 모든 중앙 권력에 반항하는 일탈의 장소였다. 여러 차례 군대가 와서 이곳을 포위하고 농부들을 고문하고 집들을 불태웠다. 하지만 아무것도 달라지지 않았다. 지역 주민들은 '반역자'들을 옹호하며 필요한 경우에는 거대한 숲을 보호하려 했다. 때로는 저항이 더 거칠어지기도 했다. 17세기 말엽에 한 집행관이 피옹에 와서 빚을 진 어느 농민의 재산을 압수하려 했다(참고로 그는 몇 킬로미터 거리에 있는 이웃 마을 라 기에르미 출신이었다). 그러자 마을 전체가 맞섰다. 사람들은 집행관을 아주 점잖게 맞이해서 독한 술을 건넨 뒤 일제히 달려들었다. 그러고는 그를 묶어서 빵집으로 데려가서…… 화덕에 넣어 태워 죽였다! 지난 세기 말엽에도 병역 기피자를 잡으러 온 헌병 두 명이 똑같은 꼴을 당했다. 심지어 망다랭도 한때는 부아 누아르를 은신처로 삼았다는 얘기도 있다(오베르뉴 지방에서는 누구나 가스파르 데 몽타뉴(1931년에 아카데미 프랑세즈 소설 대상을 수상한 앙리 푸라의 소설 제목으로, 오베르뉴 지방의 리브라두아 산맥을 배경으로 한다―옮긴이)의 무훈담을 아는 것처럼, 여기서는 누구나 망다랭의 무훈담을 안다). 정말이지 이 장소는 알면 알수록 더욱 매력적이다. '중앙집권적' 권력에 맞선 일부 지역의 저항이 시작된 것은 비단 오늘의 일이 아니다. 그도 그럴 것이 권력은 징집할 때, 세금과 십일조를 걷을 때, 체포할 때, 화형에 처할 때, 처형할 때만 모습을 드러내기 때문이다. 하지만 '진보'가 이루어지면서 피옹도 조금씩 굴복해야 했다. 그런데 사실 그 '진보'는 이 지역에 한참 늦게 왔다. 빵집 여주인은 내게 이렇게 말한다. "지금은 의사가 차로 왕진이라도 다니지, 예전에 도로가 생기기 전에는 여기까지 오는 의사가 전혀 없었어요. 그래서 결국 다들 병에 걸리기 시작했죠."

*

걸으면서 다시 발견한 것은 매일 달라지는 새로운 만남들, 너무도 빨리 익숙해지고 마는 낯선 얼굴들, 내 기대에 점점 더 민감하게 부응하는 반응들만이 아니다. 하루의 시간들도 파리나 심지어 사시와도 완전히 다르게 느껴진다. 나는 일찌감치 동이 트자마자, 그러니까 꼭두새벽부터 일어나고 땅거미가 지는 시간에 잠자리에 들면서 계절의 리듬에 맞춰 살아간다. 매번 맞는 새벽이 새롭다. 그날은 또 새로운 만남들로 채워진다는 사실을 알기 때문이다. 새로운 풍경과 새로운 빛, 내게 말을 걸어오는 이들의 입을 통해 새롭고 색다르기까지 한 어휘들로 매일의 시간들이 새롭다. 이렇게 걷다 보면 인간관계, 사소한 일들과 시간을 대하는 시선에서 어떤 해방감과 야릇한 유연성이 조금씩 생긴다. 그래서 파리로 돌아가면 최소 몇 주는 지나야 완전히 다른 시간, 완전히 다른 리듬에 맞출 수 있고, 더는 친구들이건 모르는 사람들이건 '약속' 한 사람들 외에 다른 사람들과 마주치지 않는 일에 다시 익숙해질 수 있다. 그래서 약속이 최후통첩이라는 걸 알게 된다. 나는 늘 약속에 대한 뿌리 깊은 저항심을 갖고 있는데, 이번 프랑스 여행을 하면서도 별반 나아질 건 없었다(개인적으로 우연한 만남과 뜻밖의 출현만 좋아한다). 지도를 펼쳐놓고 마음 내키는 대로 선택한 여정, 즉흥적인 방랑, 예기치 못한 기적 같은 모든 일들. 이처럼 내게 주어진 모든 것들, 저절로 생겨

난 일들, 마치 약속과 일정표라는 맥없는 모래시계에서 빠져나온 시간
들에 고유의 본질과 해방감만 덧붙이면 된다.

이러한 시간의 내적 변형은 내가 독서를 아주 빨리 포기하게 만드는
독특한 효과를 발휘한다. 여행을 시작했을 때만 해도 유일하게 실용적
으로 들고 다닐 수 있는 라플레아드 출판사 판본의 단테의 『신곡』을 지
니고 다녔다. 양지바른 비탈길이나 몇 백 년 된 떡갈나무 그늘 아래에
자리 잡고 시골의 침묵 속에서 일찌감치 책을 펼쳐드는 내 모습을 떠올
렸다. 실제로 그런 일이 있기는 했다. 그러나 불확실한 시간 때문에, 무
엇보다 그럴 생각이 점점 줄어드는 바람에 책을 펼치는 일이 드물었다.
예전의 순례자들이나 방랑자들은 대개 침대 머리맡, 고미다락의 머리
맡에 둘 애독서 한 권씩은 항상 들고 다녔다. 대개는 성경이다. 이 글을
쓰면서 『어느 러시아 순례자의 이야기』라는 훌륭한 책이 떠오른다. 그
책에 보면 익명의 작가는 매 순간 길에서, 헛간에서, 여인숙에서 성자
들의 삶을 다룬 문헌과 구절 모음집인 애독서 『자애록』을 펼친다.[9]

나도 길에서 읽을 책을 챙겨가겠다고 생각했다. 나만의 오솔길 애독
서, 풀과 꽃의 복음서, 여정의 성서. 그러기에 『신곡』이 가장 적합하게
느껴졌다. 오래전부터 다시 읽어보고 싶었기 때문이다. 하지만 결국 눈
깜짝할 새 책을 잊었고, 더는 떠올리지도 혹은 동반자로 여기지도 않
게 되었다. 꼭 필요하다는 생각도 점점 흐릿해졌다. 낮 동안에는 (떡갈

---

9 길을 떠나는 모든 이들에게 강력히 추천하는 이 책은 러시아의 신비주의자와 동양 사막의
신비주의자의 만남, 정신적인 모험으로 가득하다(쇠유 출판사).

나무든 아니든, 몇 백 년 된 나무든 아니든) 나무 아래에서 바뀌는 구름의 모습, 새들이 전하는 말, 보이지 않는 벌레들의 울음소리, 어느 농가나 마을을 알리는 아련한 소음에 몸을 맡긴 채 아무 생각 없이 눕는 게 좋았다. 그리고 저녁이면 은신처로 찾아낸 카페의 분위기가 단테의 연옥이나 지옥을 떠올리게 할 때조차, 손님이 있든 없든 그곳에서 다른 사람들과 함께 있는 편이 더 좋았다. 생동감 넘치는 사람들의 외침과 웅성거림. 인간적인 소음이 마치 썰물 빠진 바닷가처럼 갑자기 사라지고 드러난 황량해진 은밀한 시간. 장소들의 익명성보다 더한 은밀함. 늘 그렇듯 여행이 끝나고 나서야 비로소 다시 생각날 책을 읽겠다고 방에 혼자 틀어박힐 때보다 을씨년스러운 장소들에서 훨씬 감수성이 풍부해지는 걸 종종 느낀다. 책과 길은 늘 그 자리에 있지만 만남과 이야기들은 일시적이다. 그리고 바로 그 덧없음이야말로 내가 길의 지질학적 영속성이나 얼굴들의 유동성에서 찾고자 했던 것이다. 하루하루의 흐름에서 낟알처럼 떨어지는, 그리고 다시 시작되는 매 순간마다 작은 영원으로 바뀌는 덧없음.

*

이른 새벽, 부아 누아르 입구. 선선한 그늘에서 고사리 냄새를 맡는다. 다시 발견한 디기탈리스를 쓰다듬는다. 이삭 모양의 분홍바늘꽃보다는 둔중하고 덜 가볍고, 덜 화사하다. 하지만 이 또한 내가 좋아하는 꽃이다. 나는 꽃부리의 아름다운 빛깔, 한껏 솟은 키, 솜털처럼 섬세한 털로 덮인 줄기 그리고 장갑 손가락 모양의 자줏빛 초롱꽃을 사랑한다

(그래서 성모의 장갑이라고도 불린다). 너무도 매력적인 이 꽃들은 사실 극약이다. 소량은 심장을 튼튼하게 해주지만, 다량을 섭취하면 죽을 수 있을 만큼 대단히 위험하다. 나는 난관 깊숙이 황금별로 총총히 장식하고 죽음의 덫을 쳐둔 매혹적인 꽃부리 쪽으로 몸을 숙인다. 이미 벌레들이 윙윙댄다. 마치 경종을 울리는 예배당 한가운데 같다. 옆에는 나뭇잎마다 이슬이 맺혀 있다. 그 사이로 자그마한 거미 한 마리가 거미줄 잣기를 마친다. 그렇게 이곳은 모든 것이 덫이요, 기만적인 아름다움이요, 치명적인 장치다. 너무도 매혹적인 꽃부리들은 새벽빛을 붉게 물들인 죽음을 엿보고 있다.

길은 돌투성이인 전나무 숲을 향해 가파르게 올라간다. 하지만 이내 여러 갈래로 나뉜다. 나는 작은 초목이 우거진 숲 속으로 깊게 들어가는 샛길들 사이에서 갈피를 잃는다. 1958년에 제작된 너무 낡은 지도는 아무 쓸모없다. 운 좋게도 몇 미터 떨어진 곳에 이정표가 보인다. 나무줄기에 붉은 선과 하얀 선이 있다. G.R. 그러니까 산책 일주로Grande Randonnée다. 요즘은 프랑스 투어링 클럽의 지부에서 설치한 이런 이정표들이 프랑스 전역에 있다. 평소에는 지도에서 마음에 드는 길을 직접 골라 가는 편이라 피했을 것이다. 하지만 숲에서 길을 잃고 밤까지 제자리를 맴돌 생각은 없다. 그러니 그 이정표는 나에게 아리아드네의 실이나 마찬가지다. 게다가 마예 드 몽타뉴 여인숙 주인이 알려준 바에 의하면, 금세기 초까지만 해도 보부상들, 행상인들은 유난히 눈이 소복이 덮인 겨울에 자주 숲에서 길을 잃었다고 한다. 그래서 봄이 되면 얼어붙은 시신들을 찾아서 그곳에 십자가를 꽂아주었다고 한다. 아직도 여기저기에 십자가들이 존재한다. 다행히도 그 G.R.은 내가 가고자 하는 곳으로 정확히, 부아 누아르에서 가장 높은 곳인 퓌 드 몽통셀까지 인도해준다. 오후쯤이면 그곳에 도착해 화산 지역을 볼 수 있을 것 같다.

*

민둥산. 바람. 태양. 퓌 드 몽통셀Puy de Montoncel의 정상이다. (화산 지역이라는 증거이자 지도에서 처음으로 오베르뉴와 오시타니아의 산악 경계를 표시하는 '퓌Puy'라는 단어는 이후 여행이 끝날 때까지 나를 따라다닌다. 나는 강의 흐름을 따라가는 것처럼 그 음절의 우여곡절을 따라갈 것이다. 남쪽으로 내려가며 '퓌'는 오베르뉴의 남쪽 끝에서 '페우쉬peuch'가 되고, 코스에서는 '퓌에쉬puech'가 된다. 그리고 미네르부아에서는 '페슈pech', 랑그독에서는 '피에pié'가 된다. 그렇게 우리를 바다로 이끄는 길의 맥락을 통해 한 단어의 역사와 여정을 다시 발견할 수 있다. 선조들이 높은 곳을 일컫던 라틴어 '포디움podium'에서 생겨난 그 단어는 섞이고, 파이고, 쓸데없는 부분은 삭제된 끝에 마침내 '퓌'라는 음절만 남겼다.)

몽통셀 정상은 히드와 월귤나무, 노란 카밀레 꽃들로 무성하다. 바람이 정상을 스치듯 지나가며 북쪽 비탈에 술 장식처럼 매달려 있는 독일 가문비나무들을 이따금 바닥까지 흐드러지게 휘어놓는다. 여기저기에 벼락 맞고 빗물에 빛바랜 나무들이 껍질이 벗겨져 흰 뼈대를 드러낸 채 줄기를 빛낸다. 세월에 잠식되고 부식되고 가라앉은 힘의 거대한 기복이 지평선 끝까지 곳곳에서 보인다. 나는 헐벗은 정상에서 눈으로, 온

몸으로 그 입장을 적나라하게 느낀다. 바람이 아침의 구름들을 쓸어내서 만든 하늘의 투명함을 몸소 겪고, 바람에 실려 온 히드와 바위와 소나무의 향을 맡는다(바람의 이름도 땅과 물의 역사를 노래한다. 미스트랄(프랑스 남부 지방의 북풍—옮긴이), 시로코(지중해의 동남풍—옮긴이), 트라몽탄(지중해의 북풍—옮긴이)처럼 '유명한' 바람의 이름뿐 아니라 정상에서 어휘의 화환을 엮는 테랄(미풍—옮긴이), 세르스(랑그독 지방의 북서풍—옮긴이), 오탕(남프랑스의 남서풍—옮긴이), 마리나드와 같은 지역풍의 이름도 있다). 이렇게 이곳에서 모든 것들을 느끼자니, 내 안에서 더 헐벗고 거칠고 때로는 더 뜨거웠던 다른 정상들의 기억이 솟아오른다. 오늘과 비슷했던 어느 날, 같은 시간에 그리스의 키타이론 산 정상과 시클라멘, 살랑거리는 가을의 무릇(백합과 꽃—옮긴이), 연보랏빛의 커다란 히아신스로 뒤덮인 파란 암석들 그리고 수평선에 보이는 코린트 만의 눈부신 수면. 어느 10월의 폭풍우 치던 날, 벼락 맞은 거인들, 폭풍우에 갈가리 찢긴 거대한 줄기들 사이로 올라갔던 파르나스 산의 정상.

샤름 입구 쪽으로 내려가다가 여기저기서 뒤집힌 나무들과 부러진 나뭇가지들을 보고, 풍파에 시달려 쓰러진 숲과 산림을 보고 벼락 맞은 나무들을 다시 보게 된다. 그리고 샤름 입구를 지나 한 시간 남짓 걸었을 때, 국도 89번 샤브를로슈에 도착한다(지도에 붉게 국도 표시가 되어 있는데도 잊었다). 트럭들이 내는 끔찍한 소리가 들린다. 거대한 부아 누아르 숲을 나와 마침내 두 다리를 쉬게 할 카페 맞은편 벽에 이런 문구가 적혀 있다. '여기서부터 오시타니아입니다.' 나는 지도를 들여다본다. 15시간 만에 드디어 오늘, 포레에 들어선다.

*

앙베르. 오베르뉴이자 포레인 동시에 리브라두아에 속하는 곳. 나는
관광 안내소에서 받은 안내 책자를 펼쳐 읽는다. 관광 안내소(syndicat
d'initiative, 각 단어의 사전적 의미를 조합하면 '주도적 조합' 정도로 해석될 수 있
다―옮긴이), 이 두 단어의 몰상식에 대해서 한 번이라도 생각해본 적 있
던가? 이러다가 '진보'가 도와주면 상상력 조합도 생길지 모른다. 학창
시절, 한동안 유네스코에서 엘리베이터 보이로 아르바이트를 했던 때
가 생각난다(당시에 유네스코는 마제스틱 호텔에 있었다). 어느 날, 복도를
어슬렁대다가 사무실 하나가 눈에 들어왔다. 겉보기에는 전혀 대수롭
지 않았는데 입구에 위원장이나 사무국장 혹은 회계국장이 보기를 기
대라도 한 듯 이런 팻말이 붙어 있었다. '아이디어 국'. 그리고 그날 아
침에 햇볕이 잘 드는 그 방에서 지역 안내 책자를 뒤적이다가 그 단어
를 발견했던 기억이 난다. '관광 안내소'. 난생 처음 보는 듯 생소했다.
주도적이라……. 나는 걷기 시작한 지 이제 두 달째로, 주도적인 행동
이 부족하진 않았던 것 같다. 그래서 관광 안내소는 '친구들의 카페'와
박쥐가 있던 헛간 그리고 모든 유스호스텔들처럼 다시 한 번 나의 장
소가 된다. 다시 이야기로 돌아가서, 안내 책자에서 그 지역을 묘사하
는 용어들은 엘도라도, 에덴, 별천지, 지상낙원 등 온통 칭찬 일색이어
서 오히려 주저하게 만든다. 앙베르 앙 리브라두아. 그곳은 사실 "푸르
른 풀과 전나무들의 지방, 시냇물이 졸졸 흐르는 작은 골짜기들이 무수
히 많은 계곡, 화강암들로 뒤덮인 신비로운 산등성이가 이어지는 산악

지대. 거의 알려지지 않은 오베르뉴의 외진 고장이지만 지중해처럼 그윽한 푸른 하늘 아래 가장 아름다운 곳이다".

"또한 인접한 지역들 한가운데에 웅크리고 있는 사랑스럽고 한적한 계곡이다. 태양을 향해 황금빛 종탑이 우뚝 서 있는 위압적이면서도 섬세한 교회……."

그런데 이 모든 것들이 완전히 엉터리는 아니다. 단지 문체가 문제인데, 장황하고 화려한 풍경 묘사는 내가 초등학교 다닐 무렵에 널리 유행하던 문체다. 나는 그때부터 이미 그 문구가 어린 초등학생들을 대상으로 일부러 요란하게 과장한 게 아닐까 의심했다. 혹시 늘 똑같은 저자들의 글에서 발췌한 묘사들은 아닐까? 이제 더 이상 순진하지 않으면서 순진한 척하지 말자. 로티, 프랑스, 에르크만, 샤트리앙, 말로, 오두, 모리에르, 코페, 모슬리, 사비니앙 라푸앵트(확실한 이름은 기억나지 않는다) 등 그 많은 작가들이 평생을 준비해서 낸 문집이 미래에 받아쓰기 용도로 쓰일 줄이야!

어쨌든 나는 부아 누아르를 출발해서 비스콩타에서 멈추고, 다시 비스콩타를 출발해서 이틀 만에 앙베르에 도착했다(앙베르는 갈리아 족의 어원에 따르면 걸어서 건널 수 있는 얕은 강물을 뜻하는 것 같다). 비스콩타에서 저녁에 고지대 마을을 향해 이동하는데 어린 소녀가 놀다가 나를 보고 멈칫하더니 유심히 살펴보았다. 그러고는 문가에 앉아 있는 자신의 할머니에게 나에 대해 방언으로 무어라 이야기했다. 내가 숙박하게 된 카페의 여주인에게 이 마을에서는 아직도 다들 방언을 쓰는지 물었다. 그러자 여주인은 저녁 식탁을 닦으면서 이렇게 어물쩍거렸다. "우리끼리는 방언으로 이야기하죠. 하지만 다른 사람들하고는…… 프랑스어로 말해요." 여자는 '프랑스어'라고 말하기 전에 잠시 머뭇거렸다. 눈치채기 힘들 정도로 아주 짧은 순간의 묘한 머뭇거림!

방언은 모르방 이후로 매일 들었다. 심지어 제일 처음 방언을 들었던 장소가 정확하게 어딘지 댈 수도 있다. 어느 날 저녁 몽소슈와 샤토 쉬농 사이, 플랑셰에서 잠시 쉴 때다. 플랑셰는 모르방의 또 다른 오라두르다. 전쟁 동안 독일군들의 방화로 완전히 파괴되었던 마을. 전날 밤에 세워진 듯 완전히 새로 지어진 그 마을 앞에서 나는 너무도 놀랐다. 플랑셰 바로 근처, 불과 몇 킬로미터 떨어진 장엄한 너도밤나무 숲에는 옛 포불루앵의 성채가 파묻혀 있다. 오늘날 순례자의 예배당이 들어선 성채 바로 앞 석굴에 오래된 성 마르그리트의 샘이 있다. 몰락한 갈리아 족의 유령들과 하이두이 족의 기억이 맴도는 장소다. 포불루앵은 좁고 풀이 울창한데, 그 자체로도 성소라고 느껴지는 은밀한 장소다(지역 전체를 수지류 수목으로 산림녹화해서, 일단 고사리 사이를 헤치고 나가야 수령이 최소 100년은 된 나무들에 둘러싸인 작은 예배당 고원으로 이어지는 계곡에 도달할 수 있다). 포불루앵은 시장도, 큰 상점도, 비브락트나 알레시아 같은 장인들의 도시도 아니다. 대지의 힘에 둘러싸인 종교의식의 중심지로, 유적지의 숨 막힐 듯한 적막 속에 오늘날까지도 남아 있다. 그리고 여전히 그 존재가 느껴진다. 어느 햇볕 따사로운 아침에 그곳에 도착했을 때, 커다란 흰올빼미 한 마리가 예배당 위로 늘어진 느릅나무에서 날아올랐다. 한낮에 맞아주는 야행성 새보다 근사한 환영은 없으리라.

내가 여행 중에 처음으로 방언을 들은 곳은 플랑셰였다. 해질 무렵 창문이 열려 있는 어느 집을 지나는데 한 농부가 아내에게 이야기하는 소리가 들렸다. 나는 눈에 띄지 않게 벽에 등을 붙이고 서서 그들의 대화를 엿들었지만, 무슨 말인지 하나도 알아들을 수 없었다. 그 후로는 하루도 방언을 듣지 않고 지나는 날이 거의 없었다. 언뜻 보기에 방언은 프랑스 남부 지방 절반에 아직도 남아 있는 듯했다. 내가 살던 마을의 어르신들은 방언을 이해하고 가끔 할 줄도 알지만, 실제로는 전혀 하지 않는다. 그렇게 모르방에서 코르비에르지에 이르는 내내 나의 여정에는 새로운 소리들, 낯선 억양들이 동반되었다. 단순히 낯선 지방이 아니라 프랑스 역사와는 아예 섞인 적도 없는 생소한 땅에 있는 듯한 착각이 종종 들 정도였다.

*

옛날 잘 알려지지 않은 어느 자작(프랑스어로 비콩트vicomte ─옮긴이)의 이름에서 따온 게 분명한 비스콩타Viscontat는 '바위rocs'와 '언덕puys'으로 이루어졌고, 이목을 끌지 않는 고지로 둘러싸여 있는데, 가장 높은 정상은 약 1500미터에 달한다. 나는 샤브를로슈 이후로 매일 약 200미터씩 꼬박꼬박 오르고 있다.[10] 그런데 걸으면서 벌써 고지의 영향이 느껴진다. 마을을 벗어나는 길목에서 소 두 마리가 묶여 있는 묵직한 짐

---

10 오른다는 표현으로 '아상드르ascendre'를 썼다고 나무란 사람도 있는데, 이 말은 완벽한 프랑스어다. 내려가다는 말로 '데상드르descendre'를 쓰니까 올라간다는 말로 '아상드르'를 쓸 수도 있지 않겠는가(지난 세기 작가들의 글에서 많이 발견된다). 게다가 여기서 중요한 건 누구나 이 말을 이해한다는 사실이다. 그게 가장 중요하다. 말은 그렇게 사용되는 거니까.

수레와 마주친다. 점점 더 희귀해지고 있어서 머지않아 토속적인 장면처럼 여겨질 만남이다. 소달구지는 트랙터에 밀려 점점 사라지고 있어서 오베르뉴와 포레 그리고 리브라두아 외의 지역에서는 거의 본 적 없다.

일단 발로르 몽타뉴를 지나자 길은 차츰 땅의 껍질이 벗겨지듯 화강암과 편암으로 이루어진 뼈를 드러내며 현저하게 벌거벗는 풍경을 만든다. 나는 시뇨르 언덕 비탈로 올라간다. 금작화들도 다시 여기저기서 모습을 드러내고, 큰 나무 밑 풀밭에는 버섯들도 보인다. 조만간 분홍빛의 식용버섯, 광대버섯, 송이버섯을 넉넉하게 딸 수 있으리라. 곧 하늘이 흐려지고 바람이 인다. 다행히도 북풍이어서 브뤼주롱 계곡 쪽으로 나를 부드럽게 밀어준다. 계곡으로 가까이 다가가다 문득 지름길로 가로질러 오뷔송 숲을 지나야겠다는 생각이 든다. 숲으로 들어가는 길이 여러 개 보이는데, 어떤 길로 가야할지 모르겠다. 아래쪽으로 몇 백미터 떨어진 곳에 안뜰을 에워싸고 있는 건물 세 채가 보인다. 나는 물을 머금어 폭신한 초원을 가로질러 내려간다. 안뜰은 고요하다. 개 한마리도 짖지 않는다. 이상하다. 첫 번째 건물은 빈 축사다. 안뜰 깊숙한 곳에 곳간과 트랙터, 사다리가 보인다. 나는 소리쳐 불러본다. 아무도 대답하지 않는다. 창가로 몸을 기울이고 창문 너머로 들여다보자 화덕과 탁자 그리고 안쪽 깊은 곳에 앉아 있는 형체가 보인다. 나는 창문을 두드린다. 아무런 대답도 없다. 문을 살짝 밀어본다. 노파가 화덕 옆 의자에 기진한 모습으로 꼼짝도 않고 있다. 나는 노파에게 말을 건다. 노파는 잠자코 있다. "귀가 안 들리시나 보네." 나는 더 크게 소리치다시

피 브뤼주롱으로 가는 지름길을 묻는다. 여전히 대답이 없다. 나는 가까이 다가간다. 노파가 아주 천천히 고개를 들고 내 얼굴만 멀뚱히 바라본다. 뼈만 앙상하고 초췌한 얼굴에는 미동조차 없다. 마치 주름진 가면처럼 거의 넋이 나간 얼굴이다. 그런데 분명 앞을 못 보는 건 아니다. 혹시 선천적으로 마비 장애가 있는 걸까? 창이 하나뿐인 방 안은 어둡고, 곰팡이 슬은 걸레 냄새가 난다. 나는 다시 한 번 더 큰 소리로 물어본다. 여전히 말이 없다. 그저 나를 빤히 바라볼 뿐이다. 앉아 있는 해골의 두 눈으로. 결국 나는 배낭을 다시 들고 문을 닫고 나온다. 하늘은 납빛이 되었다. 빗방울이 떨어지기 시작한다. 나는 잠시 헛간으로 몸을 피할까 생각한다. 하지만 아니지 싶다. 헛간은 너무 음침한데다 관 냄새 나는 이 집 근처에 조금 더 있을 바엔 차라리 비에 젖는 편이 낫겠다.

*

오늘 아침은 하늘이 갰다. 어제는 가까스로 폭우를 면했다. 브뤼주롱 마을에 들어서기가 무섭게 폭우가 쏟아지기 시작했다. 다행히도 호텔이 하나 있었다. 그런데 호텔을 운영하는 연로한 부부는 재우기를 꺼렸다. 이런 계절에는 이곳에 오는 사람이 아무도 없어서 불을 지펴놓은 방이 없는 탓이었다. 하지만 따뜻하면 어떻고 안 따뜻한들 어떠랴! 25킬로미터도 더 떨어진 앙베르 지역에 도착하기 전까지는 호텔이 하나도 없는 걸. 두 노인은 내 배낭과 울상을 보고는 결국 항복하고 말았다. 나는 식당이 너저분하고 추워서 노부부의 주방에서 함께 식사했다. 양배추 수프, 지방 특산 햄이 들어간 오믈렛, 푸르므 치즈(앙베르 지방의 원통형 치즈—옮긴이) 그리고 오베르뉴산 포도주. 포도주에서는 희한한 요오드 맛이 났지만 결국 익숙해졌다. 그리고 다음날 아침, 앙베르로 떠나기 전에 커다란 사발에 종이 필터로 걸러낸 블랙커피와 마른 소시지 한 조각, 푸르므 치즈를 먹는다. 길고 긴 하루를 위해 두둑이 속을 채운다. 오늘 밤 안으로 앙베르에 도착하고 싶으니까.

사실상 마을 입구부터 길은 커다란 숲을 따라 가파른 비탈길로 이어진다. 바로 옆 풀밭에서 여자가 암소들을 지키고 있다. 여자 옆에서 콧방울이 까만 사나운 개 한 마리가 머뭇거린다. 이 침입자는 누구지? 이 방랑자는, 장딴지가 포동포동하니 물기 좋게 생긴 이 사람은 누구야? 개들이라면 이번 여행 동안 수백 마리를 보았다. 나중에 다시 언급할 몇몇 경우를 제외하고 코스 산맥을 횡단하는 동안 이런 만남들은 모두—분명 서로간의—완전한 몰이해의 징조로 일어난다. 내가 이따금 들고 다니는 막대기 때문일까(보행자에게 소박하면서 의젓한 외양을 준 해도 늘 막대기를 들고 다니지 않는다. 그저 주교의 홀장笏杖이나 양치기의 지팡이 또는 경찰의 곤봉처럼 조건에 맞춘 도구일 뿐이다)? 아니면 그저 낯선 보행자만 보면 개들이 자극을 받는 걸까?[11] 내가 풀밭을 따라 걸으면 대개는 암소들을 지키고 있던 개들이 내 길을 크게 침범하지 않고 적당한 거리를 둔 채 따라오기만 했다. 그러면 나는 아무렇지도 않다는 듯 태연히 걸어갔다. 하지만 속으로는 개들을 감시할 수 있게 나에게도 발음하기 힘

---

11 이 문제에 대해서 한 독자가 나에게 현명하고도 박식한 답변을 해주셨다. 이 답변은 후기 「길에 대한 기억」에서 공개한다.

든 이름을 가진 중생대 양서류들처럼 목덜미에 눈이 하나 더 달렸더라면 좋겠다는 마음이었다. 영리한 사람들, 언제나 뭐든지 알고 있는 사람들은 개는 자신의 영역 밖을 지나는 사람을 절대 공격하지 않는다고 말할 것이다. 틀렸다! 완전히 틀린 말이다! 나는 심지어 마을에서 동떨어진 넓은 국도에서도 그런 경험을 숱하게 했다. 다른 사람들은 겁먹지 말고 다정하게 다가가서 적대적인 기색 없이 개들에게 말을 걸고 쓰다듬어주라고, 개들이 냄새를 맡고 차분해질 때까지 기다리기만 하면 된다고 설명한다(참고로 나는 한 번도 겁을 낸 적 없다. 다만 내 장딴지 때문에 조금 불안했을 뿐이다). 그 역시 틀렸다. 매번 그런 식으로 해야 했다면 아마 아직도 그 길을 벗어나지 못하고 있을 것이다. 사실 걸어서 프랑스를 횡단할 생각을 하는 사람들에게 가장 중요한 문제, 사활이 걸린 일까지는 아니어도 결정적인 문제는 배고픔도, 갈증도, 피로도, 염좌도, 늪지도, 물때의 암초도, 숲 속에서 탈진해 죽는 것도 아니다(물론 민둥민둥한 정상, 헤치고 들어갈 수 없는 숲 또는 갈피를 잡을 수 없는 사막이 아닌 곳이어야 한다). 바로 개들이라는 사실을 알아야 한다. 프랑스에 개들이 얼마나 많은지는 상상을 초월한다. 나는 어디를 가든, 예를 들면 공원에서, 집 앞에서, 농가의 안뜰에서, 풀밭에서, 심지어는 가장 외딴곳에 난 도로에서도 개들과 마주쳤다. 공격적이진 않더라도 대개는 음산하고 늘 쫓기 쉽지 않은 떠돌이 개들도 빼놓을 수 없다. 혹시라도 포레 산맥의 한적한 길 같은 곳에서 우연히 개와 마주치거든 아무리 자신은 잘못한 일이 없더라도 흔히 개들에 대해 읽은 온갖 내용과는 정반대로 그 개가 인간에 대한 좋지 않은 기억 때문에 당장이라도 달려들어 장딴지를 물고 늘어질지 모른다고 경계해야 한다. 그동안 내가 만났던 개들은 전부 나처럼 그들 나름대로 네 발로 프랑스를 횡단하는 예외적이고 소외된 개들이었음을, 즉 아르쾨유 카페 안주인의 말처럼 특이한 개들이었음을 반드시 염두에 두어야 한다. 사실 걸어서 여행한다는 자체는 호전적이기 보다는 발이 두 개, 세 개, 심지어 네 개 이상 달린 존재들과도 형제를 만난 듯한 느낌을 주곤 한다. 하지만 그날 아침, 브뤼주롱을 떠나고 며칠 후, 생 보네 르 부르 인근 아스팔트가 깔린 지방 도로에서, 사람의 흔적은 고사하고 인적조차 없는 곳에서 나를 한 발짝도 못 움직이게 하려고 작정한 것 같은 떠돌이 개와 마주쳤을 때는 나도 솔직히 어찌할 바를 몰랐다. 옴짝달싹할 수 없었다. 그 짐승이 바짝 따라왔기 때문이다. 제법 큰 덩치에 눈이 빨갛고 송곳니가 확연히 보이는 늑대 같은 개가 나를 보고는 잔뜩 화가 난 듯 울부짖기까지 하자 광견병에 걸린 게 아닌가 하는 생각이 덜컥 들었다. 개는 핏발이 선 두 눈을 부릅뜨고 네 발을 가지런히 모은 채 금방이라도 달려들 태세로 주둥이를 벌리고 1미터 거리에 서 있었다. 나는 의연하게 등을 돌리고 가던 길을 계속 가려고 했다. 하지만 멈출 수밖에 없었다. 장딴지를 막 물려는 낌새가 느껴졌기 때문이다. 그렇게 계속 갈 수는 없었다. 2미터에 한 번 씩 멈춰가며 20킬로미터를 계속 갈 수는 없는 노릇이었다. 나는 길 한가운데에 어정쩡하게 서서 누군가 나타나기를 기다렸다. 둘이라면 훨씬 쉽게 해결책을 찾을 수 있지 않을까? 하지만 아무도 오지 않았다. 지평선을 살피며 들짐승을 감시하는 사이 10여 분이 흘렀다. 아무래도 전략을 바꿔야만 했다. 나는 배낭을 길 위에 살그머니 내려놓고 그 위에 앉았다. 그러고는 동물에게 한 손을 내밀면서 듣기 좋은 이름들을 대보았다(사실 그 개에게 안 어울리는 이름들이었다). 개는 잠시 짖기를 멈추고 나를 관찰하더니 이내 전보다 더욱 격렬하게 짖었다. 그래도 나는 끈기 있게 계속해서 이름을 불렀다. 그러자 개는 여전히 으르렁거리면서도 천천히 다가왔고, 앞으로 내민 내 손의 냄새를 한참 동안 맡더니 단번에 반대 방향으로 사라졌다. 하지만 그런 일을 겪었다고 해서 내게 무슨 영향을 미친다거나 내 생각이 앞으로 바뀌진 않을 것 같다. 내가 개보다 고양이를 더 좋아하는 데에는 그럴 만한 이유가 있다. 만화가 시네(고양이를 주제로 하는 만화 「고양이Les chats」를 그린 프랑스 만화가로, 고양이의 반항적 기질을 사랑한 애묘가—옮긴이)의 재치 있는 말처럼 경찰견은 있어도 '경찰묘'는 없기 때문이다.

오늘은 운 좋게도 여자가 자신의 개를 부른다. 오늘 하루는 다른 사고 없이, 온종일 폭풍우를 머금은 흐린 날씨가 이어질 것 같다. 걷는 내내 앙베르 너머 둥그스름한 산등성이로 지평선을 가린 피에르 쉬르 오트의 민둥한 고원이 바로 코앞에 있는 것만 같다. 지도상으로는 오직 오솔길들, 좁고 가파른 노새 길을 나타내는 검은 줄들만 그어져 있는 순백색의 지역. 그 새하얀 면적이 나를 잡아끈다. 부아 누아르 숲의 초록색 덩어리가 그랬던 것처럼 나를 사로잡는다. 몇몇 목동과 이동하는 목축의 일부만이 살고 있는, 잘 보존된 장소일 거라는 예감이 든다. 그렇다. 곧장 그곳으로 갔다가 남쪽으로 걸음을 옮길까 한다. 멀리 구름의 경계에서 빛나는 땅을 향해. 높은 포레의 새하얀 심장을 향해.

목장은 독을 품고 있지만 가을에는 아름답다
암소는 목장의 풀을 뜯으며
서서히 중독된다.
눈시울 빛과 라일락 빛의 콜히쿰 꽃이
목장에 피고……

생각과 이미지, 우주를 품고 나의 방황을 따라다니는—때로는 나보다 앞서가는—유일한 존재들은 시인이다. 흔히 걸을 때는 정신적으로 자아를 내려놓는다. 마음속으로 농촌 사회학의 특징들이나 개선된 밀의 수확량에 대한 통계 목록 따위를 외우지도 않고 정신을 비운다. 여기서 '비움'이란 일상과 도시 생활에서 거추장스럽게 하는 모든 것들을 비워낸다는 뜻이다. 그렇게 비워낸 정신만이 갑자기 나타나는 모든 것들을 유연하게 받아들이고, 한 송이 꽃의 아름다움을 눈여겨보며, 색다른 소리에 귀를 기울이고, 저 아래에서 산등성이 혹은 마을의 우툴두툴한 지붕들과 노니는 태양을 발견할 수 있다. 그래서 정신을 혼란스럽지 않게 몰두시킬 수 있는, 정신을 비운 채 그대로 가득 채울 수 있는 유일한 것이 바로 시다. 일찌감치 내팽개친 책들과 달리 시들은 이번 여행 동안 은밀한 존재처럼 필요할 때면 매번 나와 함께해주었다. 시는 내면의 목소리로 내게 말을 걸어주는 눈에 띄지 않는 유일한 동반자였다.

위에 인용한 기욤 아폴리네르의 시는 어느 가을날 아침 콜히쿰 꽃으

로 뒤덮인 목장에서 리샤르 드 바 제지소가 문 열기를 기다리며 호두나
무 아래에 누워 있는데 문득 기억 속에서 떠오른다.

눈시울 빛과 라일락 빛의 콜히쿰 꽃이
목장에 피고 당신의 눈은 그 꽃과도 같아
내 인생은 당신의 눈에 서서히 중독된다

나는 매혹적이면서도 두려운, 디기탈리스보다 훨씬 무서운 그 꽃을
바라본다. 식물학적으로는 '가을 콜히쿰'이라고 부르지만 한편으로는
품고 있는 독 때문에 '개 죽이는 꽃'이라고도 하고, 빛깔 때문에 '목장
의 사프란' 또는 '잡종 사프란'이라고도 부르며, 꽃이 풍기는 양면적인
매력 때문에 '벌거벗은 여인'이라고도 부른다. 나는 방긋 열린 보랏빛
꽃봉오리 사이로 땅에서 솟은 노란 눈망울 같은 금빛 수술을 드러낸 콜
히쿰 꽃을 바라본다. 사실은 방목장과 피에르 쉬르 오트 고원에 들르기
전에 제지소가 열리길 기다리고 있다. 제지소는 아직도 중세 시대의 장
인 기법으로 종이를 제작하는 곳으로, 프랑스에서도 아주 드문 곳이다
(어쩌면 유일할지도 모른다). 낡은 헝겊을 찢어서 물에 적신 다음에 물레방
아 바퀴로 작동되는 톱니 달린 망치로 두드리고, 빨고, 잘게 다진다. 그
렇게 끈기를 가지고 빨고 다지는 작업을 며칠씩 하고 나야 회고 부드러
운 반죽, 흐물흐물한 곤죽이 되고, 체로 쳐서 물기를 뺀 다음 펠트 사이
로 짜내면 종이가 된다. 게다가 이 제조법은 아주 먼 곳에서 전해졌는
데, 14세기에 아랍 세계의 포로가 되었던 오베르뉴의 십자군 병사들이

종이 제작하는 과정을 보고 이곳으로 가져왔다. 오로지 수익성만이 중요한 시대에 아직도 느리고 비용이 많이 드는 방법으로 종이를 제작한다는 사실이 감탄스럽다. 시간과 인내심은 물론이고 고집과 용기마저 필요한 일이기 때문이다. 결과는 또 얼마나 대단한가! 더군다나 작가로서, 그 직업의 장인적인 면모에 애착을 품는 작가로서 어느 신비로운 나무에서 떨어진 커다란—까칠까칠하고 뒤집으면 부드럽기도 한—나뭇잎을 두 손에 쥔 채 모든 섬유에 투명무늬를 넣은 이 종이들에 감탄하고 감동해서 어루만지지 않을 수가 없다. 나는 이제 이 굉장한 종잇장들 위에 쓰기만 하면 된다고, 아름다운 시를 정성들여 쓰기만 하면 된다고 혼잣말한다. 콜히쿰 꽃들에 대한 시를…….

*

늙은 농부가 자신의 오두막집 입구에 쪼그리고 앉아 고원의 풍경을 바라본다. 그 옆에서 나도 똑같은 자세로 엉뚱하게, 하지만 농부보다는 덜 피곤한 모습으로 시시각각 변하는 지평선을 응시한다. 불과 20분 전만 해도 구름이 우리를 에워싸고 있었다. 이제 해가 기울자, 구름이 걷히며 풀이 무성한 대초원과 산맥, 바람의 웅장한 무대가 드러난다. 나는 지금 크루아 드 포사에 있는 1600미터 높이의 피에르 쉬르 오트 고원에 있다. 늙은 농부는 내 뒤에 있는 커다란 오두막집에서 해마다 아내, 아들과 함께 여름을 보낸다. 주변은 완전히 휑하다. 실개천이 흐르는 곳곳에 이끼로 부풀어 오른, 짧게 깎은 풀들이 만들어낸 광대함 말고는 아무것도 없다. 이제는 흐릿한 황갈색, 생기를 잃은 초록색으로 돌아간 사물과 땅의 초라함 말고는 아무것도 없다.

바로 그 장소, 달랑 오두막집 한 채 있는 곳에 가게 된 건 오로지 본능 때문이다. 내가 오두막집을 '뷔롱buron'이라고 지칭한 까닭은 오베르뉴에서는 흔히 쓰는 말이지만 이곳 포레에서는 '자스리jasserie'를 더 많이 쓰기 때문이다. 이 말이 어디에서 비롯되었는지 모른다. 물론 '자스jas'라는 프로방스 단어는 '양 축사'를 의미한다. 하지만 이따금 프로방스 언어가 겨우내 눈이 쌓여 있는, 북유럽풍의 외양을 가진 멀고 먼 이 고원까지 침투했다고 인정하는 게 어려울 때가 있다(여기서는 부인할 수 없는 사실이다). 이 고원의 땅, 짧은 풀밭, 헐벗음은 프로방스라는 단어가 만들어내는 바스락거리고 따뜻한 인상과 딱히 부합하지 않기 때문이다. 나는 앙베르부터 가파른 오르막길이라 아주 천천히 걸어서 왔다. 피에르 쉬르 오트 중턱, 이미 제법 높은 곳에 위치한 발시비에르에서 하루를 묵었다(여기서도 간청하고 꼬드기다시피 해서 방 하나를 간신히 빌렸다). 호텔 주인은 위쪽 양 축사에서 정확히 무슨 일이 일어나는지 거의 모르는 듯했다. 거기에 아직도 사람이 있어요? 여름에도 계속 방목을 한대요? 사람이 사는 집은 기껏해야 하나일 걸요? 호텔 안주인은 그 오두막집을 몰랐고, 절벽에서 마을이 굽어보이는 거대한 고원이 어느 잊힌 대륙의 일인 양 거의 신경 쓰지 않았다. 어쨌든 나는 사용하는 오두막집이 아직 한두 채는 분명히 있을 거라고 확신했다. 전적으로 직관적인 확신이었다. 하지만 저마다 뭔가를 떠올리게 하는 이름으로 네르스, 크루아 드 포사의 '양 축사', 그랑 제네브리에와 울, 페욜, 샹플로즈의 '자스리'를 상기시키는 모든 검은 정사각형들이 전부 인적 없는 장소일 리 없었다.

발시비에르를 떠나자마자 오솔길은 들판 한가운데로 이어진다. 나는 베르사드의 집들을 따라가다가 숲으로 들어간다(집이 세 채 있는데, 내가 길을 물어보러 갔을 때는 아무도 없었다). 이내 오른쪽에서 격류 소리가 들린다. 나는 가장자리에 멈추어서 물을 마시고 커다란 바위 밑에 이는 거품을 바라본다. 다채로운 나비들이 아주 작은 폭포 주위에서 춤을 추자 물보라가 햇볕을 받아 무지갯빛으로 빛난다. 이윽고 길은 숲을 벗어나 언덕이 굽어보이는 첫 번째 고원으로 이어진다. 이곳에는 좁다란 오솔길도 없다. 사방으로 실개천이 흐르는 초원을 가로질러 키 큰 풀들과 노란 꽃이 무성한 수풀 한가운데로 곧장 가로질러야 한다(이곳은 용담의 고장이고, 바로 그 용담 때문에 쉬즈Suze와 아베즈Aèeze도 쓰디쓴 용담 뿌리의 고장이 되었다). 토양은 걸어갈수록 점점 더 물컹해진다. 여기저기를 옮겨 다녀봤자 결국 물만 만날 뿐이다. 나는 지금 정확하게 이탄지 한가운데에 있다. 축축한 초원의 진창 속을 걸어 다니며 다시 세 단어를 떠올린다. 나르스narce, 나르스narse, 네르스nerse. 셋 다 같은 뜻으로, 단어들 사이의 사소한 변화는 아무 쓸모없을 수 있다. 하지만 이런 것이 바로 언어의 토양과 소금이다. 그랑드 나르스 뒤 부르보네Grandes Narses du Bourbonnis까지 남은 10여 킬로미터 동안, 이 흡수성 초원을 지칭하는 농부의 언어는 '거의' 똑같은 세 단어를 만들어냈다. '거의'라는 단어에서 나는 말의 삶 전체, 귀와 입과 입술과 입천장을 통한 말의 육체적인 삶을 느낀다. 왜 여기서는 'a'고, 저기서는 'e', 여기서는 'c', 저기서는 's'란 말인가? 이런 미세한 차이들(물론 모든 영역에서, 예를 들면 짚을 지붕에 고정시키는 방식과 동물을 기둥에 매어놓는 방식과 연장의 자루를 장식하는 방식, 장식의 세세한 부분을 변화하는 방식 등에서 감지될 수 있는 많은 차이들)을 통해 고운체로 거르는 것처럼 각각의 장소, 제각각 인간적이고 동질적인 전체를 보여주는 내용을 찾을 수 있어야 하리라.

그런데 지금은 이탄지가 다소 성가실 것 같다. 무릎까지 빠지지 않고 건너기가 몹시 힘들기 때문이다. 하지만 위쪽에 있는 단단한 언덕에 오르면 깊은 계곡 사이로 햇볕에 반짝이는 외딴 오두막집, 서늘한 바람에 바짝 마른 빨래, 풀을 뜯어먹는 암소들이 보일 테지. 사람들도 있을 것이다. 고로 내가 묵어갈 수 있을 것이다!

*

나는 축사 위쪽에 마른 풀잎으로 다져놓은 건초 창고에 누워 있다. 마룻바닥 틈새로 암소들이 되새김질하는 소리, 나이아가라 폭포 같은 오줌 소리, 쇠똥 떨어지는 둔탁한 소리, 숨 막히는 물거름 냄새가 올라온다. 반대편 구석에 있는 임시 침대와 속에 짚을 채워 넣은 매트리스 위에는 부부의 아들 장 피에르가 자고 있다. 나는 주방에서 가족과 함께 저녁을 먹은 후 일찌감치 자리에 누웠다. 솔직히 말하면, 주방이라고는 하지만 사실 내가 이 고원에서 보았던 모든 양 축사와 마찬가지로 아주 길쭉한 방 하나를 간단하게 칸막이로 둘로 나눠놓은 곳이다. 한쪽은 외양간이고, 다른 쪽은 먹고 자는 방이다(외양간에는 암소 11마리와 염소 4마리가 산다). 방에는 탁자, 긴 의자 두 개, 화덕, 굴뚝 그리고 안쪽으로 벽 하나를 통째로 차지하는 덮개가 있는 침대가 놓여 있다. 굴뚝은 크고 불가에 서 있어도 될 만큼 충분히 높다. 거대한 솥 하나가 끝도 없이 끓고 있는 모양새가 아무래도 돼지 사료를 쑤는 듯하다. 바로 옆에 건초 헛간, 돼지 축사, 닭장으로 사용되는 오두막집이 또 하나 있기 때문이다. 끄트머리를 간단히 맞대어 붙인 건물 두 채에는 짚과 오목한 기와로 만든 지붕이 덮여 있다. 지붕의 양쪽 끝은 태풍이 불어도 날아가지 않도록 묵직한 돌들로 단단히 눌러 놓았다. 그런데 짚의 일부분이 썩었는데도 그냥 놔두었다(노인은 내게 이렇게 말했다. "이제는 지붕을 수리할 줄 아는 사람도, 이을 줄 아는 사람도 없어서 그저 그러려니 하고 산다오"). 그래서 그 부분은 구불구불한 함석판으로 대체해놓았다. 바로 그 함석판이 멀리 이탄지 위쪽에 도착했을 때 햇볕을 받아 반짝이며 양 축사의 위치를 알려주었다.

귀를 양쪽으로 축 늘어뜨리고 혀를 빼고 있는 개 두 마리를 깜박하고 빼놓을 뻔했다. 개들은 금세 나와 친해졌다. 이동 목축을 하는 늙은 농부와 아내, 아들이 때에 따라 치료해주고, 돌보고, 쓰다듬고, 야단도 치는 암소들, 염소들, 돼지들, 가금류, 개들(늘 하늘을 활공하며 삐악거리는 말똥가리들은 젖혀두련다). 이들은 아라라 산에 좌초된 새로운 방주에서 여름 넉 달 동안 고립되어 살아간다.

*

오랫동안 이동 목축은—이목移牧이나 방목放牧—산악지대라면 어디서든 행해졌다. 그런데 한 세대 전부터 도처에서 사라지고 있다. 근처에서 몇 안 되는 모범적인 사례를 제외하고 포레 산맥에서는 이제 누구도 이동 목축을 하지 않는다. 베르사드의 이 가족은 이동 목축의 관습을 지키는 마지막 가족인 셈이다. 해마다 6월 말이나 7월 초쯤 되면 염소들과 암소들을 데리고 고원을 찾는다. 돼지, 가금류, 꼭 필요한 도구나 가구들은 따로 다른 길을 이용해 자동차로 운반한다. 베르사드에서 크루아 드 포사까지는 가축 무리를 이끌고 간다 해도 그리 멀지 않아서 한나절이면 갈 수 있다. 고원의 오두막집에는 운반할 수 없는 물건들이 겨우내 남겨져 있다. 그리고 여름 석 달 혹은 넉 달을 그곳에서 내려가지 않고 지낸다. 가끔 지루하다고 털어놓은 아들만이 매주 자동차로 계곡에 내려가서 필요한 장을 봐온다. 방목지까지 올라오는 사람들은 거의 없다. 그나마 일요일마다 사냥이 열리는 9월은 예외인데, 쉬페르 협로로 이어지는 나무가 우거진 포사 골짜기로 내려가면 사냥감, 산토끼, 집토끼, 야생 닭들과 노루도 있다.

늙은 농부는 이렇게 말한다. "요즘은 9월 말이면 돌아갑니다. 하지만 예전에는 첫눈이 올 때까지 머물렀죠. 우리 나이가 되면 추위가 무서워지거든요. 특히 애 엄마는 더하죠. 집사람은 농장으로 돌아가고 싶어 한답니다. 나는 짐승들을 먹일 수만 있다면 겨우내 여기 그냥 있고 싶어요. 짐승들도 드넓은 야외를 좋아하고. 여기는 풀이 좋거든요. 그리고 사방에 물도 있고요. 짐승들도 저 아래 방목지 짐승들보다 더 좋은 젖을 줍니다. 그 젖으로 석 달 넘게 시간을 충분히 들여서 진짜 푸르므 치즈를 만들죠. 그건 그렇게 먹어야 되거든요. 겉은 살짝 건조하고 속은 부드럽게." 푸르므 치즈를 만드는 고색을 띤 커다란 원통들이 외양간 안쪽 울타리 위에 가지런히 놓여 있다. 오두막집에 머무는 동안 푸르므 치즈는 실컷 먹을 수 있을 것 같다. 갓 짜내서 따끈따끈하게 마시는 염소젖도.

농부가 방목지를 걸으며 이야기를 하는 동안 나는 그를 쳐다본다. 말하는 상대의 눈을 똑바로 들여다보는 또렷한 푸른 눈매의 얼굴, 100년은 된 듯한 챙 달린 모자(모자가 어찌나 두상과 꼭 맞는지 분명 잘 때도 쓰고 잘 것 같다), 나막신, 주머니가 넉넉한 바지, 아르베른느 사람 특유의 확고한 실루엣도 마음에 든다. 첫날 저녁, 농부가 매일 밤 하듯 쪼그리고 앉아 풍경을 바라보며 미동도 없이 사물의 아름다움에 대한 사색에 잠길 때, 나는 문득 아득한 옛날의 몸짓 또는 자세 같은 환영을 본다. 상황이나 삶의 환경이 달랐더라면 망을 볼 때나 취했음직한 그 자세는 무의식적인 기억을 통해 몸과 그들의 몸짓으로 유지되고 있다. 흔히 농부는 자연을 보지 않는다고들 한다. 대부분의 경우는 사실이다. '자연'은 농부가 쓰는 말이 아니니까. 대지의 노동은 명상을 자극하지 않는다. 옛날에는 더했다. 자연을 수동적인 세계로, 우리 앞에 어떤 광경이나 그림처럼 펼쳐지는 세상으로 보는 것은 순전히 도시인의 시각이다. 운명의 폐허 속에 자리를 잡고, 염소 한두 마리의 젖을 짜며 자연으로 돌아간다고 생각하는 도시인들의 시각이다. 조금 더 순진한 사람들은 시골에 정착하겠노라고 와서는 광대버섯을 따먹고 죽는다. 땅에서 나오는 모든 것들이 '자연스럽고', 따라서 당연히 좋은 거라고 믿는 젊은 부부들처럼 말이다! 이곳처럼 하루 중 아주 적은 시간만 들여 작업한다면(젖을 짜고 치즈를 만들기 위해 우유를 가공하는 시간), 감시하지 않아도 가축들이 주위에서 자유롭게 풀을 뜯어 먹는다면 자연을 돌아보고 계절의 리듬에 맞추어 살아갈 여유가 있을 것이다. 나 역시 노인의 곁에 똑같은 자세로, 아주 편안하고 단출하게 앉는다. 우리 둘은 그렇게 하늘을, 구름을 묵묵히 바라보며 한참을 머문다.

그날 밤 석유램프의 불빛 속에서 함께 식사하는 동안, 나는 일상을 이루는 모든 것들의 정당하고도 진실한 존재 그 자체를 느낀다. 빵을 자르는 방식, 한 입 먹고 또 한 입 먹으며 음식을 씹는 방식(우리는 둥근 관 모양의 뻑뻑한 잿빛 빵을 수프에 적셔 먹는다). 푸르므 치즈의 흰 부분과 푸른 부분, 뻑뻑한 부분과 부드러운 부분 모두를 맛보기 위해 치즈를 자르는 방식. 나는 잃어버린 고원에서 행복한 농부를 만났다. 그리고 떠날 때 농부는 내게 그저 이렇게 말했다. "계속 걸으세요, 그건 좋은 일이니까. 나는 유목 생활이 마음에 안 듭니다. 내 자리에서 움직이는 걸 좋아하지 않죠. 평생 앙베르에 열 번쯤이나 갔을까요. 할 수만 있다면 일 년 내내 여기 있고 싶어요. 살아가는데 더 필요한 것도 없죠. 매번 다시 내려가는 게 점점 더 힘드네요."

*

오늘 아침은 하늘이 훨씬 늦게 갠다. 9월은 안개와 동풍의 계절이다. 며칠 전부터 불어온 동풍이 안개를 남쪽으로 몰고 간다. 하늘이 개기를 기다리는 동안, 나는 사진 몇 장을 집어 든다. 온 가족이 축사 앞에 모여 있다. 농부는 여전히 변함없는 모습으로 주름진 눈가에 미소를 띤 채 두 손을 주머니에 찔러 넣은 모습이고, 농부의 아내는 일부러 차려 입은 듯 검은색 원피스 정장 차림이다. 나는 마지막 염소젖 한 사발을 마시고 커다란 푸르므 치즈 조각을 배낭에 넣은 뒤 쉬페르 협로 쪽으로 축사들이 즐비한 길을 따라 내려간다. 막 고친 축사 하나를 제외하고는 모두 텅 비어 있다. 지난 10년 동안 사람들은 이동 목축을 되살리려고 계곡의 사육자들에게 양들을 이곳으로 보내 목동에게 맡기라고 부추겼다. 그런 시도는 어느 정도 효과를 보았다. 현재 수많은 짐승들이 여름 동안 방목되고 있다. 트럭에 태워 올려 보내고 마찬가지 방법으로 내려 보낸다. 중간에 규칙적으로 꼬박꼬박 수의사가 동물들을 보러 온다.

포사의 다른 쪽에서 작은 종소리와 개 짖는 소리가 들린다. 하지만 동물들은 아직 멀리 있다. 여기서 보니 양들의 노란 얼룩이 산비탈에 매달린 노란 수풀처럼 보인다. 개 두 마리가 뛰어와서 양들 곁에서 짖는다. 그런데 목동이 보이지 않는다. 축사는 바로 아래쪽에 있다. 돌을 맞물려 쌓은 축사 담장 위에는 가시 달린 나뭇단을 묶어 고정시켜 놓았다. 안뜰은 인적이 없고, 축사 문은 활짝 열려 있다. 축사 안쪽의 설비는 포사의 오두막집과 사뭇 다르다. 물건들, 책들, 상비약품류, 다양한 제품들이 이동 목축 농부라기보다는 도시인의 세간 같다. 분명 요즘 많이 보이는 전통적인 목동 역할을 계승하고 있는 랑부예 학교 졸업생일 것이다(코스 지역에서도 그런 사람들을 만났다). 입구 벽에 핀으로 고정시킨 커다란 종이에 굵은 글씨체로 '목동의 기도'라고 적힌 글귀가 눈에 띈다. 역시 짐작이 맞는 모양이다. 글씨나 문체로 보아, 목동이 직접 작성한 게 맞다면 어느 정도 교육을 받은 사람이 확실하다. 군데군데 서툴지만 지적인 내용을 정성껏 담고 있다. 하지만 일반적으로 목동들이 생각을 표현하는 방식과는 사뭇 달라 보인다.

"땅 그리고 인간의 모든 위대한 사건들에 얽혀 있는 목동이라는 신비로운 존재. 목동은 우주의 깊은 의미에 담긴 위대함이 무엇인지 느낀다. 그리고 예로부터 자신에게 주어진 권한, 인간의 모험에서 멀찍이 걸으며 길을 안내하고 열어주는 눈부신 특권을 행사한다. 목동의 지팡이는 보다 순수한 것, 사실상 도구들과 상징들로 만들어진다. 목동의 커다란 지팡이는 인간을 평화롭게 한다. 목동의 손에 쥐어진 지팡이는 결코 피 한 방울 흘리는 일 없이 길을 보여주고, 육지를 열어준다. 그에게는 우주의 맑은 이치가 새겨져 있다. 목동이 세상에 온 것은 속죄하기 위해서다. 영장류가 발톱을 세우고 돌팔매질하며 서로 싸우던 시절, 당시 우리의 보잘것없는 의식 속에 직업의 고귀함을 명백히 드러낸 최초의 일이었다. 그리고 어쩌면 기도와 사랑의 절대적 영향력도."

아래에는 원을 똑같이 삼등분해서 지팡이, 화살, 채찍을 그려 넣었다.

나는 울타리 밖으로 나와서 다시 언덕을 오른다. 양들은 꼼짝도 않는다. 그런데 이번에는 목동이 양들 옆에 있다. 목동을 만나러 비탈을 내려가는데 축축한 땅에 자꾸만 발이 빠진다. 목동은 나를 보더니 왼쪽으로 돌아서 자신이 있는 곳까지 다시 올라오라고 손짓한다. 마침내 그의 곁에 도착한다. 흉터가 난 얼굴에 머리는 더부룩하게 헝클어진, 나이를 가늠하기 힘든 남자다. 커다란 검은색 스웨터와 벨벳 바지 차림의 목동은 좀처럼 감정을 드러내지 않는 과묵한 사람 같다. 나는 풀밭에 앉는다. 우리는 아무 말도 하지 않는다. 그러다가 조금씩 말이 오간다. 주로 말하는 건 목동 쪽이다. 나는 듣는 편이다. 역시나 예상대로 남자는 이 지역 출신이 아니다. 니스 근처 남부에 살면서 이곳에는 3년 전부터 이동 목축 때문에 온다고 한다. 요즘 같은 세상에 이동 목축 목동은 더 이상 가난한 직업이 아니다. 그는 양 떼의 규모에 따라 매달 6000프랑에서 9000프랑 정도를 벌고, 저축도 상당히 했다고 한다. 물론 어떤 사람들은 석 달 정도 허리띠를 졸라맨 다음 계곡에서 흥청망청 쓰고 실컷 먹으며 호의호식한다고 생각할 수 있다. "저는 양치기 피에르라고 합니다." 이렇게 말문을 연 피에르는 그런 식의 기분전환을 좋아하지 않는다. 은둔자이자 금욕주의자이며, 푸짐한 식사보다는 다른 것에 더 마음을 쓰는 사람이다. 그에게 목초지에서의 석 달은 고독이 아니라 행복이다. 그는 지역의 '동료'들에게 엄격하다. "그 사람들은 돈을 쓸 줄 몰라요. 허구한 날 돼지들처럼 물리도록 먹죠. 석 달 동안 번 돈을 한 달도 안 되어서 모두 탕진하는 사람들도 있어요. 때로는 큰 재산을 말이죠. 그러고는 남은 달 동안 여기저기서 날품팔이를 하더군요. 석 달 이동 목축하고, 한 달 '만취'하고, 남은 여덟 달 동안 비참하게 살다니, 그게 사는 겁니까?" 피에르는 돈을 다른 식으로 쓴다. 그는 여행을 한다. 지난 두 번의 겨울은 이란에서 보냈다. 올 겨울에는 이집트에 갈 생각이다. 그는 석 달 동안 일을 해서 남은 한 해 동안 아무것도 안 하고 살 수 있을 만큼 번다. 하지만 이동 목축보다는 여행하고, 책 읽고, 동양에서 가내수공업, 특히 직조법 배우기를 더 좋아한다. 그러면서 피에르는 매달 뮌헨에서 테헤란까지 헐값으로 갈 수 있는 장거리 버스가 있다고 알려준다.

그가 '아래쪽 사람들'에 대해 말하는 방식으로 보아—앙베르 지역의 사육자들과 지주들을 말하는 것 같다—고지대 사람들과 계곡 사람들 사이의 오랜 대립, 여기서는 동물을 지키고 치료하는 목동과 동물들을 소유한 이들 사이에서 배가된 대립이 눈에 띈다. "심지어 그 사람들은 짐승들을 돌볼 줄도 모르고 좋아하지도 않아요. 자신들이 원하는 건 짐승들이 다 주는데도 말이죠. 대부분은 유사시에 혼자서 새끼를 받을 만한 능력도 없어요. 여기선 뭐든지 혼자 할 줄 알아야 하죠. 그리고 제일 심각한 건 그들 중에 부정직한 사람들이 많다는 겁니다. 만약 짐승들이 방목지에서 죽으면 농업 진흥 기금에서 환불해주니까 그걸 이용해서 병들거나 허약한 동물들을 우리에게 떠넘긴다니까요. 여기서 죽으면 값을 두 배로 받을 심산인 거죠. 그래서 계약서를 받기 전에 짐승들을 일일이 검사해야 합니다. 나중에 무슨 일이 생기면 욕먹는 건 늘 목동이니까요."

쉬페르 협로와 다시 연결된 앙베르의 길에서 나는 좀 전에 들은 이야기를 모조리 다시 떠올린다. 이 고원에서 그렇게 살아가면서 얻는 기쁨 외에 우리에게 알려줄 만한, 전해줄 만한 무언가가 목동에게 또 있다면, 그건 고독과 자급자족할 줄 아는 기술에 대한 취향이 아닐까? 목동의 기도를 통해 주장하는 것처럼, 피에르가 나에게 말한 것처럼 아직도 목동은 옛날의 길잡이, 메시지 전달자일까? 예전에는 목동들이 땅과 활기차게 자주 접촉하면서 중요한 지식들을 얻고 귀중한 진실들을 지닐 수 있었다(아주 오래전, 수메르와 아카드 시절에 엘람(고대 근동, 오늘날 이라크에 자리했던 수메르 문명과 아카드 제국의 동쪽에 위치했다—옮긴이)과 이란에서 헤브루 인들과 그리스 인들 그리고 프로방스의 양치는 소년들까지). 하지만 '땅을 지배한다고 해서 세상까지 지배하라는 보장은 없다'. 물질, 원자, 파동 그리고 에너지 세계의 지배가 더 이상 땅의 지배와 딱히 관계없는 이곳에서 오늘날 목동이 무엇을 가르칠 수 있겠는가? 과거와는 다른 지혜들을 여전히 갖고 있을까? 목동은 무엇의, 무엇을 향한 길잡이가 될 수 있을까? 그러자 생각이 꼬리를 문다. 도시인, 장인, 노동자, 기술자, 전문가 또는 현재의 리듬(이제 세상의 지배는 땅에 달려 있지 않기 때문에 더는 계절에 종속되지 않는 새로운 리듬)에 민감한 사람은 왜 이제 새로운 지혜를 지닐 수 없는 걸까? 이를 테면 목동과 자동차 정비공의 대화를 상상해 본다. 결국 목동의 전통적인 영역인 별들은 천체 역학이 연구하는 역학의 지배를 받으니 안 될 것도 없지 않을까?

나는 길에서 엉뚱하기 그지없는 생각들을 되새기다 혼자 웃고 만다. 하지만 정말 그렇지 않은가? 아무리 과거에 대해, 역사와 인간의 노력에 깊이 영향을 미치며 지배했던 부분에 대해 깊은 취향을 갖고 있다 해도 내가 복고주의자라고는 전혀 생각지 않는다. 나는 나를 둘러싼 세상을 사랑한다. 그 세상에 대해 어떤 두려움도, 혐오도, 경멸도 품지 않는다. 물론 앞으로는 도로와 자동차 정비 공장에 조금 더 관심을 기울여야 하는 게 사실이다. 어쩌면 그곳에 고원보다 더 많은 새로운 메시지 전달자들이 숨어 있을지도 모른다. 어쩌면 불시에 어느 정비 공장에 들어갔다가 기름진 벽에 핀으로 꽂혀 있는 '자동차 정비공의 기도'를 보고 놀라는 일이 생길지도 모른다.

*

    나는 책을 쓰다가 문득 사베른에서 출발한 이후로 들렀던 도시들 중에 언급하는 걸 잊은 곳이 있다는 사실을 깨닫는다. 분명 의미심장한 망각이다. 사실상 그곳들은 눈여겨보지도, 제대로 들르지도 않았기 때문이다. 나는 샤워나 목욕을 위해서, 도시의 분수나 얼어붙은 실개천 또는 지방 호텔의 꽉 막힌 세면대가 아닌 다른 곳에서 씻기 위해서, 이따금 제대로 된 빨래를 하기 위해서, 필요에 의해서 그곳들을 거쳐 갔다. 하지만 그런 실용적인 이유 외에는 딱히 그 도시들에서는 할 일이 없었다. 길을 걷는 내내 그런 곳들은 지겨운 우회, 어쩔 수 없는 정지 같았다. 숲과 오솔길 그리고 시골 마을의 익숙함, 예기치 못한 만남에 대한 취향과 욕구 때문에 이내 도시들은 내 머릿속에서 지워졌다. 매일 들여다보는 지도에서 도시들은 마치 주변에 있는 도로들, 변두리 도시들, 공장들을 향해 사방으로 발을 뻗어 들판의 초록색 본질을 빨아먹는 거대한 거미 괴물처럼 여겨졌다. 길을 걷다 보면 멀리서 도시가 점점 가까워지는 걸 느낄 수 있다. 조금씩 판에 박힌 듯 엇비슷해지는 풍경으로, 시야에서 사라지는 숲으로, 늘어나는 도로로, 거만하고 추하게 앞장서는 빌라들로, 도시가 가까워 옴을 예고라도 하듯 나타나는 쓰레기들로 미루어 짐작된다. 이번 여행을 하는 동안 도시가 마음에 들었던 적은 거의 없었다. 어쨌든 도시에서는 늘 가급적이면 머무는 시간을 줄였다. 그래도 딱히 불쾌할 것까진 없다지만 어쩔 수 없이 번번이 잠시 머물러야 할 때도 있었다. 사베른과 거대한 운하, 에피날과 판화, 랑그르, 스뮈르와 고풍스러운 성벽지대, 샤토 쉬농, 부르봉 랑시, 마지막으로 앙베르까지.

　그래도 도시에 있으면 좋은 점이 하나 있었다. 식사 메뉴를 조금은 다양하게 해준다는 점이다. 넉 달 동안 저녁에 가끔 밥을 먹었던 카페 식당이나 피에르 쉬르 오트처럼 뜻하지 않게 농가에 잠시 머물 때를 제외하고는 먹어봐야 기껏 연유, 그뤼에르 치즈, 말린 과일, 신선한 물과 럼주 약간이 전부였다. 게다가 마을의 호텔에서든 카페 식당에서든 프랑스 어디에서나 정확히 똑같은 걸 먹었다(라부안느나 브뤼주롱처럼 가족적인 식사를 했던 몇 번의 경우는 제외한다). 감자 아니면 통조림 강낭콩을 곁들인 스테이크, 밀라노식의 커틀릿, 오믈렛 그리고 변함없이 더러운 접시 위에 딱딱하고 쉬어 터진 치즈까지. 이거야말로 진정한 프랑스 요리다(누구나 일상적으로 먹는 음식이며, 외국인들이나 미식가들은 절대 모르는 음식이다). 요컨대 막상 실제로 경험해보니 그동안 읽었던 모든 책들의 내용과는 완전 딴판이었다. 이는 아마도 그 책을 쓴 저자들이 직접 걸어서 프랑스를 횡단하며 너무도 전형적인 프랑스 식당들에 일일이 가보지 않았기 때문이리라. 나도 사베른에서 코르비에르에 도착할 때까지 제대로 된 식사를 몇 번이나 했는지 일일이 세어본 건 아니지만, 석 달 반 넘게 10여 개 지역을 걷다 보니 수가 적잖았다. 그렇다고 배가 너무 고파서라거나 실망해서 이런 말을 하는 건 아니다. 또한 신랄함이나 역정을 담아 핏대를 세우는 것도, 투덜대는 것도 아니다. 이번 여행을 하는 동안 먹는 건 나에게 그다지 중요하지 않았다. 오로지 더 잘 먹겠다는 목적으로 걸었던 건 고작해야 (고단한 하루의 끝에서) 1킬로미터 남짓이나 될까, 한 번도 그런 생각은 해본 적 없다. 요즘은 다들 자동차로만 여행을 하고 마음 내킬 때만 여행하는 바람에 너무 자주 잊는 사실이 있다. 걷다 보면 선택의 여지없이 눈에 띄는 곳에서 그리고 먹을 수 있을 때 먹어야 한다는 점이다. 심지어 그렇게 먹을 때조차도 경우에 따라서는 영업시간을 넘겨 도착하는 바람에 애원하거나 꼬드겨야 할 때가 잦았다. 한탄스러울 정도로 천편일률적인 메뉴와 싹싹함이라고는 거의 찾아보기 힘든 주인의 음울한 접대 외에도, 저녁에 몇 백 년 동안 저승길을 떠돌다온 유령 같은 모습으로 배낭을 메고 느닷없이 프랑스 식당에 들이닥치면 기겁을 하고 무뚝뚝하게 맞는 경우가 흔했다. 그러니 먹고 싶으면 식당을 잘 골라서 시간 맞춰 가야 한다. 영업이 밤 8시에 끝나는데 8시 1분에 음식을 먹겠다는 사람이 있으면 누구든 내가 갔던 장소들에 가서 한번 해보라고 시키고 싶다. 주인도 주인이지만 '꼬드김'은 결코 만만한 일이 아니었다.

그런 측면에서 보면, 도시들은 내 식사 메뉴를 조금이나마 다양하게 해준다는 이점을 갖고 있다. (적어도 밤 9시 전에는) 식당을 고를 수 있고, 지역 특산물도 맛볼 수 있다. 그런데 음식을 먹을 수 있는 장소들을 단계별로 두루 다니다 보면 이내 진짜 훌륭한 프랑스 요리는 두 가지 극단으로 나뉜다는 사실을 깨닫게 된다. 물론 둘 다 대단히 소중하다. 하나는 엄밀한 지역 특식으로, 일반적으로 지방 특산품만 사용하고 일상적인 음식이라도 지역 고유의 특성과 숙성으로 맛을 살린 지방 전통 음식이다(포도주가 딱 그렇다). 다른 하나는 일명 '귀족적인' 미식가의 특별 요리이자 공인된 요리사나 왕족 또는 연금술사들의 작품으로, 무엇보다 준비 과정과 비밀스러운 요리법에서 그 맛이 우러난다. 극단적인 두

가지 음식 사이에는 하나 같이 견디기 어려울 정도로 무미건조한 감자튀김을 곁들인 스테이크나 밀라노식 커틀릿만 있을 뿐이다. 그 중간은 절대로 없다. 그나마 이번 여행을 오로지 미식가적인 목적을 위해 시도한 게 아니라서 그럭저럭 어느 숲의 한구석 또는 시골 도로 위에서 먹는 그뤼에르 치즈와 럼주 한 모금에 만족할 수 있었다. 적어도 언제든 먹을 수 있었으니까.

*

앙베르에서 마르삭까지는 아스팔트 깔린 도로들만 있다. 하나는 국도 106번이다. 다른 하나는 비행장을 끼고 도르의 구불구불한 길을 따라가는, 조금 더 왕래가 드문 지방도로다. 자, 오늘은 새로운 하루다. 제법 오래, 약 세 시간가량 아스팔트 깔린 길을 걷게 될 첫 날이기도 하다. 어쩌면 자동차 정비 공장을 더 가까이서 살필 수도, 혹시 가능하면 자동차 정비공들의 메시지도 받는 꿈의 기회가 주어질지도 모른다. 이런 유형의 길을 걸으면서 재미를 얻기란 거의 힘들지만, 오늘 아침은 볼 줄만 안다면 신기하거나 색다른 무언가를 발견할 수도 있으리라는 생각이 든다. 도로에도 나름의 세상이 있어서 이정표나 뜻밖의 일들은 기계적인 세상의 신호이며, 상징이자 이미지, 비유들이다(숲의 이정표는 자연의 변덕이다). 자동차 정비 공장들은 분명 자동차 상표의 기호(V자를 거꾸로 한 문양, 방패꼴, 클로버 문양, 금이 간 하트), 휘발유 상표의 문장과 같은 신호들에 대한 선택의 집합소다. 하지만 아무것도 없는 도로에도 신호를 알리는 팻말처럼 나름의 상징과 언어가 있다. 오래되어 흐릿한 윤곽에 다른 연령대의 아이 둘이 반바지와 베레모 차림으로 책가방을 메고 길을 건너기 무섭다는 표정을 짓고 있는 모습이 담긴 팻말은 학교 근처임을 알린다. 그리고 챙 달린 모자를 쓰고 자전거를 탄 사람의 어렴풋하고 예스러운 모습이 그려진 팻말은 공사 중임을 알리거나 자전거 도로 출구를 알린다. 또한 짐승 떼나 보이지 않는 하늘 꼭대기를 향해 뛰어 오르는 노루의 모습으로 야생동물이 지나다니는 길이라고 알리는 팻말도 있다(프랑스 특유의 샤롤레산☆ 소와는 달리 특징 없고 밋밋한 흔한 소 떼의 모습이 그려져 있다). 건널목 팻말만 봐도 시대와 지나온 세월을 알 수 있어서, 오늘날에는 거의 찾아보기 힘든 나무 차단기 팻말도 있고 1900년대에 만들어졌음직한 형태의 기관차 팻말도 있다(차단기 없는 건널목을 지나가는 기관차).

그런데 길에는 더한 것들도 있다. 어렸을 때 나는 오를레앙에 있는 3층짜리 주택에 살았는데, 한동안 2층에 자동차 휘발유 판매원이 세를 들어 살았다. 그는 자동차 애호가였던지라 가끔 정원에 기다란 파란색 부가티를 주차해 나에게 감동과 함께 눈요깃감을 던져주었다. 나는 그에게 빈 양철통들을 얻었다. 언제나 발랄하고 요란한 색상의 셸, 앙타르, 모빌오일, 칼텍스 등의 양철통들로 재미삼아 다채로운 궁전들을 만들었다가 와르르 무너뜨리곤 했다. 나는 무엇보다도 거기에 있는 신호들, 그림들, '등록된 상표들'이 궁금했다. 예를 들면, 조개껍질 셸은 이국적인 해변처럼 노란색 양철통에 그려졌다. 그런데 왜 하필이면 가리비 조개일까? 대관절 가리비 조개가 정유사나 자동차 모터와 무슨 불가사의한 관계란 말인가? '가고일(사자 머리의 형상을 한 홈통 ― 옮긴이)'이라는 이상한 이름이 붙은 이무기돌과 그리핀과 모빌오일은 또 어떤가? 브로셀리앙드 숲에서처럼 아스팔트 위에서도 모터 달린 기사들의 상징과 기호를 발견하고, 도로 위의 새로운 권위를 나타내는 문장紋章들을 해독할 수 있다.

*

투명한 구름 사이로 언뜻언뜻 구멍이 뚫리듯 파란 하늘이 보인다. 햇볕이 살짝 비추는 흐린 날씨에 나는 마르삭과 생 보네 사이에서 생각지도 못했던 만남들을 선물 받았다. 마르삭의 어느 예배당에서 역사를 재현하는 백의白衣 순례자 행렬, 묘지 입구 그늘에서 바깥바람을 쐬다가 나에게 소리치듯 "힘내요!"라고 소리쳐준 묘혈 파는 인부, 자신의 '텔레그'에 나를 태워준 트랙터를 몰던 농부. 텔레그라고 부른 이유는 묵직한 사륜 짐마차를 지칭할 내가 아는 유일한 용어이고, 떡갈나무로 만든 건 여기서 처음 보았기 때문이다(아마도 폴란드나 러시아어에서 건너온 용어인 듯하다). 짐마차라고 해봤자 내 걸음보다 조금 빠를 뿐인데도 농부는 굳이 내가 있는 곳까지 와서는 뒤에 타라고 권한다. 그렇게 텔레그로 항해하는 일은 걷기의 이상적인 보완이다(짐수레 안쪽이 너무 좁은데다 앉기에 불편해서 앞쪽에 서서 설주를 움켜잡고 있자니, 정말로 배 위에서 항해하는 기분이었다). 걷는 것과 똑같은 리듬으로 풍경을 감상하며 여기저기 울퉁불퉁한 길을 굴러서 아주 천천히 앞으로 나아간다. 우리는 그렇게 천천히 두 마을을 가로지른다. 두 마을에 있던 로마풍 장밋빛 기와지붕과 양면이 트인 높다란 고미다락은 처음 본다. 한 시간 만에 텔레그가

구릉의 정상에 도착하자 별안간 황량한 풍경이 눈앞에 펼쳐진다. 땅 끝에는 커다란 미루나무들이 일렬로 서서 지평선을 가로막으며 생 보네르 샤스텔 도로의 존재를 확실히 알려준다. 농부가 멀리 보이는 농가를 가리키며 말한다. "저기가 우리 집입니다. 보네까지는 한 시간도 채 안 걸려요. 힘내십시오!" 나는 잔뜩 흐려진 하늘 아래 다시 길 위에 선다. (막 감자를 뽑아서) 여기저기 갈아엎은 밭에서 댕기물떼새들이 벌레들과 낟알들을 쪼아 먹고 있었다. 나는 음울한 날에 울타리 하나 없이 벌거벗은 경작지의 지평선을 바라본다. 이따금 걷다 보면 불쑥 권태에 사로잡힐 때가 있다. 육체적인 피로가 아니라 혼란, 권태, 거의 절망에 가까운 무어라 설명할 수 없는 느낌이다. 갈아엎은 밭 앞에서 잡아 뽑힌 식물들의 무질서, 울음소리 한번 내지 않고 땅의 부스러기들을 쪼아 먹는 슬픈 새들을 보면서 돌연한 좌절감에 사로잡힌다. 고독, 끝없는 도로, 너무도 짧고 지극히 피상적인 만남들, 한 번도 경험해보지 못하고 느껴보지 못했던 온갖 절망감이 목구멍까지 차오른다. 나는 쓸모없고 비생산적인 여행에 화가 나서 배낭을 옆으로 내던진다. 걷기, 방랑자처럼 살기, 매일 사람들의 얼굴에서 읽는 본능적인 불신을 극복하느라 시간의 일부를 허비하기, 관심 혹은 가능하다면 연민 일으키기, 손님 대접을 구걸하기, 설득하기, 애원하기, 카페 식당의 안주인들과 쌀쌀맞은 문지기들의 마음 흔들기. 그리고 매일 밤 똑같은 시나리오를 다시 시작하기. 나는 그저 스쳐 보내기만 했다. 언제나 보냈다. 나는 프랑스의 이런 삶을 마치 얼어붙은 연못 위에서 얼음의 수정체를 통해 해초와 다른 세상의 살아 있는 광채를 어렴풋이 느끼는 듯하다. 나는 가방을 열어 마실 것을 찾는다. 소지품들이 더럽고 구겨진 채 쌓여 있다. 이제는 그뤼에르 치즈도, 꼬리표를 달고 있는 암소의 바보 같고 거만한 웃음도 지긋지긋하다. 말린 과일도, 연유도, 바보같이 목젖이 다 보이도록 굶주린 입을 벌리고 있는 둥지 안의 새끼 새들도 지긋지긋하다. 액체든 크림이든 포마드든 온갖 형태의 우유도 지긋지긋하다. 오늘 밤에는 포도주와 따끈하고 푸짐한 저녁 식사와 커피 그리고 독주 몇 잔이 필요하다. 따스하게 이야기를 나눌 누군가가 필요하다. 침묵과 고독, 트랙터와 헛간도 지긋지긋하니까. 그런데 어디로 가서 이 모든 걸 찾는담?

*

'가스파르 데 몽타뷔'의 지방. 실개천이 줄무늬를 넣듯 흐르는 비탈진 방목장들과 투명한 바위들이 모습을 드러내는 벌거벗은 언덕으로 나뉘는 지방. 참새들이 즐비한 미루나무들이 뿌리내린 땅과 금작화가 만발하고 맹금들이 맴도는 황무지 땅으로 나뉘는 지방. 나는 여기저기서 안개의 스카프를 풀어 헤치며 아침을 나른한 빛으로 채우는, 너무도 조화롭게 대조를 이루는 리브라두아의 풍경을 바라본다. 길에서 어떤 여자가 마른 나뭇가지 한 아름을 한 손에 그러쥔 채 질질 끌면서 양 떼를 몬다. 나뭇가지 끌리는 맑은 소리가 날카로운 조약돌들이 후드득 떨어지는 소리처럼 적막 속에 울려 퍼진다. 여자가 내 옆을 지나칠 무렵, 따라오던 개가 잠시 멈추어 경계하듯 두 귀를 쫑긋 세우고 나를 빤히 바라본다. 나는 도랑주와 샹트뢱 사이의 들판 아래쪽 양지바른 곳에 누워 있다(두 마을의 이름은 옛날 어떤 희가극에 등장하는 민담이나 우스꽝스러운 대본의 등장인물들 이름을 떠올리게 한다). 개는 늘어진 입술을 벌써 위로 젖히고 나를 빤히 바라본다. "안녕하세요, 선생님! 오늘 아침은 햇볕이 좋네요!" 여자 목동이 노래하는 듯한 말투로 나에게 인사를 건넨 뒤 개를 부른다.

전날의 침울하던 기분이 금세 눈 녹듯 사라진다. 어제 나는 생 보네르 샤스텔에서 간절히 바랐던 농부도, 아가씨도, 공주님도, 왕자도 찾지 못했다. 하지만 오늘 아침에 조금 떨어진 생 보네 르 부르에서 생명력 가득한 마을, 웃음이 있고 행복한 마을을 발견한다. 요즘은 젊은이들이 대거 마을을 떠나고, 은퇴자들이 무위도식하고, 야회가 사라져 생기를 잃은 밤이 계속되면서 마을 곳곳에는 무감각과 비탄이 쌓이고, 대부분의 가족들은 가정의 이기적인 사생활로 내몰린다. 텔레비전은 이 과정을 가속화시킬 뿐이다. 마셜 맥루언(캐나다의 미디어 이론가이자 문화 비평가—옮긴이)이 주장한 대로, 옛날에는 주민들이 직접 모여서 마을 규모의 야회가 열렸지만 이제는 텔레비전을 통해 지방 규모의 야회가 열리는 셈이다. 물론 이 주장은 아직 입증해야 할 부분이 있으니 나중에 다시 언급하겠다. 일단 우선은 거의 동화에 가까운 이야기, 생 보네 르 부르에 관한 최근의 이야기를 하나 들려줄까 한다.

옛날에 어느 목초지와 숲 한가운데에 마을이 하나 있었다. 밤과 호두를 딸 수 있는 숲으로 뒤덮인 그 지역은 실개천과 강이 흐르고, 강가에는 오리나무와 갈대가 만발한 아름다운 지역이었다. 마을 아래 남쪽 계곡에는 도르 강이 흘렀고, 북쪽 계곡에는 앙베르로 이어지는 도로가 지나갔다. 그런데 밤과 호두, 암소들, 숲이 차츰차츰 생명력을 잃어가더니 급기야 젊은이들이 먹고 살 수 없는 지경에 이르렀다. 그래서 젊은이들은 일자리를 찾아서 앙베르로, 브리우드로, 때로는 더 멀리 떨어진 프랑스의 다른 마을들로 떠났다. 그래서 그 마을, 생 보네 르 부르에는 노인들, 어린 아이들, 아직까지는 땅을 일구어 먹고 살만한 몇 안 되는 가족들만 남았다. 과거에는 사람들이 수공업을 하거나 공예품을 만들거나 석각石刻을 했었다. 숲에는 땋을 수 있을 정도로 부드러운 나무껍질과 새순을 주는 소나무가 자랐고, 실개천에는 오리나무와 버들가지가 풍족했다. 그리고 근처에는 색이 짙고 조밀한 화강암과 일명 볼빅돌이라 부르는 구멍 숭숭 뚫린 화산돌이 있는데, 이 화산돌에 약간의 상상력을 더하면 묘석 말고도 다른 물건들을 만들어낼 수 있었다. 그러다가 약 5년쯤 전에 마을의 한 부부가—남편은 목수였고, 아내는 지역의 민속학과 역사에 열중한 박사였다—예전의 활동들을 되살려서 마을에 필요한 생기를 다시 불어넣기로 결심했다. 그러자 몇 년 만에 마을 사람들은 본업 이외에 자신이 고른 재료를 이용해 작업을 시작했다. 본업 이외에 뭔가를 한다는 점이 바로 여느 관광 마을과 달랐다. 대부분의 관광 마을에서는 젊은이들이 도시로 가서 수공업이나 전문직을 배운 뒤 돌아와 관광객들을 대상으로 한 공방이나 상점을 열었다. 하지만 이 마을 사람들은 목수, 벽돌공, 농부, 치즈 제조인 등 본업에 충실하면서 저녁이나 일요일에 짬짬이 다른 활동을 했다. 지금 당장은 10여 명이 리브라두아 장인과 농민 협회를 결성해 활동하고 있다(내가 다녀갈 당시에는 그랬다). 그들은 무너져가던 헛간을 고쳐서 일종의 창고이자 전시 장소로 개조해 자신들이 만든 작품들을 선보였다. 취미 삼아 작품을 만들 뿐만 아니라 남들에게 선보일 겸 판매도 하면서 살아가는 게 그들의 목적이기 때문이다. 그때까지만 해도 시멘트와 이음돌 외에는 거의 다루지 않았던 벽돌공이 돌에 대한 취향을 새롭게 발견해 볼빅 돌을 재단하기 시작해서 종교적인 영감을 받은 자신만의 조각품을 만들어냈다. 그중 하나가 조금도 조악하지 않고 독창적인 스타일의 아름다운 피에타 상이다. 마찬가지로 목공은 궤, 탁자, 옛날식 발받침, 심지어 아기 요람과 인형도 제작하기 시작했다. 그리고 농부는 방직을 시작하고 도기 제조를 배우기 시작했다. 벽돌공은 일요일마다 자발적으로 시간을 할애해 그 농부에게 가마를 만들어주었다. 사람들은 오랫동안 헛간에 흩어져 잠들어 있던 조각들을 끄집어내 자신에게 맞는 일을 찾아냈다.

　나는 방직과 도기 제조를 한다는 농부를 만나러 간다. 그녀는 우유와 치즈를 주는 암소 2마리 외에도 인근에 사는 아이들 몇 명을 하숙쳐서 가욋돈을 번다. 외양간 위에 있는 건초 창고로 나를 안내한 그녀는 자랑스럽게 매일 틈나는 대로 만들고 있는 일감을 보여준다. 그런 그녀의 얼굴에는 창조의 기쁨, 선택의 동기를 만들어내는 기쁨, 착유와 우유 응고 작업 외의 다른 일을 하는 기쁨이 묻어난다. 그녀가 변명이라도 하듯 나에게 설명하길, 자신이 하는 일은 그저 "실용적인 제품들, 이불, 옷가지, 흔히 쓰는 직물들"이고, 진짜 '예술'은 도기 제조라고 한다. 한쪽 구석의 짚 위에는 옛날 방식대로 헌옷조각으로 옷을 지어 입힌 테라코타 인형들을 올려두었다. 저 멀리 실개천 가장자리에 있는 아담한 집에서 또 다른 농부는 끈과 버들가지를 엮어 인형이며 바구니와 같은 온갖 형태의 짚공예품을 만든다. 2년 전부터는 개암과 소나무 새순으로 만든 광주리에도 도전하고 있다. 해마다 나뭇가지 끝에서 자라나는 새 순들을 갈라서 가는 끈도 만든다. 주방 식탁에서는 자두를 말린다. 우리는 말린 자두를 먹으면서 언제 마셔도 기가 막힌, 부싯돌 향이 나는 오베르뉴산 포도주를 홀짝거린다. 농부는 얼굴이 털털하게 생겼는데, 막상 만나보니 감정을 잘 드러내지 않는 내성적인 성격이라 조금 놀랍다. "처음에는 그냥 소일거리 삼아 시작했어요. 하지만 이제는 협회에서 주문도 받고 있죠. 혼자 사니까 시간도 많잖아요. 저녁에 달리 뭘 하겠어요, 특히 겨울에 말이죠. 내 나이쯤 되면 눈이 쉬 피로해져서 읽는 일은 잘 안 하게 되죠. 그래서 돗자리를 땋기 시작했어요. 그게 제일 쉽거든요. 하지만 초창기만 해도 재료 준비하랴, 부드럽게 만들랴, 땋으랴 정말 힘들었답니다. 불평하려는 건 아니에요. 버들가지 보이죠? 저기 정원 끝에서 자라잖아요. 집 안에서 필요한 건 자연에서 모두 얻는답니다."

그 길 가장자리, 양지바른 비탈에서 나는 소일거리를 하면서 의심의 여지없는 기쁨을 되찾은 그 남자를 다시 떠올린다. 양 떼와 여자 목동, 개는 길모퉁이로 사라진다. 말똥가리 두 마리가 하늘을 맴돌며 프랑스 전역으로 나를 따라다녔던 날카로운 소리로 삐악거린다(멍청하고 분노에 찬 개들의 짖는 소리에 비하면 이 얼마나 음악적인가). 나는 오늘 아침에 샹트뢱 마을에서 만났던 남자도 떠올린다. 계곡이 굽어보이는 오솔길 끝에 있는 어느 헛간 근처에 서 있던 남자는 내가 생 베르로 가는 길을 묻자 이렇게 말했다. "아, 그야 쉽죠, 큰 피굴에서 오른쪽으로 가시면 돼요." 그러면서 손끝으로 저기 멀리를 가리켰다. 나는 그제야 피굴이 미루나무라는 사실을 알아차렸다.

*

    그날 아침 그 노랫소리는 새벽에 던져진 메시지, 찬가, 주술, 기도처럼 울려 퍼진다. 플루트와 같은 음조, 속삭이는 울음, 억양을 붙인 낭독으로 이루어진 노랫소리. 어느 미지의 이상향에서 저런 노랫소리가 울려 퍼지는 걸까? 나는 한산한 길모퉁이에서 개 두 마리의 몰이를 받으며 암소들이 내달리는 어느 들판에 이르러서야 알아차린다. 커다란 밀짚모자를 쓴 농부 아가씨가 노래로 암소 떼를 몰고 있다. 아, 이렇게 맑고 인상적이고 음악적인 소리는 어디서도 들어본 적 없다. 아침에 돌연히 터져 나온 그 외침은 짐승들에게 이렇게 말하고 있다. "가자, 가자, 모이자, 가자, 가자, 모이자!" 마치 번갈아 진동음을 넣어 뜻을 전하는 새들의 노랫소리 같다. 자신의 영역을 알릴 때는 "조심해, 나 여기 있어! 조심해, 나 여기 있어!", 암컷을 유혹할 때는 "널 원해, 널 가질 거야! 널 원해, 널 가질 거야!", 맹금이 자신의 구멍 속에서 겁을 먹고 얼어붙은 들쥐나 설치류 동물에게 외칠 때는 "널 잡아먹겠어, 잡아먹겠어, 잡아먹겠어!". 이 목가적인 음조들은 짐승들이 알아듣는 언어의 어휘들이기도 하다. 아가씨는 풀밭의 울타리를 따라가는 나를 발견한다. 그러더니 손짓을 하고 내 쪽으로 다가온다. 그래서 나는 좀 전에 다듬어 만든 지팡이를 짚고 선 채, 그녀는 울타리에 팔꿈치를 괸 채 서서 잠시 잡담을 나눈다. 옆에서는 암소들이 차분하게 모여서 풀을 뜯어먹고, 뒤에서는 거위 떼가 뒤뚱거리며 들판을 가로지른다. 농부 아가씨가 말한다. "걷는 거 좋죠! 적어도 가고 싶은 곳은 어디든 자유롭게 갈 수 있잖아요. 그럴 수만 있다면 나도 그렇게 하고 싶네요. 길은 하나도 무섭지 않아요. 정말이지, 평생토록 우리 주변에 뭐가 있는지 하나도 모른 채 그냥 살아갈 수도 있잖아요. 짐승들과 함께 그냥 이렇게요. 자유로운 날은 단 하루도 없어요. 노예처럼 말이죠. 오늘도 날씨가 좋겠네요. 브리우드로 가세요?" "오늘은요. 내일은 남쪽으로 갈 겁니다." "그렇게 어디까지 가시는데요? 세계 일주라도 하세요?" "그러고 싶네요. 하지만 지금은 남쪽으로 가다 바다가 보이면 멈출 겁니다." 아가씨는 잠시 아무런 대꾸가 없다. 그러고는 반신반의하는 표정으로 고개를 끄덕이며 말한다. "바다라! 있잖아요, 난 바다를 한 번도 본 적 없어요! 언젠가는 나도 다른 사람들처럼 바다를 봐야 할 텐데. 어머, 들리죠? 날 부르네요. 짐승들을 몰고 가야 해요. 수프가 다 되었나 봐요. 그럼 힘내세요!"

*

말하기, 몇 마디 주고받기, 낯선 사람들과 잡담을 나누며 꾸물거리기. 짧은 순간에 불과하지만 단순히 온정, 개인적인 소박함, 한가로움의 문제만은 아니다. 운명과 기회의 문제이기도 하다. 두 가지 작업을 하다가 잠시 쉬는 사이, 때로는 생동감 없는 시간 혹은 뜻밖의 지루한 순간에 때마침 '맞아 떨어져' 낯선 사람이 낯선 사람과 말할 준비가 되었다고 느낀다. 소중하지만 드문 순간이다. 나에게는 낯선 사람들을 만나 이야기를 나눌 수 있는 기회가 꽤 자주 있는 편이다. 트랙터를 타고 밭의 끄트머리를 따라 돌며 새 이랑을 파던 농부는 손짓 한 번 하고는 다시 일에 열중하고, 들판에 멈춰 서서 손을 이마에 올리고 햇볕을 가리는 여인의 실루엣은 금방이라도 다가올 것 같지만 이내 멀어지거나 뛰는 짐승에게 다시 불려간다. 들판에는 전기 담장이 거의 없다. 토지의 경사가 너무 심하기 때문이다. 그래서 거의 모든 들판에 전기 담장이 있는 부르고뉴나 북부 지방과는 달리, 방목장마다 짐승들과 목동들을 지키는 개들의 수가 많다. 그렇다 보니 대개는 짧은 인사와 어렴풋한 몸짓만 남긴 채 걸음을 재촉한다.

오늘은 브리우드를 몇 킬로미터 지난 뒤 떡갈나무와 소나무들로 그늘진 경사로를, 생 쥐스트로 가기 위해 접어든 좁은 비포장 길을, 너무 좁아서 불과 몇 분 전만 해도 울타리에 처박혀가며 짐마차를 끄는 소 한 쌍에게 길을 터주었던 곳을, 선명한 대비와 변덕스러운 색조로 점점 더 생생해지는 풍경 속을 한 시간 쯤 걷는다. 그러다가 왼편에 따로 떨어져 있는 건물 몇 채를 발견한다(참고로 밤나무와 떡갈나무, 소나무, 금작화, 빛나는 바위들이라는 똑같은 요소들로 이루어졌으면서도 미묘한 배열과 다양한 입체감에 따라 매일 달라지는 풍경은 리브라두아 전역에서 나를 나날이 감탄하게 만든다). 바로 바제유 마을이다. 그 순간 한 농가에서 거대한 소 떼가 나온다. 그리고 어느새 나는 농가에서 나온 여자와 함께 소 떼 바로 뒤에 있다. 나는 여자에게 인사를 건네고, 우리는 한참 동안 나란히 걷는다. "저는 생 쥐스트로 내려갑니다." "그럼 따라와요. 지름길을 보여드릴게요. 방목장에서 시작되거든요." 우리는 앞서 가는 짐승들이 일으키는 먼지 속에서 역광을 받으며 걷는다. 그리고 허물없는 사이처럼 잡담을 나눈다. 길에서는 자기소개를 하지 않는다. 여자는 들판에서 짐승을 몰며 그곳에 있다. 나는 내 뜻대로 길을 걸으며 그곳에 있다. 그것으로 충분하다. 여자는 마치 내 생각을 읽기라도 한 듯 이렇게 말한다. "아름답죠, 그렇죠? 여름에 오는 사람들은 전부 이곳이 아름답고 조용하대요. 조용한 거야 아니라고 할 수 없죠. 이제는 아무도 살지 않거든요. 옛날에는 마을에 스무 명도 넘게 살았어요. 이제는 여섯 명뿐이라, 힘든 일을 하기 어려워요. 젊은이들은 떠났죠. 이제 들판에서는 더 이상 젊은이들이 보이지 않아요. 더는 양들이나 지키면서 시간 낭비하고 싶지 않은 거죠. 어떤 면으로는 이해가 돼요. 젊은이들이야 당연히 도시에서 사는 게 더 행복하겠죠! 어쩌겠어요, 여기 땅은 모두가 먹고 살기에는 너무 빈곤한 걸요. 옛날엔 형편이 지금보다 나았을지 모르지만 그래도 사는 게 이렇진 않았어요. 요즘은 노인들이나 나 같은 할망구들밖에 안 보이죠." 여자는 전혀 늙어 보이지 않는다. 기껏해야 50대로 보일까? 발그레한 혈색에 피부는 잘 관리한 듯 단단해 보인다. 주름과 부단히 싸우며 한 순간도 게으름을 피우지 않은 모양이다. 걸어서 프랑스를 여행한다고 말하자 여자는 내가 보았던 지역들과 만났던 사람들에 대해 엄청난 질문 공세를 퍼붓는다. 마치 내가 정보를 얻을 수 있는 유일한 수단이자 다른 곳의 소식을 가져오던 옛날의 사자使者라도 되는 듯. 그녀가 말한다. "이해해요. 잘 생각했어요. 그래도 괜찮은 나이니까요. 하지만 지나치면서 보는 것과 한 장소에서 사는 건 다른 일이에요. 이곳이 경치도 좋고 공기도 맑지만, 우리에게는 그저 방목장으로나 딱 좋은 따분한 땅이죠. 봐요, 사방에 보이는 소나무들도 까다롭지 않게 아무데서나 잘 자라잖아요. 그런데 소나무들도 여기서는 다른 곳에서보다 자라는 데 시간이 더 걸린다니까요."

우리는 미개간지에 도착한다. 허리까지 묻힌 거인의 등처럼 둥글고 매끄러운 바위들이 여기저기에 그득하다. 주변은 만발한 금작화들로 가득이다. 그곳에서는 한 무리의 양 떼가 벌써 한 노파의 감시를 받으며 풀을 뜯어먹느라 정신없다. 짐승들은 흩어져 있고 개들은 우리들의 다리 사이에서 뛰논다. 그동안 우리 셋은 잠시 앉아서 휴식을 취한다. "저기 떡갈나무 바로 뒤에서 계곡을 끼고 왼쪽으로 가요. 그러면 곧바로 생 쥐스트가 나와요. 그곳에는 호텔이 없어요. 대신 빵집 안주인에게 물어봐요. 여름마다 피서객들에게 방을 빌려주니까. 내가 소개해 줬다고 하면 될 거예요. 당신이 쓰는 여행에 관한 책을 브리우드에서도 찾을 수 있을까요? 보다시피 나는 책을 많이 읽는 편이 아니에요. 하지만 그 책은 읽을게요. 관심이 가네요. 내 얘기도 할 건가요? 별로 말할 시간이 없었지만요. 이제는 출발하세요. 그래야 어두워지기 전에 방을 구할 거예요. 빵집 안주인에게 부탁해요."

안타깝게도 빵집 안주인이 자리를 비우고 없어서 그곳에서 20킬로미터 떨어진 라 샤펠 로랑까지 가서야 방을 찾을 수 있었다. 나무에서 떨어진 사과의 시큼한 냄새를 맡고 몰려든 말벌들이 윙윙대는 숲 속 한가운데로 나 있는 몹시 힘든 오르막길을 지나, 어두워지기 직전에야 녹초가 되어 간신히 도착했다. 하지만 길을 걷는 내내 바제유 농부 여인의 모습이 끊임없이 기쁨과 위안이 되어주었다. 당연하지, 책을 쓸 때도 그녀를 잊지 못할 것이다.

*

예전에는 방랑자들과 나그네들이 묵어갈 곳은 어느 마을에나 늘 있었다. 행상인, 보부상, 직공 등 항상 길을 걸어 이동하는 이들을 지칭하는 표현도 차고 넘쳤다. 우선 한 지역의 고객들만으로는 먹고 살기가 여의치 않아 도시와 마을을 전전하며 떠도는 행상인들의 동업조합이 있었다. 연장을 들고 도로를 두루 누비는 칼 가는 사람들, 갈음질장이들, 가구에 짚을 갈아 넣어주는 사람들, 주석 도금공들, 맷돌 수리공들이 그런 경우다. 이들은 전국을 돌아다니는 직공들과 직인들, 수도사들, 순례자들, 걸인들과 길에서 마주쳤다. 뿐만 아니라 품을 팔러 이곳저곳을 돌아다니는 사람들도 있었다. 방랑자, 계절노동자들, 짐마차꾼들, 떠돌이들, 노상강도들, 부랑자들 등등. '배회하는 이들'을 지칭하는 이름은 차고 넘쳤다('배회하다divaguer'의 본래 뜻은 '이곳저곳을 떠돌다'이다. 공공도로에서 가축 떼의 '배회'를 금지하는 규칙에서도 어원을 알 수 있다). 이런 주변인들, 편력의 길을 다니거나 그저 떠도는 이들을 지칭하는 말은 결코 적지 않지만 표현에 따라 의미는 조금씩 다르다. 순회하는 직업을 지칭하는 전자와 달리, 후자는 '집도 절도 없이' 곳곳을 돌아다니는 떠돌이에 대한 경멸의 의미가 살짝 담겨 있다. 이를 테면, 한 장소에 정착하고 사는 게 일반화된 세상에서 이상하게 갈 곳을 잃고 방황하는 유목민들, 뚜렷한 이유 없이 거니는 순회자들, 아무 이유 없이 배회하는 방랑자들.

유목민과 정착민. 나는 세계 역사의 큰 부분이 이 두 단어에 오롯이 담겨 있다고 생각한다. 쌍성雙星처럼, 서로가 서로의 주위를 도는 두 개의 태양이 있는 천체가 차례차례 서로 맞서거나 보완하는 것처럼. 유목민은 언제나 우리의 가장 예스러운 부분을 이룬다. 유목민은 채집을 해야 했던, 사냥터를 바꿔야 했던, 사냥감을 쫓아다녀야 했던 인간 최초의 상태다. 길들이기와 함께 유목 생활은 전원 또는 반 전원 활동으로 바뀌었다. 목동은 대초원이나 고지의 하계 목장을 떠돌아다니는 사람이 되었고, 안내자와 운반인, 새로운 메시지 전달자 역할도 했다. 풀부터 별에 이르기까지 이 세상의 무엇 하나 목동에게는 낯설지 않았으니까. 이 글을 쓰면서 내가 앞서 언급했던 가상의 대화, 목동과 자동차 정비공의 대화가 새로운 형태로 유목민과 정착민 사이의 낡은 대립을 재현하리라는 느낌이 든다. 전자는 짐승 떼를 이끌고 산으로 이동시키거나 짐승들의 이동을 이리저리로 따라다닌다. 후자는 차고에 처박혀서 현재의 계절 유목 도구인 차들이 다니는 모습을 바라보다가 기름을 채워주고 수리를 해준다.

방랑 세계는 결코 죽지 않는다. 그리고 우리 안에 있지도, 우리 주변에 있지도 않다. 성지 순례나 직공들의 이동처럼 목적과 분명한 지표가 있든 없든, 선교사들이나 수도사들 또는 옛날의 떠돌이 직공들처럼 막연한 지표가 있든 없든 수백 년 동안 끊임없이 우리를 매료시키거나 공포에 빠뜨리거나 두려움 또는 감탄을 자아냈다. 정착민과 유목민 사이에 오랫동안 유지되었던 대단히 복잡한 관계에 대해서는 아직 근본적인 역사조차 정립되지 않았다. 오랜 세월 동안 한정된 시대와 장소에서만 시도되었을 뿐 간선도로, 물살, 팻말들을 배제한 전체적인 관점에서는 한 번도 시도되지 않았다. 내쫓기고 냉대 받고 배척되다가 반대로 찬양받고 연구되고 간청되기를 번갈아 겪었던 방랑자들은 저마다 다른 공동체들의 사고방식이나 필요에 따라서 영벌의 세상을 가져다주기도 하고, 구원의 세상을 가져다주기도 했기 때문이다. 프랑스를 가로지르는 크고 작은 길들은 지옥의 문 아니면 천국의 문을 열어주었다. 그 길들은 우리 땅에서 사랑 아니면 증오의 토대, 형제 아니면 적을 데려오는 통로였다. 그리고 오늘날에도 이 모든 건 그대로 살아 있다. 과도하게 도시화된 사회는 정착민들의 승리를 확실히 굳히는데 일조한 반면, 우리가 이동하거나 떠나거나 여가를 향해 더욱 맹렬히 달려들게 만든다. 동기는 별로 중요하지 않다. 이제 길을 떠나는 건 설교하기 위해서도, 구원하기 위해서도, 성관 한가운데에 있는 성배를 쟁취하기 위해서도 아니다. 하지만 출발과 방황으로 약속된 그리고 되찾은 낙원의 이미지는 다소 왜곡되었을지언정 결코 사라지지 않았다. 우리 시대의 성배라 할 수 있는 여가에 대한 열렬한 추구는 필연적으로 조직적인 형태를 갖추게 만든다. 비록 예전의 기사도 정신은 사라졌지만, 옛날 이주민들의 이동 못지않은 규모로 계절에 따른 대이동의 형태를 띤다. 그래서 흔히 피서객들, 캠핑자들, 일주여행자들은 환영을 받는 반면에 부랑자나 왕래가 많은 길을 벗어나서 홀로 걷는 사람들은 그렇지 못하다. 이번에 몇 달 동안 여행하면서 내가 가장 많이 보았던 것은 무수한 얼굴들에서 읽었던 놀람과 불안 그리고 무엇보다도 불신이었다.

따라서 길을 떠나고자 하는 유혹은 오로지 자기 자신에게만 유익하고 필연적이다. 예기치 않았던 일상의 만남들을 과감하게 대면하는 일은 타인들에게서 자아의 또 다른 이미지를 찾고, 친숙한 세계의 판에 박힌 습관을 부수고 틀을 깨는 일, 다른 사람으로 다시 태어나는 일이다. 걷다 보면 때로는 지치고 좌절하며, 힘들고 침울하다. 그로 인해 시도 자체가 터무니없고 부질없다는 느낌은 비극적이지는 않더라도 시련으로 다가온다. 점점 더 도시의 인위적인 얼굴, 관습적이고 판에 박힌 관계 외의 다른 뭔가를 원하는 사람들은 그곳에서 부족한 것을 찾아 길을 나선다. 그리고 제보당에 가까워져 가는 햇빛 화창한 오늘, 나는 하염없이 걷는다. 비록 예스러운 기쁨이나 특혜 받은 시간을 찾기는커녕 결국 우리 자신에게로 돌아가는 얽히고설킨 길들의 미로 속을 헤맬 뿐이지만, 오히려 다른 사람들을 발견하고 그들과 함께 길 끝에서 우리를 기다리는 눈에 보이지 않는 아리아드네를 찾게 되리라고 혼잣말한다. 이처럼 우리 시대의 걷기는, 특히 우리 시대의 걷기는 신석기 시대로 돌아가는 일이 아니다. 오히려 예언자가 되는 일이다.

*

이보다 좋을 수 없을 정도로 햇볕은 따뜻하고, 바람은 더없이 선선하다. 나는 어제 리브라두아를 출발해 브리우드를 거쳐 베드린으로 향했다. 짐승들에게 말을 건네는 농부 여인의 아침 노래를 듣고, 바제유의 여인과 함께 암소들의 느린 리듬에 맞춰 길을 걸어, 저녁에 베드린 생 루에 도착했다. 도중에 루비에르 산마을 위쪽, 경사진 미개간지에서는 괴물 같은 송이버섯을 도처에서 발견했다. 나는 하얀 비늘 같은 조각들이 사이사이 박힌 뽀얀 버섯갓과 섬세하고 맛있는 줄기를 지닌 거대하면서도 연약한 버섯을 몹시 좋아한다. 그래서 버섯을 한 아름 따서 챙겼다. 저녁에 방을 얻은 베드린의 작은 카페 주방에서 안주인은 내가 버섯을 좀 구워달라며 건네자 겁에 질린 눈빛으로 나를 바라보았다(마침 마을의 축제일이었다. 그래서 내 창은 광장에 설치된 회전목마의 지붕에 가로막혔고, 한데 모인 동네 꼬마들의 고함소리가 사방에서 들렸다). "여기서는 아무도 안 먹는 거예요. 그리고 난 다듬을 줄도 몰라요. 괜찮은 건지 어떻게 알아요?" "틀림없습니다. 제가 잘 압니다. 복잡하지 않아요. 씻어서 냄비에 넣은 뒤 소금을 약간 뿌리고 데치면 됩니다. 그러고는 마늘하고 파슬리랑 같이 살짝 구워주세요. 반은 그냥 주시고, 나머지 반은 오믈렛에 넣어 주시면 됩니다." 버섯이 익는 동안 나는 제일 좋아하는 용담으로 만든 오베르뉴의 식전주 아베즈를 홀짝였다.

시간이 오늘따라 유난히 빠르게 흘러가는 것 같다. 이렇게 걷다 보면 시간 감각이 심하게 오락가락하고, 몹시 변덕스럽게 느껴진다. 루비에르 산에서부터 만발한 금작화 수풀 한가운데로 뻗은 오솔길의 아름다움, 산맥으로 막혀 있는 새로운 지평선, 마르주리드 산을 덮고 있는 숲의 무성함, 내키는 대로 열기와 서늘함을 배합하는 태양과 바람이 온종일 나와 동행한다. 나는 지도에서 사라진 마을들인 라 페즈, 루드렐, 바스 루비에르, 몽메롤을 스쳐 지나가는 외딴 길을 따라가다가 베드린 생루에서 실개천이 가장자리에 흐르는 푸른 들판을 가로지르기로 한다. 그리고 루비에르의 샘에서 발길을 멈춰 보온병에 샘물을 가득 채운 뒤 어느 농가에 잠시 들러 길을 묻는다. 농가에서는 아기를 품에 안은 여인이 더없이 매력적인 웃음으로 나를 맞아주며 시를 읊듯 이렇게 말한다. "바로 여기 콜히쿰을 따라 우체부들이 다니는 길로 가시면 '기적의 십자가'가 나올 거예요." 나는 조금 떨어진 곳에 있는 자그마한 몽메롤 마을 바로 앞 경사로에 심어진 어느 나무 발치에서 잠시 쉬며 점심을 먹는다. 몽메롤 마을에는 기념비 그리고 최근에 만들어진 꽤나 못 생긴 노트르담 드 몽타뉴 동상이 하나 있다. 나는 마치 적수를 공정하고도 확실한 시선으로 가늠하듯이 자신의 무기를 위로 치켜들고 책략을 드러내는 듯한 마르주리드 산을, 거대한 바람과 숲의 지평선을 바라본다. 석 달 동안 시력이 단련되어서 지평선, 언덕의 거리 정도는 거의 정확하게 잰다. 그리고 땅의 속성, 여로의 배신이나 반역의 속성 또한 십중 팔구는 맞힌다. 물론 때로는 부주의로 혹은 미숙함으로 통행이 힘든 길을 골라서 몇 번씩 실개천이나 도랑을 건너기도 한다. 그럴 땐 배낭까지 메고 있어서 더욱 힘들다. 그리고 물과 진흙이 가득 찬 신발을 신고 찰랑거리고 질퍽거리며 걷는 일처럼 불쾌한 일은 없다. 하지만 몽메롤 위쪽에서는 아무런 배신도, 의뭉스러움도 나타나지 않는다. 풍경은 솔직하고, 온화하고, 살짝 무기력하다. 아래쪽으로는 미루나무로 가장자리를 두른 강이 계곡 사이로 흐른다. 내가 건널 다리가 보인다. 더 멀리 술랑주 마을을 숨기고 있는 작은 숲을 향해 난 오르막길이 있다. 그곳에서부터는 베드린까지 도로가 거의 일직선이다. 기껏해야 한 시간 남짓 걸으면 된다. 이제 겨우 오후 4시. 시간은 충분하다. 나는 성모 마리아 상에 등을 기댄다. 눈을 감는다. 하늘은 빛이 환하다 못해 하얗다. 귀뚜라미들이 노래한다. 작은 짐수레 하나가 멀리 도로 위를 지난다. 개한 마리가 짖고, 당연히 머리 위에서는 말똥가리 한 마리가 활공하며 삐악거린다. 보주 이후로 똑같지 않은가? 그런 생각에 즐겁고 황홀해진다. 나는 그 순간을 간직하고 싶다. 수도 없이 마셨던 그리고 지나온 흙의 냄새를 떠올리게 하는 샘물들도 간직하고 싶다. 나날이 나를 따라오는 냄새들, 풍미의 행렬, 추억의 신선한 향을 어떻게 하면 이런 빛바랜 말들 말고 달리 간직할 수 있을까? 망각의 풀. 이 문구를 어디서 읽었더라? 식물표본의 말라붙은 나뭇잎들과 꽃들. 나는 이 경이로운 단어를, 울림으로 나를 매혹하는 단어를, 역시 잊힌 중세의 단어인 플로레르floraire를 떠올린다(이 단어 역시 라루스, 로베르, 그 외의 어떤 사전들을 뒤적여도 찾지 못하리라). 플로레르는 식물표본의 종교적 형태인 꽃들의 상징적 의미 모음집을 뜻한다. 식물표본인 동시에 미사교본인 플로레르에는 성자들, 성모 마리아 그리고 그리스도의 전설과 관련된 모든 식물들과 시적이면서 호칭 기도 같은 이름을 가진 온갖 식물들이 담겨 있다. 생 이노상의 풀(여뀌), 불의 풀 또는 로즈 드 노엘(크리스마스 로즈), 생트 클레르의 풀(애기똥풀), 생 사크르망의 풀 또는 로제 뒤 솔레유(끈끈이주걱), 생 브누아의 풀(뱀무), 성 기욤의 풀(짚신나물), 성령의 풀 또는 천사의 풀(안젤리카), 베들레헴의 샐비어 또는 노트르담의 젖 풀(지치), 성 피아크르의 풀(미역취), 성 조르주의 풀(발레리안), 성 마르코의 풀(쑥국화), 성 요한의 풀(쑥) 그리고 그밖에 몇 년이 지나도 다 열거할 수 없을 정도로 많은 식물들. 나는 이 책이 하나의 플로레르처럼 되기를 바란다. 길고 지루한 어휘들, 얼굴들, 미소들, 황홀경들, 이번 여행을 아름답게 꾸며준 시시각각의 순간들을 잊지 않고 읊조려줄 플로레르가 되기를 바란다. 또 한 번 모든 것들을 일일이 나열하고, 모든 것들을 알고 싶은 미친 생각이 나를 사로잡는다. 하지만 이 순간, 제보당 지역에 들어서기 전날 여기서 성모 마리아 상의 받침돌에 등을 기댄 이 순간은 플로레르의 성스러운 꽃으로, 불의 풀로, 눈부신 하얀 태양과 함께 여름 이슬로, 미동도 없이 창공에 못박힌 저 말뚝가리로 남으리라.

*

제보당. 그레지보당처럼 음울한 음절을 지닌, 깊은 계곡의 메아리를 품은 이름. 바로 아래는 오브락, 서쪽은 플라네즈, 동쪽은 블레다. 나는 아직도 중앙 산악지대에 있지만, 이미 오베르뉴 지역은 벗어났다. 플라네즈planèze는 한 지점으로 모이는 계곡들에 국한된 현무암 고원을 일컫는 오베르뉴 말이다. 나는 '에즈-eze'로 끝나는 어미들, 마치 단어들이 느닷없이 날개를 펼치듯 여백이 있으면서 노래하는 듯한 접미사를 좋아한다. 코스 지방에서는 때때로 양 방목장을 '드베즈devèzes'라고 부르고, 절벽의 결빙 작용 때문에 무너져 쌓인 흙더미를 '그레즈grèzes'라고 부른다(물론 '절벽falaises'도 '팔레즈falezes'라고 쓰고 싶은 충동이 든다). 제보당은 날개처럼 가벼운 '에즈'와는 정반대로 묵직한 음절을 갖고 있다. 그리고 단어가 암시하는 이 어두운 계곡에서는, 그늘과 계곡들로 이루어진 후미진 곳에서는 예전에 이 지역을 떠나지 않았던 괴수가 달리고 울부짖으며 닥치는 대로 잡아먹던 모습이 상상된다(제보당의 괴수는 18세기에 제보당 지역에 출현해 많은 사람을 해쳤다고 알려진 괴물로, 프랑스 영화 〈늑대의 후예들〉의 모티브가 되었다—옮긴이). 베드린 생 루와 라 샤펠 로랑 이후로 나는 괴수의 땅을 누비고 있다. 괴수는 제보당 그리고 남쪽에 있는 메르쿠아르, 랑고뉴, 생 셸리 다프셰에 큰 피해를 입혔다. 전설 속에서 여전히 성큼성큼 내달리는 괴수의 기억만으로도 이 지역에는 신비의 흔적을, 이곳을 지나는 사람들에게는 미미한 불안감을 안겨준다. 늑대는 프랑스에 아직도 서식하지만 조심스럽게 몸을 피하며 모습을 드러내지 않는다(서식지가 어딘지는 말하지 않겠다). 우둔함과 무지, 너무나 오랫동안 불러 일으켰던 공포도 일찌감치 늑대들을 절멸시키는데 한몫했으리라. '유해 동물'에 대한 고정관념은 숲에서, 지방에서 여우와 늑대를 포함해 그곳에 살던 유용한 동물들을 거의 멸종시켰다(지상에 단 한 마리만 있어도 진정 해로운 동물은 인간이고, 이는 우리도 잘 아는 사실이다). 다행스럽게도 우리는 마침내 차츰차츰 해묵은 흐름, 증오와 인간의 마음속에 뿌리내린 파괴 욕구를 거슬러 올라가 사라져가는 몇몇 종들을 보호하게 되었다. 하지만 해로운 동물에 대한 생각은 아직도 지역민들의 뇌리에 깊게 박혀 있다. 나는 코스 지역을 지나면서 그 부분에 대해, 특히 독수리와 매에 대해 이야기할 기회가 자주 있었다.

베드린에서 출발해 뢴 장 마르주리드에서 하룻밤을 묵고 이튿날 생 플루르에 도착할 때까지 괴수와도, 짐승과도 마주치지 않는다. 낮 동안 마르주리드 산맥을 지난다. 산맥은 수지류 수목으로 이루어진 비탈, 히드로 정상이 뒤덮인 거대한 고원으로 이루어진다. 하얀 태양, 바람, 나무 발치에서의 휴식, 저물어가는 저녁에 마세 마을을 향한 오랜 하산. 전날과 다를 바 없다. 물길이 패인 마른 급류에 조약돌이 놓여 있다. 커져가는 그늘 속에 숨어 보이지 않는 미끄러운 조약돌을 어림짐작으로 딛는 동안, 이번 여행에서 한 단계가 지나가는 것을 느낀다. 오늘은 어둠이 일찌감치 찾아든다. 나뭇잎들도 벌써 금갈색으로 물들어 있다. 어느새 가을이 성큼 다가와 있다. 그리고 화강암과 현무암, 용암의 땅인 오베르뉴 지역의 끝자락에 와 있다.

나는 생 플루르에서 사시에 전화를 걸어 건강이 염려되는 어머니께 소식을 전하려 한다. 당연히 수신인 칸에 적을 주소 따위는 없다. 이번 여행 동안에는 주소 없이 지내기로 결정했기 때문이다. 걷기란 한동안 사라지기를 받아들이는 일이다. 단, 여정을 충분히 준비하고 멈출 곳을 미리 알아두어야 한다. 물론 내 경우에는 전혀 그렇지 않았지만 말이다. 주소 없이 지내기란 스스로 사라져 한동안 내 인생에서 다른 사람들이 사라지는 것을 보는 일이자 여러 달 동안 내가 직접 전화 거는 경우를 제외하고는 아무런 소식 없이 지내는 것을 받아들이는 일이다. 나는 이 침묵에, 편지의 부재에, 일정 기간 동안 친구들에게 닥치는 일이나 지상에서 일어나는 일에 대해 더는 아무것도 알 수 없는 상황에 아주 빨리 익숙해진다. 소식은, 그러니까 뉴스는 궁금하면 지역 신문을 읽거나 카페에서 라디오를 들으며 접한다. 그런 식으로 세상 돌아가는 상황을 항상 파악할 수 있다. 정작 나에게 부족한 건 존재하려는 욕구다. 그리고 참고로 말해두자면, 나는 멀리서 들리는 산울림 외에는 시사 문제를 접하지 않아도 조금의 실망감이나 두려움도 느끼지 않는다.

나는 전화로 연로하신 어머니가 또 병에 걸렸다는 사실과 최대한 빨리 돌아가야 한다는 사실을 접한다. 그래서 그날 밤 파리와 사시로 가는 기차를 타기로 한다. 나는 기차를 타기 전에 생 플루르를 거닌다. 앞서 언급했던 도시들에서처럼 전혀 불편하지 않다. 게다가 잠시 동안 여행을 포기하고 집으로 돌아가 예전의 생활 리듬에 익숙해져야 한다. 부디 오래 걸리지 않기를 바랄 뿐이다. 오늘은 10월 4일, 월요일이다. 나는 8월 9일에 사베른에서 출발했다. 보주 지역에서 오브락 입구까지 가는데 두 달이 걸렸다. 거리를 킬로미터로는 제대로 환산해보지 않았다. 그런 건 중요하지 않다.

오트 오베르뉴의 예술과 전통을 기리는 박물관에서 나는 특히 백의_{白衣} 순례자들에 대한 자료들을 눈여겨본다. 오베르뉴와 리브라두아 지역에는 고해자들이 많았던 모양이다. 앙베르 아래쪽 마르삭에서는 백의 순례자 예배당 겸 박물관에 들렀다. 디오라마(작은 공간 안에 어떤 대상을 설치해 놓고 틈을 통해 볼 수 있게 한 입체 전시─옮긴이), 채색된 초롱, 평신도회의 한 회기를 재구성하는 실물 크기 모형들을 갖추고 있는, 상당히 신기하면서도 매력적인 박물관이다.

관람객은 나 혼자였다. 지금 여기서 자료들을 보면서 나는 마르삭의 고해자들을, 나에게 안내자 역할을 해주었던 노부인을, 기계로 거의 자동화된 전시물의 소리와 빛을 다시 떠올린다. 디오라마는 도시를 재구성했는데, 커다란 흰옷을 차려입은 작은 사람 모형들이 무빙워크 위에서 움직였다. 눈구멍 두 개만 뚫린 두건을 얼굴에 뒤집어 쓴 채 환하게 밝혀진 거리를 행진하는 성 목요일 저녁의 풍경을 재현했다. 그들은 십자가, 못, 채찍, 망치, 노루발, 꿰뚫린 심장, 닭, 밀 이삭, 태양, 달 등이 커다란 초롱에 그려진 그리스도 수난의 도구와 고행의 상징물들을 들고 있었다. 그리고 초롱들 상당수가 보존되어 있었다. 유리 위에 생생한 색채로 칠해진 그림과 함께 못, 노루발, 별들 그리고 심장들은 완전히 놀라운 예술작품을, 일종의 한밤의 빛나는 문장文章을 이루며 그리스도 수난의 온갖 고행과 마조히즘적인 고문들을 차례로 보여주었다. 고행자들은 수도사도, 수도회 소속도 아니었다. 그저 대단히 엄격한 규칙을 갖춘 어느 평신도회에서 고행을 끝내고 모인 평신도들이었다. 적어도 처음엔 그랬다. 다른 경우와 마찬가지로 하늘과 하느님 그리고 규칙들과 금세 타협안을 찾았기 때문이다. 생 플루르 박물관에 전시된 자료들 중 하나에서 실제로 다음과 같은 내용을 읽었다.

"……씨가 초대되어 고행자의 차림으로 장례식에 참석했다. 장례식이 열린 곳은……

1838년 4월 8일에 열린 표결에 따라

1) 최소한 고행자 15명이 번갈아 사망한 형제의 장례식에 차례로 참석한다.

2) 선택에 따라 다른 형제로 대체할 수 있다.

3) 선불로 50센트를 내는 조건으로 평신도회가 책임지고 대체한다.

4) 이렇게 대체하려면 매년 1프랑 50센트를 낸다."

Part 4

코스에서 코르비에르까지

오시타니아에 들어서다 / 생 플루르의 어두운 밤 / 여행과 시간에 대한 새로운 성찰 / 경험, 기억, 이야기 : 감동으로 결코 잊지 못할 장소들 / 로르시에르의 카페 / 폭우 속을 걷다 / 몽미라 어커 / 일기예보에 대한 대화 / 허수아비에 대한 사색 / 비극적이고 변덕스러운 세상 / 말지외에서 망드까지 / 눈과 빙판.

망드의 고원 / 소브테르 고원에서의 방황 / 메장 고원 한가운데의 위르 / 땅의 항로 표지 / 송전탑 찬가 / 카페에서 글쓰기를 좋아하는 이유 / 위르 : 창문 위의 얼굴 / 옛날 숙소 / 빵집 안주인들에 대한 찬가 / 코스 가족과의 저녁 식사 / 양 축사, 편암 판석, 독수리와 매에 대한 대화 / 맹금류 찬가.

돌리네에서의 아침 / 어느 목동의 슬픈 소설 / 코스의 언어 / 라르작 / 석회질에 대한 어휘 / 코스 누아르의 검둥개 / 신이 잊은 마을 / 옛 외인부대 병사 이야기 / 씨 뿌리는 농부의 존엄한 몸짓과 파종기 / 걷기와 우발적인 사랑 / 내 위로 숙인 두 얼굴 / 다시 라르작 / 또 다른 세상의 문턱 / 시련의 하루 / 라 쿠베르투아리드의 장례식 / 길의 우연과 필연.

미네르부아에 들어서다 / 구름의 찬가 / 옥통 카페 / 호모 옥토니스 박물관 방문 / 히피 / 피레네 산맥의 출현 / 바람의 새로운 찬가 / 퐁테스 / 텔레비전, 포도밭, 진보 그리고 오시타니아 / 청년들과 노인들 / 샌드위치, 난 네가 싫어! / 미네르브 / 카타르의 화형대 / 포도 수확하는 인부들 집에서의 하룻밤 / 학살된 새들 / 사냥 도리깨 / 어느 치유사와의 만남 / 경이로운 박물관.

미네르부아의 풍경 / 코르비에르에 들어서다 / 도로와 벽에 쓰인 문구들 / 포도 재배가들과의 대화 / 튀샹의 장거리 버스 : 돌아가신 할머니 이야기 / 햇볕 속의 휴식 / 페르페르튀즈에 올라가다 / 카타리 파에 대한 명상 / 아리아드네의 성 / 여행을 계속하고 싶다 / 되찾은 시간 속을 계속 걷다 / 발견과 바다의 메시지.

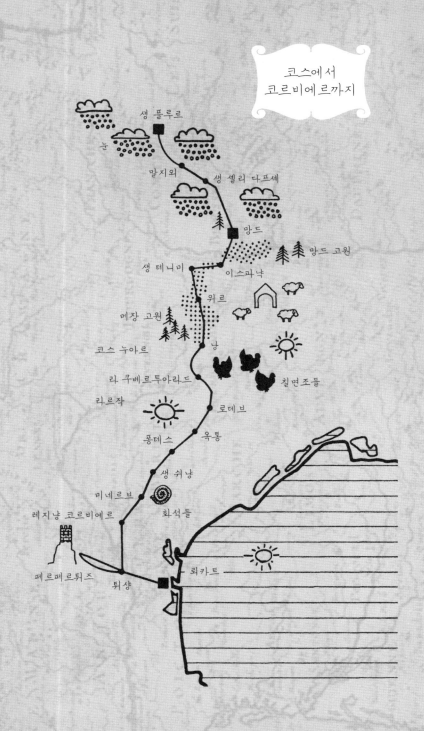

나는 미처 깨닫지 못한 사이에 살금살금 오시타니아에 들어서고 있다. 어느 순간, 어느 장소에서 보이지 않는 경계를 넘었을까? 정말 보이지 않는 경계가 있는 게 분명하다. 최근에 지났던 지방들인 비브라두아, 리브라두아, 포레, 부르보네는 좁아지는 강의 굽이와 계곡의 홈, 산봉우리로 변화무쌍한 풍경을 감지할 수 있었던 것과 달리, 오시타니아는 지형이 뚜렷하고 변화무쌍한 기복으로 경계가 정해지는 지역이라기보다는 언어와 역사, 토양과 전통 등 일종의 문화로 감지된다. 그래서 그만큼 경계도 많다. 오크 어가 쓰이는 지역을 뜻하는 언어학적 오시타니아는 흔히 알비 파(12-13세기 프랑스 남부에서 발생한 카타르 파의 이단 분파로, 프랑스 알비 지방에서 성행하여 알비 파라고 부른다―옮긴이)의 역사와 혼동되는 역사학적 오시타니아보다 훨씬 방대하고 복잡하다. 건축, 언어, 토양 점유 방식, 지명학적 사례들 등 각각의 범주들이 지도에서 오시타니아를 변화무쌍한 윤곽으로 그려낸다. 생 테니미 근처의 한 바위에는 이렇게 적혀 있다. "자유로운 오시타니아." 더 위쪽 오베르뉴 입구의 샤브를로슈에는 "여기서부터 오시타니아입니다"라고 적혀 있다. 따라서 역사의 중심이라고 여기는가 아니면 언어학적 확장이라고 여기는가에 따라 나는 2주 전부터 혹은 불과 이틀 전부터 오시타니아에 들어선 셈이다.

하지만 어떤 범주를 선택하든 지명들은 기대를 저버리지 않는다. 오베르뉴에서부터 지도에서 본 모든 지명들은 몇몇 소유지를 제외하고 오크 어에 속한다. 켈트 족 이전의 언어, 리구리아 어, 갈리아 어, 갈로 로망 어, 로망스 어, 프랑시앵 어, 프랑스어 등 중첩된, 때로는 병렬된 언어들로 이루어진 프랑스의 언어학적 역사를 지도에서는 음절 구조로, 지명의 노래로 미루어 짐작하기 때문이다. 결국 몇 세기 동안 주요 사건들 속에서 가장 변화가 적었던 건 풍경이다. 그래서 포레를 지나 남쪽으로 갈수록 지역들의 명칭은 때때로 켈트 이전 시대와 갈리아 족의 역사를 들려준다. 특히 라틴과 로마의 역사 그리고 아주 드물게 프랑시앵의 역사도 들려준다. 오크 지역에서 하루 동안에 더듬거리며 읽은 지명만 해도 라뉘에졸, 샹주페주, 에스클라네드, 샹트뤼에졸, 방타주, 라스파야크, 데이두, 나브리가가 있다(오늘만 해도 망드와 소브테르의 석회질 고원을 지났다). 이 정도면 보이는 모든 것들, 숨 쉬는 바람, 마주치는 모든 것들에 색다른 표정을 주기 충분하다. 망드 이후로 프랑스인들의 얼굴이 환해지고, 미소가 더 자주 보이며, 불신과 야박한 대접도 확연히 줄어든다. 나에게 이 땅은 오베르뉴 어귀의 생 뱅상 언덕 꼭대기에서 느꼈던 것처럼 색다른 환대의 땅이 될 듯하다. 우선은 아무도 나에게 왜 걷느냐고 묻지 않는다. 마치 당연한 일이라는 듯 별로 놀라지 않는 것 같다. 딱 한 번 집 앞에서 장작을 패던 한 농부가 지나던 나를 보고는 커다란 눈을 휘둥그레 뜨고 왜 그렇게 걷느냐고 물었다. 그의 눈빛과 질문에서 순진함과 순박함이 고스란히 느껴져서 나는 이렇게 대답했다. "그야 낯선 사람들을 만나기 위해서죠. 예를 들면 선생 같은 분을요."

*

생 플루르를 떠난 이후로 날씨는 제법 쌀쌀해졌다. 코스 산맥과 오브락 고원에는 첫눈이 내렸고, 일기예보에서는 사나흘 간 눈보라가 몰아칠 거라고 한다. 나는 사시에서 편찮으신 어머니와 한 달을 보냈고, 상태가 호전되신 걸 확인한 뒤 정확히 11월 9일에 이곳으로 돌아왔다. 나는 파리에서 기차를 탔고, 아침인데도 믿을 수 없는 날씨에 어두운 밤 같은 생 플루르에서 내렸다. 역의 구내식당이 막 문을 열었다. 밖에는 싸락눈이 섞인 비가 내렸다. 바람은 좀체 잦아들지 않았다. 물론 걷기는 항해와 다르고, 땅의 분노는 바다의 분노와 사뭇 다르다. 그래서 비와 바람, 우박, 차갑고 짙은 안개는 확실히 보행자나 일주여행자들에게 전혀 두려운 존재가 아니다. 그런데 그날 아침은 달랐다. 벽에 영원의 시간표가 붙어 있는 사르트르식 지옥의 본보기처럼(지옥을 닫힌 방으로 묘사한 사르트르의 저서 『닫힌 방』을 암시한다—옮긴이) 을씨년스러운 구내식당에서 짙은 어둠을 바라보며 '밥을 먹는' 사람은 분명 나 혼자고, 잠을 설깬 듯한 여종업원이 그런 내가 원망스러운 듯 사나운 표정을 짓고 있는 상황에서 바람에 휘몰아치며 떨어지는 빗소리를 듣고 있자니, 그날 아침은 걷기가 그다지 즐거울 것 같지 않았다. 나는 조금도 갤 기미가 보이지 않는 낮고 소란스러운 하늘이 살짝 빛을 띠자마자 '최신형'

비옷을 꺼내 입고 오늘은 딴전 피우지 않고 열심히 걸으리라 단단히 작정한 뒤 자리에서 일어나 생 셸리 다프셰로 길을 나섰다.

*

매일 애는 쓰지만 길에서 일지를 쓴다는 건 쉽지 않다. 이 책을 쓰면서 나는 있었던 일들을 단순히 나열하는 일, 평범하든 독특하든 사건들을 간략하게 메모하는 일이 실질적으로 걷는 시간들을 재구성하기에 얼마나 무력한지 깨닫는다. 빛바랜 작은 구슬들처럼 처음부터 끝까지 쉬지 않고 늘어놓은 연속적인 메모들로 이루어진 책보다 더 지루하고 거짓된 책은 없으리라. 메모들은 여행의 생생하고 은밀한 구성을 배반하기 때문이다. 시간을 말하는 자가 기억을 말한다. 기억을 말하는 자가 선택을 말한다. 우리는 여행에서 만났던 수많은 사람들, 여행에서 얻은 수많은 인상, 감정, 기쁨, 권태 등 모든 경험들 가운데 선택한 몇몇 얼굴, 몇몇 대화, 몇몇 풍경만 기억한다. 그리고 나날이 그 기억들을 붙잡으려 애쓰며 메모장에 열심히 기록해 보지만, 이미 나름의 방식으로 일상의 체험을 걸러낸 후다. 그리고 이번에는 기억의 선택을 통해 어떤 얼굴, 순간적인 몸짓, 특별한 순간을 지우거나 도드라지게 해서 어떤 새로운 세상으로 버무려낸다(길다고 느낀 특별한 순간이 고작 몇 초에 불과한 경우도 있다). 그리하여 그 세상은 진실로 경험했던 모든 것들 중에 지금 나에게 남은 유일한 것이 된다. 진짜 여행은 옛 흔적들을 되풀이하고, 기억에서 유일하게 닿을 수 있는 어떤 길들, 어떤 풀들, 어떤 얼굴들을 되찾는 것이며, 그 결과물이 바로 이 책이다. 게다가 최근에는 희한한 경험을 했다. 몇 달 전에 차를 타고 ('모르방에서 제보당까지' 편에서 거론했던) 생 보네 르 부르 마을을 지나가다가 문득 당시에 나를 맞아주고 길을 안내해주었던 소목장이를 다시 만나보고 싶은 호기심이 솟았다. 하지만 그는 나를 알아보지 못했다. 『길을 걸으며』는 읽었다면서 나에 대한 또렷한 기억이 전혀 없어서, 자신을 만났다고 말하는 이 낯선 사람이 누구인지 곰곰이 생각하는 눈치였다. 물론 내가 직접 들어가지 않고도 그의 집 안 가구 배치를 포함해 구체적인 이야기를 들먹이자 차츰 기억이 선명해지는 모양이었다. 그래도 여전히 혼란스러워하고 있었다. 나에게는 두 번 다시 반복하고 싶지 않은 경험이었던지라, 차라리 미리 한 번 겪기를 잘 했다 싶었다. 개인적인 기억은 다른 누군가의 기억과 무엇 하나 비슷하지 않다. 그래서 우리를 기억하지 못하는 누군가에게 우리는 아예 존재하지도 않았거나, 만났던 사람인데도 전혀 기억에 없어서 유령으로 치부될 우려가 있다. 바제유로 돌아가서 함께 걷고 꽤나 유쾌하게 대화를 나눴던 여인을 찾아갔다가 이런 말을 들으면 어쩌지? "누구시죠? 전혀 기억이 안 나네요. 이곳에 들른 적 없는 분인데요!" 따라서 실질적인 시간과 기억의 시간을 대면시키는 일은 부질없다. 나 자신은 물론이고 지났던 길, 숲, 들판, 만났던 얼굴들, 심지어 나 자신의 기억마저 의심하게 만드는 경험이기 때문이다. 어떻게든 감동의 장소로 돌아가고 싶다가도 막상 가보면 알아보지도 못할 정도로 완전히 딴 고장이 되어 있을 때처럼.

그래서 이 책은 그냥 평범한 책이다. 그러니까 기억의 과정에 따라서 혹은 내 의지에 따라서 선별하거나 삭제하고, 보존하거나 걸러내고,

구성하고 정렬하고 숙고한 작업이다. 산봉우리들이 물의 흐름을 갈라 놓듯 글 쓰는 행위만이 장소와 얼굴, 본질적인 순간을 시간(경험한 시간, 쓴 시간)에서 갈라놓고, 재구성할 수 있다. 나는 지금 옛날의 양피지 같은 글을 썼다 지우고 다시 써넣으며 손질 또는 수정한다. 따라서 이 책의 초안에서부터 지면이 넘어가는 동안 시간이 너무도 자연스럽게 스스로 떠돌며 이야기의 흐름 속에서 뒤로 돌아가거나 실질적인 시간 이전에 경험했던 일들을 이야기하도록 놔두었다. 그렇게 생 플루르를 지나 샬리에르 방면으로 그리고 샬리에르에서 로르시에르를 향해 비 내리는 길을 걸으면서 딱히 할 말이 없다고 생각했다. 하얀 종이를 앞에 두고 비 오던 그날의 기억과 글을 쓰는 날의 기억이라는 두 기억 사이를 오가는 엄격한 유희를 통해 당시에는 없었던 어떤 깊이나 유려함을 부여할 수 있다(그동안에 나는 기억을 되밟아 그날의 권태를 바로잡고, 경험 전과 후에 끼워 넣었다. 그 다음 기억은 서리 내린 아침의 코스 지역을 밝히던 적나라한 광채, 미네르부아 지역의 바람 부는 태양 속 올리브 나무들과의 첫 만남, 미네르브(카타리 파와 알비 십자군 사이의 격전지로 유명한 미네르부아 지역의 대표적인 마을—옮긴이)의 포도 재배가들의 집에서 포도나무로 지핀 모닥불 앞에서 보낸 밤, 코르비에르 산에서 페르페르튀즈 성을 향해 오르던 일이 될 것이다). 그날 오후, 로르시에르의 단 하나뿐인 카페에서 적었던 무의미한 메모를 다시 읽으니 내가 들어섰을 때 방언으로 이야기를 주고받던 두 노부인에게 그로그(럼 또는 브랜디에 설탕, 레몬, 더운 물을 섞어 만든 칵테일—옮긴이) 한 잔을 주문했던 일이 생각난다. 그 메모에서 당시 눈이 부셨던 일과 무미건조한 머릿속, 글이 써지지 않았던 일이 고스란히 느껴졌기 때문이다. 따뜻한 알코올에 대한 갈증 때문에 온몸으로 간절히 원하고 바라던 유일한 것이 바로 그로그였다. 나는 간단히 이렇게 기록했다. "로르시에르. 피곤함. '최신형' 비옷에도 추위로 얼어붙음. 그리 말이 많지 않은 두 노부인이 운영하는 술집에 잠깐 들름. 내열 플라스틱판으로 꾸민 현대적인 실내. 두 부인은 방언으로 대화. 한 시간 전에 비바람 속에서 어느 밭 끄트머리에 서 있는 허수아비를 보았음."

이따금 여행은 이런 식으로 이루어진다. 기다림. 공허. 권태. 아무 일도 일어나지 않음. 인적 없는 카페에서 바삐 움직이는 척하는 두 노부인(두 분이 움직이면서 자신들끼리 소리를 낮춰 대화하는 모습을 보고 이런 생각이 들었다. '날이 저물어가니 여기 있지 말고 어서 움직여 오늘 밤에는 말지외에서 자는 편이 낫겠어.' 이런 날씨에 한뎃잠을 잔다는 건 말도 안 되는 일이어서 호텔 말고 잘 만한 장소를 찾는 게 문제다. 낮이 짧아지고 있어서 지도를 들여다보며 몇 안 되는 농가의 위치를 파악한 뒤 재빨리 버려진 곳은 아닌지 확인해야 한다). 나는 그로그 한 잔을 더 주문해서 단숨에 들이켜고 길을 나선다. 저녁까지 눈 때문에 나무와 울타리의 끄트머리만 보이는 풍경을 걸어야 한다. 눈앞에 펼쳐진 꾸불꾸불한 길이 하나도 안 보일 정도로 비옷에 달린 모자를 푹 눌러쓰고서 걷는다. 길은 군데군데 눈 덮인 빙판으로 뒤덮여 있어서 바퀴 자국이나 모퉁이를 조심하며 걸어간다. 마침내 말지외의 지방도로에 도착하자—시멘트 도로를 보자 적어도 길은 잃지 않겠다 싶어서 일단 마음이 놓인다—갑자기 눈보라가 거세진다. 다행히 사시에서 사둔 장갑이 있어서 손이 얼 걱정은 던다. 날이 어두워진다. 드문드문 지나가는 자동차들이 나를 앞뒤로 지나쳐 간다. 한 순간 길 앞쪽에서 나를 마중 나온 유령 같은 어두운 형체가 보인다. 한 남자가 손에 지팡이를 들고 바람에 커다란 검은 망토를 휘날리며 다가온다. 나 역시 배낭과 등까지 덮는 비옷을 입고 마치 두건처럼 코까지 모자를 눌러 써서 흡사 마르삭에서 보았던 고행자들과 같은 분위기를 풍긴다는 사실을 잊은 채 그에게로 곧장 걸어간다. 하지만 그때 보았던 백의 순례자들과 달리 나는 녹의綠衣 고행자다(내가 이 도로, 이 터무니없는 고행의 길에서 정확히 무엇을 속죄하는지 잘 모르겠다). 어쨌든 내 모습은 아마도 악마와 비슷하게 보였으리라. 남자는 거의 코앞에서 나를 발견하고 소스라쳐 놀란다. 남자가 모자를 젖힌다. 혈색이 발그레한 노인이다. 노인이 내 말을 들으려고 귀를 당기는 동안 눈송이들이 노인의 턱수염에 달라붙는다. "말지외? 지금 거기서 오는 길이지. 내 양 축사로 돌아가는 길이거든. 걱정할 거 없어. 곧장 가면 돼. 자네 다리면 한 시간이면 될 걸세, 젊은이. 날씨도 참 고약하구먼! 어서 짐승들을 가둬야겠군. 자, 건투를 비네!" 노인의 말은 돌풍 속으로 사라진다. 나는 말지외까지 장님처럼 걷는다. 눈보라가 코앞까지 불어 닥치기 때문이다. 8시쯤에 도착해서 호텔의 환한 정문 앞에 멈춘다. 마르주리드 호텔이다. 내 몰골 때문에 손님들이 놀란다. 난로 속 불길이 가르랑거린다. 주방에서는 따끈한 수프 냄새가 난다. 안주인이 내게 말한다. "방을 하나 덥혀 드릴게요. 이런 날씨에는 따뜻하게 주무셔야 해요." 벌써 눈보라는 기억나지 않는다.

*

오브락 고원과 코스 산맥을 지나는 일주일 내내 눈이 줄기차게 내린다. 하지만 이튿날 바람이 멈추자 걷기가 한결 수월하다. 10센티미터에서 20센티미터씩 곳곳에 쌓인 눈은 그다지 두껍지 않지만 길을 완전히 뒤덮어서 어디가 어딘지 종잡기가 힘들다. 이 계절에 이런 날씨는 극히 드물다. 이스파냐으로 출발하기기 전에 몽미라 어귀의 카페에서 잠시 쉬는 동안에도 당연히 온통 날씨에 대한 대화들뿐이다. 인류의 기원 이래로 날씨는 늘 인류에게 도저히 헤아릴 수 없는 불가사의로 남아 있다. 날씨에 대해 말을 꺼내는 일은 그저 시간을 때우는 방법만은 아니다. 앞의 문장에서 보이듯 이 말의 두 가지 의미(프랑스어에서는 날씨와 시간 모두 '탕temps'이라는 단어를 사용한다─옮긴이)를 프랑스인들조차 혼동하는 현실은 심지어 언어의 정신에서도 두 의미가 일치하든가 혹은 동화된다는 사실을 여실히 보여준다. 대기는 눈으로, 피부로, 감각으로 감지할 수 있는 연대기적 시간의 형태이자 바람과 태양과 비와 눈 또는 잿빛 색조의 피부에 지나지 않는다. 날씨 없는 시간은 없다. '시대의 흐름에 맞게 산다vivre de l'air du temps'는 표현은 명확하면서도 수수께끼 같은 증거다. 시간에 흐름이 있다고 표현하는 건 추위와 더위, 태양과 잿빛 풍경으로 변화무쌍한 시간은 크로노미터(배가 항해하며 위치를 계산할 때 사용하는 시계─옮긴이)와 전자시계의 표준에 맞추어진 추상적인 시간, 몸으로 느껴지는 시간의 이름 없는 형제이자 적인 숫자로 나타낸 시간과 대조를 이루기 때문이다.

사실 여름 동안에는 온 세상 사람들이 쉬었다 가지만, 이 시기에는 텅 비다시피 잊힌 산속 카페에서 이런 생각들은 거의 하지 않는다. 농한기에는 매일 밤 망드로 돌아가는 카페 주인과 다리를 수리하는 토목

기사 몇 명이 카페 손님의 전부다. 그리고 다들 날씨 이야기만 한다. 주인은 다른 사람들에게 큰소리친다. "이런 날씨는 오래 가지 않는다고. 이런 건 한 번도 본 적 없어. 이틀이나 사흘이면 날씨가 갤 걸. 일기예보에서도 그러더라고." 하지만 일기예보는 주인에게만 인상적이었나 보다. 다른 사람들은 어깨를 들썩이며 잘 알았다는 듯 미소만 짓는다. 일기예보(meteo. 원래는 '메테오롤로지meteorologie'인데 흔히 줄여서 '메테오'라고 한다―옮긴이)라! 모름지기 뒤에 따라붙어야 하지만 영화cinéma의 '-토그라프tographe'와 자전거le vélo의 '-시페드cipede'처럼 용법이 사라져서 단어의 절반을 빼앗긴 '-홀로지rologie'는 조만간 모든 언어 사전들이 거대한 화재로 모조리 사라지고 나면 설명할 길이 없을지도 모른다(사라진 접미사는 도마뱀의 꼬리와 달리 다시 자라나지 않는다). 부득이한 경우에는 없어도 될 '-로지logie' 외에도 하늘의 현상과 관련 있다는 점을 유일하게 설명하는 '유성meteore'의 '-호ro'마저 없애버렸으니까(기상학을 뜻하는 meteorlogie가 meteo로 줄어든 점을 언급하고 있다―옮긴이). 그렇다, 이렇게 절반을 빼앗긴 단어는 한가로이 농담을 나누는 모든 이들의 입에서 시간을 즐기고 인류를 속이며 자신의 '시간을' 보내는 하늘의 매춘부 이름처럼 되어버렸다. 이미 신전에서는 역사의 위대한 바람둥이 여신, 위대한 변덕쟁이 여신에 속한다. 일꾼들의 입에서 나오는 '일기예보'가 내게는 '퐁파두르(루이 15세의 애첩 ― 옮긴이)'처럼 들렸기 때문이다.

*

이스파냐. 박제된 동물로 가득한 호텔 식당에서 저녁을 먹는다. 옆 탁자에는 대머리에 혈색이 아주 붉은 남자 손님이 있다. 일단, 이 여행을 조금 정리해보자. 코스 지역에 도착하기 전 요 며칠이 내게는 파묻힌 기억들로 이루어진 단조로운 나날들처럼 여겨진다는 사실을 깨닫는다. 오브락의 풍경들을 천편일률적으로 만든 눈 때문일까? 아니면 가족 걱정에 한 달 동안 여행을 중단했기 때문일까? 며칠이 걸려서야 간신히 예전의 편안함과 리듬, 포레의 활기찬 발걸음, 여행에 없어서는 안 될 유연성을 되찾았다. 어쩌면 부아 누아르 숲이나 피에르 쉬르 오트 고원을 지나기 전날처럼, 눈 덮인 코스 지역을 모험하기 전에 꼭 겪어야 할 시련이자 접근, 새로운 입문이었는지도 모른다. 게다가 비나 눈을 맞으며 걸어가는 일은 완전히 터무니없는 행동이자 어떤 자명한 지혜에 대한 도전인 반면, 날씨가 좋을 때는 당연한 행동으로 여겨진다. 생 플루르에서 말지외로 이어지는 새로운 여정의 첫날은 돌처럼 견고한 안개 속 그리고 나중에는 길을 잃게 만들려고 안달이 난 악착스런 돌풍과 발이 번갈아 파묻히는 눈처럼 몽롱한 풍경 속을 끝없이 느리게 전진한 날이었다. 게다가 이날의 유일한 만남은 이상한 나라의 여정에 경계를 표시하는 딱 두 가지 의미심장한 신호들이었다. 로르시에르 마을 바로 앞 어느 들판에서 만난 십자가에 매달린 허수아비는 찢어진 누더기 옷을 입고, 헝겊 조각과 머릿속을 채운 지푸라기를 바람에 흩날리고 있었다. 마치 돌풍이 머리를 조금씩 벗겨내는 것처럼 보였다. 한마디로 바람에 피부가 벗겨진 사람 같은 모습을 한 허수아비였다(옛날 해부대 위에 놓인 사람의 형상 같았다. 겉보기에는 분명 살아 있는 것처럼 생생한 두 눈이 우리를, 그들의 시체가 있는 은밀한 방을 엿보는 사람들을 향해 있지만, 배는 갈라지고 등은 찢어졌으며 근육과 내장이 드러나 눈앞에 뱃속을 생생하게 전시하고 있는 듯한 모습이었다). 그리고 그날 밤 말지외 도로 위, 바람에 옷자락을 펄럭이며 나타난 검은 형체는 눈 내린 하얀 길 위의 녹의綠衣 고행자인 나를 향해 다가오는 걸어 다니는 허수아비였다. 꾸며낸 이야기가 아니다. 생 플루르의 비 내리는 밤에 시작된 그날 하루가 비참한 몰골의 허수아비들, 바람에 살갗이 벗겨진 혹은 후려쳐진 형상들, 폭풍 나라의 주민들, 기이하고도 비극적인 세상의 야경꾼들이라는 징조로 이어지다가 끝났다는 말을 하는 거다.

'기이하고도 비극적인'이란 표현은 허수아비들의 세계에 정확하게 들어맞는다. 일전에도 허수아비와 몇 번 마주친 적 있다. 허수아비들은 과거의 그림자처럼 들판에서 차차 사라지고 있다. 물론 누구도 허수아비를 보고 겁먹지 않은 지, 새들에게 겁을 주기 위해 더욱 현대적이고 효율적인 방법들을 찾아낸 지 오래다. 이를테면 바람에 소리가 울리는 얇은 알루미늄 판 위에 "빛을 반사하는 커다란 유리 눈이 달린 윤기 나는 검은 양철" 고양이 머리를 올린 장비 말이다('생테티엔의 병기와 자전거 제작소'의 상품 목록에서는 알루미늄 판을 이렇게 소개하고 있다. '새들을 겁주는 사람들'. 평평하고 요철 없는 쇠시리 위에 올려놓거나 나무에 매단다. 길이 10센티미터. 바람이 조금만 불어도 떨리면서 따닥따닥 소리를 낸다). 허수아비에게는 지난 세기의 신제품 전시회에 출시된 로봇들처럼 케케묵은 뭔가가 있다. 그러면서도 거대한 초현실주의 나라의 마지막 주민들이기도 하다. 부르보네에서 보았던 첫 번째 허수아비는 들판에 홀로 있었다. 허수아비는 나무 십자가에 꿰진 두 팔을 벌린 채 검은 모자와 기움

질한 조끼, 바람에 무기력하게 펄럭이는 바지 차림이었다. 체조하는 꼭두각시, 무기력하고 지친 꼭두각시 같은 모양새였다. 두 번째 허수아비는 포레에서 보았다. 검은 모자를 쓰고 얼굴 자리에 천을 둘둘 말아놓은 허수아비가 나무 위에 앉아 있었다(테러리스트들이나 갱단의 가면 같기도 하고, 존재하지 않는 특징들을 감추려는 것 같기도 하다). 옷은 너덜너덜한 낡은 작업복이었다. 허수아비는 말할 나위 없이 바람의 경계에서 보초를 서는 파수꾼이었다. 나머지 셋은 생 보네 르 부르 마을 근처 어느 들판에 모여 있었다. 십자가 위에 앉은 첫 번째 허수아비는 (마치 나머지 허수아비들에게 날개 달린 적들의 도착을 알리기라도 하듯) 손이 달리지 않은 팔을 한쪽만 허공을 향해 쭉 뻗었고, 머리도 없이 닳아빠진 조끼와 할아버지 바지 차림에 부러진 뼈 같은 나무 끄트머리 두 개가 쑥 나와 있었다. 두 번째 허수아비는 세련된 멋쟁이 분위기로, 곤충의 뾰족한 주둥이 같은 머리에 사방으로 꺾이고 꼬인 낡은 지푸라기 모자를 쓰고 체크무늬 셔츠에 헝겊 스카프까지 두르고 있었다. 스카프 끝에는 낡은 커피 자루가 매달려서 바람에 해골 소리를 내며 흔들렸다. 이 허수아비는 첫 번째 허수아비의 당당한 몸짓에 무관심한 듯 바닥을 향해 고개를 내리고 있었다. 세 번째 허수아비가 가장 인상적이었다. 마치 처형 직전의 죄수처럼 말뚝에 꼿꼿하게 못이 박힌 허수아비는 바람의 총구 앞에 고개를 쳐들고 있었다. 구멍 뚫린 황폐한 버들가지로 만든 머리의 윗부분에는 헝겊 터번을 두르고 있었다. 일부러 너덜너덜하게 만든 인위적인 마네킹들, 플라스틱이나 고철 또는 진흙으로 가공된 영장류의 유령들로 이루어진 소위 전위적이라는 온갖 조각 전시회, 파리의 화랑에서 수

년간 보았던 그 어떤 것들도 들판에서 잊혀가는 세 마네킹의 놀랄 만한 아름다움이나 비극적인 힘에는 전혀 미치지 못한다. 헌옷, 누더기, 이름 붙일 수 없는 넝마 조각들로 이루어진, 인간이 더는 갖기 싫지만 차마 버리기 아까운 온갖 것들로 이루어진 허수아비들은 그 자체만으로 우리 안의 무언가를, 쓰레기지만 영장류의 것으로 남아 있는 쓰레기를 다시 발견하게 한다. 이것이 우리가 새들에게 주는 풍자적인 이미지다 (그리고 새들은 그 이미지가 그저 서글픈 시늉에 지나지 않음을, 그리하여 영원히 죽어가는 사람만큼이나 조금도 무섭지 않음을 금세 알아차렸다). 슬픈 광대, 돌이 된 파수꾼들, 바람의 원형 경기장 안에서 움직이지 않는 경주자들의 이미지. 불길한 예감을 주는 이미지이기도 하다. 어떤 허수아비들은 이미 그 자체로 부패된 시체의 썩은 부분을 품고 있었다. 마치 하늘은 허수아비의 땅이고, 우박과 비는 그들의 벌레와 같다. 오늘날 허수아비들을 무서워해야 하는 이들은 새가 아니라 인간들이다. 그들의 죽은 버들가지 얼굴을, 손이 없는 앙상한 팔을, 십자가에 매달려 총살형에 처해진 겁에 질린 자세를 바라보는 인간들. 아, 새들이여! 허수아비들을 조금도 무서워하지 않다니, 너희들은 얼마나 현명한가! 허수아비들이 겁에 질린 몸짓을, 말없는 호소를 보내는 대상은 바로 우리들이다. 우리의 죽은 꿈들로 이루어진 그들의 얼굴이 향하는 대상은 바로 우리들이다.

*

다시 아리아드네의 실을 잡아보자. 나는 말지외의 완전히 눈에 뒤덮인 마을에서 깨어난다. 소달구지가 낡은 성벽 사이, 책가방을 메고 학교에 가는 아이들 패거리 가운데로 미끄러져 간다. 비명 소리와 웃음소리 속에 눈덩이들이 이리저리 날아다닌다. 나는 코스 지역을 채 지나기도 전에 일찍 겨울을 맞게 될 줄 미처 몰랐다. 마을 어귀에서의 짧은 인상은 이내 두려워하던 바를 확인시켜 준다. 589번 국도를 피해 생 셸리 다프셰로 가려던 길이 눈에 파묻혀 사라지고 없다. 새하얀 면적 속에 오솔길의 흔적이라고는 눈곱만큼도 찾을 수 없다. 빙판 때문에 경사지의 얼어붙은 풀밭 위를 조심스럽게 걸으며 도로를 따라가야 한다. 생셸리 다프셰에서 잠깐 멈추었다가 망드까지 같은 길로 최대한 천천히 걷다가 마을에서 약 20킬로미터 떨어진 거리에서 차를 한 대 세운다. 차는 빙판으로 뒤덮인 아스팔트 위에서 나보다 조금 더 빠를 뿐이다. 그래도 망드에서 눈이 없어지거나 오솔길이 조금이라도 트일 만큼 눈이 녹기를 기다리는 것보다 낫다. 어쨌든 고약한 날씨는 일시적일 것이다. 이삼일이면 멈출 것이다. 일기예보에서도 그렇게 말했으니까.

*

결국 이튿날 아침에 망드를 출발한다. 날씨는 살짝 누그러졌다. 도시를 굽어보는 절벽 비탈을 제외하고는 어디나 눈이 녹기 시작한다. 절벽에 거대한 얼음판들이 보인다. 하지만 석회질 고원 꼭대기에는 눈이 고작해야 몇 센티미터밖에 안 쌓여서 도로나 오솔길도 이용할 수 있다고 그곳에서 오는 한 자동차 운전자가 말해준다.

망드의 석회질 고원은 내가 고른 방향으로 가면 그다지 오래 걸리지 않는다. 정오가 될 쯤 나는 생 보질 마을 위쪽의 남쪽 비탈에 도착한다.

정면에 있는 계곡 안쪽, 소브테르의 석회질 고원 아랫부분에는 전나무 몇 그루가 자라고 있는 옛날의 화산 원추구, 그러니까 이 지역에서는 흔히 볼 수 있어서 장소에 따라 트릭, 쉭, 쉬케라고 부르는 가파른 언덕이 서 있다. 나는 우선 고원 아래쪽을 따라 여기서 보면 도저히 닿을 수 없을 것만 같은 브라몽 시냇물과 능선 사이 커다란 숲 속으로 구불거리며 이어지는 경사로를 걷는다. 오후가 시작될 즈음에 몽미라 어귀의 식당 겸 카페에 도착한다. 카페 안에서는 날씨에 대한 대화와 일기예보에 대한 비난이 쏟아지고 있다. 오늘 밤에 도착하고 싶은 이스파냑까지는 국도로 15킬로미터 남았다. 지도에 표시한 지름길로 가면 기껏해야 6킬로미터다. 나는 두 길 사이에서 망설인다. 하나는 확실하지만 평범하고, 다른 하나는 훨씬 짧지만 눈 때문에 불안한데다 이곳보다 눈이 두껍게 쌓였을 것 같다. 결국 아스팔트 깔린 길에 유달리 예민한 나는 차선책을 택한다. 길을 떠나기 직전에 여정을 분명히 정하려고 몽미라 마을에서 집 안으로 막 들어가려는 노인을 불러 세운다(마을에는 집이 네 채 있는데, 그중 두 채는 폐가이고 두 채에만 사람이 살고 있다). 노인은 잠자코 나를 바라보더니 못 믿겠다는 듯 말한다. "이 시간에 고원을 지나가겠다고?" "제일 빠른 길로 이스파냑에 도착하고 싶거든요. 지름길이 어디서부터 시작됩니까?" "저기 바위 두 개 사이라오. 분지까지 곧장 가면 돼요. 거기서 이스파냑으로 내려가면 되고." "시간이 대략 얼마나 걸릴까요?" 노인은 내가 수수께끼 같은 말이라도 한다는 양 다시 잠자코 바라본다. 이윽고 노인은 오래된 호칭 기도를 읊조리거나 동화를 낭독하듯, 노래하는 듯 달라진 목소리로 말한다. "옛날에 부모님이 어린 나를 시장에 데려가실 때는 어림잡아서 한 시간 걸렸다오."

어림잡아서 한 시간이라. 나는 내려가는 오솔길을 찾는데 족히 30분은 헤맬 테니 적어도 두 시간은 걸릴 것이다. 게다가 여기저기에 호리호리한 노간주나무와 가시덤불로 뒤덮인 얼어붙은 평지를 지나 절벽 가장자리, 노인이 가르쳐준 분지까지 가는 데만 한 시간은 걸릴 테고. 풀밭 사이로 조심스레 딛는 발밑에서 길 곳곳을 뒤덮은 눈이 사각거린다. 누군가가 나보다 먼저, 그것도 오늘 지나갔는지 눈 위에 발자국이 선명하다. 징 박힌 신발을 신은 남자와 개 한 마리. 곧이어 발자국은 분지 가장자리에서 사라진다. 여기저기 샅샅이 뒤지며 찾아보지만 허사다. 분지 쪽 풍경은 아직 잘 몰라서 자취를 놓치고 만다. 그래도 내려가는 오솔길은 여기서부터 시작되는 게 틀림없다. 어찌 되었든 나는 절벽 가장자리를 걷는다. 나무들은 깎아지른 경사면을 따라 뚫고 갈 수도 없을 만큼 촘촘히 자란다. 깊은 눈 속에 빠진 나는 배낭을 메고 다시 출발하려 안간힘을 쓴다. 분지 쪽으로 돌아간다. 그러는 동안 태양은 분지를 환히 비추는 장밋빛 열광 속으로 뉘엿뉘엿 지고 있다. 나는 배낭을 벗어서 분지 가장자리에 놓고 바닥에 누워서 맞은편 비탈에 켜진 황혼의 불빛을 감상한다. 그렇다. 그곳, 바로 그 사면에 가늘어서 보일 듯 말 듯한 짧고 좁은 오솔길이 있다. 나는 서둘러 그 길로 접어든다. 가파르게 내려가는 길 끄트머리는 낭떠러지여서 되도록 자세히 보지 않으려고 애쓴다. 10분쯤 지나서는 멈출 수밖에 없다. 발밑으로는 돌이 굴러 떨어지고, 어느덧 어둑한 밤이 된다. 나는 손전등을 켜고 더듬거리며 한 발짝씩 내려간다. 절벽 아래까지 내려가서 발밑에 들판의 견고한 땅을 느끼려면 족히 한 시간은 가야 할 것 같다. 몇 백 미터 아래쪽에서 전깃불이 반짝인다. 나는 버려진 것처럼 보이는 어느 마을에 도착한다. 마을에 들어서 어느 벽의 모퉁이를 돌자 환하게 불 밝혀진 커다란 창문이 눈에 들어온다. 나는 창문을 두드린다. 젊은 여인이 문을 열어준다. "고원에서 길을 잃었습니다. 이스파냑으로 가는 도로를 찾고 있어요." "들어오세요. 추운데 서 있지 마시고요. 남편이 저기 있어요. 태워다 드릴 거예요."

*

메장 분지 한가운데에 있는 위르 마을, 나는 밤을 보낼 헛간 계단에 앉아 글을 쓴다. 눈은 여전히 층층이 쌓여 있다. 바람, 추위와 함께 노란 태양도 여전하다. 그 무엇도 이 바람을 막지 못하는 광막함 속에서, 노간주나무 몇 그루도 제대로 자라지 못하는 이곳에서 헛간은 그나마 따뜻한 편이다. 밤을 보내려고 이미 준비해놓은 건초 보따리 덕분이다. 맞은편 농가에서는 할머니가 저녁 준비를 하느라 분주하다. 천장에 매달린 익히지 않은 햄이 보인다. 순무 수프의 냄새가 난다. 발치에는 오늘 아침에 만난 하얀 암캐 한 마리가 놀고 있다. 원래는 분지를 떠돌던 개인데, 금세 친해졌다. 내가 그뤼에르 치즈를 주자 개는 눈 깜박할 사이에 게걸스럽게 삼켰다. 하지만 저녁에 먹고 잘 장소를 찾을 수 있을지 장담할 수 없으니 나뿐 아니라 개에게 줄 음식도 아껴야 했다. 메장에서 보내는 이틀 동안 개는 나를 지켜주는 눈의 요정이 되리라. 나는 저물어가는 태양에 잠긴 계단에서 글을 쓰고 있다. 주위에는 맞물려 쌓은 돌담 자락, 허물어진 벽들, 나무딸기, 무너진 들보, 앙상하게 뼈대만 남은 골조의 황량함뿐이다. 오른쪽으로는 지평선 끝에서 나를 이곳으로 인도해준 교회의 종탑이 보인다. 나는 이 석회질 고원에서 단 하나뿐인 점으로 표시된 교회를 지도에서 이미 보았던 터라 예상한 바로 그 자리에 교회가 있어서 몹시 기뻤다. 그렇다, 밋밋한 수면만 보다가 돌연 도로를 확인해주는 항로 표지를 눈앞에서 발견한 항해사처럼 기뻤다. 뱃사람들뿐 아니라 보행자에게도 항로 표지는 존재한다. 땅에는 가령 소나무 두 그루를 넘어가면 어떤 봉우리, 어떤 능선, 홀로 서 있는 커다란 미루나무처럼 변화무쌍한 풍경 그리고 더 흔하게는 인간이 지은 건축물들이 있다. 전신주, 급수탑, 종탑, 허물어진 탑. 그런 건축물들 덕분에 인적이 드문 지역에서도 종종 내가 있는 곳의 위치를 파악할 수 있었다. 지도에 다 표시되어 있어서 움직일 방향을 결정할 수 있게 해주기 때문이다. 고압 전선이 이어진 거대한 철탑들은 그런 경우에 특히 유용하다. 전선들은 언제나 가장 짧게 가로질러 산들을 성큼 뛰어넘고, 오솔길에 대한 염려 없이 숲을 가로지르기 때문에 전선의 아래쪽을 따라가면 자칫 크게 돌아갈 위험을 피할 수 있다. 나는 간혹 그런 일을 겪었는데, 그럴 때면 철탑 아래에 멈춰 서서 배낭을 내려놓고 콘크리트 피라미드에 등을 기대고 앉아 바람에 가늘게 떨리는 긴 전선들이 하늘에 만들어놓은 줄무늬를 바라보았다. 급수탑, 신호기, 측지선 신호들은 새로운 항로 표지이자 오늘날 길 위의 풍경에서 익숙해진 요소들이다. 어렸을 때는 이따금 친구들과 함께 파리에서 리모주로 이어지는 철길에 공급되는 거대한 전기 변압기를 보러 오를레앙에 가곤 했다. 울타리 안쪽은 해골 그림들과 교차된 넓적다리 뼈 그림으로 막혀 있어서 안으로 들어갈 수 없었다. 하지만 당시에는 설명할 수 없는 불가사의한 전선들, 철탑들, 활기는 없지만 뭔가를 떠올리게 하는 그 세상을 밖에서 관찰하는 게 좋았다. 절연체들의 원추형 갓, 땅의 요정들처럼 나란히 선 축전지들의 어두운 토르사드(나선형으로 꼬아서 만든 장식용 끈―옮긴이) 또는 돌처럼 굳고 단단한데도 낮게 속삭이고, 코를 골고, 한숨을 쉬는 세상의 로봇들(전류는 샘물 흐르는 소리, 눈에 보이지 않는 거대한 고양이가 가르랑대는 소리로 노래하기 때문이다). 철탑에 등을 기대고 전선 위로 내달리는 구름을 바라보자니 그 기억들, 인적 없는 리브라두아의 숲에서 보냈던 그날이 떠올랐다. 이 세상이 내 취향과 호기심, 내 삶에는 낯설게 느껴지지 않는다. 내가 살던 시대의 형태들과 소리들을 불러오고, 그때의 이미지들과 생각들을 떠올리게 한다. 왜 요즘 시인들은 그런 걸 아예 보려고도, 묘사하려고도 하지 않는 걸까? 마치 그들의 존재는 '선천적으로' 감히 시에 걸맞지 않다는 듯 말이다(내가 읽어본 중에는 상드라스와 함께 딱 한 사람이 그런 걸 했다. 프랑시스 퐁주는 『전기에 관한 텍스트』라는 훌륭한 글을 남겼다). 내 옆에 있는 나무들, 바람에 속삭이는 구주소나무들은 시인들이 노래하던 옛 시절 그대로다. 호라티우스, 베르길리우스, 소포클레스, 호메로스는 그 나무들을 한결같이 묘사했으며, 인간의 세상은 나무들의 세상과 정확히 통한다고 생각했다. 하지만 금속 몸체, 유리 갓을 쓴 금속의 이파리들, 맑은 하늘을 배경으로 서로 뒤얽힌 전선들, 금속에서 나오는 속삭임은 오로지 우리에게만 주어진 특권으로, 예전의 시인들은 보지도 묘사하지도 못했던 대상이다. 세상을 뒤덮은 기술과 과학의 새롭고 색다른 형태들을 늘 원하거나 찬양하거나 비난하는 건 잘못이다. 내가 볼 때는 기술과 과학을 보고, 인정하고, 우리의 시각과 풍경에 통합하고, 그들의 에너지와 보이지 않는 파동의 언어를 다시 되돌려주는 일이 중요하다.

*

코스 지역의 항로 표지와 함께 위르의 종탑도 나를 외딴 마을로, 태양 아래 메모하고 있는 이 계단으로 이끌었다. 이 부분에 대한 자세한 설명은 다소 평범하니 생략하련다. 이 짧은 휴식의 순간, 느닷없이 글을 쓰고 싶은 충동에 대한 여담은 나와 관련된 얘기니까. 영감이 이끄는 개울가나 공터 한가운데, 들판, 시골 도로 위에 잠시 멈추거나 마음 내키는 대로 자연 속에서, 심지어 카페 안에서라도 글을 쓰는 일은 보행의 실질적인 기쁨 중 하나다. 나는 카페에서 글쓰기도 좋아한다. 어떤 날 저녁에는 길의 고독보다 글 쓰는 편이 더 행복하다. 다른 사람들 속에서, 그들의 대화와 주변의 웅성거림 속에서 행복할 때도 있다. 글을 쓴다는 건 단지 백지의 깊이 없는 거울 속에 자기 자신을 비쳐보는 일일 뿐만 아니라 흡사 다른 사람들의 말에 전자기를 띤 것처럼 끌어당겨지고 되살아나는 나 자신의 말을 느끼는 일이기도 하다. 어휘는 꼭 침묵, 바람, 숲이 있어야만 떠오르는 게 아니다. 오히려 다른 소리, 다른 노랫소리, 거친 또는 부드러운 목소리, 쉰 듯한 또는 옥구슬 같은 목소리, 카페에 있는 사람들의 목소리가 필요할 때도 종종 있다.

위르의 농가로 다가가다가 오른쪽 첫 번째 집에서 석양이 환히 비치는 작은 창문 너머로 나를 유심히 바라보는 어떤 여자의 얼굴을 발견한다(그때까지만 해도 많은 잿빛 돌담 집들 중에 어떤 집들에 사람들이 사는지 혹은 안 사는지 알지 못했다). 여자는 분명 한참 전부터 보고 있었던 듯 내가 그녀의 존재를 알아채자마자 얼른 뒤로 몸을 숨긴다. 검은 머리칼에 윤곽이 섬세한 얼굴과 유리창에 대고 있던 한 손, 커튼을 벌려 텅 빈 길 위에 있는 나를 응시하던 너무 순간적이고도 평범한 시선. 그때 이후로 내 기억 속에 무어라 설명할 수 없이 끈질기게 남아 있다. 그림을 그릴 줄 알았더라면 살짝 벌어진 커튼과 걷고 있는 나를 바라보던 두 눈까지— 특별한 표정은 없는 것 같던—모든 걸 세세히 되살렸을 텐데. 단순히 홀로 길 위에 있는 나를 보고 놀라서 몰래 바라본 걸까(뭔가 몹쓸 짓을 하다가 들키기라도 한 걸까?) 아니면 반대로 그 순간의 우연이 잠시 나를 기다렸을지 모른다는 말도 안 된다는 착각을 하게 만든 걸까? 2분쯤 지난 뒤 그 집 문을 두드리자 조금 전에 봤던 얼굴이 나와서 문을 열어준다. 많아야 20대로 보이는 여인은 내가 짐작했던 대로 투명한 낯빛에 짙은 머리칼과 검은 눈동자를 가졌다. 투박한 천으로 만든 바지에 터틀넥 스웨터 차림이다. 여자는 말 한마디 없이, 불신이나 놀라움 또는 열의의 표정도 없이 나를 빤히 바라본다. "분지를 걸어서 건너는 중입니다. 혹시 하룻밤만 재워주실 수 있을까요? 내일은 메뤼스로 갈 겁니다." "들어오세요." 주방에는 노파가 불가에 앉아 순무를 씻고 있다. "남편이 금방 올 거예요. 앉으세요. 남편이 주무실 만한 곳을 찾아드릴 거예요. 커피 드릴까요? 아직 남았는데." 나는 말없이 커피를 마신다. 여자는 다시 나간다. 노파는 야채 껍질을 벗긴다. 남편이 와도 거의 이야기를 나누지 않는다. "이리 오시죠." 남편이 나를 곡물과 건초 창고로 쓰는 옆 헛간으로 데려가자 놀란 고양이 떼가 후다닥 달아난다. 나는 이미 고양이들이 따뜻하게 덥혀 놓은 아늑한 곳에 침낭을 편다.

*

호텔 하나 없는 마을보다는 이런 한적한 고원에서 잘 곳을 찾는 편이 훨씬 수월하다. 이런 곳은 말은 별로 없어도 당연하게 맞아준다. 마을이 드문드문 있는 고원 지대에서는 호텔이라는 말조차 생소하다. 메장 지역에서 유일하게 규모가 큰 마을이 위르다. 이 석회질 분지는 다른 곳들과는 달리 나무가 거의 없고 도로만 두 개 가로지르고 있어서 지도에서는 거대한 하얀 면으로 보인다. 그런데 광활한 비포장 길이나 풀밭 속 미세한 흔적들로 이루어진 몇 개의 오솔길들이 분지를 가로지른다. 이 길들은 가축들이 이동하는 길로, 로제르 산으로 이어진다. 이 지역은 도로가 빈약하고, 마을과 농지 사이가 멀어서 이방인을 훨씬 쉽게 받아들인다. 프랑스의 다른 지역들은 왕래가 잦은 도로, 자동차, 관광객들을 위한 호텔 시설이 마련되어 있지만, 자동차 이외의 수단으로 이동하는 보행자에게는 잘 다져진 오솔길이 전부다. 저녁에 호텔을 '하지' 않는 카페에 도착해서 이런 대답을 얼마나 숱하게 들었던가. "10킬로미터만 가면 옆 마을에 호텔이 있어요. 거기 가면 방이 있을 겁니다." "저는 차 없이 걷고 있어요. 그리고 지금 걸어서 35킬로미터를 왔고요. 이 시간에 10킬로미터를 더 걸을 수 없습니다." 그러면 대개는 불신 섞인 놀라는 표정이 얼굴에 드리운다. 물론 이렇게 되면 당연히 해결책을 찾아야 한다. 여름학교, 사제관, 유스호스텔, 헛간(물론 방은 절대 아니다. 프랑스에서는 낯선 사람을 집 안으로 들이지 않는다). 옛날의 숙박소는 모두 어디로 갔을까(사시에는 1914년 제 1차 세계대전이 발발하기 전까지만 해도 시청에서 보행자들을 따로 정해둔 장소에 유숙시켰다. 심지어 '빈곤해' 보이는 사람들에게는 빵도 주었다)? 마을마다 행인, 방랑자, 행상인, 떠돌이를 위해 갖추었던 급식소, 보호소들은 모두 어디로 갔을까? 요즘은 이런 장소들이 전부 사라진데다 필요하다는 생각조차 안 한다.

나는 오늘 밤 헛간의 냄새나는 마른 건초 위에 누워서 이런 생각들에 잠긴다. 저희들의 오목한 보금자리에 익숙한 고양이들이 분한지 잠시 왔다 갔다 한다. 그러더니 한 마리가 옆에서 몸을 돌돌 만다. 나는 어둠 속에서 조심스럽게 가르랑거리는 소리가 스며드는 헛간의 깊은 침묵을 밤새 지킨다. 그리고 고양이를 쓰다듬으며 이런 생각을 한다. 오늘 밤은 처음으로 고양이와 함께 보내는구나.

그렇다, 간밤에 머문 이스파냐의 생 테니미 마을 타른 협곡보다는 이곳에서 더 수월하게 묵을 곳을 찾았다. 생 테니미는 여름이면 언제나 만원이고 비수기만 되면 문을 닫는 호텔들로 넘쳐나는 관광지다. 이곳의 11월은 들쥐, 마르모트, 겨울잠을 자는 동물들의 11월과 똑같다. 마을은 혼수상태에 빠진 듯하고, 타른 협곡 인근은 아무 희망 없는 괴저병에 걸린 곳 같다. 오로지 위쪽에 있는 옛 거리에만 주민 몇몇이 산다. 실질적으로 생기 잃은 호텔들로 가득한 이곳에서 방을 구하기란 불가능하다. 어쨌든 나는 빵집의 도움을 받아 방을 하나 얻어 보기로 했다. 그런데 우연의 일치일까, 아니면 여태껏 알려지지 않은 사회적 현상일까? 어딜 가나 내가 만난 빵집들은 하나같이 상냥하고 호의적이며 도와줄 태세가 되어 있었다. 그래서 다음부터는 문제가 있을 때마다 제일 먼저 나타나는 빵집으로 곧장 향하며 이렇게 중얼거릴 정도였다. '빵집을 믿어보자.' 빵집은 정육점이나 꽃집, 카페보다 더 믿음직하다. 철물점이나 식료품점 그리고 약국보다도 훨씬 더 믿음직하다. 빵집은 마을에서 가장 마음이 넓은 곳이며, 사람들이 매일 가는 곳이어서 온 동네 사람들을 잘 알고 있다. 그러니 이 책을 읽고 길을 걷다가 호텔 없는 마을에 도착하게 되면 내 충고를 한번 따라보라고 권하고 싶다. 그리고 이런 내 경험에서 우러난 속담을 하나 제안한다.

곤란하거나 어려운 일이 생기면
빵집을 찾아가라.

*

그날 밤 나는 위르의 주방에서 농부와 그의 아내, 그의 어머니 그리고 목동과 함께 식사를 한다. 이 가족은 밀과 호밀을 경작하는 밭을 몇 군데 갖고 있지만, 주로 200마리 가량의 암양을 사육하고 젖을 짜서 생계를 유지한다. 메장에서는 약 1만 8,000마리 암양의 젖으로 로크포르 치즈를 만든다. 설비는 현대적이다. 골함석으로 뒤덮인 커다란 축사에서 기계로 젖을 짠다. 농부와 아내와 목동 셋이면 젖 짜는 작업을 하기에 충분하지만, 쉬지 않고 열심히 일한다. 그들은 식사하는 내내 거의 말을 하지 않는다. 순무와 녹말가루로 만든 수프. 익히지 않은 햄. 강낭콩 스튜. 치즈와 호두. 포도주는 남부 미네르부아 산이다. 그날 밤을 떠올리면 한때 술에 절은 부랑자였던 목동의 얼굴 그리고 특히 거구의 노파가 기억에 남는다. 노파는 반신마비지만 눈처럼 하얗게 센 머리에 대단히 예리한 총기가 엿보이는 섬세한 얼굴로, 저녁 내내 쓸데없는 말이나 빤한 말은 단 한마디도 하지 않고 올바른 잔소리만 했다.

아직도 귓가에 노래하는 듯한 방언조로 프랑스어를 구사하던 감미로운 목소리가 들리는 듯하다. 나는 노파와 함께 특히 지역과 옛날의 삶, 자연보호, 세벤 국립공원에 대해 이야기를 나눈다. 노파가 말한다. "그 공원은 사람들의 반대를 무릅쓰고 만든 거라오." 어느 지역에서나 오늘날 환경학자라고 부르는 사람들의 결정에 대한 이야기만 나오면 상당한 적대감 혹은 불신을 엿볼 수 있다. 농민들은 그들의 의도를 잘 이해하지 못하고, 어처구니없게도 자신들의 일상이 바뀌거나 습관이 불편해질까봐 두려워하는 모양이다. 농부의 아내는 심지어 나중에 이런 말도 한다. "건축하고 비슷한 거예요. 이제는 마음대로 건물을 짓지도 못한다니까요. 경치와 옛 기념물을 보호해야 한다고 말이죠. 그 사람들 말대로 했다가는 양 축사도 옛날처럼 돌이랑 편암 판석으로 다시 짓고, 둥근 천장으로 만들어야 할 걸요. 옛날에는 기껏해야 40마리에서 50마리였으니까 그럴 수 있었고, 그걸로 먹고 살만 했죠. 하지만 요즘에는 생계를 유지하려면 적어도 200마리에다가 착유기도 갖추어야 한다고요. 기계도 없이 매일 200마리의 젖을 어떻게 짜요? 낡은 양 축사에서는 도저히 못해요. 옛날에 이런 걸 예상하고 양 축사를 짓지 않았으니까요. 우리가 축사를 지을 때만 해도 골함석을 썼어요. 그게 싫은 사람들이야 할 수 없죠. 계속 이대로 가면 우리는 오로지 관광객들에만 의지해서 살아야 할 판이에요. 이방인들을 위한 진열창이 되는 거죠."

축사 문제는 코스 지역 어느 동네에서나 볼 수 있다. 아직도 일부 축사들은 손대지 않고 사용하고 있고, 나머지 절반은 붕괴 상태다. 이런 축사들은 활등처럼 굽은 궁륭형 지붕에 석회암으로 길쭉하게 지어졌다. 이런 식으로 축사를 지은 건 아름다움이 아니라 필요에 의해서다. 이 민둥한 고원에서는 골조와 들보로 쓰일 목재를 찾지 못해서 지붕의 내장을 포함해 전부 돌로 지어야 했다. 지붕은 편암 판석이나 티울라세, 즉 무거운 흰 석회질 판으로 지었다. 그런데 지나치게 무거운 지붕은 벽에 너무 강한 압력을 가해서 벽 두께를 적어도 1미터 당 50센티미터로 지어야 한다. 그런 벽에는 작은 출입구밖에 만들 수 없어서 늘 축사 안은 어둡다. 대신 여름에는 무척 시원하다. 그리고 완전한 궁륭형 아니면 반원형 천장 때문에 반짝이는 돌과 지붕으로 이루어진 독특한 코스 지역의 풍경은 아주 멀리서도 눈에 띈다. 안타깝게도 그런 축사들은 아주 크게 짓지 못하고, 기껏해야 가축을 50마리 정도 수용할 수 있다. 그래서 오늘날 대형 목축에는 더 이상 적합하지 않다. 결국 이 벌거벗은 땅의 독창성을 유지해 나가는 일, 돌과 그 돌이 나온 토양과의 환상적인 결합을 보존하면서 동시에 농장 겸 축사를 확장시키고 현대화시키는 게 관건이다. 그렇지 않으면 남아날 수 없다.

더구나 이 문제는 자연 보호 문제와도 맞물린다. 얼마 전에 나는 메장을 오르기 전에 생 테니미에서 한 남자를 찾아갔다. 전해들은 바에 의하면 오래전부터 다른 사람들과 함께 이 문제에 열정적으로 몰두하고 있는 사람이라고 했다. 남자는 '메장의 소개와 문화 발전을 위한 코스 지역 협회'도 설립했다. 메장은 토양이 척박하고 헐벗었다. 이런 토양의 불리한 품질을 고려할 때 경작보다 훨씬 수익성이 좋은 암양 사육을 더욱 집중적으로 관리해서 예전과 같은 활력과 생기를 다시 불어넣어야만 했다. 이 지역의 이농 비율이 놀라운 수치에 도달했기 때문이다. 18세기에는 평방미터 당 13명의 주민이 살았지만, 오늘날에는 2명밖에 남지 않았다. 그나마 간신히 버티고 있는 2명도 근근이 연명하고 있다. 그런데 고원을 지나다 보면 불모지지만 결코 자원은 부족하지 않다는 점을 알게 된다. 내가 코스 지역에 도착한 날 아침에 살다 마을 앞에서 만난 목동은 이렇게 말했다. "이 지역은 말이오, 선생, 하다못해 까마귀들도 지상의 가난을 차마 보지 못해 몸을 뒤집어서 난다오." 근사한 이미지가 그려지지만 조금 억지스런 표현이다. 나는 그리스에서 이보다 더욱 척박하고 빈곤한 토양을 보았지만, 그곳 농민들은 어떻게든 견디고 있었다. 코스 지역은 일단 거대한 면적에 걸맞은 규모의 목축을 할 수 있고—지금은 1만 8,000마리로, 평균 190마리—다른 동식물도 키울 수 있다. 문제의 남자는 메장의 얼굴을 다양화시킬 필요가 있다고 설명했다. 즉, 면적의 75퍼센트는 방목장에, 15퍼센트 정도는 경작에 할애하고(이곳은 석회암의 침식으로 함몰된 구덩이와 토양이 훨씬 풍부한 평야다), 나머지 면적에는 나무를 심는 것이다. 코스 지역은 나무를 심기에 아주 적합한 지역이기 때문이다. 옛날에는 숲이 전 지역을 뒤덮고 있었는데, 주변 계곡에 기업들 특히 유리 제조 공장들이 들어서면서 프랑스 대혁명 직전에 완전히 초토화되었다. 그 시대까지만 해도 코스 지역은 산이 많은 사막의 몰골이 아니었다. 이 지역의 탄식할 만한 황폐화, 흙은 결빙으로 조금씩 침식되고 풍화되어 바람에 일소되고 개울은 '그레주'라고 부르는 백사장으로 변해버린 이 땅의 빈곤화는 지난 몇 백 년 동안 자행된 무분별한 벌채로 야기되었다. 그러고 나서야 사람들은 암양을 몰고 올라가 그곳에서 방목할 생각을 했다. 남자는 이렇게 덧붙였다. "그래서 우리는 과거와 미래를 화해시키는 동시에 옛 축사들, 메장의 삶과 독창성을 이루던 모든 것들을 보존하고, 목축업자들이 규모를 확대하고 현대화하도록 도우려고 애쓰고 있습니다. 보세요. 그들은 최근 몇 년 동안 설치류들과 토끼들이 너무 많다고 불평하고 있죠. 그렇다면 농지에 화학제품을 섞은 물을 주거나 올가미와 사냥으로 죄다 멸종시키는 대신 독수리와 매가 오게 했어야죠. 정말이지 어려운 일도 아니거든요. '독수리와 매라니! 아예 늑대와 호랑이를 키우지?' 사람들은 그렇게 비꼬더군요. 그런데 맹금류가 알을 품는 시기와 부화 이후에 새끼들을 먹이려고 하루에 설치류를 30마리 내지 40마리씩 잡아먹는다는 사실을 아십니까? 그러면 사람들은 이렇게 대꾸하더군요. '그럼 당신네 독수리와 매들 때문에 새끼 양은 더 이상 못 키우겠구려. 다 잡아먹을 테니 말이요!' 5년 동안 그런 사례는 딱 한 번밖에 못 보았습니다. 그리고 어찌 되었든 소유주는 보상을 받습니다. 그래서 싸워야 한다는 겁니다. 메장에서 모두가 자신의 자리와 역할을 지킬 수 있도록 말이죠. 독수리와 매까지도요."

카스텔북, 라샤드네드, 프레시네의 북쪽 가장자리 절벽에 둥지를 튼 매와 독수리들은 사실상 코스 지역에선 보기 힘들다.

프랑스에서는 낮에 활동하는 맹금류를 보기가 점점 더 힘들어지고 있다. 여행 내내 창공에서 삐악거리는 소리로 나를 따라다녔던 말똥가리와 매, 특히 끝이 뾰족한 날개와 정지 비행으로 사냥하는 독특한 방식으로 쉽게 알아볼 수 있는 황조롱이 매(자신의 먹잇감에 깊이 몰두해서 주변은 거의 개의치 않기 때문에 파리 방면 고속도로의 판판한 곳에서 사냥하는 모습을 자주 본다!), 두 맹금류와 여기저기에서 보이는 몇몇 독수리와 약간의 새매를 제외하고는 실질적으로 커다란 새들은 이제 보이지 않는다. 무턱대고 '해로운' 새라고 생각하는 우리의 낡고 어리석은 편견보다 훨씬 더 생명력이 강인해서 그나마 아직도 시골 곳곳에 잔존하지만 그들의 먹잇감, 사냥감이 차례로 사라지고 있기 때문이다(너무 과하게 강조하는 건지도 모르지만, 단연코 유일하게 해로운 동물은 바로 인간이다). '프랑스'의 맹금류들은 괴물도, 거대한 파괴자들도 아니지만 편견과 두려움을 떨쳐내지 못한다. 하늘에 날개폭이 무려 3미터도 넘는 독수리의 거대한 그림자가 지나가면, 비록 짐승의 썩은 시체만 먹기 때문에 식물이나 동물에는 아무런 피해를 입히지 않는데도 꽤나 위압적이다. 독수리들은 새끼 양들이나 아이들을 잡아간다고 전해지는 이야기들과 달리 완벽하게 무해하다. 그런데 왜 모든 새들을 멸종시켰는가? 뱀을 잡아먹는 순백색의 배를 가진 멋진 개구리매를—'오베르뉴 화산 지역 공원'에서 보호 중인 몇몇 쌍을 제외하고는—왜 멸종시켰단 말인가? 이름도 대단히 시적인 그 새들을 왜 숲에서, 들판에서 함정에 빠뜨리고 사냥한단 말인가? 황조롱이, 사크르, 콩콜로르, 엘레오노르, 쇠황조롱이, 새호리기 그리고 왕독수리나 흰꼬리수리 또는 수염수리처럼 이제 프랑스에서는 기억에만 존재하는 거대한 맹금류들은 말할 나위도 없다. 맹금류는 짐승의 썩은 고기를 치워주는 청소부이자 송장 파괴자인 동시에 뱀을 없애주고 설치류들을 먹어 치우기 때문에 유용한 정도가 아니라 없어서는 안 될 동물이다. 그런데도 매 또는 독수리라는 말 한마디 앞에 설명되지 않은, 설명할 수도 없는 조상 대대로 물려받은 두려움이 농민들을 사로잡는다. 위르의 농부는 내게 이렇게 말했다. "그 사람들더러 코스 지역에는 독수리나 매가 필요하다고 허구한 날 떠들라고 해요. 나는 한 마리라도 눈에 띄면 바로 총을 집어들 테니까. 내가 해야 할 일이 뭔지 알거든요. 그들은 해로운 짐승이란 말입니다. 옛날에도 그래서 없앴는데 왜 오늘날에 와서 다시 불러들여요." 이곳 사람들은 지금 조상들의 경솔함 때문에 불모지가 된 석회질 고원이라는 독특한 지역에서 독수리와 매, 숲과 방목장이 역설적으로 공존할 수 있고 심지어 죽어가는 부분에 새 생명을 불어넣을 수도 있다는 사실을 이해하지 못한 채 당장의 이기적인 이익만을 생각하고 있다.

*

메장 고원에서의 아침. 평평한 풀밭의 울퉁불퉁한 토양 표면이 구석구석 서리로 뒤덮여 있다. 간밤에 앉은 서리 때문에 발밑에서 얇은 은빛 층처럼 얼어붙은 눈이 우지끈거린다. 태양은 정오처럼 세상을 불태우기라도 할 듯 맑게 작열한다. 지평선은 지나칠 정도로 가깝게 보이고, 공기는 한없이 투명하다. 내 발소리가 침묵에 잠긴 은은한 빛깔의 넓은 땅을, 내 얼굴과 두 손을 붉게 물들이는 강렬한 공기를 울리며 가득 채운다. 허기진 뱃속은 아침에 호밀 빵을 적셔 먹은 따뜻한 수프와 좀 전에 들판에서 목동과 함께 원기왕성하게 먹어치운 럼주로 두둑하다. 아주 멀리까지 걸을 수 있고 녹초가 될 때까지 끝없이 지평선을 탐색할 수 있을 듯한 기분이다. 나는 고원 곳곳에 산재해 있는 함몰 구덩이 중 하나에 햇볕을 받으며 누워 메모를 한다. 소치, 우발라, 돌리네. 나는 들척지근하고 우수어린 이 마지막 말과 그 말에 담긴 의미가 마음에 든다. 완만한 풍경, 마치 지친 보행자가 등을 기댈 수 있도록 땅이 제몸을 활처럼 구부린 듯 또는 구멍을 판 듯 토양 한가운데가 움푹 들어간 함몰 구덩이. 나는 그곳에 누워 눈을 감고 귀를 기울인다. 너무나 가벼운 산들바람이 인다. 눈이 곳곳에서 녹으며 얼어붙은 풀들이 삐걱거린다. 눈에는 보이지 않지만 간헐적으로 날개 부딪는 소리가 바로 옆에서 들린다. 귀뚜라미인가? 하지만 귀뚜라미는 겨울에 동면한다. 메뚜기인가? 하지만 메뚜기가 이런 계절에 이곳에서 뭘 한단 말인가? 메뚜기는 열대지방의 건조함을 좋아하는 이동형 곤충이 아닌가. 꼼짝도 않고 가만히 있는데도 나를 에워싸는 빳빳한 추위, 서리에 시달려 꽁꽁 얼어붙은 땅. 뭔가 가볍게 부딪는 마찰소리, 수면 아래서 결정체가 깨지는 듯한 가냘픈 소리들에서 생명이 아주 가깝게 있음이 느껴진다. 황갈색 새 한 쌍이 바로 옆에 있는 함몰 구덩이 꼭대기에 내려앉는다. 새들은 부드럽게 쩍쩍거리다 이내 날아오른다. 다시 침묵이 내린다.

좀 전에 나는 농가를 떠나면서 양 떼를 몰고 가는 목동과 동행했다. 그가 언성을 높여 불평을 하자 커다란 입김이 만화의 말풍선처럼 입에서 튀어나왔다. "이런 날씨에 밖으로 데려가라지 뭡니까. 물론 짐승들은 춥지 않겠죠. 등이 뭔가로 덮여 있으니까요. 하지만 나는요……." 이곳저곳에서 온갖 일을 다 하고 돌아다녔던 과거 부랑자이자 만성 알코올 중독자(분명 앞으로도 부랑자일 것이다. 부랑자들은 결코 훌륭한 은퇴자가 못 되니까). (전날 밤에 주방에서 저녁을 기다리는 동안 목동은 식탁에 앉아 나머지 세 명에게 등을 돌린 채 꼼짝도 않고 고개를 숙이고 있었다. 무슨 생각을 하고 있었을까? 그는 이따금 탁자 위에 놓인 술병을 바라볼 뿐 차마 먼저 마시지도 못했다.) 이제 양들은 먹이를 찾았고, 우리 둘도 차가운 풀 위에 앉았다. 나는 배낭에서 럼주 병을 꺼냈다. 그의 눈이 기쁨으로 환해지더니 미심쩍다는 듯 나를 바라봤다. "이런 날씨에는 이게 최고죠. 더구나 길에서는 이보다 나은 게 없죠……." 그는 말을 얼버무린다. "석회질 고원의 모든 이들을 위하여!" 나는 그에게 술병을 건넸다. 술병은 납작해서 반 리터밖에 안 들어가지만 배낭 바깥 주머니에 쏙 들어간다.

그에게도 삶은 한 편의 소설이다. 길을 걷다 마주치는 이 땅의 소외된 사람들의 삶은 모두 소설처럼 여겨진다. 하지만 그의 삶은 유독 슬픈 소설이다. 지난 세기에 인기를 얻었던 소설『초가집의 밤』처럼. 그는 세계 2차 대전 중에 포로로 잡혀서 오스트프로이센의 사병 포로수용소로 보내졌다가 다른 많은 죄수들처럼 농장을 전전하며 노역을 했다. 그에게는 전쟁이 시작되기 직전에 결혼한 아내가 있었는데, 5년 만에 돌아가니 아내는 사라지고 없었다. 이미 오래전에 도망가서 어디로 갔는지 알 길이 없었다. 그는 일자리를 구하지 못해서 막일로 생계를 이으며 길에서 유랑생활을 시작했다. 그래서 프랑스라면 동서남북 훤히 꿰고 있었다. 하지만 그가 아는 프랑스는 피서객들이나 관광객들의 프랑스, 나 같은 보행자들의 프랑스가 아니다. 주변인들, 약자들, 소외계층, 체념한 사람들, 게으름뱅이들, 술주정뱅이들, 떠돌이들의 프랑스, 낯설고 대개는 비참하며 비정하고 가혹한 프랑스, '아름다운' 별을 보며 밤을 보내는 헛간의 프랑스다(별들은 어쩔 수 없이 필요해서가 아니라 기쁜 마음으로 볼 때만 아름다운 법이다). 그는 15년 동안 그렇게 헛간과 헌병대 사이를 오가며 살았다. (그는 헌병대에서도 험한 경험을 했다. '헌병들이야 나랑 친구죠. 마르세유부터 디종까지 사방의 헌병들이 날 알아서 웬만하면 보내줘요. 나는 아무에게도 피해를 안 주거든요. 게다가 신분증도 있어요. 멀리서 그들이 탄 소형 트럭이 보이자마자 신분증을 꺼내 조사 받을 준비를 하면 알아차리고 가던 길을 가요.' 그는 때 묻은 종이를 꺼내 보여주면서 덧붙였다.) 그는 넉 달 전에 목동으로 고용되어 이곳에 왔다. "주방 위쪽에 있는 따뜻한 내 방을 처음 보고 진짜 울컥했다니까요. 진짜 침대랑 진짜 매트리스라니. 침대에서 자본 지 몇 년 되었거든요." 물론 그의 정신은 적포도주와 알코올에 절어서 흐릿하고, 프레쥐에서 겪었다는 모험담을 통해서 알 수 있듯이 반응도 다소 느린 편이었다. 댐 참사(1959년에 421명의 인명 피해를 낸 말파세 댐 붕괴 사고―옮긴이)가 일어나자 목동은 구조원으로 동원되어 서둘러 그곳으로 달려갔다. 그리고 그곳에서 두 달 동안 일하면서 정비와 재건 작업을 했다. 두 달이 지나서 그는 임금을 받으려고 고용주를 찾아갔다. 그리고 모든 구조 업체들이 무급으로 일해주기로 했다는 얘기를 그제야 들었다. 결국 시장에게서 200프랑을 받고 다시 길을 떠나 이곳까지 흘러오게 되었다.

물론 이 모든 이야기는 럼주를 한 입씩 털어 넣느라 중간 중간 끊어졌다. 30분 만에 술병이 동났다. 싸늘한 대기 속에 앉아 있지만 몸은 불붙은 듯 뜨겁게 달아올랐다. 투명한 풍경 속에 얼큰히 취기가 오르자 옆에 있는 남자와 마치 몇 달째 함께 길을 걸어온 사이인 듯 허물없이 이야기를 나누었다. 함께 길을 떠돌며 걷다 보면 금세 가족처럼 느껴지는 법이다. 그런 사람들은 절대 묻는 법이 없다. 그냥 걷고, 그곳에 있고, 내일은 다른 곳에 있을 테고, 그게 전부다. 그때 나는 문득 구원의 임무를 부여받은 듯한 기분이 들었다. "잊으려고 마시는 게 아니라 기억하기 위해 마셔요. 그게 훨씬 낫죠." 내가 불쑥 그런 말을 하자 그는 얼빠진 표정으로 바라보았다. "그럼요, 암요. 될 대로 되라고 잊으려고 마시면 알코올은 해로워요. 하지만 반발하고 싸우려고 마시면 몸에 이로울 거예요. 자, 건투를 빕시다!" 나는 자리에서 일어나 남쪽으로 들어섰다. 그는 여전히 누운 채 나를 바라보았다. 한 시간밖에 안 되었지만 그는 여전히 내 말을 기억할까?

*

이 계절은 석회질 고원의 아름다움을 누리기에 그다지 좋지 않다. 종려나무 꽃, 체꽃, 노란빛과 장밋빛의 세덤, 복수초 등 봄에 고원을 수놓고 장식하던 꽃들은 모두 사라졌다. 하지만 아직도 여기저기에서 노란 꽃잎으로 땅을 빛나게 하는 봄맞이꽃이 보인다. 봄맞이꽃의 꽃잎은 비가 오면 닫혔다가 해가 다시 나타나야 활짝 연다. 나는 돌아갈 때까지 고이 간직하려고 한 송이를 챙긴다. 사시에 있는 지하실 문에 고정시켜 놓았더니 매번 진짜 청우계처럼 닫혔다가 열린다.

석회질 고원은 여전히 파란 하늘 아래 생생한 빛깔, 색채를 간직하고 있다. 잿빛 돌들 곳곳에는 노란빛, 은은한 초록빛, 황갈색 지의류들이 섞여 있다. 돌리네라고도 부르는 함몰 구덩이 속에서 조밀하고 풍요로운 흙이 붉은 내장을 내보인다. 어디에서나 어스름한 달밤의 표석들처럼 부분적으로 떨어져나간 돌무더기들을 쌓아올린 모습이 보인다. 짚은 고르게 잘려 있고, 쟁기와 쇠스랑으로 갈아놓은 일부 분지는 마치 일본 선禪사원의 모래 정원처럼 가늘고 나란한 홈으로 무수하게 뒤덮여 있다. 하지만 이런 표석들과 갈퀴로 긁어낸 듯한 공동들 외에는 거의 평평한 풍경이다. 지평선까지 불규칙한 풍경이라고는 오로지 외딴 축사의 반짝이는 지붕과 돌 움막의 둥근 천장뿐이다. 고원 지역 일대를 수놓은 돌을 맞물려 쌓아 만든 작은 안식처들을 프로방스에서는 보리스 또는 카피텔이라고 부른다. 곳곳에서 결빙으로 부서지고 무너진 돌더미들이 보인다. 아직 사암의 단계까지 가지 못한 이 돌 더미는 '클라파스clapas'라고 부른다. 돌 더미의 돌들은 이따금 함몰 구덩이 주변에 바람을 막아주는 돌벽을 만들거나 돌 움막을 짓기에 적당하다. '토끼굴clapiers'이라고도 부르는 클라파스는 '평평한 돌'을 뜻하는 로마 이전의 언어 '클랍clap'에서 파생되었다. 평평하지 않은 돌을 지칭하는 단어는 켈트 이전의 언어로 돌을 뜻하는 '카르kar'에서 파생되었고, 남부의 관광 도시 카르카손Carcassonn에서도 흔적을 찾아볼 수 있다. 심지어 선사시대에 가까운 역사를 지닌 돌에 대한 단어들은 형태, 돌출, 표면의 단층, 외양이나 속성 하나하나를 고스란히 드러낸다(부드러운지 단단한지, 부서지기 쉬운지 혹은 결을 따라 쪼개지는지, 인간이 사용하기에 적합한지 부적합한지). 돌이 평평한지 아니면 모가 났는지, 통 돌인지 산산이 부서지는 돌인지에 따라 중요한 메시지를 가지기 때문이다. 그래서 매장 횡단을 마치며 메뤼스 길로 이어지는 절벽에 가까이 가는 동안, 나는 목축로를 따라가면서 현재의 일상을 채우는 일시적인 혹은 지속적인 물질들을 지칭하기 위해 끊임없이 만들어내는 단어들 그리고 그 단어들 속에도 갈리아 족보다 훨씬 오래된 많은 단어들 같은 영속성이 있을까 생각한다. 이미 어린 시절과 사춘기를 함께했던 단어들 대부분은 그 단어를 탄생시킨 기술과 함께 사라졌다. 이를테면 갈랄리트, 두랄루민, 포마이카, 베이클라이트(플라스틱의 원조 격인 합성수지의 일종—옮긴이) 같은 단어를 얼마나 사용할까? 오래 지속될 것 같지만 결국은 스윙, 지르박, 비행체 또는 어뢰 정도보다 오래 가지 않으리라. 편암 판석이나 양 축사보다 더 일시적이고, 그 말이 지칭하는 사물이 존재하는 시간 동안만 지속될 테니까.

*

라르작 고원에서는 땅이 더 많은 이야기를 들려준다. 고원의 아주 작은 균열들로, 언덕과 계곡으로 이야기한다. 주변을 둘러싸고 있는 산지는 뭔가가 떠오를 듯 말 듯 신비를 간직한 이름들을 갖고 있다. 남쪽은 에스캉도르그, 북서쪽은 레브주라고 한다. 동쪽과 남동쪽에서 고원을 감싸 안은 산지들의 역사는 보다 분명하다. 에스페루는 태양이 지는 저녁의 산이고, 세란네Serranne는 톱니처럼 깊이 들어간 능선으로 길게 늘어지는 좁은 언덕이다. 이름이 톱을 뜻하는 라틴어 '세라serra'에서 파생되었기 때문이다.

라르작은 오랜 세월 물이 깎아내고 파내며 빚어낸, 때로는 환상적인 무수한 모양으로 가다듬은 토양과 바위로 이루어진 석회질 지역이다. 그래서 무엇 하나 밋밋하거나 평평하지 않다. 마치 세월이 얼굴에 주름이라는 흔적을 남기 듯 석회질 고원에 남긴 천연 우물, 꽤 많은 구렁들은 지방의 풍요로운 관광지가 되었다. 천연 우물을 케르시의 석회질 고원에서는 이구에스, 루에르그 지방에서는 탱둘, 데볼뤼에서는 쇼룽으로 부른다. 급류에 굴러다니며 반들반들 윤이 나는 하얀 조약돌인 드베즈devèzes와 알바롱albarons은 이곳의 목초지가 되었다. 모든 이름이 다 방언에서 생기는 건 아니다. 석회질 고원의 가장자리를 이루며 타른, 종트 그리고 두르비 협곡을 굽어보는 곳곳의 절벽들은 대개 울창하고 무성한 식물군이 자라고 맹금류들이 서식하는 깊은 균열로 이루어진 골짜기들로, 카놀canolles이라고 부른다. 흡사 천연 굴뚝처럼 고원에 파인 홈들은 플뢰린fleurines이다. 카놀과 플뢰린은 생글cingles, 즉 절벽이 만들어내는 가파른 코니스(처마 끝을 장식하는 요소—옮긴이)가 된다. 그래서 바람이 휘몰아쳐서가 아니라(휘몰아치다, 가죽끈으로 때리다는 뜻의 프랑스어 cingler를 암시한다—옮긴이) 정상을 휘감고 있어서 이런 이름이 붙은 모양이다. 천연 우물에서 이따금 지면 위로 급류를 이루어 솟구치는 물을 구네이라gouneiras 또는 구네이루gouneirous라고 한다. 그리고 꼭대기의 드넓은 평지에서 노간주나무, 야생 자두나무 또는 가시덤불이 자라면서 하얀 조약돌은 석회질 토양grèzes으로 변하고, 작은 털가시나무 숲이 생기면서 가루이유garouilles 또는 가리사드garissade로 변한다. 물,

급류, 강도 흐름이 굴절되거나 힘으로 돌파하는 협곡으로 변하면 저마다 이름이 달라진다. 절벽의 울퉁불퉁한 더미에 부딪치며 멈추는 숱한 원곡洄灘 발치, '세상의 끝'이라 부르는 그곳에서 강들은 차례차례 평탄한 평면인 플라니올로 펼쳐지거나 빠르고 맹렬한 지류인 랏치 또는 라졸로 폭이 좁아진다(오랜 세월 동안 세상은 그곳에서 끝나지 않았으니, '세상의 끝'은 그저 눈길이 잠시 멈추었다 다시 시작했다는 뜻일까?). 이름들을 일일이 거론하려면 한도 끝도 없다. 이 책이 독자를 즐겁게 하는 일 외에 조금이라도 쓸모가 있기를, 이 이름들을 다시 상기시키고 풍경에 관한 어휘를 어설프게나마 소개하는데 도움이 되기를.

*

어두운 코스 고원 입구에서 검둥개 한 마리가 나를 친구 삼으려는 모양이다. 메장의 흰둥이는 위르의 농장 안주인에게 맡기고 왔다. 고원에는 떠도는 개들이 많고, 그중에는 농부들이 아는 개들도 있다. 이번 개는 오스트리아 흑송 숲의 주변부에서 머뭇대던 나에게로 뛰어왔다. 개는 내 손을 핥더니 곧바로 오솔길 세 개 중 하나로 들어섰다. 나는 개의 뒤를 따라가면서 생각했다. '코스 지역 개들은 나를 좋아하나 봐. 검둥개는 이 컴컴한 곳에서 훌륭한 수호자가 되겠는걸'. 개와 함께 외딴 마을들인 뤽, 알뤼에흐, 무르그를 지나며 여전히 원래 모습대로 보존되고 있는 오래된 양 축사들을 발견했다. 특히 알뤼에흐에서 본 집은 감탄을 자아냈는데, 전형적인 코스 풍의 계단과 양 축사 위쪽의 낮은 계단까지 달려 있었다. 나는 대초원의 풀을 짧게 깎아 느닷없이 황량해진 풍경 속을 세 시간 넘게 걸었다(들리는 거라곤 바람 소리, 말똥가리 소리, 아주 멀리 떨어진 곳에 있는 짐승 떼의 방울소리뿐이었다). 네 시간 즈음 지났을까, 지평선에서 자작나무와 소나무로 이루어진 작은 숲이 불쑥 나타나더니 곧이어 성곽도시의 탑이 보인다. 덧문은 닫혀 있다. 옆에는 양이 한 마리도 없는 커다란 축사 세 채가 있다. 검둥개가 짖기 시작한다. 내 앞에 아이들에게 둘러싸인 여자가 있다. 나는 그녀에게 다가가고, 결국 집까지 따라간다. 문 사이로 보이는 실내는 휑하고 초라하기 그지없다. 요리용 화덕, 장작더미, 커다란 침대 하나와 바닥에 놓인 매트리스들. 모두들 어리둥절한 표정으로 나를 바라본다. 빛바랜 금발에 뻣뻣한 머리카락, 피로가 너무도 역력한 여자의 얼굴에 희미한 미소가 그려진다. "보시다시피 저는 도보 여행 중입니다. 메뤼스에서 오는 길이에요. 풀쿠아리는 여기서 먼가요?" 여자는 품에 아이를 안고 밖으로 나오며 말한다. "이쪽으로 질러가시면 돼요. 그게 제일 빠른 길이에요. 저기 끝에, 나무들 있는 곳에 가면 내리막길이 보일 거예요." 나는 지도에서 그곳의 지명을 찾는다. 프라딘. 오래전에 읽었던, 이집트를 배경으로 한 책의 제목이 떠오른다. 아마 『신에게 잊힌 사람들』이었던 것 같다. 아마도 신은 프라딘의 사람들도 잊은 모양이다.

개는 들판 한가운데로 깡충깡충 뛰면서 앞장선다(그곳이 방목장이 아니라 예전에는 경작지였다가 지금은 엉경퀴로 뒤덮인 밭이라는 사실을 지나가다 깨닫는다). 지평선에는 여자가 알려준 나무들이 있고, 그 말대로라면 이쪽에서 풀쿠아리로 이어지는 내리막길이 나와야 한다. 지금 그 길로 들어서지 않으면 낭트 도로로 갈 다른 방법이 없다. 지도에는 주변 어디에도 헛간이나 하루 묵어갈 만한 장소가 없다. 잿빛 새들이 내 앞에서 날아오른다. 태양은 이미 지평선을 스친다. 아직 다섯 시간은 더 걸어야 한다. 한밤중이 되어야 도로를 찾게 될 모양이다. 나는 생각에 몰두해서 아무 소리도 듣지 못한다. 그런데 잠시 후, 뒤쪽에서 고함 소리가 들린다. 뒤돌아보니 멀리서 한 남자가 내게 손짓한다. 그러더니 이내 가까이 다가온다. 커다란 부츠와 잿빛 망토, 등에 찬 총 한 자루가 눈에 띈다. 남자가 소리친다. "어딜 그렇게 가십니까?" "풀쿠아리요. 들판을 가로질러 가라던데요." "마침 제가 저기 있었으니 망정이지, 하마터면 길을 잃으실 뻔했습니다. 절 따라오세요. 길을 알려드리죠." 남자는 슬라브 족의 억양이 상당히 강한 프랑스어로 말한다. 몇 살이나 되었을까? 키 크고 마른 체형에 금발, 창백한 얼굴은 북유럽 풍으로, 도저히 나이를 가늠할 수 없다. 숱한 시련과 소리 없는 비극이 드러나는, 고생한 흔적이 역력한 앙상한 얼굴 그리고 차가운 눈매. 내가 오랫동안 뚫어져라 쳐다보자 그는 시선을 피한다. 마치 포스터에 등장해서 이렇게 말할 것만 같은 얼굴이다. "외인부대에 지원하세요." 내 생각은 역시 틀리지 않았다. 그는 외인부대 출신이다. 물론 그 전후로 온갖 일을 다 하다가 이 고원까지 밀려와 내가 보았던 그 여인, 이곳 출신의 여인과 결혼해 동고동락하며 해마다 아이를 하나씩 낳았다. 지금은 단칸방에서 열세 명이 국수를 먹고 바닥에서 잠을 자며 살고 있다. 남자는 정원이 딸린 작은 농가와 그 일대 땅 전체를 지킨다. 그를 고용한 사람은 이곳으로 휴가를 오는 벨기에 사람들이다. "그들이 운이 좋아서 날 찾은 거죠. 난 뭐든 할 줄 알거든요. 열 손가락으로 열 가지 일을 하죠(그러면서 마치 태양에 기도라도 하듯 지는 해를 향해 두 손을 뻗고 손가락을 펼친다). 그들은 저임금으로 나를 착취하고 있어요. 돈도 많으면서 말입니다. 보살피고, 수리하고, 나무를 베는 등 다달이 온갖 일은 다 하고 제대로 먹지도 못하는데 얼마나 받는지 아십니까? 200프랑이요. 물론 나라에서 수당이야 받죠. 매일 아이 한 명당 8프랑씩, 위에 두 아이는 빼고요. 이걸로 살 수 있겠어요? 사흘 전부터 아무것도 못 먹었어요. 그래서 개똥지빠귀를 사냥하던 중이었어요. 제대로 잡으면 오늘 저녁 끼니는 어떻게 때우겠죠. 그렇지 않으면…….” 우리는 말없이 걷는다. 조금씩 더해가는 추위와 붉은 태양을 마주한 내게는 그의 말이, 가난이, 슬라브 족 특유의 억양이, 엉겅퀴를 짓밟는 무거운 부츠가, 끝이 없는 것만 같은 대초원이 찰나의 순간이지만 러시아 평야를 걸으며 러시아 농민의 불평을 듣는 듯한 착각을 불러일으킨다. 그는 들판 끄트머리에서 발길을 멈춘다. 그리고 주저하며 은근한 말투로 비밀 이야기라도 하듯 말문을 연다. “심지어 이제는 알코올도 도움이 안 되더군요. 그래서 1월부터는 한 방울도 안 마셨어요.” 그가 혀 차는 소리를 낸다. 외인부대 출신. 전^前 알코올 중독자. 대가족의 가장. 개똥지빠귀 사냥꾼. 고집스런 얼굴로 길 끄트머리에 우두커니 서 있는 남자에게 무어라 말해야 좋을지 알 수 없다. “개를 맡기고 가도 될까요? 실은 오늘 아침부터 저를 따라다니는데 제 개는 아니거든요. 어쩌면 이 개를 필요로 할 만한 주인이 따로 있을지도 모르겠네요.” 개가 생긴다는 생각에 그의 얼굴에 미소가 가득 번진다. 그는 개를 쓰다듬고 어루만지며 거친 목소리로 다정하게 말을 건다. 개가 한동안은 그의 문제를 해결해주기라도 할 것처럼. “제가 데려갈게요. 길 잃은 개네요. 우리 집에서 잘 지낼 겁니다. 입이 하나 더 느나 주나 매한가지죠, 뭐." 그는 빠르게 멀어진다.

*

이번 여행의 대부분은 파종 시기와 겹치는데, 여행하는 내내 씨 뿌리는 사람의 엄숙한 몸짓은 어디에서도 못 보았다고 말해도 놀라는 사람 하나 없으리라. 농부의 몸짓은 아주 오래전부터 우표로 발행되었고, 프랑스 농업과 농민들을 상징해왔다. 태양이 떠오르는 가운데 바람에 머리칼을 흩날리며 프리지아 모자(소아시아의 고대 국가인 프리지아에서 유래한, 앞으로 접히는 뾰족한 관이 특징인 모자―옮긴이)를 쓴 씨 뿌리는 여인. 태양은 여인의 오른쪽에 있으니 아마도 여인은 북풍을 맞으며 씨를 뿌리고 있을 것이다. 이 점은 그다지 중요하지 않지만, 호기심을 자아내는 부분이다. 우표 수집가들이 농부인 경우는 드물고, 농부들이 우표수집가인 경우는 훨씬 더 드물다. 어쩌면 50년 전 나와 똑같은 풍경 속을 걸었던 여행자는 들판에 씨 뿌리는 사람들이 없다는 사실에 무척 놀랄지도 모른다. 그러나 들판의 삶은 변했고, 아무도 그 점을 두고 불평하지 않는다. 땅을 향해 몸을 구부정하게 숙인 채 괭이와 호미로 땅을 일구고, 공중으로 씨를 흩뿌리고, 바닥에서 짚단을 주워 올리던 일을 멈추고 삼종기도 시간에 맞추어 기도를 올리는 농부들의 전통적인 이미지는 이제 통하지 않는다. 다만 포도 수확기나 감자와 무를 캘 시기가 되면―가을 작업으로 제한하자면―아직도 등이 구부정한 모습, 땅을 향해 몸을 숙이거나 휴식 시간에 여기저기에 앉아 있는 가족들의 모습을 볼 수 있다. 나는 부르보네와 포레, 제보당 지역에서 수확에 열중한 사람들을 자주 만났다. 가끔은 발길을 멈추기도, 멀리서 소리쳐 부르는 소리를 듣고 멈춰서 몇 마디 이야기를 주고받기도, 함께 둘러앉아 포도주를 나눠 마시기도 했다.

하지만 씨 뿌리는 사람의 엄숙한 몸짓은 이번 여행 동안 어디에서도 보지 못했다. 씨 뿌리기는 거의 모든 곳에서 파종 기계를 이용하고 있어서 이제는 무신론자들이 사는 지역에 복음을 전파하려면 선교사들은 씨 뿌리는 농부의 우화에 나오는 그리스도의 말을 바꾸어야 할 지경이다(마태복음 13장에 나오는 '씨 뿌리는 사람'을 비유한다—옮긴이). 평생 허공에 씨 뿌리는 모습을 단 한 번도 본 적 없는 사람이라도 잘 알고 있는 이 우화는 세대를 거듭하면서 복음서 하단에 이런 주석을 첨가해야 할 것 같다. "이 우화는 파종기를 사용해 씨앗을 심는 요즘과 다르게 옛날에는 바람을 맞으면서 밭고랑을 돌며 직접 씨앗을 흩날려 뿌리던 모습을 설명한다."

어쩌면 파종 방법이 완전히 다른 곳에서는 이미 일어난 일인지도 모른다. 가령, 마야 인디언들에게 복음을 전하려던 선교사들이 씨 뿌리는 사람의 우화를 들려주면 박장대소했을지도 모를 일이다. 아마도 손으로 땅을 토닥이며 씨앗을 심는 사람들에게 씨 뿌리는 사람들이 미치광이가 아니라는 점을 납득시키려면 몇 시간을 들여 설명해야 했으리라. 들판의 진화, 경작의 기계화는 이렇게 예상치 못한 두 가지 결과에 도달한다. 시인들은 시대에 뒤떨어지고 싶지 않다면 목가적인 이미지를 다시 그려야 하고, 선교사들은 언젠가 이해를 구하고 싶다면 복음 우화를 다시 생각해야 한다.

물론 파종기는 씨 뿌리는 사람의 몸짓만큼 영감을 불러일으키지 못한다. 사람의 다섯 손가락을 조잡하게 흉내 내어 만든, 용수철 달린 씨 묻는 깔때기는 무겁고 시끄럽고 추하지만 훨씬 빠르게 잘 심는다. 바로 그런 파종 기계들과 트랙터, 포클레인, 건초기, 비료 살포기 또는 진압 롤러는 여행 내내 눈에 띄었고, 요란한 소리를 내질렀다. 그 기계들은 하나 같이 갈퀴, 톱니, 갈고리, 깔때기로 이루어지며, 수확하고 파종하는 몸짓을 기계화시켜서 바람과 싸우는 인간의 고요한 그림자 대신 거대하고 요란한 벌레들의 형체를 연상시킨다.

*

낭에서 나는 호텔의 어둑한 구석에 앉아 저녁을 먹는 유일한 손님이다. 서빙을 하는 싹싹하고 예쁜 아가씨가 이따금 호기심과 환심을 담은 눈길로 힐끗거린다. 나는 열심히 걷기만 하느라 여자들이 존재한다는 사실조차 잊고 있었다. 그러니까 접근하고 싶고, 만지고 싶고, 쓰다듬고 싶고, 사랑을 나누며 소리 지르도록 만들고 싶은 여자들 말이다. 중세 이후로 이곳저곳을 돌아다니는 협객들이나 순례자들을 따라다니던 매춘부들과 걸인 여성들이 사라졌고, 오늘날 도로와 여인숙에서는 방탕함과 환락을 찾아볼 수 없게 되었다. 반면 안전함과 그윽함을 얻어서, 늑대들에게 잡아먹히거나 강도에게 강탈당하거나 불한당들에게 갈취당할 염려가 없어졌다. 하지만 불안감이 언제나 형편없는 동반자는 아니다. 적어도 사랑에 대한 불안감만큼은 아니다. 건초 창고, 휴한지, 바람을 피한 어둑한 담장, 한산한 길과 수풀이 우거진 구덩이는 늘 훌륭한 노천 호텔이었다. 별들이 아름다우면 밤은 두 배로 빛나는 법이다. 큰곰자리는 사랑에 도취되어 회전하고, 오리온자리는 반짝이는 세 개의 눈으로 연인을 부추기고, 황소자리는 애무의 정점에서 춤을 춘다. 나는 늘 한밤의 전원에서 나누는 사랑을 좋아한다. 다양한 나라에서 그런 식으로 사랑을 나누었지만, 안타깝게도 이번 프랑스 여행에서는 그다지 기회가 없었다. 어떤 밤에는 익은 건초 냄새가 풍기고 낮의 열기가 채 식지 않아 따뜻한 길 위에서 유일하게 아쉬운 부분이기도 했다. 그런 짧은 만남은 딱 두 번 있었다. 하나는 어느 호텔이었고, 다른 하나는 호밀이 쌓여 있고 암탉들이 모이를 쪼아 먹는 창고였다. 여행을 시작한 이후로 오랫동안 금욕이었기에 만남은 아쉽게도 빨리 끝났지만 즐거웠다. 바로 그런 점에서 걷기가 어떻게 우리를 항상 갈 길 바쁜 나그네로 만드는지 쉽게 이해할 수 있다. 머나먼 코르비에르에서 우리를 기다리는 가상의 아리아드네를 위해 자신을 너무 아끼며 꾸물거리지 말자. 심지어 기대할 수도 없고 마음 내키는 대로 반복할 수도 없는 희열 속에서 말이다(끝없이 걷는 이에게 즉흥적인 상황 속에 안주하기, 섹스와 사랑은 물론이고 모든 걸 경험한다는 건 결코 용인되지 않는 일이다). 이것은 길의 명령이자 전갈이다. 갖거나 주되 머물지 말 것. 에로스 또한 천천히 지나가는 기차의 유리창 너머로 스쳐 지나며 언뜻 보이는 무수한 얼굴들 중 하나에 불과하다. 억지로 되는 일이 아니라 오로지 우연의 소관으로, 남몰래 기다렸던 순간에 도달하게 해준다. 물론 여기선 열정이 아니라 애정의 문제다. 어느 날 밤 무심코 지나가는 우리의 얼굴을, 우리의 말을, 우리를 선택한 애정과 무의식적인 기다림의 문제다. 나는 두 번의 만남을 암탉들이 모이를 쪼아 먹는 소리 속 구수한 호밀 냄새 그리고 그때 깔려 있던 꽃무늬 시트에 대한 기억으로, 나를 향해 고개를 숙였던 그러나 결코 내 이름을 알지 못할 두 얼굴에 대한 기억으로 간직한다.

*

라르작 고원의 일부인 낭과 라 쿠베르투아라드(12세기부터 13세기까지 성당 기사단이 마을의 소유주였던 중세 요새 마을로, 프랑스에서 가장 아름다운 마을로 꼽힌다—옮긴이) 사이를 지나는 길은 온통 함몰 구덩이와 하얀 조약돌투성이다. 멀리 등 뒤에 있는 코스 고원의 정상만 환해질 뿐 온통 흐릿한 날씨. 주변은 회양목과 노간주나무, 석회질을 뒤덮은 풀들로 가득하다. 밭 여기저기에 아직도 남아 있던 눈은 바람에 흩날려 소용돌이치며 회양목 주변에 커다란 얼음 쉼표를 그리고, 내딛는 발밑에서 서글픈 소리를 낸다. 적막함. 가뜩이나 지나치리만큼 음울한 날, 그곳은 마치 음산한 회양목과 구부정한 소관목, 짧게 깎은 덤불과 함께 함몰 구덩이들이 흑백 장례 행렬을 이루는 또 다른 세상 같다. 나는 콩브 르동드 마을을 지나 세르 뒤 드베즈 언덕을 올라가서 바랑크 지역이 내려다보이는 고원을 통해 라 쿠베르투아라드에 도착하는 여정을 짠다. 시작부터 버려진 역 주변을 지난다. 거대한 출입문과 덧문들이 바람에 덜컹거린다. 나는 배낭을 내려놓고 대합실로 들어간다. 의자들과 벽보들은 그대로다. 겉보기에 운영되던 때와 아무것도 달라진 게 없다. 그곳에 이끌린 나는 앉아서 '기다린다'. 물론 기차는 한 대도 오지 않으리라는 걸 안다. 철도는 풀들로 뒤덮인 지 오래다. 나는 태양의 땅, 푸른빛 낙원의 매력을 선전하는 벽보들을 하나하나 꼼꼼하게 들여다보고 아무짝에도 쓸모없는 시간표들을, 움직이지 않는 여행자를 위한 설명들을 읽고 또 읽으면서 몇 시간씩, 며칠씩, 몇 주씩 기다리는 상상을 한다. 절대 멈추지 않을 게 분명한 바람을 맞으며 뼈마디가 덜그럭거리는 해골이 될 때까지 앉은 채 기다리는 상상을 한다. 그러자 사르트르의 『닫힌 방』이 떠오른다(신기하게도 기차역만 보면 늘 이 책이 떠오른다. 특히 생 플루르의 어두운 새벽이나 이곳의 흐린 아침에는 더더욱 그렇다). 길에서 보았던 모든 버려진 장소들(공장들, 깨진 유리창, 부서진 시커먼 기계, 오래전 벌어진 암살의 흔적으로 말라붙은 핏자국처럼 더러운 기름층으로 뒤덮인 땅, 해초와 이끼가 덮인 커다란 나무 바퀴, 농장과 빵집들) 중에서 대합실처럼 고독과 비극, 버려진 느낌을 주는 곳은 없었다. 나는 선뜻 대합실, 매표소, 벽보들, 유령들을 위한 시간표에서 벗어날 수 없다. 불가능한 희망을 엿보기에 이상적인 장소다. 바람에 덜컹대는 대합실에서라면 무한한 시간 속에 말이 길게 이어지는 연극 한 편이 공연될 것만 같다. 결말까지 영원이라는 시간이 남아 있을 테니까. 하지만 이제 쓸모없는 적막한 역은 어느 누구도 예상치 못한 의미를 띤다. 시간의 순환을 넘어섰기에 영원한 기다림의 대합실이 된다.

*

라 쿠베르투아라드까지 가는 동안, 단 한 번뿐이지만 중요한 만남이 또 있었다. 완전히 텅 비어 보이는 콩브 르동드 마을에서 고집스럽게 내 길을 막는 칠면조 떼였다. 내가 앞으로 한 발을 디딜 때마다 칠면조 떼는 우르르 몰려들어 꽥꽥거리면서 촘촘한 보랏빛 전선을 이루었다. 칠면조들은 왜 내 길을 방해하는 걸까? 새로운 시련의 징조일까? 이 지방은 그림자와 유령, 바람과 칠면조들만 사는가? 이제부터는 무엇이든 의미를 해독해야 하는, 완전히 다른 세상에 들어선 걸까? 이런저런 생각이 들기 시작했다. 그날, 마을 풍경은 평상시와 달라 보였다. 우선 버려진 기차역은 기다림의 시련이었다. 그리고 콩브 르동드 마을에서는 칠면조들의 시련이 있었다(마을 이름마저 갑자기 숙명으로 예정되었던 것처럼 느껴진다.). 신이 그린 길의 그림은 분명 깊이를 가늠할 수 없지만, 이런 생각이 들었다. 한 시간 전부터 중세를 배경으로 한 소설 속에 들어와 있으니 방랑 기사처럼 구는 건 어떨까. 분명 마지막 시련이 기다리고 있을 라 쿠베르투아라드에 도착하기 위해서 당연하게 거쳐야 하는 단계일 것이다. 그런 경우라면 어떻게 했을까? 아마 돌진했으리라. 지금의 나처럼. 나는 달아나거나 다른 출구를 찾는 대신에 속도를 높여 칠면조 무리를 향해 돌진했다. 그러자 칠면조들은 깃털을 흩날리며 사악할 만큼 귀가 멍멍하게 소리를 질러대면서 흩어졌다. 나는 조금 떨어진 곳에 멈춰서 어떻게 하나 지켜보았다. 칠면조들은 날카로운 소리를 지르면서 미친 듯이 사방으로 날뛰었는데, 딱 한 마리만 충격으로 땅에 못 박힌 듯 꼼짝 않고 있었다. 이제 바람이 부는 음산하고 거대한 라 쿠베르투아라드의 성채와 비밀들에 도달하려면 반드시 거쳐야 할 라르작이 내 앞에서 기다리고 있었다.

*

"베풀기를 좋아하는 사람이었어요. 그의 집에 가서 뭐든 부탁해도 될 정도로요. 무엇 하나 거절하는 법이 없었죠. 빵이라도 주었어요. 요즘 세상에는 아무것도 바라는 것 없이 선뜻 빵을 내주는 사람들이 없잖아요."

라 쿠베르투아라드의 카페 안주인이 라 페자르드 마을의 어느 농민의 죽음을 애도하며 한 말이다. 죽은 농민은 92세로, 오늘이 장례식이다. 지난번에 보았던 라부안느의 장례식보다 훨씬 소박하다. 운구 행렬도, 어색한 옷을 차려입은 군중도 없다. 묘지에 다다르자 작은 까마귀들이 삐악대는 넓은 구덩이가 있다(까마귀들을 보자 이런 생각이 든다. 앞선 두 번의 시련 후에 이 마을에서는 또 어떤 일이 벌어질까?). 성채 바로 아래쪽에 도착하자 주목나무처럼 곧은 자세로 꼼짝도 않고 있는 온통 검은색 옷차림의 남자가 보인다. 마을 어귀에서 보초를 서는 장의사의 일꾼이다. 마을 안쪽 첫 번째 골목에서 두 번째 남자를 만나는데, 그도 온통 검은색 차림이다. 두 명의 장례식 일꾼. 골목 모퉁이를 돌아 카페와 인접한 작은 광장에 도착하자 역시 꼼짝 않고 하늘을 올려다보는 세 번째 장례식 일꾼이 보인다. 나는 그제야 모두가 한 건의 장례식과 관계된 사람들이라는 걸 알아차린다. 가족과 친구들이 아직 도착하지 않아서 세 남자는 마냥 기다리고 있다. 기사도, 입단, 라르작 고원의 암울한 전갈이 끝났구나! 나는 중세의 한 마을, 버려진 기차역도 없고 성난 칠면조 떼도 없는, 돌과 편암 판석 그리고 총안(몸을 숨기고 총을 쏘기 위해 성벽, 보루

堡塁에 뚫어 놓은 구멍 —옮긴이)이 뚫린 탑으로 이루어진 한 마을에 들어선다. 11월의 어느 흐린 날, 누군가의 장례식 날에 라 쿠베르투아라드에 도착한다.

*

내가 지나온 도시와 마을의 역사에 대해 장황하게 늘어놓지 않는다는 사실을 이미 눈치챘으리라. 사실 이 책에는 안내서 같은 구석이 조금도 없다. 또한 프랑스 농촌에 대한 탐색도 없다. 걸어서 지나온 모든 마을들을 알고, 열거하고, 질문하고, 역사와 관습을 알아보고, 문제점들을 발견하려면 사진작가들, 서기들, 민속학자들 그리고 문서 담당자들로 이루어진 한 무리 혹은 한 부대가 있어야만 가능하다. 그저 내가 겪은 그대로, 평범한 또는 뜻 깊은 일화들, 일시적인 또는 중요한 만남들, 그때의 황홀경이나 권태들까지, 여행을 단순하게 이야기하는 게 프랑스의 실질적인 모습을 제대로 그려내는 일인지도 모른다. 다시 한 번 말하는데, 이렇게 걸으면서 조직적인 혹은 체계적인 관광을, 조사원이나 사회학자의 일을 할 수는 없다. 몇 백 미터씩 걷는 동안 '단 하나뿐인' 길의 흐름을 따를 수밖에 없기 때문이다. 물론 매 순간 두 갈래 길에서 다른 길로 갈 수는 있다. 그렇다고 해도 결국엔 그 길이 다시 단 하나뿐인 길이 된다. 어쩌면 어떤 순간에 이 길이 아닌 다른 길로 갔더라면 친절한 방랑자를 만나고, 유서 깊은 교회를 따라 걷고, 호의적인 마을을 지났을지도 모른다. 하지만 그런 생각만으로 다른 길들을 체험할 수는 없다. 몸을 둘로 나눌 수 없으니 하나의 길에 만족하고 이 길만이 만

남의 열쇠들을 건넨다고 생각하며 걸어야 한다. 우리는 무엇을 보아야
할지를 선택하는 게 아니라 길을 선택하는 것이다. 우리를 따분함으로
이끌지 혹은 경이로움으로 이끌지 결정하는 건 길이니까. 그렇게 우리
는 어쩌면 다른 길에서 보았을지 모를 무언가에 대한 영원히 충족되지
않는 욕구가 아니라 피할 수 없으며 동시에 자양분이 되는 일종의 충
만함, 필연의 느낌을 체험하게 된다. 그런 느낌만이 며칠, 몇 주 혹은 몇
달 동안 도로의 '실'을, 인생 자체의 '실'을 이룬다. 그래서 발밑에서 날
아오르는 새, 미루나무 지평선을 따라 보이는 말을 탄 형상, 어스름한
석양 속에 지나온 죽은 나무들이 삐걱거리는 숲, 축사의 편암 판석에
서늘한 새벽 기운이 서리는 풍경처럼 각각의 만남, 각각의 우연 속에
매번 '그' 계곡에서, '그' 고원에서 혹은 '그' 마을의 양지바른 골목에
서 느닷없이 어떤 강렬한 필연의 느낌을 느낀다. 언제부터였는지 모르
지만 우리를 위해 준비하며 기다렸을지도 모르겠다는 강렬한 직감을
느낀다. 우리 앞에 놓인 풍경이 발걸음에 맞게, 꿈에 맞게 구성되기라
도 한 듯이. 그렇게 우리는 연구원, 조사원, 농촌의 진실 몰이꾼, 감춰진
삶들을 셈하는 사람이 아니라 명백한 삶, 대단한 '우연', 길들의 거대한
'필연'을 들려주는 이야기꾼이 된다. 그리고 단순한 우연인지 모르겠
지만 귀스타브 루의 『평야에서의 걷기에 대한 소론』을 읽으면서 길들
의 경이롭고 필연적인 우연 앞에서는 불가피하게 똑같은 시선, 똑같은
감정을 되찾게 된다는 사실에 이루 형용할 수 없는 느낌을 받았다. "마
지막 날 밤의 끝에서, 태양이 안개 속에서 종들과 함께 이리저리 흔들
리는 평야에서, 한 남자가 이슬 위로 낫을 떨구는 그곳에서 나는 오리

나무 숲의 웅덩이에서 길을 잃고 뜬눈으로 꿈을 꾼다. 고장 난 시계들에 쫓기는 내 발자국을 두고 무정한 설명을 던지는 존재가 맹렬하게 무너지는 경험을 한다. 그날과 함께 태어난 길이, 아름다운 라벤더 빛깔의 그 길이 매순간 창백해진다. 이 마을이 잠에서 깨어나기 위해 저기서 기다리는 존재는 바로 그대이기 때문이다."

나에게 편지를 보내서 어떤 마을을 빠뜨렸다고, 어떤 교회나 어떤 기념물을 말하지 않았다고, 어떤 독특한 관습을 언급하지 않았다고 사랑스럽게 질책해주신 모든 분들에게 기존의 편집에 추가된 이 대목으로 답을 대신하련다. 우리가 갈 수 있는 단 하나의 길이 가진 한계와 풍요로움에 갈 길 바쁜 행인이 되는 느낌도 덧붙여야 한다. 사물과 존재에 대해 더 깊이 알려면 각각의 장소에 더 오래 머물러야 한다. 이런 식의 여행에서는 '모든 것들'이 '우선은' 흥미롭기 때문이다. 하지만 그러려면 한두 해의 부재를 요하기 때문에 그 당시에는 차마 시도할 수 없었다. 그래서 나는 여러 갈래로 갈라지는 오솔길들의 우연이 원하고 선택한 동시에 부추긴 나만의 길을 걸었다. 그리고 이 책은 그 결과물이다. 내가 걸었던 길의 아주 미세한 실을 따라 다시 쓰고 재구성한 일기다 (하지만 다시 지어낸 건 없다).

따라서 이 책을 인상주의적이라고 해도 좋다. 무엇보다도 여행에 대한 인상들로 이루어졌으니까(내게는 인상주의라는 용어가 조금도 피상적이지 않다. 인상 속에는 '흔적'을 남기는 것도 있는데, 이번 여행의 인상들은 내 영혼과 기억에 새겨진 진정한 흔적들이기 때문이다.) 그래서 지난 넉 달 동안 느꼈던 수백, 수천 가지 '인상들' 중에서 어떤 인상은 겉보기에 전혀 특별하지도, 아무런 의미도 없어 보이는 반면 어떤 인상은 다른 인상들보다 더 오래 남는 것 아닐까? 그래서 흐리고 춥던 어느 날, 바람이 휩쓸고 간 골목길에서 지붕에 편암 판석을 얹고 있던 일꾼들을 보았던 라 쿠베르투아라드에서의 오후가 아직도 생생하게 기억나는 게 아닐까? 그 장면은 한때 기사들의 땅이었던 이 마을의 역사를 알아보기 위해 지난 800여 년 동안의 고문서와 기록을 일일이 조사하는 일만큼이나 흥미로웠다. 물론 그 순간 얻을 수 있는 진실에는 한계가 있을 수밖에 없다. 가령, 몇 년 전부터 모든 주택에 복원 작업이 의무화되는 바람에 그동안 버텨왔던 집주인들도 어쩔 수 없이 지붕을 편암 판석으로 교체해야 했던 점을 예로 들 수 있다. 그 지역에서 나오는 어둡고 광택 없는 편암 판석은 비와 결빙에 강하기 때문이다. 게다가 편암 판석lauze이라는 이름도 라르작Larzac의 이름과 무슨 관련이 있지 않을까? 라르작, 편암 판석의 땅. 사실 어원이 맞다고 확신할 순 없지만, 글을 쓰는 순간 문득 그런 생각이 떠오른다. 어쨌든 나는 지붕의 서까래 위에 분명한 순서대로 놓인 편암 판석들을 알아차렸다. 제일 넓고 무거운 판석을 지붕의 아래쪽 끝, 맨 앞에 놓아서 지붕 모서리보다 튀어나와 빗물이 물받이 바깥으로 넘치지 않도록 했다(두운이 저절 맞는다. 오, 커다랗고 무거운 라르작의 편암 판석이여ô larges et lourdes lauzes du larzac!). 그 다음에는 용마루를 향해 갈수록 더 작은 편암 판석을 놓는다. 지붕 잇는 일꾼들 중 한 명이 내게 말했다. "보이죠, 여기는 가장자리가 50센티미터인데 저 위는 겨우 25센티미터에요." "그런데 저런 크기의 편암 판석을 어디서 찾으십니까? 직접 재단하시나요?" 그러자 지붕 위쪽에 있던 다른 일꾼이 내게 소리쳤다.

두 서까래 사이에 포도주 한 병을 처박아놓은, 콧수염이 난 유쾌한 남자였다. "하! 우리가 직접 재단하면 올해 안으로 못 끝낼 거예요!" "버려진 축사에 가서 찾아와요. 석회질 고원에 가면 미리 준비라도 한 것처럼 필요한 크기의 편암 판석들이 있거든요. 더는 아무 짝에도 쓸모없는 것들이지요." 또 다른 사람이 말했다.

그렇구나. 나는 지붕에 편암 판석 놓는 법을 그날 배웠다. 알고 보면 생각보다 쉬웠다. 단 기와처럼 오리목을 매달 수 있는 홈이 없기 때문에 무게를 잘 분배해서 편암 판석 지붕을 통째로 올려야 하는데, 이 일은 전문가들이나 할 수 있었다.

라 쿠베르투아라드 마을은 사방이 죽은 듯 고요하다. 겨울에는 거의 아무도 살지 않는다. 미리 귀띔을 얻지 못한 이방인은 영화 촬영을 위해 지은 무슨 중세 무대 속에 있다고 착각할 정도다. 역사는 곳곳에 존재해서 자세하게 꿰뚫어볼 줄 알아야 한다. 주택에도, 건물 외관에도, 십자가나 돋을새김 또는 글귀의 온갖 표지들에도 존재한다. 그리고 오래전에 마을 전체와 그 지역의 주인이었던 템플 기사단의 작품인 탑과 성채에도 존재한다. 아직도 교회에 가면 수도회의 상징인 가장자리가 점점 넓어지는 형태의 십자가를 받치고 있는 원반형의 거대한 묘석 두 개를 볼 수 있다. 성벽, 둥근 탑, 네모난 탑, 영원히 돌격할 태세라도 갖춘 듯 좁은 골목길을 따라 옹기종기 모여 있는 주택들. 멀리서 보면 마을은 마치 인간이 재단해 평평하게 만들고 아름답게 장식한 바위들 같아서, 주변의 땅과 구분이 어렵다. 가을의 라 쿠베르투아라드에는 슬픔과 절제된 아름다움이 서려 있다. 노래하는 듯한 마을 이름은 무거운 잿빛 하늘과 대비된다. 카페에서 치즈 한 조각과 포도주 한 잔을 허겁지겁 삼키는 나에게 카페 안주인은 농부의 죽음에 대해, 겨울 사물들의 죽음에 대해, 일 년에 관광객들이 몰리는 몇 달만 사람이 사는 이 인적 없는 마을의 고독에 대해 끝도 없이 늘어놓는다. "드릴 거라고는 그게 전부랍니다, 우리 불쌍한 손님. 그렇게 걸어서 가려면 아직도 한참 남았을 텐데! 잘 먹어야 해요. 그런데 드릴 게 없네요. 이런 계절에는 아무도 안 와서요. 여기는 두세 명밖에 안 남았어요. 거의 아무도 없어요. 물론 여름은 완전 딴판이죠. 관광객들을 어디에 앉혀야 할지 모를 정도로 넘쳐나요. 하지만 지금은……. 죄송해요, 선생님, 부끄럽네요. 죄송해요."

*

구름, 경이로운 구름! 북동풍이 불어오는 이 평야만큼, 내가 방금 떠나온 로데브 지역의 남쪽이자 미네르부아의 초입에 있는 이 평야만큼 화려하게 구름 낀 하늘은 그 어디에도 없다. 환하게 빛나는 풍경, 따뜻한 땅, 새하얀 거대한 지평선이 눈앞에 펼쳐진다. 그리고 내 등을 떠밀고 곳곳에서 플라타너스 낙엽들을 들어 올리는 서늘한 바람이 분다. 마치 열기와 더위라는 두 기류가 내 주위에서 서로 부딪치며 눈에 보이지 않는 소용돌이로 똬리를 튼 듯하다. 불과 몇 미터 만에 모든 것이 달라졌다. 그저께 라르작 고원은, 그 며칠 전 소브테르 지역의 메장은 서리와 노간주나무로 점철된 끝없이 넓은 겨울 세계에 빠진 새하얀 대초원이었다. 그런데 오늘 옥통 방면으로 로데브를 빠져나가자마자 미네르

부아의 상징인 올리브나무를 필두로 포도나무, 실편백, 황갈색 지붕의 농가들, 붉은 밭고랑들이 펼쳐진다. 모두 숙련된 손으로 측정하고, 자르고, 정돈한 풍경이다. 단박에 내가 너무도 좋아했던 그 모습들을 알아본다. 곧은 실편백, 예배당, 포도밭 속의 작은 농가. 그리고 저 위쪽, 한 점 흐트러짐 없는 땅의 질서 위로는 거대한 구름의 무질서. 하늘에 난운, 적운, 적란운이 떠 있다. 나는 이런 구름들의 이름이 좋다. 희미한 광채와 변덕스러운 윤곽으로 하늘을 '후광으로 둘러싸는nimbent' 난운nimbus은 비구름으로, 오늘 아침은 북풍에 밀려 피레네 산맥 꼭대기로 흘러간다. 둥그스름하고 포동포동한 구름인 적운cumulus은 어지러운 궁륭형으로, 대개는 요동치는 묵직한 거품으로 '쌓인다s'accumulent'. 국제구름도감은 이 뭉게구름 형태의 구름들을 구분하고 있다(맞다, 국제구름도감도 존재한다. 세계기상기구에서 펴내는 도감이다). 우선 수수한 '편평운cumulus humilis'부터 살펴보자. 편평운은 화창한 날에 뜨는 작은 구름으로, 때로는 아주 작고 소박하며 낮고 성겨서 바람에 길게 늘어진다. 그보다 넓고 조밀한 '중간 적운cumulus médiocris'도 있다. 중간 적운의 거품은 포동포동한 원형 돌기 형태로, 하늘을 타고 올라가서 꽃양배추 구름이라고 부르기도 한다. 가장자리가 들쭉날쭉한 '조각 적운cumulus fractus'도 있는데, 단층은 절대 길지도, 무겁지도 않아서 하늘에서 금방 흩어진다. 그리고 적운의 왕이 있다. 바로 가장 크고, 가장 높고, 가장 조밀하고, 가장 형태가 풍부한 '봉우리 적운cumulus congestus'이다. 하늘에 하렘과 창궁, 솜과 동방의 도시들을, 인간들이 가장 바라는 혹은 가장 두려워하는 온갖 천상의 예루살렘을 그려내는 구름이 바로 봉우리

적운이다.

미네르부아에서의 첫날 아침, 구름들은 저 높은 곳에서 금세 허물어지거나 갈라지는 성들을 지었다가 거대한 세력의 대립과 전투 중인 형상들을 만들어낸다. 마치 카타르 지방으로 다가갈수록 짧은 순간 예전의 전투를 재구성하는 것 같다. 비틀거리는 성벽과 괴로워하는 사람들의 형상과 지평선 끝에 흰 솜털로 덮인 몽세귀르의 재난(중세 알비 십자군 최후의 전투가 벌어졌던 성으로, 십자군에 함락되면서 카타르 파 운동은 결정적으로 실패하게 된다―옮긴이)을 담은 구름, 슬픈 구름, 기억의 구름.

*

옥통의 카페에서는 대화가 한창이다. 사냥, 자동차 사고, 작년부터 근처 버려진 마을에 터를 잡은 히피들. 오후에는 도로에서 여름처럼 뜨거운 태양에 이끌려 활발하게 날아다니는 벌레 떼를 만난다. 그렇게 차례차례 풍뎅이, 사마귀, 거무스름한 메뚜기, 노래기들을 만나 인사를 나눈다. 내 바로 왼편으로는 황량하고 적막한 마을과 지도에는 나와 있지 않은 제법 큰 호수가 있다. 나중에 알고 보니, 4년 전에 시베루 산과 쉬르 산 사이를 구불거리며 흐르던 계곡이 물에 잠긴 이후 인공적으로 만들어진 살라구 호수였다.

옥통은 들어서는 순간부터 단박에 마음이 끌렸다. 포도밭 한가운데에 자리한 황토색과 흰색의 마을. 광장에는 샘, 빈약한 종이 힘겨워하며 간신히 시간을 알리는 교회 그리고 오늘 밤 묵어갈 방을 찾게 될 카페가 있다. 카페에는 핀볼게임을 하는 젊은이들, 말이 많고 신경질적인 안경 쓴 신사가 있다. 신사는 이튿날 자신의 집으로 나를 초대한다. 그리고 토끼 사냥꾼 몇 명이 있다. 벽에는 꾸밈없는 기법으로 마을을 표현한 그림 한 장과 대형 여객선 '빌 달제르' 호의 커다란 목재 모형이 서로 마주보고 있다. 두 장식품에는 소소한 역사가 담겨 있다. 예전에 젊은이들에 대한 영향력을 두고 서로 악착스럽고 열띤 경쟁을 벌이던 교사와 신부가 있었다(지금은 둘 다 다른 곳으로 떠났다). 두 사람 모두 떠날 때가 되자 각자 카페에 그동안 경쟁의 결과물을 선물로 주고 싶어 했다. 교사는 제자들에게 옥통을 그려주었고, 신부는 여객선 모형을 만들어주었다. 그렇게 해서 두 장식품은 두 개의 상징처럼, 고향과 머나먼 여행이라는 서로 상반되면서도 시적인 두 사람의 선동처럼 이곳에 마주보고 있다.

학교와 나란히 붙어 있는 방에는 교사와 제자들을 포함한 몇몇 열정적인 사람들이 옥통 주변에서 발굴한 물품들을 전시해둔 작은 고고학 박물관이 꾸며져 있다. 마을의 교육 협동조합은 심지어 소책자를 발간해 물품들을 설명하고 꽤나 명예로운 결과라고 품평하기도 했다. 서문에서 초등교육 장학관은 받아쓰기에 종종 등장하던 작가들의 문체를 떠올리게 할 법한 다채로운 문체로 교육법의 유익한 혁신을 높이 평가했다. "훌륭한 스승은 먼저 입문서로 읽는 법을 배우고, 그 다음에는 언제나 눈앞에 활짝 펼쳐져 있지만 조심스레 비밀을 간직한 자연이라는 위대한 책에서 배워야 한다는 사실을 알고 있다." 그리고 그 이유를 상세히 설명한다. "진짜 화석은 땅속에 있지 않다. 진정한 화석은 시대에 뒤떨어진 케케묵고 먼지 덮인 교수법을 활용하는 교사다. 이런 교사는 역사의 법칙이 진보라는 가차 없는 행진을 전혀 고려하지 않고 1955년에도 1875년에 선조들이 했던 그대로 가르친다."

이 지역은 고고학 발굴에 있어 꿈의 장소다. 모든 남프랑스 지방과 마찬가지로 선사시대, 로마 시대, 갈리아 로마 시대 그리고 그 이후의 유물이 풍부하기 때문이다. 따라서 작은 박물관도 몇몇 전시물들을 통해 호모 옥토니스Homo Octonis[12]의 역사를 이야기한다. 박물관을 본 뒤 나는 다른 곳으로, 산과 계곡이 내려다보이는 고원 그리고 발굴 작업을 했던 함몰 구덩이로 향한다. 아래쪽 마을과 미네르부아의 평원에는 햇빛이 환히 비추는 반면, 구릉에는 벌써 눈이 내린다. 몇 백 미터만 올라가도 흡사 계절의 분할선을 넘기라도 한 듯 겨울과 마주할 수 있다. 계곡에는 가을볕이 따사로운데, 이곳은 추위가 매섭고 눈구름이 묵직하다. 이곳의 함몰 구덩이에서는 꽤나 많은 유물들이 발굴되었다. 화석이된 유골, 재단된 부싯돌, 투박한 도자기 그리고 마을 주변에서 발굴된 온갖 제조 단계의 무수한 석기들. 박물관의 여자는 내게 이렇게 말했다. "봐요, 여기 정원에서도 초등학생들이 갈리아 로마 유적인 도기며 화폐를 잔뜩 찾았잖아요." 심지어 저울과 베틀로 사용되었던, 흙으로 빚은 작은 원반도 발견되었다. 옥통에서는 50년 전만 해도 집에서 방적기로 실을 자았다. 시 의회 의원들은 옥통이라는 이름의 기원에 대해서도 의문을 품는다. 파구스 옥타비아누스pagus Octavianus와 옥타비우스

---

12 옥토니스(옥톤의)라는 수식어는 순전히 내가 ─ 장난삼아 ─ 만들어낸 말이라는 점을 밝혀둔다. 한 독자가 자신이 갖고 있는 인류학 서적에 이 말이 없다며 놀라기에 답한다!

마을, 또는 옥토 마구스Octo-magus 혹은 8마일 시장(marché du 8e milliaire, 프랑스어 'oct(a)-'는 8을 뜻하는 접두어 — 옮긴이)?

*

호수 물이 옆 계곡으로 범람한 이후로 인접한 셀르에 살던 사람들은 땅과 마을을 포기해야 했다. 카페 주인과 그의 가족은 옥통에 정착하기 전에 셀르에 살았다. 소유주들과 농부들 대부분은 배상을 받고 먼저 떠났다. 하지만 카페 주인은 배상을 받지 않았다. 차라리 수용당하는 편을 택했다. 그래서 마지막 날까지 자신의 집에 남아 마치 비극 속 주인공이 예정된 죽음을 기다리는 것처럼 물이 들어오기를 기다렸다. 그의 아내는 마을이 버려진 이튿날에 약탈자들이 이미 쓸 수 있는 건 뭐든지, 심지어 내장재며 문짝, 창문까지 모조리 뜯어갔다고 이야기했다 ("그냥 지나치는 약탈자들이 아니었어요, 선생님. 천만에요! 지역 사람들, 심지어는 마을 사람들도 섞여 있었다고요"). 그래서 셀르는 한동안 문짝도, 창문도 없는 빈 집과 함께 버려졌다. 그러던 어느 날, 히피들이 와서 정착했다. 몽루주의 히피들. 그 이후로 히피들은 부당하게 지역을 점령한 외계인들인 양 대화의 소재가 되고 있다. 카페 주인은 말한다. "나는 그들에게 아무 감정 없어요. 모든 사람들에게 양심적으로 대하고 누구에게도 폐를 끼치지 않으니까요. 그런데 나체주의인가 봐요. 아무데서나, 집 안에서나 집 밖에서나 사랑을 나눈다니까요. 누가 와도 멈추지 않고 말이에요!"

*

미네르부아 입구에 들어선 후로 눈앞에는 반짝이거나 어두운, 선명하거나 안개 자욱한 피레네의 봉우리가 펼쳐진다. 피레네 산맥의 최정상이 아니라 동쪽 지맥이다. 아스프르와 카니구 산지. 자꾸만 나도 모르게 피레네의 봉우리로 눈길이 간다. 여행이 끝나가고 있다는 사실을 알려주기 때문이다. 그래서 조금은 우수에 찬 눈길이 간다. 북풍에 말끔히 씻겨 투명한 대기로 인해 실재보다 더 가깝게 보인다(사흘째 바람이 불어와 낙엽과 잔가지, 핏빛 황적색에 부서지기 쉬운 붉은 흙먼지를 날린다). 여행을 하다 보니 이제는 분명한 눈매로 거리를 가늠할 줄 안다. 마음만 먹으면 사흘이면 갈 수 있는 거리다.

오늘은 미네르부아 지역이 난리다. 돌풍이 불어 수풀이 휘청거리고, 나무들이 가지를 떨구고, 키가 큰 실편백이 휘고, 포도 재배가들이 여기저기 잘라서 쌓아 놓은 포도 덩굴들이 부르르 전율한다. 바람을 맞으며 한 손으로 머리 위 모자를 누른 채 먼지 때문에 눈살을 찌푸린 포도 재배가들의 모습이 얼핏 보인다. 몇몇이 나를 보고 손짓하며 소리치지만 바람 때문에 들리지 않는다. 나도 북풍에 몸이 들썩이고 휘청거린다. 동네 예언자들에 따르면 이 북풍은 앞으로 사흘은 더 불 거라고 한다. 알리제, 제피르, 삭풍aquilon, 산바람, 남서풍autan, 북서풍, 산들바람 등 바람의 이름들은 아름답기도 하다! 나는 바람의 속성처럼 무미건조하고 귀에 거슬리다가 휘파람 소리처럼 부드럽기까지 한 그 음절들이 좋다. 삭풍은 '아키aqui'로 시작하는 거칠고 딱딱한 발음 때문에 요동치는 하늘의 까마득한 높이, 우리를 움켜잡고 무수한 바늘로 가차 없이 찔러대는 듯한 북풍이라는 이름의 어원에 있는 독수리들aigres의 날갯짓에 휘저어진 하늘을 떠올리게 만든다. 알리제는 먼 바다에서 불어오는 미지근하고 부드러운 바람, 지속적이고 꾸준한 바람, 오랜 마찰로 매끄럽고 반질반질한 바람, 수염이 하얗게 세도록 늙은 바람이다. 그리고 높은 바다, 끝없는 물보라에서 불어오는 남서풍은 육지 한가운데에 '심해mare altum'의 짭짤한 향기를 가져오는 반면, 산 너머에서 불어오는 산바람은 계곡에 산꼭대기의 매서운 서늘함을 불어넣는다. 오늘은 겨울마다 코르비에르 산지에 바다의 절제를 가져다주는 따뜻하고 습한 바닷바람인 북서풍 대신 위엄 있는 바람의 대가이자 공간의 권위에 숨을 불어넣는 지휘자인 북풍이 나를 사로잡는다. 페르페르튀즈 성까지 북풍은 정상을 휩쓸며 나의 마지막 길벗이 되어주리라.

*

퐁테스의 페즈나 도로에는 아직도 옛날식 하숙집, 숙박소가 있다. 이미 덧문이 모두 닫힌 어두운 마을, 북풍에 내맡겨진 거리에서는 숙박소를 찾기가 쉽지 않다. 한 꼬마가 손으로 가리키며 내 귀에 대고 소리친다. "저기, 계단 위요, 빛이 있는 곳이요." 간판도 팻말도 없고, 다른 집들과 무엇 하나 다를 바 없어 보인다. 나는 계단을 올라가서 불빛이 환한 유리창을 두드린다. 뚱뚱한 여자가 저녁 식사 준비로 분주한 주방에서 나온다. "걸어서 지나는 중입니다. 여기 오면 숙박을 할 수 있다고 들었는데요." "그럼요, 선생님, 물론이죠. 어서 들어오세요! 몸을 덥히세요. 이런 바람 속이라면 거리가 따뜻했을 리 없잖아요. 애야!" 여자는 만화 「플래쉬 고든」 앞에서 멍하니 공상에 잠겨 있는 적갈색 머리의 사내아이에게 소리쳐 말한다. "가서 선생님이 쓰시게 형 방 좀 치우렴. 큰아들 방을 준비해 드릴게요. 큰애는 베지에르에서 일하기 때문에 토요일에만 오거든요." 잠시 후, 저녁 식사를 마치고 나는 그녀의 남편과 주방에서 사향 포도주 한 잔을 앞에 놓고 이야기를 나눈다. 오래전부터 이곳에는 호텔이 없다. 베지에르, 페즈나, 클레르몽 레로가 바로 옆에 있는데 누가 퐁테스에서 머물 생각을 하겠는가? 그래서 호텔은 문을 닫아야 했다. 나는 꺼져 있는 텔레비전을 바라보다 남편에게 말한다. "혹시 텔레비전을 보고 싶다면 저 때문에 신경 쓰지 않으셔도 됩니다." 그러자 남편이 말한다. "보고 싶으면 볼게요. 아내와 저는 텔레비전의 노예가 되고 싶지 않거든요. 오늘 저녁은 선생님도 계시니 함께 이야기를 나누는 편이 훨씬 재미있습니다. 텔레비전은 다른 곳에서 그랬듯이 여기서도 많은 걸 바꿔놓았죠. 하지만 언제나 좋은 쪽으로 달라지는 건 아니더군요. 생각해보세요, 옛날에는 여름이면 마을에 공동생활이라는 게 있었어요. 마을 어귀에 있는 벤치로 나가서 이웃들과 함께 대화를 나누었죠. 그런데 이제는 그런 게 없어요. 각자 자기 집에 틀어박혀 더는 누구도 만나지 않는다고요."

남편은 은퇴한 수공업자다. 똑똑하고 명민하고 인심이 후한 사람이다. 그리고 질문을 하고 배우는 걸 좋아한다. 그에게 은퇴란 삶의 끝이 아니다. "아니죠, 다른 인생이 시작되는 겁니다. 새로운 인생을 살 줄 알아야 하고 뭔가에 관심을 가져야 해요. 그렇지 않으면 별 수 없어요. 저는 은퇴한 이후로 돌에 열중하고 있습니다. 이 지역의 버려진 광산에 잔뜩 있거든요. 그래서 날씨가 좋을 때면 광산에 가서 뒤지다가 화석도 찾고 광물도 찾죠. 바쁘게 시간을 보내는 동시에 배움도 얻습니다." 그 말을 듣고 있자니 남자가 그 지역에서 만났던 많은 사람들처럼 은퇴한 프랑스인들에 대해 늘 떠올리는 이미지를 완전히 반박하고 있다는 생각이 든다. 활동적이고, 많은 것을 알고 있고, 읽고, 배우고, 자신이 듣는 것 또는 신문이나 텔레비전에서 보는 것을 절대 곧이곧대로 믿지 않는다. 나는 텔레비전이 대중에게 미치는 영향력은 어디까지나 추측이 아닐까 생각해본다. 그렇다, 그는 텔레비전을 시청하지만 보고 싶은 것을 선택해서 본다. 내용이 마음에 안 들면 바로 꺼버린다. "물론 처음에는 밤낮으로 보면서 시간을 보냈죠. 그 앞을 떠나지 못했어요. 이제는 보고 싶을 때만 봅니다. 저는 텔레비전의 노예가 아니니까요. 진보라는 이름의 다른 것들도 마찬가지죠. 도움을 주지만 우리를 죽이면서까지 무질서하게 발전하게 해선 안 되죠." 마찬가지로, 약 600명의 주민이 살고 있는 이 퐁테스 마을도 근처 도시의 매력에 밀려 차츰차츰 버림받고 있다. 땅은, 포도밭은 더는 모두가 먹고 살 수 있을 만큼 충분한 수익을 내지 못한다. 남자가 말한다. "옛날에는 포도 재배가 한 명이 포도밭 3만 제곱미터 정도만 가져도 적당히 살았어요. 요즘은 6만 제곱미터를 가지고 있어도 입에 풀칠하기 힘들어요. 차츰차츰 예전으로, 착취가 만연하던 시절로 돌아가고 있어요. 오로지 개발만이 수지를 맞춰줄 뿐이죠. 그런데 개발도 돈이 있어야 하잖아요. 돈이 땅에 대한 고귀함을 대체했습니다. 부자들이 새로운 귀족이죠. 그러니 여기서 뭘 할 수 있겠어요? 아무것도 없고, 공장도 하나 없는데. 젊은이들은 어디에서든 일해야 해요. 보세요, 옆집엔 다 큰 자식이 넷 있거든요. 그런데 한 명은 베지에르, 또 한 명은 페즈나, 다른 한 명은 클레르몽 레로, 막내는 루장에서 일합니다. 그 바람에 차가 넉 대나 필요하게 되었죠. 부모는 차가 없고요. 한 집에 차 다섯 대는 너무 하잖아요? 게다가 이런 곳에서 밤에 젊은이들이 뭘 하겠어요? 여덟 시에 마을이 어떤 모습인지 보셨어요? 휑하답니다. 그러니 젊은이들이 베지에르나 다른 곳으로 떠나고, 그저 텔레비전이나 볼밖에요. 자동차와 텔레비전은 우리를 도울 줄 알았죠. 하지만 오히려 재앙이에요. 어떻게 피할 방법도 없는 재앙 말입니다."

이튿날 아침, 사제관으로 찾아간 나에게 퐁테스의 신부도 정확히 똑같은 말을 한다. 예전에 옥통의 신부로 있었던 목재 모형의 주인공, 바로 그 신부다. 신부는 내가 그 일에 대해 자세히 듣고 싶어서 그곳까지 찾아왔다는 얘기에 입가에 재미있다는 듯 미소를 지으며 이야기를 들려준다. 거의 비어 있다시피 한 널찍한 집에서 누이와 함께 사는 그는 일상복 차림의 현대적인 신부로, 특히 젊은이들에게 신경을 많이 쓴다. "젊은이들이 어떻게, 왜 자신들을 위하는 게 하나도 없는 그곳을 지키겠습니까? 젊은이들을 탓하기는 쉽죠. 하지만 진심으로 그들을 돌봐주는 사람이 있긴 한가요? 이 좁은 곳에는 아이들에게 어떤 미래도, 어떤 출구도 없어요. 이제는 소규모로 경작해선 아무도 먹고 살지 못해요. 마을 초입에서 포도밭 안뜰에 큰 통들이 잔뜩 있는 커다란 저택을 보셨을 겁니다. 얼마 전에 돌아가신 포도 재배가의 집인데, 자녀 여덟 명에게 그 집을 남겨주셨답니다. 여덟 자녀 중에 많아야 둘은 포도밭을 일구며 먹고 살겠죠. 나머지 여섯 명은 어딘가로 일자리를 찾아 떠나야 할 거예요. 게다가 그들은 젊지도 않아요. 나이 많은 사람들도 도시로 일하러 떠납니다. 어느 포도 재배가의 집에서 일했던 이웃은 50세인데 베지에르에서 야간 경비 일을 구해서 최근에 떠났다니까요. 매달 1,200 프랑을 번답니다. 여기서는 800프랑을 받았는데 말이죠."

탁자 위에는 지역 지도가 있다. 신부도 젊은이들과 함께 여름 동안엔 발굴 작업을 한다. 이곳으로 오는 도중에 카브리에르 못 미쳐 바위 하나가 있었는데, 거기에 이런 문구가 새겨져 있었다. '자유로운 오시타니아.' 자신도 오시타니아 사람이라고 자처하는 신부는 그 운동을 지지하는 사람들 중 일부를 잘 알고 지낸다. 하지만 신부는 기탄없이 말한다. "그 운동은 특히 베지에르, 툴루즈, 몽펠리에 지식인들의 운동입니다. 아무런 대중적 기반이 없어요. 나는 그들이 파시스트라고 생각합니다. 그들은 그렇게 생각하지 않는 모양이지만요. 자신들이 혁명가라고 생각하죠. 그렇다면 그들은 혁명을 착각하고 있는 겁니다."

신기하게도 그 말은 옥통의 카페에서 만났던 수다스럽고 신경질적인 젊은 포도 재배가가 한 말과 똑같았다. 카페에서 만났던 그 다음날, 나는 마스 카네에 있는 그의 집으로 점심 식사를 하러 찾아갔다. 그리고 글뢱 상 글렌에서 들었던 농촌 사람들의 하소연이 아니라 성난 포도 재배가들이 쏟아내는 보다 격렬하고 다채로운 욕설이 가미된 울분을 들었다. 식사하는 내내 그의 노모는 마치 내가 이번 여행을 통해 뭔가 무시무시하고 운명적인 시련이라도 겪은 양 나를 유심히 보며 끝없이 질문을 해대고 불쌍히 여겼다. 노모는 아들에게 내가 온다는 이야기를 듣고 직접 만든 스튜와 포도주를 함께 내며 이렇게 말했다. "걸을 때는 힘이 있어야 한다오." 식당에는 사냥하는 장면들을 표현한 남편의 그림들과 니켈로 만든 비행기 모형들 그리고 어느 집에나 하나쯤 있는 도자기 개가 놓여 있었다. 주방의 큰 유리창으로 바람에 포도나무들과 나무들이 흔들리고 평야에서 지평선까지 먼지가 이는 모습이 보였다. 지평선 끝에는 능선 너머로 유서 깊은 카스텔라 성이 솟아 있었다. 남자는 주변에 있는 자신의 휴한지를 팔고 싶어 했다. "포도나무들로는 충분치 않아요. 게다가 이제는 일을 도와줄 사람도 찾을 수 없고요. 그거 아세요? 해마다 포도 수확기가 되면 스페인 사람들이 일하겠다고 스페인에서 여기까지 걸어온다니까요! 선생님의 말씀이 맞아요. 오늘은 빛이 아름답죠. 하지만 빛으로는 충분치 않다고요. 나도 이곳을 떠나고 싶지 않아요. 그런데 부동산 개발업자들이 내가 가진 황무지를 사겠다고 하더라고요. 살라구 호수와 함께 이 지역은 관광 중심지가 될 거예요. 지금이야말로 예상 밖의 매각 기회죠." "집 옆에 방갈로나 다른 집들이 있으면 불편하지 않겠어요?" "선택의 여지가 없는 걸요. 게다가 괜찮아요. 심심하지 않겠죠, 뭐. 여기서는 아무도 안 보이는 걸요. 적어도 히피들은 약간의 생기라도 불어넣어 주었죠. 몇 번인가 보러 간 적 있었는데, 사려 깊고 친절한 사람들이더라고요. 나는 그들을 반대하는 이유를 모르겠어요. 사랑을 나누는 게 뭐 어때서요! 더 낫죠. 언제부터 사랑을 나누는 게 나쁜 짓이 되었답니까? 선생님은 마을을 지나면 그만이니까 이해 못 하실 거예요. 이 지역은 아름다워요. 관광객들을 끌어들일 만하죠. 여름 내내 덜 외로울 거예요." 그리고 그는 내 쪽으로 몸을 돌리며 덧붙였다. "저는 너무 외롭거든요, 아시겠지만."

　이번 여행을 하는 동안 나는 젊은이들과 거의 만나지 못했다. 젊은이들이 마을에 전혀 없었기 때문이다. 그들은 도시에서 일하고 토요일에 가족에게 돌아와서는 춤추러 가거나 카페에 가거나 다시 길을 나선다. 노인들은 여행할 때 아직도 이륜마차, 짐수레로 이동한다. 반면에 젊은이들은 심카1000이나 R8 고르디니를 탄다. 서늘한 저녁에 집 앞에 나와 앉아 있는 모습은 절대 볼 수 없다. 그들은 늘 다른 곳에, 빛이 반짝이는 곳에, 핀볼 게임이 찰카닥거리는 곳에 있으니까. 반면에 노인들은 유독 많이 만났다. 그건 프랑스가 노인들의 나라라서가 아니라 그들이 나와 같은 리듬으로 살거나 이동하기 때문이다. 우리는 규칙적인 발걸음, 휴식, 정중한 인사, 날씨에 대한 대화로 이루어진 동일한 세계에서 산다. 젊은이들은 더 빨리 가고, 도로에서도 질풍처럼 나를 지나쳐 간다. 하지만 짐수레를 탄 노인과는 몇 마디 말도 주고받을 수 있다. 마을의 판지오(포뮬라1의 전설이라 불리는 아르헨티나의 자동차 경주 선수—옮긴이)들과는 할 수 없는 일이다. 딱히 마주치는 일도 거의 없었지만. 어쨌든 나는 느릿한 걸음 때문에 필연적으로 노인들과 달팽이들만 만날 수 있었다. 노인과 달팽이는 천천히 여유를 가지고 살아간다. 내가 도로에서 만난 달팽이들은 대개 납작해져서 아스팔트의 어둠 속 화석으로 새겨져 있었다. 그리고 여름밤에 본 노인들은 문간에서, 양로원의 닫힌 정원 안에서, 벤치에서 또는 카페의 서늘한 그림자 아래에서 적포도주 한 잔을 앞에 놓고 시간을 때우고 있었다. 자갈 포석 위에서 짐수레 바퀴가 삐걱거리는 소리밖에 몰랐던 옛 시절의 그림자. 젊은이들도 언젠가는 노인이 되겠지? 삶이 빠르면 그만큼 죽음도 빠른 법. 나는 도랑에서 혹은 차고 앞에서 고철이 꼬이고 좌석들이 창자처럼 비어져 나온 채 납작해진 차들을 너무 종종 보았다. 그러면 자동차 수리공은 매번 숙명을 논하는 비장한 어조로 이렇게 말했다. "너무 빨리 가려고 했던 거죠."

*

안녕히, 무뚝뚝한 소작인들, 쌀쌀맞은 아주머니들, 카운터에서 시선을 떼지 않던 심술궂은 문지기들이여! 안녕히, 을씨년스런 카페, 포마이카로 만든 가짜 거울, 형체만 남은 반투명하고 얄팍한 햄이 든 빈혈에 걸린 샌드위치들이여! 나는 그런 샌드위치가 싫다. 그런 샌드위치들은 먹을 수 있는 허망함, 씹을 수 있는 허무함의 이미지요, 턱의 환각이요, 채울 수 없는 허기를 속이는 함정이다. 지옥이 정말로 존재한다면 평생 신기루 같은 빵 조각, 딱딱한 빵의 환영에 버터를 보일 듯 말 듯 살짝만 바른 모든 이들부터 우선적으로 가야 마땅하다. 어디를 씹어야 할지 모르게 만드는 허상, 뜬구름! 어떻게 감히 그런 음식을 만들어서 줄 수 있단 말인가? 허기져서, 어쩔 수 없어서, 경험상 그리고 혹시나 싶은 마음에 나는 프랑스 방방곡곡의 모든 샌드위치들을 먹었다. 좀 전에 말했던 것처럼 샌드위치는 남쪽으로 내려갈수록 마치 중력의 법칙을 묵직하게 보여주기라도 하듯 내용물이 점점 더 튼실해진다. 나는 생 쉬냥의 젊은이들로 가득한 어느 카페에서 오이와 겨자, 소시지가 들어간 위풍당당한 샌드위치를 먹으면서 이 필연에 대해 생각한다. 나는 결코 특별한 메뉴를 주문하지도, 요구하지도 않았다. 그저 최악의 음식을 예상하며 이렇게 말했다. "샌드위치 하나 주세요!" 그러자 미각의 걸작이, 향긋한 재료들로 속을 가득 채운 진짜 시골 빵이 나왔다. 그렇게 나는 계획에 없던 낯선 경계를, 진짜 샌드위치와 가짜 샌드위치를 나누는 경계를 넘었다. 요즘 시대에 식습관과 미식가적 습관 그리고 요리의 민족학, 익히지 않은 음식과 익힌 음식 그리고 미지근한 음식과 따뜻한 음식에 관한 글이나 논문을 쓰는 모든 이들에게 샌드위치의 역사에 대해 꼭 한번 써보라고―크게 미워하지도 흥분하지도 말고―권하는 바다. 따뜻한 음식은 외딴 식당에서 찾아보기 가장 힘든데, 민족학자들이 단 한 번도 언급하지 않은 걸로 보아 그런 곳에서는 음식을 먹어본 적 없었던 게 분명하다. 직접 먹어보았다면, 남프랑스로 내려가면서 오시타니아 지방에서 뜻밖의 맛을 담은 그 '중량감'을 못 느꼈을 리 없으니까.

그러니 잔모래처럼 날아갈 것 같은 북부의 빈혈 걸린 샌드위치여, 안녕히. 음울한 안주인들이여, 안녕히. 미네르부아 지역부터는 풍경, 바람, 얼굴들, 카페 사람들 모두가 미소를 짓는다. 오늘 저녁, 나는 생 쉬냥을 출발한 지 한나절 만에 미네르브에 도착한다. 정오 무렵이 되자 바람은 다소 잦아들고, 하늘에는 구름이 가득하다. 미네르부아 지역의 상징적인 중심지인 미네르브에서는 카타리 파의 첫 번째 학살이 자행되었다. 1210년 7월 12일, 교회 옆 작은 광장에서 180명의 '완전한 사람들'(중세 기독교 이단의 일파인 카타리 파가 자신들을 지칭하는 용어―옮긴이)이 화형에 처해졌다. 아니, 정확히 말하자면 자신들의 신앙을 부인하느니 차라리 불 속으로 뛰어들기를 자초했다. 이 마을은 세스 협곡 한가운데에 있는 성채에 고립된 작은 마을이다. 십자군이 물 공급을 차단하는데 실패했더라면 아주 오랫동안 십자군의 공격에 저항할 수 있었을 요새. 포도나무와 깊은 구렁, 침식된 아치, 동굴, 협곡 안쪽의 기이한 부조로 이루어진 낯선 풍경. 나는 11월 미네르브의 슬픔이 좋다. 생 테니미나 라 쿠베르투아라드처럼 황량하지만 죽음을 품고 있지 않은 곳, 아직도 숨 쉬며 살아 있는 곳. 나는 좁은 골목길을 거닐고, 지역에서 발굴한 선사시대의 고고학적 물품들을 갖춘 정비가 아주 잘된 작은 박물관을 관람한다. 마을은 겨울이면 주민이 30여 명쯤 되고, 방이 없는 카페가 두 개나 있다. 둘 중 첫 번째 카페의 장식장에서 오시타니아와 카타르 파와 알비 파에 관한 책들을 발견한다. 나는 카타르 파의 역사에 열광하는 카페 안주인에게 말한다. "늘 책을 찾아야겠는데요. 카타르 파 사람들이 언급하는 장소와 그들의 자리가 있는 곳에서요. 저렇게 갖춰 놓으신 건 아주 훌륭한 생각입니다. 실은 저도 글 쓰는 사람이거든요." 처음으로 그 말이 어떤 의미를 띠고 어떤 반향을 만나는 걸 느낀다. 그리고 그 참에 오늘 밤은 안주인이 나에게 방을 찾아줄 것 같은 느낌이 든다. 겨울에 미네르브에서 잔다는 건 큰 골칫거리다. 여자가 말문을 연다. "여기는 이제 방이 없어요. 그나마 남아 있던 방 두 개도 박물관에서 일하는 일꾼들이 쓰고 있거든요. 어떻게 하실래요? 저도 한번 생각해볼게요. 남편이 곧 돌아올 테니까 얘기해 볼게요." 카타르 파에 대한 대화가 안주인의 의심과 신중함을 녹인 모양이다. 그래서 나는 산책을 나섰다 돌아온다. 그날 밤 우리는 함께 식사를 한다. 남편이 직접 재배해서 만든 짙은 적색의 진하고 맛있는 포도주를 곁들인다. 미네르부아산※ 포도주는 처음이다. 그러고는 남편이 나를 조금 떨어진 곳에 있는 작은 빈 집으로 데리고 간다. 가을에 포도 재배를 도와주는 인부들이 머무는 곳이다. 철 침대와 개수대 그리고 커다란 굴뚝이 갖춰진 방 두 개짜리 빈집. 한쪽 구석에는 포도 덩굴 다발과 포도나무 가지가 쌓여 있다. 나는 불을 피운 뒤 옆에 앉아 카페에서 산 앙리 에스피외의 『오시타니아의 역사』를 읽는다. 보주 지역의 머나먼 오두막이, 그랑 솔다가, 문 앞의 그루터기가, 환상적인 수렵의 하늘에 걸려 있던 유령 같은 달이 마음속에 떠오른다. 그때 그곳에서처럼 이곳도 임시 거처지만 내 집처럼 느껴진다. 나는 이 여행이 아직은 끝나지 않았으면 좋겠다. 오크 지방으로 가면 갈수록 포도나무 가지들의 환한 기쁨과 함께 우리가 길을 떠나는 이유를 발견할 수 있기 때문이다. 하룻밤 동안은 낯선 사람이기를 멈춘 낯선 사람들을 찾고 만나는 일.

*

말뚝가리들이 공중에서 나를 호위한다. 이 길의 끝에서 멈출 때, 이번 여행에서 마지막으로 보게 되는 것은 지중해 하늘을 맴도는 말뚝가리가 될 것 같다. 보주 지역에서부터 말뚝가리들의 낯선 소리를 듣지 못한 날이, 길 위에서 활공하는 말뚝가리들의 형체를 보지 못한 날이 단 하루도 없다. 하늘에 감사하게도 이는 말뚝가리들이 예전만큼 죽임을 당하지 않고 있다는 의미이자 마침내 그들이 해롭지 않다는 사실을 납득하게 되었다는 의미인 듯하다. 말뚝가리 한 마리는 올빼미들과 마찬가지로 하루에 설치류 10여 마리를 잡아먹을 수 있다. 예전에 농부들은 최고의 동료를 죽이는 짓이라는 사실도 모른 채 곳간 문에 올빼미들을 꼼짝도 못하게 묶어 놓았다. 요즘에는 어렵긴 하지만 농민들에게 맹금류를 포함해서 올빼미들과 새들이 얼마나 유용한지 설득할 수 있다. 하지만 남부의 사냥꾼들에게 그 사실을 납득시키기란! 이곳에서는 사냥꾼이 왕이다. 그래서 사냥꾼은 어디에서나 법을 만들어서 모든 생명체, 날아다니는 모든 생명을 절멸시키고 학살한다. 말똥가리들 말고도 단언컨대 로데브에서 포트 뢰카트에 이르기까지 까마귀들과 까치들을 포함해 야생 조류는 단 한 마리도 보지 못했다. 남부지방에서 사냥은 이만저만한 골칫거리가 아니다. 실질적으로 모든 통제를 빠져나가는 데다, 총만 들었다 하면 누구든 건드릴 수 없는 절대 권력을 손에 쥔 양 착각하기 때문이다. 이곳에서는 새들을 보호하기 위해 프랑스의 나머지 지방과 똑같은 조치를 취하지 않는 게 이해되지 않는다. 하긴, 조치를 취한다고 해도 아무 효과도 없을 것 같다. 들판과 포도밭에서 일주일 내내 사격하는 소리를 듣지 않은 날이 단 하루도 없다. 모든 농부들, 모든 포도 재배가들은 항상 총을 하나씩 들고 다닌다. 그러니 새가 한 마리도 없다고 해도 놀랍지 않다. 이곳은 사냥 무법 지대니까. 이 지역의 침묵은 내가 지나온 다른 지방들에 비하면 그야말로 끔찍하다. 차츰 어디서도 동물의 생명을 찾아볼 수 없는 거대한 사막이 되어가는 모습을 보며 이런 생각을 한다(며칠 후 페르페르튀즈의 꼭대기 바위에 올라 간신히 '새' 한 마리를 보았다). 아마도 우연이겠지. 하지만 아니다. 오래전부터 정확하게 늘 이런 식이다. 파괴와 몰살은 이곳에서는 억누를 수 없는 욕구다. 영국의 농민 작가 아더 영이 1789년에 프랑스 남부지방을 여행하고 쓴 글을 보면 이 재앙이 비단 어제 오늘의 일이 아님을 알 수 있다.

"1789년 8월 30일. 프로방스. 나는 요 며칠 동안 이 지역의 사냥꾼 무리 때문에 성가셨다고 말하는 걸 깜박했다. 프로방스의 녹슨 총은 모조리 온갖 새들을 죽여 없애는데 쓰이는 듯하다. 대여섯 번은 산탄이 내 마차에 떨어지며 귓가에 씽씽 소리를 냈다." 2년 전에 툴루즈와 랑그독 지역을 지날 때도 똑같은 지적을 했다. 사냥이 엄격하게 제한된 영국에 비해 프랑스 남부는 그에게 '적막한 사막'처럼 느껴졌다. 아더 영의 시대 이후로 유일하게 달라진 점은 사냥꾼들이 더는 쏠 게 없어서 덜 위험해졌다는 사실 뿐이다. 다행히도 내가 만났던 농민들 모두가 과격한 사냥꾼들은 아니었다. 그런 쓸모없는 학살들을 비난하고 "새들을 살해하는 자들 전부"를 엄격하게 단죄하려는 일부 사람들도 있었다. 예를 들어서 생 쉬냥과 아시냥 마을 사이, 튀드리 마을 근처의 외딴 농가에 사는 노인과 나는 이 여행에서 가장 아름다운 아침을 함께 맞았다. 앙드레 브르통이 '객관적 우연'이라고 불렀던 특징 그대로 우연을 가장한 운명 같아서 더욱 경이로운 만남이었다. 나는 아시냥에 들르고 싶었는데 길이 포도밭 한가운데에서 뚝 끊기는 바람에 결국 길을 잃고 만다(그날 밤 안으로 포도밭으로 난 길을 지나 미네르브에 도착하려고 했다). 조금 위쪽의 작은 언덕 꼭대기에 집 한 채가 보인다. 나는 길을 물어보려고 그곳으로 향한다. 헛간 근처에 가니 '박물관'이라고 써진 간판과 화살표가 있다. 집 앞에 있는 포도 덩굴을 올린 정자 아래에서 기괴한 형태의 돌들, 화석들을 잔뜩 쌓아놓은 더미와 작은 가제단을 발견한다. 산호 석회암으로 만들어진 성모 마리아를 모신 제단에는 화석이 된 폴립(암초에 붙어 군생하는 강장동물―옮긴이)과 녹석(산호충의 일종―옮긴이)이 총총히 박혀 있다. 옆에는 물의 힘으로 정교하게 세공한 돌들을 소박하게 쌓아올려 옅은 회반죽으로 붙여 만든 조각이 하나 있다. 그 조각은 개 줄을 잡고 산책하는 남자를 표현했다. 창가로 다가가자 화석들, 광물들, 뿌리들, 잡다한 물건들이 뒤얽힌 세계로 가득 찬 방이 보인다. 누가 살까? 어떤 이름 없는 우체부 슈발(우편배달을 하면서 주운 돌로 33년간 궁전 모양의 건축물을 만든 프랑스 우체부 이름―옮긴이)이 또 오랜 세월 동안 저런 독특한 돌들을 하나씩 모았을까? 나는 잔뜩 흥분해서 가방을 내려놓는다. 아무도 없기에 집주인이 돌아오기를 기다린다. 남자는 그리 오래지 않아 돌아온다. 그는 아래쪽 자신의 포도밭에 있다가 내가 집으로 올라가는 모습을 보았다고 한다. 남자는 동작도 굼뜨고 말도 힘겹게 이어가는 아주 연로한 노인이다. 하지만 눈은 반짝이고 얼굴은 함박웃음으로 환하다. 노인이 말한다. "어서 오시게. 내 작은 박물관을 보시겠소?" 노인이 몇 년 동안 발굴한 물품들을 전부 쌓아 놓은 방 안에서 나는 여행할 때면 항상 찾아보는 '독학' 수확물, 과거에 상당히 유행했던 호기심 진열실을 발견한다. 자연의 독창성에 사로잡혀 호기심을 느끼는 사람들은 그런 곳에 사물들의 자연시를 수집할 줄 안다. 작은 박물관에는 광물들, 화석화된 식물들(석화된 성운처럼 밤에 꽃이 피는 편암에 새겨진 일부 흔적), 만드라고라(가지과에 속하는 합환채 속의 식물이며, 두 갈래로 갈라진 뿌리의 형태가 사람과 비슷하여 마법의 힘이 있다고 알려져 있다―옮긴이) 형태의 뿌리, 조개들, 다채로운 돌들이 있다. 노인은 그중 일부로 작은 인형들, 난쟁이 지신 또는 요정의 모습을 한 인물들을 만들어 세우고, 원초적인 장면들을 그렸다. 완전히 목재, 진주, 산호로 만들어진 가상 풍경들의 극장이다. 제일 신기한 건 그가 뭔가를 읽고 배운 것이 아니라서 수집해둔 것들에 대한 정확한 지식이 전혀 없다는 점이다. 누군가가 올 때마다 질문을 하고, 의견을 구하고, 이런저런 물건의 기원에 대해 물었다. 노인의 지식은 그렇게 해서 갖추어졌다. 낯선 사람들과 이야기하는 식으로 독학했다. 게다가 그로 인해서 노인의 머릿속에는 이상한 혼합물이 들어 있다. 어떤 물건들에 대해서는 정확한 기원과 속성을 알고 있다. 반면 그 밖의 다른 물건들에 대해서는 형체나 형태들로 어렴풋이 유추해서, 아니면 화석에 새겨진 도롱뇽들의 경직된 몸짓을 보고 대홍수에서 살아남은 인간들이라고 착각하던 옛날처럼 화석화의 우연을 통해 가공의 이야기를 상상한다. 말린 식물, 바다의 흔적을 담은 얇은 청석돌, 기복이 많은 형태의 조개처럼 깨지기 쉬운 물건들을 따로 보관해둔 뒤편의 커다란 진열장에는 이렇게 적힌 작은 종이 한 장이 놓여 있다.

자기감지사들은 알려주십시오.

"늘 자기감지에 관심이 있었지. 그래서 혹시 자기감지사가 오면 꼭 만나보고 싶어서 말이오. 대개는 차마 말을 못합디다. 그래서 이렇게 해서라도 이야기해보고 싶었소."
노인이 만든 포도주를 한잔하러 들어간 주방에서는 능금이 한가득 담긴 커다란 냄비가 벽난로에서 끓고 있다. "젤리를 만들고 있지. 겨울에는 단 게 당기면 젤리만 먹거든. 도시의 설탕은 안 먹는다오. 내가 매년 가을마다 수확한 걸로 아내와 둘이 일 년 내내 먹지." 노인은 서랍에서 가늘게 떨리는 필체로 뒤덮여 읽기도 힘든 커다란 종이 한 장을 꺼낸다. 그러고는 내게 건넨다. "이건 나의 치유사 신조라오. 필요할 때면 치료도 하거든. 내 힘이 닿는 범위 안에서 말일세." 나는 몸을 숙여 첫 줄을 읽으려 애쓴다. 그 순간, 사과 익는 냄새가 풍기고 포도나무 가지에서 불이 타오르는 주방에서 주술서 위로 몸을 숙이는 순간, 나는 귓가에 주저하면서도 고집스럽고 끈기 있는 노인의 목소리를 들으며 이런 생각을 한다(노인은 죽어가는 자연, 생명을 존중하지 않는 인간들, 아무데나 심지어 울새에게조차 총을 쏘는 사냥꾼들에 대해 말했다. "울새들을 죽이다니. 선생, 이 얼마나 부끄러운 짓이오!") '이 순간을 절대 잊지 못하겠구나.' 지금도 똑같은 강렬함으로 노인의 생생한 존재를 통해 그때의 느낌이 되살아난다. 계시를 받은 모든 존재들과 마찬가지로 자신을 둘러싼 세상을 이해하고 사랑하는데 일생을 바친 노인도 나름대로 지난 세기에 오트리브 마을에 살았던, 노인은 만난 적이 없음은 물론이고 들어본 적도 없는 사람인 우체부 슈발 같은 사람이다. 노인의 이상적인 궁전, 마법의 도시는 돌들, 뿌리들로 직접 실현한 풍경들이며, 그만이 볼 줄 알고, 발견할 줄 알고, 땅의 어둠에서 끌어낼 줄 알았던 형태들이다. 그리고 자연과 인간들에게 열정을 품는 모든 이들처럼 노인도 살아 있는 추억이자 이야기들의 집합소다. 그는 마음속에 시와 노래, 치유의 기도, 각각의 성인들을 향한 기원들로 이루어진 완전한 세상 하나를 품고 있다.

노인은 신자이지 마법사와는 아무런 관계가 없으니까. 나는 한참 동안 노인과 함께 머물면서 그가 말하는 것, 노래하는 것 혹은 암송하는 것을 전부 수집한다. 노인이 환자의 손을 잡고 치아와 화상의 고통을 치유하기 위해 암송하는 기원문 두 개만 옮겨 적어 본다.

"환자가 치통이 있다면 손을 잡고 이렇게 말한다네.

아름답고 성스러운
성녀 아폴로니아께서
나무 아래 놓인
새하얀 대리석 위에 앉아 계셨네.
예수께서 성녀에게 이르시되, 성녀 아폴로니아여,
무엇 때문에 슬픈지 말해보라.
나는 이곳의 슬픔이 아니라
고통의 성자니라.
– 저는 제 주인님을 위해
그리고 제 치통으로 인해 이곳에 있나이다.
예수께서 성녀 아폴로니아에게 가라사대,
– 피가 있다면 마르리라.
벌레가 있다면 곧 죽으리라."

화상의 경우에도 과정은 같은데, 다만 치유사는 시를 읊으면서 화상에 대고 두 번 입김을 분다.

"위대한 성자 로랑이여,

뜨거운 화로 위에서

이리 저리 몸을 돌려도

그대는 고통스럽지 않았노라.

이 열기가 지나가도록

나에게 은총을 베푸사

하느님의 불이여, 네 열기를 식히라

유다가 유대인의 열정으로

올리브 동산에서 예수를 배반할 때

제 빛을 잃었던 것처럼."

"얼마나 간단하오! 매번 고통이 가셨지. 내가 치유를 하는 게 아니오. 신께서 치유하시는 거지. 그분이 이 모든 아름다움과 주변의 모든 파동을 만드시지. 이 지역에 머물다가 아프거든 날 찾아오구려. 내가 낫게 해주리다."

*

미네르브에서 레지냥 코르비에르까지 걷는 고요한 어느 아침, 하루 만에 바람과 구름이 말끔히 흩어진 이곳의 가지런하고 세심한 풍경 곳곳에서 인간의 중재와 노고가 느껴진다. 포레와 리브라두아의 지평선에 확연하던 무질서와 소란은 미네르부아의 초입에서 끝난다. 수풀과 휴한지, 방목장에 비슷한 환상을 주었던 노간주나무와 자작나무 그리고 소나무들의 은밀한 무질서도 함께 끝난다. 땅은 낮은 담장과 울타리들로 촘촘한 그물 속에 갇힌 듯하고, 토양은 포도밭들로 누벼진다. 작은 집이나 오두막집, 도로 보수 인부들이나 성당 소속 사제단들의 임시 숙소, 폐쇄된 농가나 작은 농가 같은 건물들은 마치 이곳에 필요한 땅을 보충하는 듯하다. 미네르브를 벗어나 올롱작을 향해 내려가다가 (남프랑스 운하를 따라 카스텔노 도드, 에스칼, 투루젤이라는 이름을 가진 매혹적인 도시들 주변에서) 종종 걸음을 멈추고 나무들과 포도밭, 농가, 실편백의 문장紋章들을, 그 해묵은 배열을 바라보았던 기억이 난다. 마치 그곳을 지나던 형체들이 종이 위에 그려진 몸짓 그대로 영원히 멈춘 듯한, 인간의 인내심으로는 올리브나무, 측백나무, 포도나무, 적색 바위의 채색을 도저히 그처럼 잘 배치할 수 없을 듯한 풍경이다. 나는 이곳 같은 땅의 분할, 토양의 절개, 나무들과 포도나무들의 기하학적인 분배를 어디에서도 본 적 없다(질서와 이성 속에 자연의 몽상과 광기를 불어넣으려는 것처럼 여기저기 경작지 한가운데에 천연으로 만들어진 바위투성이의 고립된 작은 공간도 빼놓을 수 없다). 그렇게 터를 잡고, 빛으로 덧씌우고, 지속적인 보살핌을 받고, 부지런한 손이 갈퀴로 긁어낸 풍경을 만나자 보주 이후로 코르비에르를 걸을 때까지 프랑스는 드넓은 빈 들판, 휴한지 그리고 광기 어린 숲, 벌거벗은 석회질 고원, 불확실한 금렵구, 바람에 드러나고 전투에 바쳐진 평야 등으로 이루어진, 형태가 일정치 않은 거대한 공간에 지나지 않다는 느낌이 들 정도다. 여기서는 여전히 개인이 자기 땅의 왕이요, 자기 포도밭의 왕자이자 올리브나무들의 친구다. 무엇 하나 지나친 것이 없고 아무것도 부족하지 않다. 그곳에는 오로지 통제된 대비, 드물게 용인된 망상, 실편백 꼭대기와 함께 휘어지는 일시적인 현기증뿐이다. 모든 구성이 나무들과 수풀들의 키에 알맞게 듬성듬성하게 짜여 있다. 무엇 하나 과도하지 않고 아무것도 비루하지 않다. 인간에 의해 인간의 크기로 재단된 풍경은 인간의 눈을 위해 그리고 인간의 눈에 의해 이루어진다.

*

어제부터 나는 코르비에르Corbières에 있다. 내 여행의 끝, 마지막 지방, 마지막 새하얀 길. 나는 바위와 물과 바람을 노래하는 너희들의 이름을 사랑한다. 코르비에르의 '코르브corb'와 '이에르ières'는 아직도 까마귀들이 자주 오가던 장소의 본래 의미를 간직하고 있다. 훨씬 남쪽, 스페인에서 걷다가 마주쳤던 다른 이름, 그러니까 프랑스의 국경을 지키는 마을 세르베르Cerbère도 떠오른다. 그런데 코르비에르라는 이름은 지옥문을 지키는 개 '케르베로스Cèrbere'에서 온 것이 아니라 라틴어로 사슴을 뜻하는 단어에서 파생되었다. 코르비에르는 까마귀들의 장소이고, 세르베르는 사슴들의 장소다. 그곳을 상징하는 어떤 문장紋章과 연관을 지으면 쉽게 상상이 된다. 모래밭에 멈춘 금빛 사슴과 은빛 까마귀. 이곳의 풍경은 훨씬 동요가 심한데, 능선 아래는 실편백과 포도나무들로, 능선 위쪽은 카타리 파의 무너진 성들로 이루어진다. 성벽에는 검은색 바탕에 은백색 무늬의 방패꼴 가문家紋이 새겨져 있는데, 방패 윗부분은 녹색과 은색 그리고 둥그스름한 아랫부분은 남색과 모래

색이 칠해져 있다.

이제 피레네 꼭대기가 가까워진다. 퐁프루아드 수도원(1093년에 창설된 옛 수도원으로, 파란만장한 역사를 겪고 1919년에 매각되어 현재는 수도사가 아무도 남아 있지 않은 관광지—옮긴이)에 들어서면서부터 산이 느껴진다(내가 방문하려는 그 수도원에는 관광과 문화를 넘겨받은 최초이자 최후의 문지기만 홀로 있다). 튀샹으로 가는 길에 있는 바위며 도로 보수 인부들의 임시 숙소, 아스팔트는 온통 이런 글귀들로 뒤덮여 있다. "자유로운 오시타니아." "가이스마르에 자유를." "아라비아산☀ 포도주 수입을 중단하라."(이 글귀를 적은 사람이 올바른 프랑스어를 구사하는 품새로 보아 울분에 찬 포도 재배가라기보다는 도시의 반체제 인사에 가까운 모양이다). 더 위쪽에는 훨씬 덜 문어적인 솜씨로 이렇게 적혀 있다. "비코 포도주 반대."

이번엔 뜻이 명확해서 나도 제대로 이해한다. 이곳 사람들은 '아프리카 사람들'을 좋아하지 않는다. 그런 요구가 자유로운 오시타니아를 위한 계획의 일부인지는 모르겠지만, 지난 몇 주 동안 오시타니아에서 인종차별적인 문구는 한 번도 본 적 없었다. 게다가 그게 포도 재배가들과 무슨 관계가 있는지 분명하게 이해되지 않았다. 이번 도보 여행에서 최근 며칠 동안 튀샹, 파데른, 퀴퀴냥의 포도밭에서 사람들을 만날 때마다 질문을 던졌다. 그러면 매번 그들의 대답은 똑같았다. "내가안 썼소. 나는 깜둥이들에게 아무 감정 없거든(주목할 점은 모두가 깜둥이, 비코 또는 라통 등 비하하는 명칭을 쓰고 누구도 아랍 사람이나 알제리 사람이라고 하지 않았다는 사실이다). 그런데 어쩌겠소? 우리 포도주를 팔긴 팔아야 하는데. 여기도 제법 많아요, 아니, 넘치도록 많아요. 그러게 알제리에서 여기까지 뭐 하러 왔느냐고?" 달리 말하면 그들은 원칙적으로 글의 어조는 심하다고 생각하면서도 그게 무슨 대수냐며 내심 만족하는 눈치다(그렇게 대수롭지 않게 여기는 건 실은 지역 제품을 팔아치우는 일이야말로 그들에겐 '전부'가 달린 문제이기 때문이다). 여기서 그 문제를, 포도 재배를 점점 더 불확실하게 만드는 온갖 문제들을 자세히 파고들 수는 없다. 이미 마스 카네에서 함께 식사했던 포도 재배가는 그 문제에 대해 이야기하면서 거침없이 자신의 의견을 피력했다. "왜 우리만 포도주에 설탕을 첨가하면 안 되느냔 말입니까? 프랑스 어디에서나 용인되는 일인데 왜 우리만 봐주지 않느냐고요! 우리도 그럴 권리를 얻어야 해요. 그렇지 않으면 분명 한바탕 일이 터질 겁니다." 여기서도 나는 포도주의 등급과 그 밖의 다른 많은 부분에 관한 그런 식의 주장을 들었다. 파데른과 퀴퀴냥 사이에서 만난 포도 재배가는 이렇게 말했다. "이제 작은 포도밭으로는 도저히 살 수가 없어요. 턱도 없다고요. 이런 상태에서 벗어나려면 몇 십만 제곱미터 정도는 있어야 하고, 우리 포도주를 상당한 가격에 팔 수 있어야 해요. 그러려면 사람도 더 필요하고, 설비와 투자도 있어야겠죠. 이제 이런 식으로는 아무도 일하려고 들지 않아요. 포도 수확기에는 스페인에서 사람들을 데려와야지, 여기서는 일손을 찾을 수 없어요. 옛날의 작은 포도밭은요, 선생, 몇 만 제곱미터만 있어도 풍년이나 흉년이나 이럭저럭 넘어갔어요. 하지만 10년 후에는 어림도 없을 거예요. 포도는 항상 손이 많이 가거든요. 앞으로는 엄청나게 큰 대규모 경작지 말고는 찾아볼 수 없을 겁니다. 벌써 그렇게 되고 있어요. 베지에르나 나르본 근처를 다녀보세요. 거기 면적을 보시라고요.

그렇지만 무조건 대규모로 경작한다고 해서 우리가 지금 마시는 이런 포도주를 얻을 수는 없어요. 이름도 다르겠지만 내가 만드는 포도주와도 절대 똑같지 않을 겁니다. 그나마 파리가 있어서 다행이죠. 전부 파리로 보내니까요. 이렇게 큰 포도밭은 모조리 우리를 위해서가 아니라 파리 사람들을 위해 포도주를 만들죠." 말투에서 그의 생각이 고스란히 묻어난다. "늘 파리 사람들에게만 좋은 일이죠."

＊

매혹적인 퀴퀴냥 마을의 작은 언덕 위. 황갈색 지붕이 덮인 새하얀 집들, 무너진 요새. 그리고 그 발치에는 묘지와 어딜 가나 늘 있는 실편백이 자리한다. 오늘은 다시 바람이 분다. 베르두블 협곡에서 뼛속까지 얼어붙게 만들었던 북풍이다. 미네르부아의 가지런한 풍경을 다소 뒤죽박죽을 만들면 딱 이곳의 풍경이다. 능선들이 여기저기서 불쑥 솟아오르고, 가파른 지맥과 계곡은 파열된 바위들 틈에 조여서 깨질 듯 약해 보인다.

퐁프루아드 이후로 온종일 산에서 저녁이 될 때까지 기진맥진하게 걷고 나서 빌뇌브 레 코르비에르에서 시외버스를 타고 튀샹으로 간다(시외버스에서는 앞에 앉은 시골 여자 두 명이 기상천외한 이야기를 들려준다. 지역 신문에서 읽었느니, 최근에 어디선가 들었다느니 하며 할머니를 모시고 스페인으로 휴가를 떠난 어느 프랑스인 젊은 커플 이야기를 한다. 할머니는 여행 중에 돌아가신다. 그러자 커플은 세관에서 골치 아픈 일을 피하려고 시신을 자동차 트렁크 안에 넣는다. 그런데 불행히도 스페인에서 차를 도둑맞는다! 그렇게 해서 사건이 알려지게 된다. 커플이 경찰에 도난 신고를 했기 때문이다. 제일 우스운 일은 그 이야기에 세상 사람들이 전혀 충격을 받지 않았다는 점이다. 여기서는 모르방의 마을들처럼 시신을 이리저리 가지고 돌아다닌다는 생각이 전혀 끔찍하지 않은 모양이다.[13] 튀샹에서 나는 퐁테스에서처럼 어느 노부부의 집에 묵으며 주방에서 온 가족과 함께 식사를 한다. 내일 뒤약까지 가서 페르페르튀즈 성까지 올라갈 생각이라고 하자 부인은 기겁하며 성호를 긋는다. "이 날씨에 그 높은 곳까지 걸어간다고요? 그러다가는 얼어 죽어요! 그 위에는 아무도 없어요. 거긴 절대 누구도 안 올라간다고요. 까마귀들밖에 안 보일 텐데요!" 다음날 아침, 부인은 소시지와 순대를 넣은 오크 지방 특유의 샌드위치를 하나 가방에 넣어주며 귓속말한다. "오늘 저녁엔 원기를 회복할 만한 걸로 준비해드릴게요. 나만의 비법으로요." 솔직히 말해서 결코 어디에서도 먹어보지 못한 맛있는 음식이었다. 토마토와 노간주나무 열매를 곁들여 백포도주 소스로 익힌 껍질 벗긴 달팽이 요리.

*

나는 카스텔모르의 자그마한 로마네스크 양식의 예배당 옆 길가에서 햇볕을 쬐며 글을 쓴다. 날씨는 맑고 바람은 약하다. 때는 정오. 생뚱맞게 봄 날씨처럼 태양이 너무나 따뜻해서 두 팔을 걷어붙이고 맘껏 음

---

13 이 이야기는 오래전부터 다양하게 변형된 내용들로 들은 바 있다. 장소와 커플만 바뀌고 나머지 내용은 똑같다.

미한다. 좀 전에 튀상에서 여기까지 오느라 들렀던 누벨 협곡에서(지도에 표시된, 이름도 매력적인 노트르담 드 롤리브라는 예배당 자리의 작은 십자가에 이끌려 들렀다), 가장자리에 실편백과 주목, 협죽도, 소귀나무가 즐비한 실개천이 흐르는 협곡에서(소귀나무 열매는 이 계절에 익는 열매로, 껍질은 꺼칠꺼칠하고 과육은 다소 시큼하지만 그리스에서는 이걸로 맛있는 술을 담근다) 나는 급류의 평온한 수면 위로 빛나는 잠자리 두 마리가 노니는 모습을 보았다. 그리고 지금은 바로 옆에 있는 길로 커다란 사슴벌레 한 마리가 지나는 모습을 관찰한다. 여기 벌레들은 절대 안 죽을까? 영원히 사는 걸까 아니면 내가 여행의 마지막 시간을 겪고 있듯 그들도 태양 아래 마지막 날을 사는 걸까? 바로 맞은편 마른 언덕 비탈을 크고 짙은 주목들이 수놓고 있다. 나무들 때문에 튀상 위로 불쑥 솟아오른 토크Tauch 산의 이름이 주목들의 장소인 토크tauch라고 지어졌나 보다. 내 뒤로는 거대한 평야가 캉티양 구릉까지 펼쳐지고, 끝없는 포도밭이 점점이 찍힌 가운데 앙브르 제 카스텔모르 마을의 황갈색 지붕과 새하얀 벽들이 반짝인다. 평야로 이어지는 튀상 협곡을 지나면서 나는 또 한 번 풍경의 아름다움에, 돌들의 표면과 주목나무의 붉은 줄기 그리고 가을빛 속 비탈의 까칠한 부드러움에 넋을 잃고 잠시 머문다. 걸어서 지나온 네메사이, 스탱팔 호수와 스틱스 샘과 같은 이상향의 풍경. 코르비에르에서 이 지역은 희한하게도 그리스를 연상시킨다. 11월 말의 봄 같은 태양, 산과 바다에서 번갈아 불어오는 바람 때문일까.

어제, 같은 시간 무렵에 태양은 역시 강렬하지만 사슬 풀린 듯 맹렬한 바람 속에 나는 페르페르튀즈Peyrepertuse 봉우리 정상에 서 있었다.

파라페르튀자Parapertusa, 로슈 페르세. 이 성을 언급한 가장 오래된 문헌에서는 그렇게 부른다.

"아라공 국경 이쪽 마르슈에 다섯 아들을 둔 어머니 카르카손의 도시가 있음을 알아두어야 한다. 다섯 아들은 퓌요랑, 아귀야르, 키에르뷔, 테름 그리고 파라페르튀자다."

나는 뒤약의 작은 마을을 출발해 산의 남쪽 비탈을 따라 올라간다. 카페에 배낭을 맡기고 맨손으로 느긋하게 요새까지 오른다. 가까이 다가가자 마침내 가장자리가 들쭉날쭉한 벽이 눈에 들어오는데, 바위하고 너무 닮아서 아주 가까이 다가가야 식별할 수 있을 정도다. 나는 건축이며 역사, 방어기제 등 옛날의 성관에 대해서 아는 게 하나도 없다. 내 눈썰미가 조예가 깊지 못해서인지 도통 이 커다란 돌들의 의미를 알길이 없다. 오늘날에는 요새를 공략할 일도 없고 따라서 방어할 일도 없다. 커다란 돌들 뒤에서 목숨이 안전하다고 느끼지도, 커다란 돌들이 영원히 우리의 죽음을 에워싸도록 만들지도 않는다. 그래서 눈매도 대번에 저항력이나 약점을 간파하던 습관을 잃었다. 하지만 페르페르튀즈에서는 포위 기술에 대해 무엇 하나 아는 게 없어도 그 광대함에 무감할 수 없다. 황량한 봉우리에 인간의 손으로 이루어낸, 벽들과 탑들 그리고 망루들이 아직도 간직하고 있는 차분하고 억제된 힘으로 이루어낸 그 광대함이란! 나는 바람을 피하기 위해 탑에 난 어느 총안 옆에 앉는다. 맞은편에 있는 또 다른 성 케리뷔의 거대한 입방체가 깊게 패인 총안의 테두리 안에서 정확하게 보인다. 케리뷔는 몽세귀르 성이 함락된 이후 11년을 저항한 카타리 파 최후의 은신처다. 성벽의 밝은 부분으로 가며 이런 생각을 한다. "이곳은 독수리와 바람의 영역이자 전투의 지평선, 영원한 돌격의 장소이다. 북부의 십자군이 자신들의 십자가로 지킬 수 있는 건 오로지 인간들의 살인적인 광기와 약탈의 욕구 그리고 집단 학살에 대한 결연한 의지뿐이라는 사실을 다시 한 번 입증했던 잔인하고 비참한 역사의 파편을 짐작할 수 있는 곳이다. 알레시아, 비브락트, 페르페르튀즈. 그동안 나는 아마 자신도 모르는 새 학살된 선량한 사람들의 땅과 아크로폴리스 그리고 불에 타버린 요새들을 순례했던 모양이다. 카타리 파는 갈리아 족들과 마찬가지로 오시타니아 사람들의 가슴 속에 또는 얼굴 위에서 은밀히 살고 있으며 되살아나는가?" 내가 저 아래 베르두블의 차분한 계곡을 보겠다고 돌을 움켜잡고 성벽에 매달린 건 이제 여행의 끝이 코앞에 다가와서일까(바로 아래 쾨이야 협곡을 바라보며 저기서 뢰카트 쪽으로 내려가면 되겠다고 어림한다)? 아니면 너무도 격렬하게 불어오는 미친 바람 때문일까? 성벽에 서린 우수 때문인지는 잘 모르겠지만―내심 시의 제목과 출처만 들어도 여행하는 내내 꿈꾸게 했던 바로 그 장소에 있다는 강렬한 기쁨과 뒤섞여―해냈다는, 어떤 입문을 마쳤다는 강렬한 확신을 느낀다. 이제 남은 일은 그 의미를 깨닫는 일이지만, 강렬한 최후 지점이 오늘 이곳에 있다. 바로 이곳에서 아리아드네는 실을 풀어 도로와 길들의 미로를 통해 나를 인도했다. 그 여정은 더 나중에 기억과 뒤얽힌 말들의 우여곡절을 통해, 더 나아가서는 쓰이지 않은 내용을 통해 그려지리라. 뿌려진 피를 상기하고, 하소연에 만족하는 것 외에는 아무 소용없으니까. 단 하나의 의식만이 망령들을 올바르게 평가해주고 장작더미의 화염을 다시 식혀줄 수 있는 것처럼.

*

어제 나는 페르페르튀즈에 있었고, 망령 하나 없는 오늘은 카스텔모르의 태양 아래 잠자리들과 사슴벌레 사이에 있다. 조금만 더 가면 거대한 풀밭 끝, 실편백들 한가운데에서 노트르담 드 롤리브 예배당이 모습을 드러내리라. 그곳에서도 잠시 발길을 멈춘다. 오늘은 11월 28일이다. 여기까지 오는데 장장 넉 달이 걸렸다. 아직도 백지가 많이 남아 있는 내 수첩에, 미완인 채로 남기를 바라는 순백의 지면에 나는 이렇게 메모한다. "그 어느 때보다 여행에 대해 유연해진 느낌이다. 만족을 모르는 강렬한 자유의 느낌. 나는 이제야 비로소 깨닫기 시작한다. 저 산 너머로 계속 걸어서 스페인을 넘고 싶은 미친 듯한 욕구를. 나는 어제 페르페르튀즈 꼭대기에서 느꼈던 것을 이해한다. 그토록 멀리서 오는 바람을 마시면서 나는 아프리카를 짐작했음을, 숨 쉬었음을. 계속해서 걸어야 한다는 것을. 스페인 끝을 향해서. 그곳을 발견해야 함을."

*

여행의 끝에서 다시 한 번 이렇게 길을 따라 이동하는 일이, 프랑스를 가로지르며 무위도식한 나날이 공간보다는 시간과 더욱 긴밀하게 연결되어 있다는 사실을 깨닫는다. 그러니까 걷다 보면 우리의 공간이 아닌 시간이 바뀐다는 말이다. 그리고 진정한 여행이 왜 오솔길들과 매일매일의 흐름이 다시 만들어낸 시간 한가운데에서만 가능한지 깨닫

314

는다. 끈질긴 여행의 마술을 통해서만 계절의 거대한 꽃부리, 별들의 원화창이 갑자기 일상을 역류시키듯 역으로 내면의 시간에 영향을 미치기 때문이다. 그리고 그렇게 남은 내적 시간은 광석 찌꺼기, 추억과 동시에 예감하게 되고, 지난 시간의 결정체인 동시에 되찾은 순간의 발산이 되는 기억의 파편에 영향을 미친다. 바로 그것이 '나그네'라는 어휘가 의미하는 가르침이며, 말의 모든 의미 속에서 길들이 전하는 위대한 메시지다. 즉, 이보다 더한 것도 없지만 이보다 못한 것도 없다. 내가 막연하게 찾았던 건 정확히 '이것'이 아니다. 순례의 시작이었던 8월의 아침 사베른에서, 따라 걸었던 예인로에서, 양지바른 곳에 잠든 고양이 두 마리 곁에서 상상했던 건 '이것'이 아니다. 그러나 내가 찾은 건 '이것'이다. 그리고 '이것'을 통해서, '이것' 덕분에 그토록 많은 풍경, 얼굴, 문구와 침묵이 내 안에서 차츰차츰 어울렸고, 거대한 내면의 기억 속에서 안정된 굴곡처럼 시간의 층 속에 자리 잡았다.

*

마지막 놀라움이 이번 여행의 마지막 날에 나를 기다리고 있다. 가장 바라던 놀라움이지만 이상하게도 급작스런 발견처럼 주어진다. 쾨이야에서 트레유까지 내리막길이 이어진다(트레유에 있는 친구 집에서 며칠 쉬어갈 작정이다). 바로 그곳에서 나는 곳곳에 덤불이 있는 황갈색 언덕, 비탈에 퍼져 있는 마을들 그리고 아래쪽에 경작지와 작은 집 하나 없는 끝 모를 청회색 평야를 발견한다. 평야는 그냥 바다다! 전혀 예상치도 못하고 있었다. 더 멀리 있을 거라고, 더 가까이 하기 어려울 거라 상상했는데! 어제만 해도 페르페르튀즈에서 단 한 순간도 청회색 평야가 그 곳에, 그렇게 가까이 있을 거라고 생각도 못했다. 꿈도 못 꾸었다. 산들 바람이 불지 않을 때면 그리스의 바다처럼 파랗고 잔잔한 아리아드네의 바다. 배 한 척도 보이지 않는다. 가장자리는 길게 늘어진, 완전히 텅 빈 흰 백사장. 멀리 동쪽에 있는, 바다 안개 속에서 그리스의 새하얀 섬들을 상상하는 내 기억. 나는 이제 더는 코르비에르에, 바위와 까마귀들의 땅에 있지 않다. 하늘과 땅 사이의 공기와 바다의 푸른 물질 속에, 모든 세계의 중간에 있다. 벌써 나는 느낀다. 바다를, 맑은 물과 흰 모래를. 그리고 친숙한 목소리가 나에게 말을 건넨다. "율리시스처럼 너도 다시 떠나야만 한다. 되찾은 시간 속에서 끝과 시작은 같으니까."

길에 대한 기억

모든 것을 놓으시오

그대의 아내를, 그대의 연인을

그대의 희망과 그대의 두려움을

숲 한구석에 그대의 아이들을 뿌리시오

그늘진 곳에 먹이를 놓으시오

필요하다면 안락한 삶을 놓으시오

미래의 상황을 위해 당신에게 주어진 것을

길을 떠나시오

앙드레 브르통, 1922년.

"분명 책을 덮고 나면 다시 삶을 움켜잡아야 할 시간이 기다리고 있 겠지요. 하지만 잠시 그 시간을 미루고 프랑스를 누빈 작가님의 자취 를 잠시나마 더 따라 걷기 위해 글을 씁니다. 이렇게 글쓰는 일은 끊임 없이 되는 대로 썼다 지웠다 하는 매일 매일의 도구지만, 한편으로는 다룰 줄 아는 유일한 도구여서 나도 모르게 애착을 품게 되는 것 같습 니다." 코탕탱 태생의 한 독자는 길고도 아름다운 편지의 끝머리에 이 렇게 덧붙여 설명한다. "최소한의 소개를 하자면 저는 22세입니다." 이 편지와 마찬가지로 많은 젊은이들의 편지에서 늘 똑같은 한 문장을 마 주한다. "언젠가는 저도 작가님처럼 하렵니다." 내게 이렇게 글을 써 준 그리고 때때로 자신의 여정에 관해 묻는 모든 이들에게 나는 예전이 나 지금이나 늘 한 가지 대답밖에 못 한다. "내 길을 따라가지 말고, 다 른 이들의 길을 따라가지 말고, 당신 자신만의 길을 만드십시오. 그렇 게 하면 그 길은 그대의 발견이 되고, 자신의 선택에 따른 풍미와 행복 을 지니게 됩니다." 길이나 방향, 방위, 흐름이 뭐 중요하겠는가! 중요 한 건 시선과 욕망이다. 그리고 우리가 피레네에서 떠나는지 코탕탱에 서 떠나는지 혹은 알자스에서 떠나는지, 계곡의 안쪽을 걷는지 아니면 산비탈을 걷는지, 한적한 마을을 고르는지 아니면 반대로 저녁에 사람들이 웅성거리는 소음 속에 있는 편을 더 좋아해서 가장 인파가 붐비는 곳을 고르는지가 중요하다. 엄청나게 많은 이들이 길을 떠나는 꿈을 꾸었고, 여전히 꿈꾸고 있다. 마치 그것이 비현실적이고 불가능한 시도인 양, 이 세상의 것이 될 수 없는 욕망인 양. 그렇지만 일단 결정을 하고, 첫 번째 장애를 넘고 나면 갑자기 시간 자체가 순간의 폭발과 계절의 거대한 이완 사이에서 팽창한 듯 모든 게 달라진다(첫 번째 장애는 생각하기에 따라 사랑하는 아내를 잠시 홀로 두는 일일 수 있다). 이 순간들을 겪은 사람들은 절대 잊지 못한다. 또 다른 독자는 나에게 보낸 글에서 이렇게 말한다. "작가님의 책을 다시 손에 잡은 저녁 내내, 저는 땅의 물결이 부푸는 것을 느꼈습니다. 저 또한 오래전에 때때로 피로에 짓눌리고, 때때로 신성한 날개에 부딪치는 장거리 보행을 무척 즐겼습니다. 찌푸린 얼굴도, 따뜻한 환대도, 불시에 닥치는 밤에 대한 불안도, 투명한 아침의 흥분도 겪었습니다. 땅의 물결, 기억의 물결. 그리고 머나먼 곳에서 쓸려간 줄로만 알았던 풍경과 얼굴, 포근한 밤과 폭풍우가 떠오르는 것을 보았습니다. 그리고 오래전에 선택해서 한 번도 부정한 적 없었던, 사실 같지 않지만 확실한 원대한 지방들의 소리 없는 부름을 새삼 들었습니다."

나는 감히 이런 정의를 내린다. 글쓰기는 언젠가 독자에게 이런 어조와 이런 특성을 지닌 편지들을 쓰게 만드는 일이다. 글을 쓰는 행위와 그 글이 일으킨 뭔가를 통해 새가 자신의 영역이라며 낯선 동반자를 찾아 고함을 내지르고, 그 노래 끝에 다른 새가 숲 저편에서 응답하며 그 노래와 하나가 된다. 글을 쓴다는 고문과도 같은 고통을 공유하기는커녕, 글쓰기가 파시즘이든 억압이든 강요되었다고 주장하기는커녕, 글을 쓰는 일은 다소 수완 좋은 손으로 종이 위에 '그래프'를 그리는 사람을 함축할 뿐만 아니라 우리의 간청에 응답하든 안 하든 눈에 보이지 않는 독자들의 망 전체를 함축한다(심지어 전달 가치로 보면 밤 꾀꼬리의 새벽 시와 같은 노래가 부분적으로 터지고, 잘게 부서지고, 으깨지고, 다져진 현대시보다 더 확실하고 좋다). 즉, 햇빛을 듬뿍 머금은 바질이나 마요라나를 한아름 끌어안은 듯 단어를 만지고, 붙잡고, 문지르기만 해도 이미지와 메시지와 얼굴들이 충분히 떠오른다는 말이다.

하지만 일부 독자들만이 어떤 책들의 암묵적인 부름에 응답한다. 그러려면 '작가', '저자'에게 보내는 글자의 장애를 넘어야 하기 때문이다. 아직 쓰지 않은 책을 마음 깊이 품고 있는 이들이 소심함, 금기, 조심성에 영향을 받고 충격을 받으리라고는 상상이 잘 되지 않는다. 하지만 한 젊은 독자는 내게 이렇게 말했다. "문인에게 글을 쓴다는 건 어떻게 보면 의사에게 손을 내미는 격이잖아요. 나에 대해서 어떻게 생각할까? 그러면서 손은 땀으로 축축해지고 문체는 과장되죠."

*

길의 자유, 계절의 춤. 나와 다른 사람들은 완전히 다른 이유들로 그것들을 겪는다. 나는 내 기쁨을 위해서, 살아가는 다른 방식을 잠시나마 배워보기 위해서 걷는다. 다른 사람들은 필요에 의해서, 생계를 유지하기 위해서 혹은 생계를 잃지 않기 위해서 걷는다. 일주여행자인지

방랑자인지, 한가롭게 거니는 사람인지 배회하는 사람인지에 따라 길도, 숙소도, 사람도 다른 방식으로 바라본다.

한때 목동으로 일했던 66세의 독자는 이렇게 썼다. "내 안에는 언제나 잠들어 있는 방랑자가 있습니다. 그 방랑자는 이따금 깨어나 길을 떠나려 하고 들판을 누비려 합니다. 나 역시 양 축사에서 자면서 작가님과 같은 느낌을 받은 적 있습니다. 양 축사는 밤마다 인간들과 짐승들로 비좁게 가득 차서 작가님이 훌륭히 묘사하신 그런 소리와 냄새들로 가득하죠.

그런데 작가님이 딱히 말씀하지 않은, 언제나 저에게 깊은 감명을 주었던 소리가 하나 있습니다. 한밤중에 애간장을 끊을 만큼 무한히 애처롭게 들리던 소의 울음소리입니다. 저에게는 그 소리가 자신이 일구는 땅에서 옴짝달싹 못 하는 고산지대 농부라는 또 다른 노예에게 묶인 짐승 노예의 탄식처럼 느껴졌답니다."

심지어 그 독자는 내가 11월 저녁에 눈 덮인 소브테르 고원의 좁은 오솔길로 들어선 건 몹시 위험한 일이었다는 사실도 알려주었다. 물론 조언이 너무 늦긴 했지만. "작가님의 여행은 꽤나 친숙한 많은 곳들을 떠올리게 해주었습니다. 몽미라 협곡에서 이스파냐까지, 그것도 땅거미 질 무렵에 눈 속을 걸어 내려오는 대담함에 감탄했습니다. 1940-41년 겨울에 젊은 여교사 자매가 바로 그곳에서 길을 잃고 눈 속에서 동사했다는 사실을 아십니까?" 이것이야말로 심사숙고할 주제이지만, 그렇다고 해서 피 끓는 일주여행자들의 열기를 식힐 수는 없다. 하지만 겨울에 길을 잃을 경우, 프랑스의 혜택을 받지 못하는 일부 장소에서는 자칫 길을 잃고 헤매다 심하면 목숨마저 잃을 수 있다. 그리고 프랑스에 아직도 길을 잃을 우려가 있을 정도로 야생적이고 낯선 장소들이 있다는 사실을 안다는 게 나에게는 격려와 위안이 된다. 나를 끌어당기는 곳은 바로 그런 장소들이니까.

*

걷는 방식, 오솔길과 마을과 숙박소를 겪는 방식은 걷기에 전념하는 사람들을 날씨와 공간에 상관없이 보이지 않는 길동무들로 이어준다.

바닥의 포석 닦는 일을 하는 64세의 한 장인은 이런 글을 보냈다. "저는 아버지를 따라 오랫동안 시장으로, 장터로 걸어 다닐 기회가 많았습니다. 하루에 20킬로미터, 30킬로미터 때로는 40킬로미터씩 걸으며 자연과 눈에 띄는 모든 것들을 감상했죠. 작가님의 책을 읽으면서 그 모든 게 떠올랐습니다. 자연에 대한 사랑과 존중, 타인들과의 관계와 접촉의 필요성까지요." 그런데 거기서 길의 동지애 혹은 형제애가 개입된다. "그런데 책을 읽으면서 슬프고 놀랐던 점은 작가님이 길에서 살아가는 방식이었습니다. 술, 포도주, 커피. 그런 음식들이 얼마나 위험한지 충분히 아실만큼 지적이시잖아요! 그런 것들은 피해야 합니다. 사람들과 관계를 유지한다는 명목으로 행한 작가님의 행동들을 독자들이 막무가내로 따라할 수 있으니까요. 존경하는 작가님, 부디 다음부터는 럼주를 드시지 않겠다고 약속해주십시오……." 길에서 나는 늘 샘물을 마셨다. 럼주는 『로베르』사전에서 다음과 같이 내리는 정의 속의 보조제처럼만 마셨을 뿐이다. '주 약물의 작용을 돕는 치료제'. 나에게 주

약물은 바로 한가롭게 거닐기, 무위도식하기였다. 사람들이 내가 길에서, 숲에서 럼주에 빠져 있었다고 생각하는 게 꽤 신기하다. 혹시나 싶어 찾아보았더니 그런 언급을 한 건 책에서 다섯 번뿐이다.

*

그런데 길을 걷는 건 남자들만이 아니다. 길을 걷는 혹은 거니는 여자들도 나에게 편지를 썼는데, 그들의 글은 대체로 환하고 아득한 지평선에서 영감을 받아 서정성이 듬뿍 묻어난다. 한 여성은 이렇게 자세히 설명한다. "저도 그런 기쁨을 맛보았답니다. 제 나이 예순다섯이라서 이제는 거의 걷지 않지만요. 내 앞에 펼쳐진 들판과 미개간지, 숲과 한산한 길을 지나며 마주치는 아름다운 것들을 보려고 두 눈을 커다랗게 떴답니다. 전망, 층층이 핀 꽃들, 꽃이 핀 나뭇가지들, 애벌레들, 나비들, 다른 벌레들. 그리고 새들의 노랫소리, 나무 사이로 살랑대는 바람 소리, 멀리서 들리는 종소리를 들으려고 귀를 쫑긋 세웠지요." 그리고 이렇게 덧붙인다. "이제르의 어느 눈 내리던 오후가 기억나네요. 태양은 눈 덮인 풍경을 밝게 비추었고, 먼 거리와 쌓인 눈 때문에 희미하게 닭 울음소리가 울려 퍼졌답니다. 브리앙소네에서는 로타레와 라 롱바르드라고 부르는 바람도 기억나네요. 그래요, 걷기는 거대한 축제입니다."

거대한 축제라니! 이 독자는 내가 책을 쓸 때 미처 빠뜨리고 사용하지 못한 말을 기꺼이 찾아준다. 고단한 길을 걷다가 냉담한 마을, 영혼 없고 때로는 인간미 없는 장소에서 곤경에 처했을 때, 오히려 자유 때문에 거추장스러울 수 있는 부분조차도 고분고분한 요정처럼 부드럽게 해주는 거대한 축제.

지치지 않고 길을 걷는다는 또 다른 여성 독자는 내가 프랑스에 대해 자칫 편파적인 이미지를 줄지도 모른다고 나무란다. "외국인들이 어떻게 생각하겠어요? 작가님이 보주, 랑그르 고원, 모르방 등 낙후된 지역들을 다니셔서 프랑스가 가난한 나라라고 생각할지도 몰라요. 코스 고원 얘기는 또 얼마나 딱하다고요! 그런 지방을, 버려진 집과 폐허와 가난을 어떻게 사랑할 수 있겠냐고요……. 남자가 가족을 먹여 살리겠다고 개똥지빠귀 사냥을 가던 대목에선 가슴이 아팠답니다. 그게 프랑스에서 일어나는 일이라고 누가 생각이나 하겠어요? 그리고 작가님의 어머님이 편찮으신 다음에 계절이 그렇게 훌쩍 지났는데도 왜 일주를 계속하셨어요?"

독자들의 대답과 반응을 가장 많이 유발한 잠시 동안의 체류, 성찰, 상세한 묘사들 중에는 개들도 따로 한 자리를 차지한다(내가 직접 반응들 중에서 골라야 했다. 그도 그럴 게 갈리아 족에서부터 민달팽이까지, 방언에서 말똥가리와 독수리들까지, 개들에서 전신주까지, 허수아비에서 자동차 사고, 바람 그리고 구름까지 너무나 다양한 주제를 담고 있기 때문이다). 그 이유는 이 책에서도 분명하게 전달될 정도로 간단하다. 도로든, 길이든, 초원이든, 계곡이든, 농가 근처든 또는 주택가 근처든 개들을, 불쌍하면서도 사나운 괴물을 마주치지 않고는 프랑스를 걸을 수 없기 때문이다.

개들! 보주와 랑그르 고원을 막 다녀온 파리의 어느 독자는 이런 말로 편지를 끝맺는다. "한마디만 더 하겠습니다. 작가님이 개들과 개들의 어리석음을 강조하며 열변을 토하실 때 저도 크게 공감했답니다. 오래전부터 개가 비와 함께 보행자의 가장 큰 적이라고 생각했거든요. 저도 늘 장딴지가 불안해서 지팡이를 갖고 다녔어요. 그런데 200킬로미터가 넘는 장거리를 걷다보니 만족감도 많이 얻을 수 있었고, 개를 대하는 괜찮은 방법도 알게 되었습니다. 어떤 주민들은 개를 제법 길게 늘어나는 도르래가 달린 줄로 묶더라고요. 꽤나 똑똑하다 싶었어요. 그러면 개는 정해진 공간에 있으니 지나가는 사람은 안전할 수 있죠. 제 사정거리 밖 도르래 줄에 묶여 있던, 바스커빌 가문의 개 못지않은 덩치 큰 집 지키는 개가 지금도 눈에 선합니다⋯⋯."

다시 여정을 시작한다면 모든 농가와 모든 집들에 그 비법을 전해야 할 것 같다. 그 방법이 성공적으로 먹힐 것 같지는 않지만 말이다. 또 다른 독자는 유일하게 그 문제를 근본적으로 비난하며 개들이 지나가는 사람들에게 공격적이 된 이유에 관해 역사·사회학적인 설명을 제안한다. 인정할 만한 가치가 있는 설명이다.

"나는 1928-1937년 무렵에 앵, 쥐라, 오트 사부아 그리고 보주 지역의 마을들을 충분히 걸어서 돌아다녔습니다. 그 시절에는 개들이 공격적이지 않았답니다. 가끔 낑낑대기나 할 뿐, 아예 짖지도 않았어요. 개들은 조금도 거치적대지 않았어요. 내가 막대기를 들고 다닌 이유는 오직 오르막길에서 도움을 받기 위해서였습니다.

그리고 최근 들어, 2년 전에 루아르 강과 론 강 근처의 지방에 집을 하나 빌려 살면서 해발 400미터에서 600미터까지 재미삼아 걸어서 산책하곤 했습니다. 그런데 모든 개들의 공격성에 놀라는 일이 꾸준하게 발생하더군요. 어떤 개들은 근처에 가면 짖었지만, 다른 개들은 500미터 정도 떨어져 있는데도 짖었죠. 때로는 맞은편 계곡 비탈에서도 짖었어요. 그래서 늘 막대기를 들고 다녀야 했습니다. 어느 정도 시간이 흐른 뒤 많이 비교하고 관찰한 결과, 이해가 되었습니다. 그러니까 제 생각에 개들이 저 같은 행인에게, 작가님 같은 보행자에게 난폭하게 구는 이유는 이렇습니다. 모든 동물들은 이제 사람들이 길에서 혹은 도로에서 차나 오토바이 아니면 자전거를 타고 지나가는 모습밖에 보지 못합니다. 제가 직접 소형 오토바이를 타고 아주 빠른 속도로 지나가는 실험을 해보았는데, 실험 직후에 걸어서 집 앞을 지나자 개들이 한껏 맹렬하고 사나운 기세로 뛰어나오더라고요. 굴러가는 기계를 타고 조금 더 빠르게 지나가던 사람과 같은 사람이라는 걸 알아채지 못했습니다.

오늘날 개에게 자연스러운 사람은 두 바퀴가 달렸거나 바퀴 달린 상자 안에 들어간 사람입니다. 두 다리로 걷는 사람은 마치 제 집의 주인처럼 걷기 때문에 최악의 의도로 가득한 낯선 괴물인 셈이죠……. 1890년-1900년 무렵에는 정반대였습니다. 시골의 개들은 자전거를 타고 지나는 사람들을 일종의 신기하고 드문 사람으로 생각해서 미워하고 사납게 공격했습니다. 우리 아버지가 들려주신 이야기입니다. 그래서 '생테티엔의 병기와 자전거 제작소'에서는 위험에 대처하기 위해 개들에게 겁을 주는 경고용 소총을 판매했습니다. 오늘날 보행자들에게 다시 그런 일이 생겨야 하는 걸까요?"

내 입장에서는 '네'라고 외치고 싶다. 그런데 한때 짐마차꾼이자 방랑자였던 세 번째 독자는 개들과의 문제를 피할 간단하면서도 근본적이고 결정적인 해결책을 제시해준다. 그건 고양이들에게로 관심을 돌리면 충분한 일이다.

"……그래서 결국 작가님은 보행자들이 개들을 경계하도록 만드시는군요. 사실 개들이 멍청하게 짖어댈 때는 장소들의 조화가 깨졌기 때문입니다. 그런데요, 작가님은 마을에서 결코 무시할 수 없는 자리를 차지한 고양이들에 대해서는 잘 모르시는 것 같네요. 가끔 고양이에게 말을 걸면 가벼운 몸짓과 짧게 야옹거리면서 호감을 드러내는 것처럼 보일 때가 있습니다. 곁에 있는 모든 인간들이 싸늘하게 대할 때, 고양이들은 방랑자의 마음을 따뜻하게 해준답니다."

*

개들에 대비해서 커다란 몽둥이나 '경고용 소총'을 들고 길을 거니는 사람들이 있는가 하면, 허수아비를 찾아 여기저기 몇 백 킬로미터씩 돌아다닌 사람들도 있다. "작가님도 직접 언급하신 것처럼 허수아비는 죽어가고 있습니다. 그리고 작가님 글을 읽으면서 조금 아쉬운 점이 있었습니다. 방랑하던 시절에 작가님처럼 글을 쓸 줄 알았더라면 개들에 대해, 마을을 지키며 활력을 불어넣던 들판의 비장한 형체들에 대해 뭐라고 썼을까요? 그리고 전문적이고 생생하지만 어쩐지 부끄럽게 느껴지는 집 주인들의 말에 대해선 뭐라고 썼을까요? 이제는 너무 늦었지만요." 그밖에 독수리나 마르모트 혹은 마지막 남은 비버들에 대해 언급하는 모든 독자들은 결국 뿌리 깊은 보행자들, 방랑자들, 유목민들이다. 독자들은 종종 내가 몰랐던 정보나 묘사들, 나의 걷기와 걸음걸이의 외양에 대해 유익한 비평을 해준다. 그런가 하면 천성적으로, 취향이나 필요에 따라, 또는 나이나 장애 때문에 정착민의 삶을 택하는 독자들도 있다. 그런 경우 길에 관한 책은 탐방기, 추억과 경험을 마주하는 지침서가 아니라 도피와 몽상, 사색의 장소이며, 그렇게 살고 싶지만 결국 살지 못했던 세상이다. 사실 가장 아름답고 본질적인 편지들은 그런 세계, 정착했지만 다른 곳으로 방향을 돌린 세계에서 온다. 여행을 담은 백지들은 황금빛 파도 혹은 밭고랑, 나란히 선 미루나무들 또는 오솔길의 행렬이 된다. 앨리스의 거울처럼 거대한 지평선의 후광으로 둘러싸인 거꾸로 된 삶이 읽히는 거울. 그렇게 어느 마을, 어느 정원 또는 어느 초라한 집에서 꼼짝 못하기 때문에 누군가가 다른 곳에서 오기를 기다리고 희망한다. 남겨진 몫을 기다리는 가엾은 누군가는 한밤에 덧문을 두드려줄 낯선 형체를 기다린다.

론 지역에서 한 여성 독자는 나에게 이런 내용의 편지를 쓴다. "루소의 표현처럼 고독한 몽상가인 작가님의 산책이 모험처럼 제가 살고 있는 매력적인 마을을 지나셨더라면, 그래서 들판에 있는 제 작은 집의 종을 당기셨더라면 가엾은 사람을 위해 남겨놓은 최소한의 몫을 찾으셨을 겁니다. 사실 저는 까치밥나무 열매나 마르멜로 열매로 만든 젤리 단지를 늘 일렬로 놔두거든요. 저희 집 마당에서 딴 열매들로 만든 고기볶음이나 술을 구리 냄비에 담아 옛날식으로 만들어요. 이따금 친구가 들르면 과자도 굽지요."

욘 지역에 사는 어느 여성 독자는 이런 편지를 보낸다. "혹시 새로운 경험을 찾아 다시 길을 떠나서 프랑스의 다른 여정을 그려볼 계획은 없으세요? 만약에 작가님이 제가 사는 지역에 들린다면 수수한 우리 집에서 가족 모두가 반갑게 작가님을 맞을 텐데요. 저희 집에는 개들 말고 고양이 무리가 살고 있는 넓은 헛간도 있고, 앞마당에는 시도니라는 이름의 자그마한 암탉 한 마리도 있답니다. 암탉은 어느 화창한 날 어디선가 불쑥 나타났어요.

그리고 작가님의 글을 읽으면서 문득 궁금해졌습니다. 행복은 어디서 찾을 수 있을까요? 언제나 전진하면—물론 한 지점에 가까이 다가간다는 것은 다른 지점에 그만큼 멀어진다는 의미지만—찾을 수 있을까요? 아니면 들짐승들처럼 제 구역에 틀어박힌 채, 떠남의 슬픔을 피하기 위해 한곳에 정착하면 찾을 수 있을까요? 저 같으면 작가님이 떠나신다고 해도 불평하지 않을 겁니다. 작가님의 책은 방 안에 틀어박혀서 지내던 제 삶에 맑은 공기를 가득 불어넣어주셨거든요. 몸은 갇혀 있지만 마음은 공간과 시간의 무한대 속에서 한계를 모른답니다."

가장 감동적인 편지다. 평범한 종이 몇 장에 간신히 읽을 수 있는 떨리는 필체로 쓴 가장 단순한 그 편지는 분명 여성이 쓴 것으로, 기나긴 내용의 말미에 가서야 이렇게 상세히 밝힌다. "……이제 제 나이를 밝히자면 88세입니다. 작가님이 51년의 삶을 산 것처럼, 저는 87년의 삶을 살았답니다."

오트 가론의 한 마을에 살고 있는 그 여성은 거의 들어본 적 없는, 마치 큰소리로 읽어주는 동화처럼 기억 속에 어렴풋한 목소리를 들려준다. 그분이 내게 보여준 단순명료함에 감명을 받아서 그대로 인용해 보겠다.

"작가님의 『길을 걸으며』를 두 번 읽었습니다. 처음은 아주 빠르게, 두 번째는 천천히 읽었어요. 저는 작가님과 함께 자연 속을 여행했습니다. 자연을 사랑했던 농부의 딸이자 이제는 시골 할머니가 된 저는 선생님의 이야기, 선생님의 묘사뿐만 아니라 인간적인 접촉, 인간성의 추구도 높이 사고 싶습니다. 인간이 혼자 살 수 없다고 하는 데는 이유가 있으니까요.

이 책이 널리 읽혔으면 좋겠군요. 상당히 소박하고 시적이고 생동감이 넘쳐서 누가 읽어도 완벽하게 좋을 것 같으니까요. 작가님이 프랑스의 반대편에서 시작해서 제가 사는 랑그독까지도 오셨더라면, 그래서 우리의 방언도 알려주셨더라면 참 좋았을 텐데요! 이 책을 읽으면서 저는 작가님이 수도 없이 마주쳤던 늙은 부녀자들이 주고받던 방언을 이해하지 못해 무척 아쉬워했다는 느낌을 받았습니다. 이곳에서 쓰는 방언은 이따금 프랑스어로 번역이 안 된답니다. 프랑스어로는 똑같이 살리지 못하는 재치와 활력이 있거든요. 시골에서도 아이들 때문에 그리고 도시에 사는 사람들 때문에 방언을 점점 덜 쓰게 되어서 아쉽습니다. 아참, 방언처럼 우리 곁에서 사라진 관습이 있는데요, 바로 별명이랍니다. 가족마다 자신들만의 별명이 있어요. 어떤 별명은 우습기도 하고, 어떤 별명은 조금 심술궂게 놀림거리가 되기도 하죠. 다들 별명을 쓰죠. 할아버지는 가난해서 문이 반쪽밖에 없다고 해서 '푸르타넬'이라고 불렸어요. 옛날 시골 농가에는 문이 달랑 하나였는데, 꼭 창문처럼 아래쪽의 반까지만 닫히고 위쪽 반은 휑했거든요. 이제는 다 사라져버린 오래된 이야기죠. 남서풍 이야기도 하셨는데, 그건 이곳에서는 자

주 격렬하게 부는 바람이랍니다. 겨울에는 이 바람을 방언으로 이렇게
부릅니다.

라우타 쉬르 라 투라도
페 트랑블라 라 쿠라도

얼어붙은 남서풍에 심장마저 떨린다는 말이에요. 작가님이 고향 마
을에 대해 이야기하시는 부분이 아주 좋았습니다. 내 이름을 친근하게
불러주고 내 부모에 대해 말해주는 누군가가 있는 한, 그 사람은 부자
랍니다. 더 지나면 시간이 우리에게서 모든 것을 앗아가고 훔쳐가고 도
둑질해갑니다. 남부에서는 더 따뜻하게 맞아준다는 사실도 알게 되어
기뻤습니다. 그건 아마도 너그러운 태양의 효과가 아닐까요?
　어느덧 11월, 그물버섯과 만개한 히드의 달입니다. 예전에는 2만 제
곱미터 넓이의 근사한 떡갈나무와 밤나무 숲이 있어서 바람과 새들이
되는 대로 날아왔죠. 그런데 모든 것이 뒤죽박죽되더니 수지류 수목들
을 심었더군요. 저는 이 나무들이 보이기 전이 훨씬 좋아요. 이제는 그
숲으로 돌아가도 따뜻한 제자리를 찾지 못하겠죠……."
　이제는 그곳에서 따뜻한 내 자리를 찾지 못한다니……. 누가 나무들
에 대해 또 이렇게 말할 수 있을까? 사람들은, 나는 그런 투명한 글쓰기
를 꿈꾼다. 서로 상반되거나 모순되지 않는 의미와 단어들이 렌즈의 양
면처럼 생각의 광채를 증폭시켜주는 글쓰기. 그래서 나는 일단 길을 걷
는 여행이 끝난 다음에 이 책이 그 뒤를 이어주는 일종의 여행이 되지

못하면 어쩌나 싶은 생각이 든다. 우리는 지면 안에서 단어들, 구절들 속을 걸어갈 것이다. 쓰는 단어마다 나뭇잎, 이끼 혹은 이슬의 무게가 느껴지는 이 노부인의 글처럼. 장인의 인내심을 고스란히 보여주며 오랫동안 손바닥 안에서 닳고 닳은 연장과 같은 글 속을 걸어갈 것이다. 귀스타브 루는 이렇게 쓴다. "종종 밤마다 두 손이 텅 빈 듯 허전할 때, 잠은 그대를 설명할 수 없는 초라함에서 자유롭게 해주리라. 하지만 매 순간 제 열매를 곧바로 내어줄 리 없다. 가물거리는 하루를 고집스럽게 한 글자씩 꼼꼼히 더듬거리며 읽는다면 이어지지 않는 단어들의 조합 밖에 얻지 못할 것이다. 어쩌면 몇 년씩 기다려야 구절이 차츰차츰 이해되리라……. 그리고 시간은 오직 3개의 화음으로 마을의 심장을 바꾸는 일요일 저녁의 입에서 흘러나오는 음악처럼 퍼지는 듯하다……."

독자들, 너무도 투명한 혹은 너무도 경이로운 편지들을 보내준 그분들 덕분에 나는 이제 진정한 책이 어떤 것인지 알게 되었다. 그것은 보이지 않는 책, 향기와 계절, 단어와 속담의 연감이다. 그 책 속에서 모두들 아궁이와 너도밤나무 곁에 있는 그 노부인처럼 자신만의 따뜻한 자리를 찾게 되기를!